**조선 마술사**

no 02
mo\vel 무블
vie\

조선
마술사

이 원 태
김 탁 환

장편소설

민음사

# 차례

조선 마술사         7

작가의 말       409

감사의 글       413

# 1

삶은 마술이 아니지만 마술은 삶의 일부다.

1838년 6월 27일 수요일 밤을 나는 이 문장의 주인공과 보냈다. 역사의 한 페이지를 장식한 6월 28일의 대관식보다 짜릿했다. 생의 버팀목은 돈도 명예도 아니다. 앙금으로 가라앉아 서걱서걱 마음의 바닥을 긁는 문장만이 심장을 뛰게 한다. 그 밤 나는 진정한 사랑이 무엇인가를 배웠다.

사가(史家)들은 뒷짐 진 늙은이처럼 느긋한 듯 굴지만, 때론 모래밭에 이름을 새기느라 밀려오는 파도를 잊은 아이처럼 성급하다. 해가 지지 않는 나라를 만든 공을 벌써 내게 돌리느라 분주하지 않은가. 내 얼굴과 목과 손등의 주름을 불멸의 글자로 채우긴 이르다. 죽을 날이 가까웠으나, 동상(銅像)을 닮은 우스꽝스러운 칭송을 가려낼 기운은 아직 남았다. 그들이 옮긴 말을 내가 던졌고 그들이 묘파(描破)한 행동을 내가 취했으되, 그들의 난삽한 문장을 읽기 전까지 나는 그 언행을 기억하지 못했다. 왕위에 오른 날부터 지금까지 갑옷처럼 나를 지킨 원칙은 따로 있다.

영원히 홀로 빛나는 불은 없나니
밤을, 동굴을, 재를 아끼는 영혼일 것
드리운 그림자에 책임을 다할 것.

20세기를 맞은 이들에게 내가 태어난 1819년은 석기시대처럼 까마득히 멀다. 나도 이렇듯 오래 왕위를 지키며, 놀랍게 변신하는 세계를 경험할 줄 몰랐다. 누구나 자신의 생(生)이 가장 중요하겠으나, 대영제국과 나의 19세기는 다른 시절의 500년 혹은 1000년과 맞먹을 확장과 도약을 이뤘다.

조지 3세의 넷째 아들 켄트 공의 딸이 그로부터 18년 후 빅토리아 여왕(Queen Victoria)이 되리라 처음부터 예상한 이는 없었다. 우리가 마술을 즐기는 것은, 삶에서도 마술 같은 일이 빈번하진 않지만 간혹 벌어지는 탓이다. 첫째와 둘째 백부가 자식을 두지 못하고, 셋째 백부 윌리엄 4세의 두 딸마저 요절할 줄 어찌 짐작이나 하였겠는가. 윌리엄 4세의 뒤를 이어 왕위에 오를, 조지 3세의 직계손(直系孫)이 나밖에 없었던 것이다. 뒷줄에서 잠시 딴짓을 하다가 문득 정신을 차리니 앞에 아무도 없는 것을 깨달은 계집아이, 그게 나였다.

1837년 6월 20일 윌리엄 4세가 돌아가셨다. 나는 대영제국 여왕으로 많은 손님을 맞아야만 했다. 유럽은 물론이고 멀리 페르시아에서도 귀한 선물과 함께 사신이 도착했다. 처음 한두 번은 신기했지만 그 뒤론 지루하고 피곤했다. 딱딱한 의자에 허리를 곧게 세우고 앉아서, 한껏 예의를 갖춰 장중하고 화려한 의고체(擬古體) 문장을 듣노라면 온몸이 쑤시며 졸음이 쏟아졌다. 수십 혹은 수백 일을 길 위에서 자고 먹으며 오직 내게 정중한 인사를 건네려고 온 이들을 박대할 순 없었다. 사신들은 크든 작든 한 나라의 대표자였고, 귀국 후 그들의 말 몇 마디가 곧 빅토리아 여왕의 됨됨이를 알리는 증언이 될 것이다.

바쁘면서도 권태로운 1년이 지나갔다.

초여름 더위와 함께 축하객이 몰려들기 시작했다. 1838년 6월 28일 대관식에 참석하기 위해서였다. 나는 새벽에 눈을 뜬 후 늦은 밤 침대에 쓰러질 때까지 이방인들과 접견실에서 마주 앉아야만 했다. 철모르는 어린 소녀라는 느낌을 주지 않기 위해, 눈을 또 릿또릿 뜨고 목소리를 또박또박 냈다. 등줄기를 타고 땀이 줄줄 흘러내렸다. 손님들이 돌아간 뒤로도 어두운 홀을 떠나지 못하고 대관식 연습이 이어졌다. 순서를 숙지하는 것은 물론, 걷고 앉을 위치와 시선을 둘 곳까지 표시를 하고 반복하여 움직였다. 손도 발도 눈도 입도 등도 배도 예식의 일부여야 했다. 대영제국 여왕이란 자리가 귀하고 중하다는 것을 모르진 않았지만, 숨 쉴 틈 없이 몰아치는 일정에 지쳐 갔다. 무릎이 아프다거나 머리가 어지럽다거나 속이 불편하다는 핑계로 연습을 건너뛰었다.

가까이에서 아버지처럼 나를 보살펴 온 멜버른 경(Lord Melbourne)이 이런 속내를 모를 리 없었다. 채찍 대신 세상에서 가장 맛있는 당근을 내밀었다. 나비매듭 리본을 풀지도 선물 포장을 뜯지도 않았다. 멜버른 경이 정중히 물었다.

"폐하를 위해 특별히 만든 책입니다. 이 세상에 단 하나뿐인 책이지요. 제가 드린 충고를 잊진 않으셨지요?"

읽기 싫은 책이라도 제목은 확인하고 만나기 싫은 사람과도 인사는 나눈다. 푸른 겉표지엔 제목이 없었으므로 첫 장을 넘겼다. '카타리나 파인(Katharina Fine)에 관한 열두 가지 소문과 한 가지 진실.' 고개를 들고 멜버른 경에게 놀란 눈으로 물었다.

"뭐죠, 이 책은?"

멜버른 경이 웃으며 설명했다.

"유럽 최고의 마술사 카타리나 파인이 대관식 후 있을 축하 공연을 위해 지금 런던으로 오는 중입니다. 읽어 두시면 도움이 될 것 같아 모아 봤습니다."

카타리나 파인은 10년 전 베니스에서 마녀로 몰려 화형을 당할 뻔했으나 활활 타오르는 장작더미에서 살아 나왔다. 그 후 유럽을 순회하며 인기몰이 중이었다. 신묘한 솜씨는 왕실 친척과 대신들을 통해 여러 차례 들었지만 직접 만날 기회는 없었다. 멜버른 경이 인자한 미소와 함께 나릿나릿 이야기를 이었다.

"대관식 전날인 1838년 6월 27일 오후엔 공식 일정을 잡지 않겠습니다. 홀로 카타리나 파인의 마술을 충분히 즐기실 수 있도록 해 드리지요."

"진짜죠? 약속했어요?"

슬쩍 조건을 끼워 넣었다.

"대신 오늘부턴 열심히 연습하셔야 합니다. 해가 지지 않는 나라의 새로운 주인답게!"

손꼽으며 보름이 지나갔다. 대관식 연습을 게을리하지 않았고 손님들과의 공식 면담도 즐겁게 넘겼다. 잠들기 전엔 멜버른 경이 건넨 카타리나 파인에 관한 책을 엎드려 읽었고, 희뿌옇고 어두컴컴한 천장을 보며 누워 여자 마술사를 그렸다. 여왕의 서재엔 연금술과 마법과 마술사에 관한 책들만 따로 모아 두었다. 동방의 신기한 모험담이 담긴 책도 열 권이 넘었다. 어린 시절 그 책들을 탐독하노라면, 벨기에 왕이 된 레오폴드 외숙부가 충고하곤 했다. 이야기로 즐기는 것까진 좋으나 사실로 여겨 깊이 빠져들진 말라고. 외숙부를 믿고 따랐지만 이 충고만은 받아들이지 않았다. 책과 램프 사이의 몽상이 없었다면, 아버지 없는 외로움과, 나를 자신의 꼭두각시로 만들려는 어머니의 강요를 견뎌 낼 수 있었을까. 왕위를 물려받고 여왕의 서재로 책과 필기구들을 옮길 때도 이 책들만큼은 손수 챙겼다.

10년 전 혜성처럼 등장하여 유럽 전체를 떠들썩하게 만든 카타리나 파인은, 두 눈만 드러내 놓고 온몸을 가린 페르시아 여인처럼, 비밀이 많았다. 마술 공연을 선보일 때마다 각 도시에서 새로운 증언이 나왔다. 페르시아보다도 청국보다도 더 동쪽에서 왔다는 신비로운 여인. 키가 크다는 이도 있고 작다는 이도 있으며, 피부가 누렇다는 이도 있고 퍼렇다는 이도 있었다. 손이 길어 다섯 걸음 밖에서도 어깨동무를 할 정도라고도 했고, 손발은 정상인데 긴 머리카락이 팔처럼 움직여 열 걸음 밖에서 누군가의 목을 휘감아 조른다고도 했다. 눈이 셋이라는 주장은 흔했는데, 세 번째 눈동자가 뒤통수에 있기도 했고 배꼽 위에 있기도 했고 팔꿈치나 무릎에 있기도 했다. 소문을 합쳐 어둑한 천장에 그려 본 카타리나 파인은 인간의 형상이 아니었다. 인간이 아니라고 불릴 만큼 마술 솜씨가 탁월하단 뜻이기도 했다.

드디어 6월 27일이 되었다. 아침 식사 자리에서부터 맞은편에 앉아 말동무를 해 주는 멜버른 경에게 물었다.

"마술사가 도착했나요?"

침착하게 답했다.

"해협을 건넜다는 소식을 이미 받았습니다."

"해협 말고 런던에 닿았느냐고요?"

"런던은 맑습니다만 도버 쪽은 일주일 계속 장대비가 내려 길 곳곳이 막혔습니다. 홍수가 난 마을만도 네 곳이 넘습니다. 점심 전엔 도착할 겁니다. 마중할 시종을 보내겠습니다."

"안색이 좋지 않군요."

"위가 조금 아픕니다만 곧 괜찮아질 겁니다."

불길했다. 제아무리 뛰어난 마술사라고 해도, 홍수로 끊긴 초행길을 순조롭게 달릴 수 있을까. 점심 식탁에도 마술사가 도착했다는 소식은 올라오지 않았다.

"혹시, 나를 속인 겁니까? 카타리나 파인이 영국에 올 계획이 처음부터 없었던 것 아닌가요?"

"폐하! 신을 믿어 주십시오. 반드시 올 겁니다. 이제 대관식 리허설을 하실 시간입니다. 자리를 옮기시지요. 식이 열리는 웨스트민스터 사원의 홀과 거의 비슷하게 배치를 해 뒀습니다. 사원에 직접 가서 연습을 하면 더 좋겠지만, 대관식을 축하하는 국민들이 지금도 기차역에서 쏟아져 나오고 있습니다. 런던이란 도시가 만들어지고 이번처럼 많은 사람이 모인 적은 없다고 합니다. 오늘은 식에 참석하는 대신들과 사신들까지 대역을 세웠습니다. 가시지요."

이 넓은 궁에서 내가 믿는 이는 오직 멜버른 경뿐이다. 경험 많고 임기응변에 능한 정치가는 믿지만 카타리나 파인이란 마술사는 믿을 수 있을까.

"리허설은, 카타리나 파인을 만난 뒤에 하겠어요."

"폐하! 다들 기다리고 있습니다."

"기다리라고 하세요. 나도 지금 기다리고 있지 않습니까?"

오후 내내 책도 읽지 않았고 창밖을 내다보지도 않았다. 몇몇 사람들을 만났지만 무슨 이야기를 나눴는지 기억하지 못할 만큼, 점점 화가 차올랐다. 6월 27일 오후를 나와 함께 보내기로 했다면, 적어도 정오까진 궁에 닿아야 할 것 아닌가. 감히 대영제국 여왕을 기다리게 하다니. 목이 달아나고도 남을 중죄인 것이다. 한편으론 걱정도 커졌다. 멜버른 경의 설명을 신뢰한다면, 카타리나 파인은 해협을 건너 궁으로 오는 길이다. 약속 시간에 늦었음을 깨닫고는 엄벌을 두려워하여 달아난 것은 아닐까. 이 깐깐한 여마술사는 억만금을 준다 해도 원치 않은 곳에선 마술을 하지 않는다고 했다. 유럽의 여러 콧대 높은 왕들이 예의를 갖춰 청했지만 싸늘히 거절했단 이야기도 적지 않았다. 키우는 비둘기들과 산책을 나가야 해서, 손톱 손질이 끝나지 않아서, 빵을 구워야 해서, 옆집 소년에게 마술을 가르쳐 주기로 선약을 해서. 시시콜콜한 거절의 이유가 카타리나 파인의 가치를 더욱 돋보이게 했다.

밤 11시 30분이 가까워서야 멜버른 경이 다시 내게로 왔다. 11시 15분 잠자리에 들었는데, 그가 시종을 시켜 나를 깨운 것이다. 급히 이불을 걷고 침대에서 내려섰다. 침실 문을 열자마자 멜버른 경과 눈이 마주쳤다. 그도 나도 말이 없었다.

"……?"

"……!"

멜버른 경이 웃으며 고개를 끄덕인 뒤 옆 걸음으로 비켜섰다. 첫눈처럼 흰 드레스 차림의 여인이 허리 숙여 예의를 갖췄다. 짙은 눈썹과 살짝 올라간 눈귀가 새의 날개처럼 경쾌했다. 그 속 검은 눈동자가 파닥이는 심장처럼 강렬했다. 일찍이 보지 못한 옷차림이었다. 푸른 모자는 챙이 둥글고 원통 모양으로 가운데가 뾰족했다. 눈빛이 강했지만 맹수처럼 살기를 띠진 않았고 손이 길었지만 원숭이처럼 무릎 아래에 닿을 정도는 아니었다. 입술은 도톰했고 광대뼈가 살짝 나왔으며, 피부는 노랗긴 해도 흰색에 가까웠다. 무엇보다도 인상적인 것은 드레스에 가득 담긴 크고 작은 원이었다. 원들은 물결치듯 크기와 빛깔이 제각각이었다. 멜버른 경이 건넨 책에는 저 원들이 태양계를 이루는 행성을 닮았다고 적혀 있었다. 살짝 어깨만 흔들어도 원들이 옷에서 굴러 와서 내게 안길 듯했다. 태양계를 드레스로 옮겨 흔들며 다니는 여자, 과연 유럽 최고의 마술사다웠다.

"카타리나 파인, 폐하께 인사 여쭙니다."

반가운 마음을 숨기며 짧게 쏘았다.

"왜 이리 늦었는가?"

"혹시 욕조를 쓸 수 있겠습니까? 크면 클수록 좋습니다만."

엉뚱한 요구였다. 나는 멜버른 경에게 시선을 돌렸다.

"이쪽으로!"

멜버른 경이 앞장섰다. 긴 복도를 따라 걸은 후 문을 열고 기다렸다. 내가 먼저 방으로 들어가고 카타리나가 뒤따랐다. 마지막으로 문을 닫고 들어온 멜버른 경이 욕조를 가리키며 설명했다.

"윌리엄 4세께서 즐겨 쓰시던 욕실입니다. 관절염을 앓으셨거든요. 궁에서 가장 큰 욕조를 갖췄습니다."

"이 정도면 되겠는가?"

내가 묻자 카타리나가 곧 답했다.

"충분합니다."

여마술사는 은빛 부채를 들어 빈 욕조를 가리켰다. 맑은 물이 빈 욕조에 차오르기 시작했다. 마술이 시작된 것이다. 오른손 엄지와 검지를 가볍게 비볐다. 금빛 가루가 떨어지는가 싶더니 작은 공이 두 손가락 사이에 걸렸다. 팔을 들어 그 공을 가볍게 흔들자 사과만큼 커졌다. 다시 공을 머리 위로 높이 들었다가 욕조를 향해 던졌다. 공은 욕조 속에 빠지는 대신 수면에서 펑 소리와 함께 연기를 내며 사라졌다. 대신 거대한 연잎이 욕조를 거의 덮으며 떠 있었다. 아이 하나는 넉넉히 앉아 쉴 만한, 런던에선 본 적도 없을 만큼 큰 연잎이었다. 카타리나가 땅속 무나 감자를 뽑듯 양손을 번갈아 휘저어 올렸다. 둥근 연잎의 중심을 뚫고 공 모양 꽃봉오리가 불쑥 나왔다. 그미의 양손이 안에서 밖으로 향하자 하얀 꽃잎이 순식간에 벌어졌고, 입김을 더하자 다시 그 속에서 붉은 꽃잎이 피어났다. 카타리나가 빙글 몸을 한 바퀴 돌린 뒤, 춤추는 봉황이 그려진 부채를 펴 부치자 다시 연기가 일었다. 연꽃이 어느새 욕조에서 카타리나의 양손 위로 옮겨 와 있었다. 나는 얼떨결에 연꽃을 받았다. 묵직했다. 손바닥만 한 꽃잎을 손톱으로 눌러 보니 생화였다. 카타리나가 설명했다.

"런던으로 들어서는데 자그마한 연못에서 하얀빛이 감돌더군요. 가 봤더니 바로 이 연꽃이 피어 있었습니다. 폐하께 드리려고 챙겨 오느라 조금 더 지체했습니다."

"고, 고맙구나."

훗날 나는 내 이름을 본뜬 빅토리아 연꽃(Victoria regia)을 본 적이 있다. 대신들은 이 세상에서 가장 큰 연꽃이라며 호들갑을 떨었고, 나도 웃으며 고개를 끄덕였다. 그들은 카타리나가 내게 선물한 연꽃을 보지 못했으니까.

카타리나는 자신이 건넨 연꽃을 잠시 바라보다가 말을 이었다.

"빡빡한 일정이었습니다. 파리 공연을 마친 뒤 프라하 공연이 예정되어 있었거든요. 여왕 폐하께서 꼭 저를 만나고자 하신다는 말씀을 거듭 듣고 일정을 조정한 후 서둘러 온 거랍니다. 약속을 어기진 않았습니다. 마술사는 시간관념이 철저하거든요. 6월 27일 정오까지 오라는 요청을 받았으나, 폭우 탓에 자정 전까지 도착하겠다는 답장을 도버에서 미리 드렸습니다."

내 곱지 않은 시선을 받은 멜버른 경이 변명 아닌 변명을 했다.

"답장을 받아 온 시종에게 카타리나의 편지를 재확인시켰습니다. 자정 전까지 도착하겠다는 문장이 있다는군요. 저도 그 답장을 점심 식사 후 살펴봤는데, 그땐 그와 같은 문장을 읽은 기억이 없습니다."

카타리나가 가벼운 웃음으로 받아쳤다.

"문장이 개미 떼라도 됩니까, 갑자기 몰려와 여백을 메우는?"

따라 웃고 넘기지 않을 수 없었다.

여왕의 서재로 여마술사를 데리고 갔다. 욕실은 긴 이야기를 나누기에 적당한 장소가 아니었다. 카타리나는 사방 벽을 가린 책장을 따라 산책하듯 천천히 걸었다. 연금술과 마법과 마술사에 관한 책을 모아 둔 책장 앞에 잠시 멈췄다가 다시 걸음을 뗐다. 소파에 앉은 나는 카타리나의 옆모습을 뚫어져라 쳐다보았다. 나이를 가늠하기 어려웠다. 이마와 뺨과 목엔 주름이 전혀 없었고 눈은 아기처럼 맑았다. 코는 사람과 사물에 대한 호오(好惡)가 분명할 듯 서늘하게 오뚝했고, 입술은 어떤 질문에도 응대할 것처럼 도톰하게 야무졌다. 열아홉 살, 내 또래라고 해도 믿을 정도였다. 카타리나 파인은 10년이나 유럽을 돌며 명성을 쌓았으니 적어도 나보다 열 살은 더 연상이리라. 서재 구경을 마치고 소파로 돌아오던 카타리나의 시선이 소파 옆 테이블에 머물렀다. 어젯밤 읽다 만 『카타리나 파인의 열두 가지 소문과 한 가지 진실』이 놓여 있었다.

"이곳 런던까지 카타리나 파인이 마녀란 헛소문이 닿았는지요?"

"소문과 다르단 말이냐?"

"폐하의 눈에도 제가 마녀로 보이십니까?"

"활활 타오르는 장작더미에서 살아 나오지 않았느냐?"

"무대에서 곧잘 하는 마술입니다."

"화형식은 마술이 아니지 않느냐?"

카타리나의 목소리가 한 옥타브 올라갔다.

"베니스를 떠날 때부터 묻고 싶은 질문이 하나 있었습니다. 불구덩이에서 살아 나왔다고 저를 마녀라고 하는데, 그럼 그 불구덩이에서 잿더미로 죽으면 마녀란 누명을 벗는 겁니까? 살아도 마녀 죽어도 마녀라면, 제가 마녀가 아닌 길은 무엇인지요?"

카타리나가 내 눈을 똑바로 들여다봤다. 뜨겁고 투명한, 뜨겁기 때문에 투명한 눈망울을 가진 여자.

"소문은 편견을 낳을 뿐입니다. 폐하! 카타리나 파인이 이렇게 폐하의 궁에 왔습니다. 지금까지 저에 대해 듣거나 읽은 말과 글은 모두 잊으십시오. 폐하의 눈으로 보고 귀로 듣고 손으로 만진 것만 믿으셨으면 합니다. 제 마술이 정말 마음에 드신다면, 저 아름다운 공책에 한 가지 진실만을 남겨 주십시오."

다시 카타리나의 시선이 책으로 향했다. 서늘한 기운이 뒤통수를 지나 등을 훑었다.

공책? 비어 있는 책?

급히 책을 집어 첫 장을 폈다. '카타리나 파인의 열두 가지 소문과 한 가지 진실'이란 제목이 사라지고 없었다. 다음 장, 그다음 장을 급히 넘겼다. 빽빽했던 글자들이 하나도 남아 있지 않았다. 첫 장부터 끝 장까지 완전히 텅 빈 책이었다. 고개 돌려 멜버른 경을 찾았다. 그 역시 놀란 표정이었다. 이것이 정녕 카타리나 파인의 마술이란 말인가. 여왕의 서재에서 카타리나의 움직임을 떠올려 보았다. 내 뒤를 따라 들어와선 책장을 따라 직사각형 방을 돈 뒤 소파 옆으로 와서 섰다. 거기서 테이블까진 세 걸음이 넘었다. 소파와 테이블 사이엔 멜버른 경이 또 시종처럼 서 있었다. 몰래 오갈 거리가 아닌 것이다. 궁의 기물은 모두 황제의 것이다. 마술로 서책을 바꿔치기하여 빼돌리는 짓은 중죄다. 눈에 힘을 싣곤 목소리를 날카롭게 했다.

"돌려놓거라."

"무엇을 말입니까?"

글자가 사라진 책을 집어 들었다.

"알지 않느냐? 어젯밤에도 나는 이 책을 읽었어. '카타리나 파인의 열두 가지 소문과 한 가지 진실,' 이것이 책의 제목이니라. 첫 장부터 끝 장까지 너에 관한 이야기로 가득한 책이야. 여백이 전혀 없었어."

"그 제목은 처음 듣는군요. 대륙엔 없는 책입니다."

멜버른 경이 끼어들었다.

"내가 만들도록 지시한 책이라네. 자네가 런던으로 온다 하고, 또 폐하께서 각별한 관심을 지니셨기에, 급히 만들어 봤지."

"그랬습니까? 제목이 고약합니다. 제게 덧씌운 열두 가지 소문이 뭔지 대충 짐작은 합니다. 마녀니 마법사니 하는 소릴 듣고 다녔으니까요. 저는 저 책에 전혀 손을 대지 않았습니다. 알지도 못하는 책을 어찌 가져갈 수 있겠습니까?"

"그럼 책에 가득 찼던 글자들이 전부 어디로 갔다는 게냐? 발이 있어 스스로 달아났단 말인가?"

카타리나가 말꼬리를 붙잡았다.

"어쩌면! 어쩌면 그럴지도 모르겠습니다."

"무슨 소리야?"

"오래전에 비슷한 이야기를 들은 적이 있습니다. 제가 떠나온 나라 조선은 페르시아보다 동쪽, 청나라보다도 더 동쪽에 자리를 잡았습니다. 조선의 궁궐엔 규장각이란 왕실 도서관이 있습니다. 규장각 지하 밀실에선 그 나라 이야기를 모두 모은 거대한 책을 보관합니다. 책 제목이 '대설(大說)'인데, 많을 때는 200권이 넘고 적을 때는 150권 남짓이랍니다. 권수가 늘었다 줄었다 하는 게 이상하게 들리시죠? 놀랍게도 누가 그 책을 펼쳐 읽느냐에 따라, 그에게 상처를 입힐 글자들이 스스로 사라졌다 합니다. 그가 떠난 후엔 글자들이 되돌아와서 빈칸을 채웠고요."

"흥미롭긴 하나, '대설'이란 책 애길 왜 하지?"

"『카타리나 파인의 열두 가지 소문과 한 가지 진실』이란 책도 『대설』처럼 독자를 배려하는가 봅니다. 여왕 폐하와 같이 아름답고 고귀한 분에게 속한 책이니 그러고도 남겠지요. 제게 상처를 입힐 글자들이 바삐 사라진 게 아닐까 합니다만……."

카타리나는 말을 끊고, 나와 멜버른 경과 차례차례 눈을 맞췄다. 글자들이 독자를 위해 제 발로 사라지다니! 지금까지 들은 이야기 중 가장 황당했지만, 카타리나의 눈길을 받는 순간 반박할 힘을 잃었다. 침묵을 부드럽게 만진 뒤 카타리나가 한 걸음 더 질문을 밀어붙였다.

"저 책에 단 한 글자도 남아 있지 않다는 건 열두 가지 소문뿐만 아니라 한 가지 진실마저도 진실이 아니었음을 반증합니다. 카타리나 파인에 대한 진실을 담은 글자가 단 하나도 없었던 겁니다."

멜버른 경이 발끈했다.

"감히 내가 펴낸 책을 폄하하는 것이냐?"

카타리나는 더욱 침착하게, 멜버른 경 대신 나만 보고 말했다.

"『카타리나 파인의 열두 가지 소문과 한 가지 진실』이란 책을 가져올 순 없습니다. 천하 으뜸 마술사라도 못하는 일이 있습니다. 대신 저 책엔 없던 카타리나 파인의 진실을 들려드려도 되겠습니까? 제 이야기가 옳다고 여기신다면, '카타리나 파인의 한 가지 진실'이란 제목으로 공책을 채우셔도 좋습니다."

멜버른 경이 물었다.

"하찮은 거짓말을 늘어놓는다면? 내가 조사하면 다 밝혀낼 수 있어."

카타리나는 이번에도 나를 보고 답했다.

"그땐 어떤 벌이라도 달게 받겠습니다. 제 이야기가 마음에 드신다면 한 가지 소원을 들어주십시오."

내가 물었다.

"소원? 무엇이냐?"

"날이 밝으면 열리는 대관식에 참석했으면 합니다."

나는 즉답을 하지 못했다. 파격적인 청인 것이다. 내가 아무리 대영제국 여왕이지만, 대관식 참석은 독단으로 결정할 문제가 아니었다. 세상에서 가장 아름다운 대관식을 치르겠다고 호언하며 오랫동안 준비해 온 멜버른 경이 단칼에 잘랐다.

"있을 수 없는 일이다. 마술사로 명성을 날린다 하여도, 미천한 자가 낄 자리가 아니야. 식후 저녁 궁 옆 공원에 마련된 공연장에서 마술을 펼치는 것이 애초의 약속 아니더냐? 그대로 행하면 된다."

나 역시 멜버른 경의 주장을 따르려 했다. 카타리나가 반 박자 먼저 말했다.

"미천한 신분이 아닙니다. 저는 조선의 공주랍니다. 왕위에 오르기 전 폐하께서 공주셨던 것처럼, 저도 조선의 궁궐에서 궁중 법도에 따라 귀하게 자랐습니다. 조선은 너무 먼 나라이니 축하 사신이 오진 않을 겁니다. 제가 조선을 대표하여 대관식에 참석하겠습니다."

다시 나서려는 멜버른 경을 눈짓으로 막았다. 카타리나를 보며 물었다.

"공주였다고? 대영제국 여왕 앞에서 거짓을 고하면 어찌 되는지 알고 있겠지?"

"목숨을 걸겠습니다. 공주셨으니 공주의 마음을 아실 겁니다. 제가 말씀드리고 싶은 진실도, 제가 공주란 사실로부터 시작되니까요."

"조선이라고 했느냐? 그 나라에선 네 이름이 무엇이냐?"

"맑을 청, 밝을 명. 청명(淸明)이라고 합니다."

"청……! 명……!"

한 글자 한 글자 소리 내어 따라 하며 소파에 등을 깊게 묻었다. 밖은 어둠에 잠겼고, 내일 아침 대관식이 시작될 때까지 내겐 자는 것 말고 할 일이 없었다.

"폐하! 내일이 대관식입니다. 푹 주무셔야 식을 무사히 마칠 수 있습니다."

멜버른 경은 난색을 표했지만 나는 카타리나의 조건을 받아들였다. 하루 정도 잠을 못 잔다 해도 큰 문제는 없었다. 대관식이야 매일 연습했으니 졸지만 않으면 되는 것이다. 카타리나가 조선이란 동쪽 나라의 공주였다는 이야기를 어찌 잠을 핑계로 놓치리.

"좋아! 조금이라도 맘에 들지 않으면 당장 이야기를 끊겠다."

카타리나가 입으로만 은은하게 웃음을 머금었다.

"당연히 그리하셔야지요."

시종들이 들어와서 여왕의 서재 곳곳에 램프를 밝혔다. 책등에 반사되어 흐르는 빛이 은은했다. 동쪽 나라 조선에서 대영제국에 닿은, 공주였다는 사실에 목숨을 건 여마술사의 모험담을 듣기엔 딱 좋은 분위기였다.

"그럼 어디 시작해 보거라."

"꽤 긴 이야기가 될 듯싶습니다. 앉아서 말씀 올려도 되겠는지요?"

나는 고개를 끄덕였다. 카타리나가 맞은편에 앉았다. 멜버른 경에게도 자리를 권했지만, 그는 끝까지 서 있겠노라 고집을 부렸다. 카타리나가 내 손에 들린 책을 쳐다보며 말했다.

"여덟 방향에서 마구잡이로 불어오는 바람처럼 이야길 늘어놓을 순 없습니다. 간단한 안내판을 둘까 합니다만……."

"안내판이라고?"

카타리나가 오른 손바닥을 들어 보였다.

"그 책에 이 손바닥을 잠시 올려놔도 되겠습니까? 겉표지에 닿기만 하면 됩니다."

나는 책이 펼쳐지지 않도록 양손으로 꼭 쥐곤 내밀었다. 카타리나가 오른손을 가볍게 얹곤 왼손으로 팽이를 돌리듯 책 아래 허공을 휘휘 저었다. 양손을 거두고 눈을 뜬 후 내게 권했다.

"첫 장을 펴 보시겠습니까?"

시키는 대로 천천히 책을 펼쳤다. 어젯밤까지 제목이 있었으나 흔적도 없이 사라진 바로 그 첫 장이었다.

"응? 이게 뭐야?"

난생처음 보는 열두 단어가 어지럽게 흩어져 있었다. 카타리나가 눈으로 웃으며 다시 권했다.

"조선에서 쓰는 한글이란 글자입니다. 마술 이름 열두 개를 적어 놓았으니, 고르십시오. 마음에 드는 쿠키를 집듯."

"고르면?"

"그 단어의 음과 뜻을 가르쳐 드리겠습니다. 아울러 각 마술에 얽힌 이야기를 펼쳐 보이지요."

나는 검지를 들어 열두 단어를 섬처럼 옮겨 다니다가 이윽고 하나를 짚었다. 카타리나가 그걸 고를 줄 알았다는 듯 고개를 끄덕였다.

"마술사 카타리나 파인에 관한 이야기이니, 마술 판이 벌어지던 곳에서부터 마중물을 놓아 볼까 합니다. 조선의 도읍지 한양 사람들은 그곳을 물랑루(勿朗樓)라고 불렀습니다. 말 물, 밝을 랑, 정자 루. 밝음이 없는 곳. 마술을 펼치기에 더없이 넓고 아득한 판⋯⋯."

조선의 도읍지 한양 사람들은 그곳을 물랑루라고 불렀다. 말 물, 밝을 랑, 정자 루! 밝음이 없는 곳. 마술을 펼치기에 더없이 넓고 아늑한 판.

따로 붙일 이름이 없어 루(樓)란 꼬리를 달았으나, 물랑루는 조선 팔도 어느 누각과도 달랐다. 삿갓에 둥근 구멍을 뚫고 장구를 세운 모양이라고나 할까. 마술이 벌어지는 팔각형 판의 중앙 천장은 백탑(白塔)이라 통하던 원각사지 10층 석탑보다 두 길이 높았고, 루의 가장자리에 이르러서도 추켜올린 팔이 천장에 닿지 않았다. 루의 둘레는 손에 손을 잡은 어른 100명이 삥 두를 정도였다. 여덟 개의 문으로 동시에 관객을 받았고, 만석(滿席)이면 1000명이 동시에 마술을 구경했다. 마술 판 위 허공엔 각종 도구들이 매달려 순서를 기다렸다. 뒤주도 있었고 밧줄도 있었으며 그네도 있었고 장창이나 장검도 있었다. 비둘기와 까치와 까마귀와 앵무새 들이 저마다의 줄에 앉아 가끔 날갯짓을 했다. 먹이로 유혹하는 관객에게 날아내리는 새는 없었다. 물랑루의 두 번째 특징은 창문이 없다는 점이다. 관객이 입장한 후 문을 닫아걸면 외부의 빛이 전혀 들지 않았다. 판을 돌아 타오르는 여덟 개의 횃불이 없다면 지하 동굴처럼 깜깜할 것이다. 물랑루 관객의 눈엔 오로지 마술사와 그가 선보이는 마술 외엔 아무것도 보이지 않았다. 물랑루의 마지막 특징은 마술사가 등장하고 물러나는 통로가 따로 없다는 점이다. 느닷없이 등장하고 바람처럼 사라지는 존재가 마술사라면, 그에게 가장 어울리는 장소가 바로 물랑루였다.

밝음이 없는 물랑루는 공맹이 지배하는 조선과는 완전히 다른 세계였다. 입장료를 낸 이들은 공평하게 대접받았다. 양반이라고 앞자리에 앉히거나 천것이라고 끝자리로 몰지 않았다. 장옷으로 머리를 가린, 다소곳한 규수도 적지 않았지만 손뼉을 치며 소리 내어 웃는 여인네도 많았다. 아이들은 장난을 치며 뛰놀았고 젊은이들은 흘끔흘끔 마음에 품고픈 이를 곁눈질했고 늙은이들은 잔기침 사이사이 추억을 떠벌렸다. 창문이 없어 통풍이 어려운데도 군데군데 담배 연기가 피어올랐다. 관객들이 뿜은 담배 연기로 인해 물랑루는 더욱 밝음이 사라져 어둑침침했고 분명함 없이 아득했다. 일어날 수 없는 일도 없고 일어나선 안 될 일도 없는 곳, 물랑루!


4


환희단(幻戲團)!

이것이 물랑루를 주름잡던 광대패 이름이다. 이 패의 흥망을 쥐락펴락하는 으뜸 마술사가 바로 환희였다.

공연 날짜가 잡히기 무섭게 물랑루 매표방(賣票房)엔 은빛 부채로 입과 코를 가린 환희의 초상이 담긴 입장권을 사기 위해 줄이 길게 늘어섰다. 환희에 관한 기이한 소문 역시 물랑루를 가득 채우

고도 남았다. 한양과 경주와 광주에서 동시에 마술을 선보였다고
도 했고, 설악산 울산바위를 지리산으로 옮겼다가 계룡산에서 굴
린 뒤 다시 설악산으로 갖다 놓았다고도 했다. 고조선부터 지금까
지 계속 젊음을 유지하며 사는 신선이라고도 했고, 밥 대신 물만
마시며 평생을 보낸 도사라고도 했다.

물랑루 밖에서 환희를 본 이는 없었다. 환희는 오직 마술과 함께
등장하고 마술과 함께 사라졌다. 고향이 어디고 가족이 어떻게 되
며 취미는 무엇이고 언제부터 마술을 익혔고 왜 마술사가 되었는지
는 알려진 것이 없었다. 환희가 한 사람이 아니라 여러 명이란 주장
까지 나왔다. 이 몸이 환희라며 떠들고 다니다가 관아에 붙잡혀 온
왈패도 열 명이나 되었다.

환희가 구사하는 마술은 1000가지가 넘었다. 환희의 마술을 날
렵한 손재주나 간단한 눈속임으로 취급해선 안 된다. 바다의 물고
기나 들판의 꽃이 제각각이듯 마술사도 천차만별이다. 마술사 환희
는 관객을 속이지 않는다. 세상 만물의 변화를 판에 올라 선보이는
것뿐이다. 천년만년 살 것 같은 인간도 100년을 넘기지 못한 채 흙
으로 돌아가고, 흙에서 움튼 새싹은 떡잎보다 몇 배나 큰 꽃을 피
운다. 인간을 흙으로 바꾼다거나 흙을 꽃으로 옮겨 드러내면, 이 짓
이 마술인 것이다. 과정을 늘리거나 줄이지만 속이진 않는다. 속았
다는 느낌이 든다면, 그건 마술사가 한 짓이 아니라 관객이 스스로
에게 속은 것이다. 변화의 흐름으로 보자면, 어제의 나는 오늘의 나
와 다르고 오늘의 나는 내일의 나와 다르지 않겠는가? 매미도 한때
는 번데기였고 마술사도 한때는 관객이었으며 작가도 한때는 독자
였다. 한 사람 한 사람이 변화의 증거인 셈이다.

마술 공연에서 환희의 순서는 언제나 마지막이다. 단원들이 상모를 돌리며 풍물을 놀고 판소리 몇 대목이 지나가고 개와 고양이가 재주를 부리며 외줄을 타는 동안, 환희는 지하에 마련된 자기만의 방에서 기다렸다. 단원들은 복도 끝 외따로 떨어진 그 방을 희방(戲房)이라고 불렀다.

환희는 자신의 이름이 스무 번 이상 불리기 전까진 희방을 나서는 법이 없었다. 시장이 반찬이듯이, 혹시 오늘 밤 환희의 마술을 못 보는 것이 아닐까 하는 걱정과 너무 오래 기다린 짜증과 조선 으뜸 마술을 구경한다는 기대가 뒤범벅이 되어 폭발하기 직전까지, 환희는 버텼다. 청명이 물랑루로 처음 갔던 가을밤에도, 환희가 모습을 드러내기도 전에 물랑루는 이미 열광의 도가니였다.


5


이 이야기의 여주인공 이름은 맑을 청, 밝을 명, 청명(淸明). 그 가을 나이는 열일곱 살이었다.

청명은 궁궐에 있어도 그만 없어도 그만인 옹주였다. 어머니 소원(昭媛) 조씨(趙氏)는 딸을 낳은 후 사흘 만에 세상을 떠났고, 그 후로 청명은 줄곧 보모인 정 상궁 손에서 자랐다. 왕은 어미 잃은 핏덩이를 가엾게 여겨 출궁시키진 않았지만 곁에 두고 각별히 아끼지도 않았다. 청명의 거처인 후원 옆 작은 별당은 폐가(廢家)처럼 고요했다. 말이 새어 나오지도 않았고 오가는 이도 없었다.

청명은 어려서부터 깨달았다. 제 모습이 도드라질수록 궁궐에 머물기 힘들고 목숨까지 위태로울 수 있음을. 아무것도 하지 않은 채 방에만 있어도 막내 옹주를 살피는 눈길이 적지 않았다. 가지 않은 곳을 갔다는 이야기도 들었고, 가지 않은 곳에 가서 누군가를 험담했다는 비난도 샀으며, 가지 않은 곳에 가서 누군가를 험담하는 바람에 그 누군가가 앓아누웠으니 가서 사과하라는 요구도 받았고, 가지 않은 곳에 가서 누군가를 험담하는 바람에 앓아누운 그 누군가의 문 앞에서 무릎을 꿇고 하루 낮 하룻밤을 보낸 적도 있었다. 간 것보다 가지 않았다는 사실을 증명하기가 백배는 어려웠다. 청명은 매일 도전했다, 현실에서든 상상에서든 어디로도 가지 않는 삶을!

대낮엔 별당에 앉아서 어머니가 유품으로 남긴 소설들만 넘기며 지냈다. 소설이 없었다면 훨씬 더 적적하고 답답했으리라. 느릿느릿 흘러가는 이야기를 따라 저승에도 가고 사막에도 가고 왕자와 결혼도 하고, 하늘로 올라가 천도복숭아도 따 먹었다. 소설이 재미없을 땐 코끝을 종이에 붙이곤 숨을 깊이 들이마신 뒤 혼잣말로 물었다.

"냄새는 이리 좋은데 이야긴 왜 그리 맛이 없을까?"

뺨을 책에 댄 채 잠들기도 했다. 지루한 이야기가 신나게 바뀌어 꿈으로 찾아들기를! 문득 고개를 들면, 검은 글자들이 뺨에 찍혔고 해는 졌고 밖은 어두웠다.

자신을 지키는 가장 좋은 방법은 숨고 숨고 또 숨는 것이었다. 다른 비빈이나 공주와 옹주들이 가지 않는 곳만 골라, 인적 드문 밤에 돌아다니길 즐겼다. 궁궐에 얼마나 멋진 곳이 많은지 아는가? 그 누구의 눈에도 띄지 않는 자기만의 공간을, 비록 더럽고 작고 빗물이 줄줄 새더라도, 갖는다는 것은 특별한 기쁨이었다. 왕의 총애를 받는 비빈의 공주나 옹주를 만나는 자리에서도, 청명은 언행을 다소곳하게 했지만 마음만은 꿀리지 않았다. 그미들에겐 품어 주는 어미와 귀한 패물과 고운 옷이 있겠지만, 청명은 그 무엇과도 바꿀 수 없는 내밀한 공간을 스무 개나 가진 부자였다.

청명은 숨어 다니기 위해 보통 사람보다 몇 배의 공을 들였다. 약점 하나를 타고났기 때문이다. 허리까지 잡풀이 올라온 지저분한 늪에서도 금방 눈에 띄는 하얀 연꽃처럼 피부가 지나치게 밝았던 것이다. 청명은 그늘이 내린 처마 밑과 울타리 아래와 방구석을 미리 보고 기억했다. 약점을 지울 만큼 충분히 어두운지 가늠하는 것도 잊지 않았다.

6

손에 닿지 않는 무엇인가를 아끼는 것은 인간의 습성이다. 별이든 사람이든.

7

청명의 유일한 벗 조은미(趙恩美)는 영의정 조상갑(趙相甲)의 외동딸이었다. 청명의 어머니 소원 조씨는 조상갑의 동생이긴 했으나 배가 다른, 정실이 아닌 첩실 소생 서녀였다. 채 열 살도 되기 전 무수리로 궁궐에 들어갔다가 왕의 눈에 띄어 후궁에까지 오른 것이다. 무수리일 때는 아는 척도 하지 않던 조상갑도 그미가 내명부 정

사품 소원이 되자 먼저 찾아와 도움을 청했다. 조 소원은 지난날의 섭섭함을 잊고 친정을 위해 노력했다. 조상갑이 영상에 오른 데는 살아생전 조 소원이 왕에게 여러 번 친정 오라비를 천거한 공이 적지 않았다. 조상갑도 그 은혜를 잊지 않고 은미를 종종 청명의 별당으로 보냈다.

정승 집 외동딸 조은미는 구김살이 없고 나서기를 좋아했다. 하고 싶은 말을 속에 담아 두지 않고 툭툭 뱉었으며, 욕심도 집착도 많았다. 승부욕도 남달라 경쟁이나 내기에선 기를 쓰고 이기려 들었다. 생일은 청명이 여섯 달 빨랐지만 은미는 단 한 번도 청명을 언니로 대접하지 않았다. 청명은 자신과 상반된 동갑내기 은미에게 끌렸다. 유일하게 마음을 터놓는 사이였다. 궐 밖 소식을 전해 주는 고마운 아이이기도 했다. 청명도 은미 앞에서만은 맘껏 소리 내어 웃었다. 은미는 남이 뭐라 하든 어찌 보든 상관하지 않았다. 고관대작의 딸로 귀하게 자란 자신감일까. 함께 떠들다가도 자연스럽게 이야기를 이끄는 쪽은 은미였고, 맞장구를 치며 귀를 기울이는 쪽은 청명이었다. 이야기를 들으면서도 청명은 마음이 분주했다. 꼬리에 꼬리를 물고 여러 가지 상상이 떠올랐던 것이다. 가끔 은미가 이야기를 뚝 멈추고 물었다.

"또 어딜 갔다 오셨사옵니까? 달나랍니까 별나랍니까? 북두칠성 국자 끝에 대롱대롱 매달리기라도 하셨사옵니까?"

멍하니 초점 흐린 눈으로 마주 앉은 청명을 볼 때마다, 은미는 그 마음이 헤매는 곳을 따졌다.

은미에게서 환희란 이름을 처음 들었다. 한마디로 조선 최고 기남자(奇男子)! 구름 위인 듯 사뿐사뿐 걸으며, 춤추는 봉황이 그려진 은빛 부채로 오색 무지개를 드리우고 함박눈을 흩날린다는 것이다.

솔직히 마술을 믿진 않았다. 환상도 없다 여겼다. 열 살까지, 죽은 어미 조 소원을 밤마다 그리워했지만, 귀신으로라도 만나고 싶었지만, 바람은 이뤄지지 않았다. 죽은 자는 죽은 자고 산 자는 산 자였다. 이 세상은 이 세상이고 이 세상이 아닌 세상은 어디에도 없었다. 궁인들 사이에선 잡귀를 보았단 소문이 끊이질 않았다. 후원은 넓었고 정자는 깊었으며 나무는 높았고 전각은 웅장했으니까. 밤에 홀로 거닐다 보면 어디선가 들려오는 소리와 어디론가 사라지는 그림자를 만났다. 밥이 줄거나 반찬이 사라져도, 기왓장이 떨어지거나 호롱불이 흔들려도, 구천을 떠돌다가 저승으로 못 간 혼백의 장난으로 돌렸다. 청명은 궁궐 구석구석 자기만의 공간을 확보하며, 궁인들 혀끝을 오르내리는 일들이 귀신의 장난이 아님을 깨달았다. 얼핏 보면 신기하지만, 일어날 만하니 일어난 일들이었다. 인과(因果)를 따져 이해하면 두려움과 환상을 벗길 수 있다. 마술 역시 특별히 흥미를 끌진 않았다. 저승이나 귀신 혹은 도깨비들의 기이하고 애매모호한 이야기를 즐겨 읽긴 했지만 어디까지나 소설에서만 가능하다 여겼다. 현실은 소설보다 차갑고 분명했다. 그토록 단단한 현실이기에, 그곳을 피해 종이 위 소설로 빠져들었는지도 모른다.

환희의 마술이 전혀 궁금하지 않았다면 거짓말이겠지만, 청명은 물랑루란 건물에 더 관심이 많았다. 사방, 아니 팔방에서 환희의 마술이 훤히 보이고, 수십 마리 새들이 원을 그리며 어두운 허공을 휘돈다니! 제 눈으로 똑똑히, 하나하나 놓치지 않고 보고 싶었다. 은미의 설명이 장편소설 한 권보다 더 길고 상세해도, 한 번 가서 보느니만 못했다.

은미의 가마에 정 상궁까지 셋이 타고 궁궐 협문을 나서서 물랑루로 갔다. 정 상궁은 반대했지만 청명의 황소고집을 꺾긴 어려웠다. 청사초롱 늘어선 입구로 들어서는데, 웅장한 풍악이 벌써 관객을 휘감았다. 닫힌 매표방엔 "滿席(만석)" 두 글자가 큼지막했다. 스무 번도 넘게 물랑루를 드나든 은미의 도움으로 겨우 자리를 얻었다. 규수들이 은미와 알은체를 했다. 은미는 경상도 안동에서 온 일가붙이라고 청명을 적당히 둘러댔다.

청명의 시선은 허공으로 향했다. 한동안 벌어진 입을 닫지 못했다. 물랑루는 상상했던 것보다 훨씬 넓고 까마득히 높았다. 고개를 들고 눈을 또렷이 떠도 천장에 그려진 청룡의 앞발 발가락이 세 개인지 네 개인지 정확하지 않았다. 허공에 매달린 거대한 주머니와 날카로운 장대, 그네와 밧줄과 그물도 일찍이 다른 누각 천장에선 못 본 도구들이었다. 기묘한 도구들이 저마다 다른 두려움과 기대를 선사했다.

환희단 공연도 기대 이상으로 멋있었다. 웃고 울고 놀라고, 손톱이 손바닥을 파고들 만큼 주먹을 꽉 쥔 채 각종 묘기를 구경하는 재미가 쏠쏠했다. 은미를 비롯한 규수들은 옆에서 계속 툴툴댔다.

"저까짓 건 아무것도 아니에요. 환희 님만 나오면……."

"쟨 왜 저리 굼뜬 거죠?"

밤 나들이를 반대했던 정 상궁까지 덩달아 발을 동동 굴렀다.

"어서, 어서!"

저들에게 환희는 마술사가 아니라 고통 없는 세상을 선사하는 교주 같았다. 청명은 놀라움과 기쁨의 탄성을 지를 준비를 마친 환희교 맹신도들 사이에 끼어 앉은 것이다. 청명은 조금씩 약이 오르기 시작했다. 공연 시간이 예정보다 길어진 것은 어쩔 수 없다 해도, 벌써 열 차례나 호명을 했음에도 환희는 등장하지 않았다. 은미가 갑자기 울음을 터뜨렸다.

"왜 그래?"

"혹시 어디 아픈 건 아닐까? 이 밤 님을 못 보면 차라리 죽는 편이 나아."

다른 규수들도 다투어 눈물을 쏟았다. 은미는 그미들보다 더 큰 소리로 더 오래 울었다. 물랑루는 곧 울음과 탄식의 바다로 바뀌었다. 분위기에 휩쓸리지 않고 바위섬처럼 홀로 짜증을 내는 이는 청명뿐이었다. 마음으로 열을 헤아릴 동안 나타나지 않으면 자릴 박차고 나오려 했다.

환희, 그깟 마술사가 대체 뭐라고.

으뜸 마술사 환희가 마술 판으로 들어선 것은 바로 그 순간이었다. 흰 바지와 저고리엔 크고 작은 동그라미가 가득했다. 횃불이 일렁일 때마다 원들이 쏟아질 듯 흔들렸다. 은빛 부채로 푸른 갓을 살짝 올렸다. 광통교에서 파는 흔한 갓보다 세 배는 높았고, 햇빛을 가리는 양태(凉太)의 지름이 두 배는 길었다. 머리에 얹고 다니기엔 무거워 보였지만, 환희는 갓을 쓰지 않은 사람처럼 날렵하게 고개를 흔들었다. 길이가 18미터에 이르는 열두 발 상모라도 돌릴 듯.

8

청명은 "첫눈에 반했다."는 말을 믿지 않는다. 단순한 호감을 과장한 경우가 대부분이다. 이 사랑만은 예외로 두고 싶은 바람이기도 하다. "마술사 환희와 첫눈에 반해 사랑이 시작되었다."는 문장은 얼마나 매혹적인가. 기대하는 눈빛 속에서도 청명은 늘 솔직해왔다. 첫눈에 조선 마술사는 정말 끔찍했다고.

9

환희가 즐겨 선보이는 마술들을 알지 못한 채 물랑루로 간 것은 청명의 잘못이었다. 은미가 열심히 설명했지만, 청명의 관심은 앞서 밝혔듯이 물랑루로 쏠렸다. 환희에 대해선, 얼굴이 반반하고 마술 솜씨도 좋아, 규수들 가슴 뛰게 하고 상사병의 원인을 제공하는 사내 정도로 여겼다. 그들 속에 자신이 포함되리라곤 상상하지 않은 것이다. 지나칠 정도로 무딘 이 감정을 어찌 이해해야 할까. 열일곱 살이 될 때까지 청명은 궁중 내관을 제외하곤 젊은 사내를 본 적도 없었다. 『운영전(雲英傳)』이란 애정 소설을 읽을 땐, 궁녀 운영의 마음을 뒤흔든 김 진사를 상상하며 설레기도 했지만, 현실에선 누가 멋진 사내고 그 앞에서 자신의 태도가 어떠해야 하는지 전혀 몰랐던 것이다. 17년 물을 모아 둑을 터뜨리면 단번에 하구까지 흘러가겠지만, 물랑루에 들어간 뒤에도 청명의 마음 둑은 실금 하나 가지 않았다.

청명은 냉정하게 이런 의문까지 품었다. 환희가 정녕 조선에서 가장 잘생긴 사내일까. 객석은 온통 컴컴하고, 일렁이는 여덟 횃불로 뼁 두른 팔각 마술 판 한가운데 선다면, 팔뚝의 힘줄이 드러나게 소매를 싹둑 자르고 은실로 허리를 살짝 묶은 푸른 도포 자락 휘날리며 은빛 부채로 입술을 가린 채 나선다면, 등장하기 전 단원들이 상모를 돌리며 풍물을 놀았고 판소리 몇 대목이 지나갔고 개와 고양이가 재주를 넘었고 원숭이가 외줄을 탔다면, 물랑루 전체를 쿵쿵 울리며 피리와 거문고와 북소리가 들려온다면, 관객들 환호가 걱정과 짜증과 기대로 뒤범벅이 된 채 풍악에 얹힌다면, 마술사는 난쟁이나 꼽추가 아닌 이상 근사한 미남자로 받아들여질 것이다. 마내자(馬內者) 기탁(奇卓)의 작전이기도 했다.

기탁!

이 꽹과리처럼 시끄럽고 민들레 홀씨보다 가벼운 곰보는 이야기에 자주 등장할 테니 설명을 곁들이겠다. 양 볼에 마마 자국 가득한 기탁은 환희단 단장이자 마술을 함께 짜는 동료이며 환희의 과거와 현재와 미래에 일일이 간섭하는 고맙고도 미운 형이었다. 환희가 나서기 껄끄러운 자리엔 늘 대신 나갔고, 환희를 빛나게 하기 위해서라면 돈이면 돈, 술이면 술, 기녀라면 기녀, 아끼지 않았다. 기탁은 쉼 없이 입을 놀리며 한 일과 할 일을 논했다. 적어도 열 번은 반복했다. 환희는 귀를 파며 한두 번은 그냥 흘려듣기도 했다. 웃기는 얘기지만, 기탁은 자신이 뱉은 말 중 절반을 스스로도 의심했다. 팔도에 깔아 둔 고향이 100군데도 넘는다면 믿겠는가. 마술 공연을 도는 고을 전부를 오래 전 떠난 그리운 고향이라고 소개할 정도였다. 거짓말이 들통날 때마다 기탁은 웃으며 변명 아닌 변명을 했다.

"마내자가 참말만 하면 이상하잖아?"

하늘을 뚫고 땅을 흔드는 환희의 마술은 차차 선뵐 기회가 있으니, 지금 여기서 다 설명하진 않겠다. 마술사니까 당연히 마술을 꽤 하겠지, 쉽게 단정하진 마시라. 환희의 마술은 '꽤'의 차원을 훌쩍 뛰어넘는다. 세상에는 두 종류의 마술사가 있다. 타인이 만든 마술을 배워 익힌 마술사와 새로운 마술을 만들어 선뵈는 마술사. 후자는 전자까지 포괄하는 경우가 대부분이다. 환희 역시 한 달에 서너 가지 새로운 마술을 선보이는 마술사였다. 마술 하나를 구상하여 만들고 몸에 익히기 위해 마술사가 들이는 시간은 상상 이상이다. 잠을 줄이거나 살을 빼는 것은 흔한 일이며 고향을 떠나 국경을 넘기도 하고 목숨이 달아날 위기에 처하기도 한다.

청명이 환희를 처음 만난 그 밤의 마지막 마술로 넘어가 보자.

환희가 대미를 장식하는 마술은 물랑루에서 공연을 시작한 후 바뀐 적이 없었다. 여자 관객을 판으로 불러올린 뒤 연꽃 봉오리를 허공에 띄우고 그미의 숨결로 꽃잎이 만개하게 만드는 마술이었다. 꽃봉오리를 허공에 띄운 다음부터 마술사는 뒷짐을 진 채 멀찍이 물러났고, 꽃을 피우는 것은 전적으로 여자 관객의 몫이었다.

그 밤, 환희는 왜 하필 청명을 지목했을까.

시시하고 흔한 답은 마술사가 남다른 미모를 지닌 여자 관객에게 첫눈에 반한 탓일 것이다. 첫눈에 반한다고 할 때 빠져드는 부위는 대부분 얼굴이다. 여자 관객의 어깨에 반하거나 발목에 반한 마술사는 만난 적이 없다. 환희가 청명을 지목한 이유는 얼굴 때문이 아니었다. 오히려 희고 긴 목덜미가 자꾸 신경이 쓰였다.

그 밤 청명은 물랑루에서 가장 불량한 관객이었다. 마술이 진행되는 동안 허공에서 각종 도구들이 내려왔다. 줄과 그네, 철망으로 사방을 두른 상자, 때론 비둘기들이 100마리도 넘게 한꺼번에 날아내리기도 했다. 마술이 끝나면 그것들은 다시 환희의 머리를 스쳐 판 위 어둠으로 올라갔다. 쥐 죽은 듯 소리 내지 않고 어둠이 되어 머물렀다. 청명은 마술의 시작과 끝에 그 도구들이 허공의 어디쯤에서 모습을 감추는지 궁금했다. 도구가 내려오거나 올라갈 땐 풍악이 빨라져 자진모리장단으로 놀았고 환희의 부채도 덩달아 사방을 찔러 댔다. 관객들 시선이 판에 머물 때 청명만 목을 길게 뽑고 허공을 살폈던 것이다.

처음 어둠을 보면 뭉뚱그린 어둠이지만, 그 속으로 빨려 들어간 도구들의 동선을 그려 보면 흐릿하게 어둠 속 어둠과 어둠 밖 어둠이 나뉘었다. 어둠들을 다시 찢고 들어가면 감쪽같이 사라졌던 도구들의 윤곽이 희미하게나마 잡혔던 것이다. 어떤 것은 검은 천으로 감쌌고 어떤 것은 검은 나무판 위에 올려졌으며 어떤 것은 뱀처럼 똬리를 튼 채 꼭대기 원뿔 모양 홈에 쏙 들어앉았다. 도구를 숨기고 감출 공간까지 미리 예상하고 건물을 올렸으니, 물랑루는 조선 최고의 건물이라고 감히 칭찬할 만했다. 청명에게는 환희의 이런저런 마술보다 물랑루의 어둠이 흥미로웠다. 당장 저 어둠으로 날아올라 그 방들을 하나씩 살피고 싶을 만큼.

무관심이 관심을 끈 셈이다. 얼굴이 아니라 목덜미 때문에, 환희는 두고두고 기억될 선택을 했다.

"오늘 물랑루에 아름다운 분들이 많이 오셨군요. 그중에서 가장 어여쁜 이에게 선물을 하나 할까 합니다. 어렸을 때 저희 마을에 작은 연못이 있었습니다. 어머니는 어린 제 손을 잡고 매일 연못을 산책했지요. 비 갠 새벽이었습니다. 평소처럼 제 손을 쥐고 걸어가던 어머니가 걸음을 멈추셨지요. 연못을 보라고 제게 눈짓을 하셨습니다. 거기 어둠이 가시지 않은 수면에 하얗게 피어난 꽃이 있더군요. 연꽃이었습니다. 얼마나 행복했는지 모릅니다. 연꽃을 바라보는 것만으로 마음이 맑아지고 밝아진다는 사실을 그때 처음 알았습니다. 어머니와의 새벽 산책을 기리며 마지막 마술을 해 볼까 합니다."

대부분의 여인들이 얕은 신음과 함께 마른침을 삼켰다. 환희가 부채를 접어 들고 한일자로 허공을 갈랐다. 관객들 얼굴이 부채 끝에 차례차례 걸렸다. 잠시 머물다가 지나칠 때마다 아쉬움의 탄성이 흘렀다. 그들은 몰랐다, 지목할 여인이 벌써 정해졌음을! 환희의 은빛 부채는 은미와 청명과 정 상궁을 지나쳤다가 다시 정 상궁을 거쳐 청명에게 돌아왔다.

"거기 거기…… 아니 그쪽 말고 그 옆에! 그래요 낭자! 올라오십시오."

지목을 받고도 청명은 버텼다. 관객의 시선이 쏠렸지만 꿈쩍도 하지 않았다. 환희는 부채로 제 어깨를 탁탁 친 뒤 다시 정확하게 가리켰다.

"올라오십시오."


11


환희도 당황했고 청명도 당황했다.

먼저 환희의 당황. 지금까지 단 한 번도 지목받은 관객이 올라오지 않은 적이 없었다. 너무 기쁜 나머지 다리에 힘이 풀려 주저앉은 규수는 있지만. 청명이 판으로 나가지 않자, 다른 관객들이 앞다투어 손을 들었다. 환희는 계속 청명만 쳐다봤다. 시간이 흐를수록 거절당한 상처가 커질 수밖에 없었다.

청명의 당황. 언제나 청명은 응달의 편이고 밤의 편이며 그림자의 편이었다. 주목을 받고 나선 적이 없다. 궁궐에서 열일곱 살까지 쫓겨나지 않고 견딘 비법이었다. 평생 하지 않던 짓을, 준비도 없이 갑자기 강요당한 것이다. 청명은 결코 판으로 나설 수 없었다. 삶을 송두리째 바꾸는 일이었다.

당황한 두 사람 사이로 끼어든 이는 마내자 기탁이었다. 어려움에 처한 마술사를 돕는 것이 마내자의 역할이기도 했다. 기탁은 청명을 등지고 환희를 향해 양손을 흔들어 댔다.

"안 돼."

환희는 기탁에게 응답이라도 하듯 팔을 가볍게 들었다가 내렸다. 곧장 팔각 판을 벗어나 청명이 앉은 북서방 객석으로 걸어갔다. 얼굴이 살짝 일그러졌다. 석 달 전 판을 무시하고 내려섰다가 몰려든 관객에게 눌려 어깨와 꼬리뼈를 다친 탓이다. 그 바람에 열흘 넘게 공연을 쉬었고, 기탁은 선금 중 일부를 돌려주느라 크게 손해를 입었다.

환희가 청명 앞에서 걸음을 멈추자 흥을 돋우며 따라 울리던 풍악도 멈췄다. 침묵은 둘을 더욱 도드라지게 만들었다. 관객의 뜨거운 시선이 느껴졌다. 청명은 이런 관심을 견딜 수 없었다. 몸을 생쥐만 하게 줄여 어둠 속으로 휙 달아나고 싶었다. 얼굴과 등에서 식은 땀이 흘렀고 두 손과 두 발이 동시에 떨렸다.

"연꽃 선물 받을 낭자를 찾아 객석까지 마술사 환희가 직접 온 건 당신이 처음이오."

분신과도 같은 은빛 부채를 내밀었다.

"자, 이제 갑시다."

청명은 부채를 거들떠보지도 않고 답했다.

"싫어."

늘 웃는 환희의 두 눈이 도끼눈으로 바뀌었다. 양반집 규수가 판놀음 광대에게 하대하는 것은 당연하지만, 물랑루에서 환희는 미천한 광대가 아니라 밤하늘에 반짝이는 별이었다. 모두 환희의 이름 뒤에 '님'을 붙여 존대했던 것이다. 청명의 손목을 잡아끌었다.

"함께 가제도."

"무엄하구나!"

청명이 손을 뿌리친 후 환희의 뺨을 때렸다. 환희는 물론이고 관객 모두 뜻밖의 손찌검에 당혹했다. 돌연 여기가 절벽이고, 한 발이라도 물러서면 떨어져 버릴 까마득한 협곡이었다. '뺨 맞은 마술사'란 오명이 평생 환희를 따라다닐 수도 있었다. 진지한 마술 솜씨보다 우스꽝스러운 사건이 더 오래 기억되는 법이다.

뺨을 맞고 나니 정신이 번쩍 든 쪽은 환희였다. 둘뿐이었다면 다투고 의논하여 불쾌한 맘을 풀었겠지만, 환희와 청명은 지금 물랑루에 있었다. 수많은 관객이 으뜸 마술사의 봉변을 지켜본 것이다. 환희에겐 이 낭패를 슬기롭게 넘기는 것이 중요했다. 물랑루 으뜸 마술사의 권위를 엄격하게 세울 필요가 있었다. 정색을 하고 반말로 받아쳤다.

"놀기 싫으면 꺼져!"

"뭐?"

청명은 더욱 화가 났다. 대접받지 못하는 천덕꾸러기 신세라 해도 그미는 왕실의 옹주다. 환희가 아무리 물랑루의 으뜸 마술사라고 해도 그 신분은 미천한 광대다. 옹주에게 반말을 지껄일 처지가 아닌 것이다. 물론 청명이 옹주란 사실을 밝히진 않았지만, 광대가 규수에게 다짜고짜 꺼지라고 몰아세우는 건 예의범절에서 어긋나도 한참 어긋나는 짓이다. 환희가 허리 숙여 청명의 귓가에 입술을 가까이 붙이곤 경고했다.

"물랑루는 즐기는 곳이야. 말 물, 밝을 랑! 밝음이 없는 곳. 양반과 상것의 구별이 없는 곳. 함께 웃고 노는 곳. 보아하니 양반 댁에서 곱게 자란 규수 같으신데, 놀기 싫으면 돌아가 조용히 수나 놓으며 현모양처 흉내나 내. 괜히 내 공연에 침 뱉지 말고."

"천하의 잡놈이구나, 너."

"진짜 잡놈 맛 좀 보여 줄까?"

청명은 잠시 잊었던 것이다. 이곳이 물랑루고, 물랑루에선 마술사 환희가 모든 걸 좌지우지한다는 것을. 불가능을 가능으로 바꾼다는 것을. 청명을 비롯한 관객은 멍하니 마술을 지켜보다가 놀라며 환호할 자유만 있음을.

환희는 소매에서 종이를 꺼내 나비 날개처럼 얇게 잘랐다. 수십 조각을 손바닥으로 비빈 후 청명에게 던졌다. 청개구리 한 마리가 어깨에 앉았다. 청명은 깜짝 놀라며 벌떡 일어섰다. 그 순간 관객들이 동시에 웃음을 터뜨렸다. 환희는 바닥에 떨어진 청개구리를 집어 하늘로 높이 던졌다. 청개구리는 다시 내려오지 않고 허공으로 사라졌다. 박수가 터져 나왔다. 청개구리가 사라진 뒤에도 개구리 울음이 물랑루를 두루 울렸다.

청명은 더 이상 서 있을 수 없었다. 급히 출구를 향해 걸음을 옮겼다. 박수가 끝나기 전에 물랑루를 벗어날 마음뿐이었다. 정 상궁도 급히 청명을 따랐다.

박수가 너무 빨리 끊겼다. 침묵이 찾아들자 청명도 걸음을 멈추고 고개를 돌렸다. 환희가 부채를 합장하듯 쥐곤 청명을 보며 서 있었다. 양팔을 휘휘 크게 저어 원을 그린 뒤 부채를 탁 잡는 바람에, 박수와 웃음이 끊긴 것이다. 환희는 천천히 부채를 들어 청명을 가리켰다. 물랑루를 어지럽히고 달아나는 미꾸라지가 누구인지 분명히 지목한 것이다. 환희의 따귀를 때린 것도 마술을 방해한 옹졸한 짓으로 회자될 것이다. 그 순간 청명은 무슨 말이든 하고 싶었지만 말문이 막혔다. 은미가 눈에 들어왔다.

"안 따라 나오고 뭐해?"

환희가 고개를 돌려 청명의 옆자리에 앉았던 은미를 쳐다보았다. 관객들 시선도 그쪽으로 쏠렸다. 은미가 청명에게 답했다.

"조심조심 먼저 가! 난 환희 님 마술 마저 보고 갈게."

"먼저 가랍니다!"

환희가 은미의 답을 큰 소리로 반복했다. 객석의 웃음과 함께 풍악이 울렸다. 청명은 시끌시끌한 물랑루를 겨우 벗어났다. 청명의 삶에서 가장 부끄러운 밤이었다.

## 12

막와이(莫臥爾, 무굴제국) 격언에 따르면, 어린이는 누구나 마술사다. 토와술(吐蛙術), 즉 개구리와 같은 작은 생물을 입에 몰래 넣어 뒀다가 뱉는 짓은 국경과 시대를 초월하여 특히 어린이들이 널리 하고 있다. 마술은 마음을 표현하는 수단이다. 좋아서 괴롭히는 귀여운 짓궂음. 첫 마음을 닮은 마술.

『환희비급(幻戱秘笈)』에 담긴 '토와술' 항목의 그림을 글로 풀면 다음과 같다. 막와이 격언과 상통한다.

짓궂음.
사귀고 싶은 소녀를 일부러 괴롭히는 소년의 마음 같다. 마술사가 관심을 끌기 위해 입에 머금었다가 토하는 것은 개구리, 메뚜기, 지네 등 다양하다. 시간을 끌면 역효과가 나기 쉽다. 분위기를 살펴 짧게 선보인 뒤 다음 마술로 넘어갈 것.

단 한 번의 외유가 인생을 바꾸기도 한다. 청명이 그 밤에 물랑루로 가지 않았다면, 환희로부터 판으로 올라오란 청을 받지도 않았을 것이다. 연꽃을 순순히 받는 것보다 더한 소문이 들끓었다. 마술사 환희의 청을 냉정하게 거절한 맹랑한 계집이 청명옹주임은 아직 밝혀지지 않았다.

궁궐로 돌아온 청명은 등잔 가까이 앉아 자신의 오른손을 한참 동안 쳐다보았다. 손을 뒤집어 가며 바닥과 등을 불빛에 비춰 보기도 했다. 태어나서 처음으로 남자의 몸에 손을 댄 흥분이 뒤늦게 밀려들었다. 손을 제 뺨에 대었다가 급히 내리곤 다시 들여다보았다. 손이 허공을 질러 환희 뺨에 닿던 순간이 떠올랐다. 수염을 말끔히 정돈한 청년의 푸르스름한 턱과 입술과 콧날도 함께 되살아났다. 손바닥이 불에 덴 듯 화끈거렸다. 고개를 저었다.

미쳤어! 청명, 너 지금 무슨 생각을 하는 거야.

손을 겨드랑이에 감춘 채 돌아앉으며 다짐했다.

다시는 물랑루 따윈 가지 않겠어. 더 깊이 궁궐에 숨어 지내야지.

결심대로만 세상이 돌아간다면 사랑의 역사는 흥미롭지 않을 것이다.

15

늦은 밤, 청명은 잠들지 못하고 가슴에 베개를 안은 채 정 상궁에게 따지듯 물었다

"잘못한 건가?"

"……"

"솔직히 답해 봐."

"……잘한 일은 아니옵니다."

항상 청명 편을 들던 정 상궁이 조심스럽게 반대 의견을 냈다.

"갑자기 판으로 나오라고 하는 바람에 생긴 일이야."

"궁궐에서라면 무례한 요구였겠지요. 거긴 물랑루이옵니다."

"……?"

"물랑루엔 물랑루의 법이 있사옵니다."

"물랑루의 법?"

"마술이 시작되면 관객은 마술사의 요청에 따라야 하옵니다. 마술사가 천장을 보라 하면 천장을 보고, 손뼉을 치라 하면 손뼉을 치고, 일어서라 하면 일어서고. 마술 공연에서 가장 중요한 것이 마술사와 관객의 호흡이라는 말도 있사옵니다."

"내가 그 법을 어겼다? 내 잘못이다?"

"잘못이라고 하진 않았사옵니다. 잘한 일은 아니라고……."

"그게 그거지."

목소리가 높아졌다.

"환희 님은 물랑루의 법대로 하였으니 잘못이 없고, 옹주마마는 처음 그곳에 가서 물랑루의 법을 몰랐으니 또한 잘못이 없사옵니다. 두 분이 호흡을 맞췄더라면 멋진 마술이 완성되었을 텐데, 그리 못하고 서둘러 나왔으니 잘한 일은 아니라 말씀 올리는 것이옵니다."

청명이 베개에 턱을 비비며 물었다.

"사과하라고?"

"그런 말씀 올린 적 없사옵니다."

"그게 그거잖아?"

"그게 그건 아니옵니다."

"아니. 그게 그거야. 난 못해."


## 16


오래전부터 백아서아(百兒西兒, 페르시아)에선 마술사의 법을 거절한 관객을 중벌에 처했다. 수십 마리의 뱀이 우글대는 나무통에 손을 집어넣고 뱀이 물 때까지 기다리는 것이다. 그 뱀이 독사라면 목숨이 위태롭고 독사가 아니라면 이빨 자국만 남는다.

오랫동안 환희는 청명에게, 물랑루에서 처음 보자마자 독사에 물릴 짓을 저지른 여자라며 놀렸다. 사과 몇 마디로 해결될 문제는 아니었다.


## 17


다음 날 궁궐 대문이 열리자마자 은미가 들어왔다. 물랑루에서 청명을 따라 나오지 않은 것이 마음에 걸린 것이다. 청명은 서안 위 『심청전(沈淸傳)』에 눈을 맞춘 채 은미에겐 시선을 주지 않았다. 은미는 정 상궁을 이야기 상대로 두고, 어젯밤 자신에게 찾아든 행운을 설명하기 시작했다. 청명 대신 환희에게 이끌려 판으로 나갔던 것이다. 나쁜 계집애!

판소리 광대와 고수처럼, 은미와 정 상궁은 주거니 받거니 이야기를 척척 넘겼다.

"환희 님이 여기 이 손목을 쥐고."

"쥐고?"

"흰 천을 감았어."

"감았다!"

"부채를 펴 쓰윽 가린 후 다시 부채를 접으니."

"접으니?"

"흰 천이 검은 천으로 바뀐 거지."

"그게 다예요?"

"환희 님 마술을 비웃는 거야? 오른 손목뿐만 아니라 왼 손목과 왼 발목 거기에 오른 발목까지 검은 천이 묶여 있었어. 손목은 그렇다 쳐도 발목까지 천이 묶인 건 신기한 일이지. 허리를 숙인 적도 없는데 말이야."

"좋았겠어요!"

"바로 이 천이라고."

청명은 곁눈질을 할 수밖에 없었다. 천은 그저 그랬다. 광통교 거리에서 파는 흔하디흔한 물건이었다. 청명의 눈길을 은미가 알아차린 걸까. 묻지도 않은 비밀을 털어놓았다.

"이건 정말 말 안 하려고 했는데……."

"뭐요? 뭐요?"

"환희 님이 부채로 우리 둘 얼굴을 가린 뒤에."

"가린 뒤에?"

"이마에다가 뽀뽀를……."

"나가!"

청명은 더 듣고 있을 수 없었다. 물랑루가 별천지고 환희가 조선 최고의 기남자라고 해도, 부채로만 달랑 가린 채 뽀뽀를 하다니, 청명의 이마가 화끈거릴 정도였다.

은미와 정 상궁을 마당으로 내쫓고 혼자 남으니 소설도 읽히지 않았다. 허둥대느라 은미가 흘리고 간 검은 천이 눈에 띄었다. 집어 손목에 둘러보았다. 해오라기 한 쌍이 멋들어진 부채를 꺼내 폈다. 손을 가렸다가 다시 부채를 접었다. 검은 천은…… 그대로였다. 손가락 하나 묶지 못했다. 헛웃음이 나왔다. 마술사도 아닌데 뭐 하는 짓인가 싶었다.

"너무했어!"

은미의 이마에 환희의 도톰한 입술이 닿는 장면을 떠올리니 다시 화가 났다. 마술은 핑계고 순진한 여인들 마음을 훔치는 게 본업인, 애정 소설에 숱하게 등장하는 고약한 바람둥이였단 말인가. 꼭 한 번은 다시 만나 혼을 내 주고 싶었다. 남자와 여자, 천인과 양반의 경계를 잡술로 흐리지 못하도록 만들어야지. 톡톡히 망신을 줘야지. 그래, 꼭 그래야지!


18


분이 풀리지 않은 것은 환희도 마찬가지였다. 물랑루는 환희가 지배하는 작은 왕국이었고, 거기선 그의 뜻대로 못할 일이 없었다. 단 하나 예외가 생긴 것이다. 환희는 희방에 틀어박혀 끼니도 끊고 탁자에 늘어놓은 마술 도구들을 수건으로 닦기 시작했다. 고민거리가 생길 때마다 습관처럼 청소를 했다. 정성을 다해 도구들을 정돈하다 보면 해결책이 떠올랐던 것이다. 청명에게 뺨을 맞은 다음부터 환희가 닦은 마술 도구는 다음과 같다. 오색 고무공, 철심을 넣은 부채, 일본에서 들여온 오동나무 필통, 네 면에 춤추는 여인이 새겨진 백아시아 구리 상자, 안남국 왕자가 노을을 보며 항상 쳤다는 금 종, 쇠가죽 우산, 손잡이에 용을 새긴 장검, 일(一)부터 십(十)까지 숫자가 그려진 나무패, 꽃무늬에 따라 그 꽃향기가 나는 막와이의 수건들, 햇빛에 비추면 그림들이 선명하게 나타나는 팔각 유리판 스무 개, 구멍 없이 소리를 내는 은빛 피리, 길이가 각기 다른 담뱃대 다섯 개, 색실 뭉치들, 밧줄, 자물쇠와 열쇠 두 벌, 원숭이 꼬리 모양 등잔대, 연꽃 한 송이……. 수북이 쌓인 도구들을 닦으며 생각했다. 왜 그 낭자는 나를 흠모하지 않을까? 최선을 다해 마술 공연을 했는데도, 그미의 시선은 나 대신 천장을 향했다. 혹시 마음이 있으면서도 숨기는 걸까. 내가 눈치채지 못할 만큼 꼭꼭 숨겼다면, 그미는 탈도 없이 무심하게 판을 노는 광대의 기질을 타고났다. 그렇게 숨길 까닭이 무엇인가. 눈빛을 보낼 때 마술사의 손을 가만히 잡으면 끝나는 것을.

19

청명이 물랑루를 떠난 후 환희는 남겨진 듯한 기분에 사로잡혔다. 환희에게 '남겨졌다'는 말은 어울리지 않았다. 공연이 끝나고 관객이 모두 나간 후에도 환희는 물랑루에만 머물렀던 것이다. 오랫동안 반복된 과정이었다. 물랑루가 아니라면 그가 있을 곳이 어디란 말인가. 지금까지 물랑루를 다녀간 많은 여자들이 환희에게 사정하곤 했다. '남겨진' 여인의 마음을 헤아려 달라고. 환희는 그때마다 당신들을 남겨지도록 한 적이 없다고 답했었다. 스스로 남겨진 기분에 젖고 보니, 이것은 누가 누구를 남기느냐 안 남기느냐의 문제가 아니란 생각이 들었다. 남겨졌다는 것은 곁에 반드시 있어야 할 누군가가 지금, 없음을 느낀다는 의미였다.

20

환희는, 어젯밤처럼 함부로 굴면 같이 일 못한다는 기탁의 닦달을 한 귀로 듣고 한 귀로 흘렸다. 쉼 없이 지껄여 마술사의 영혼을 손아귀에 쥐는 것이 마내자 기탁의 본성이다. 환희는 어젯밤 판을 벗어나서 객석으로 갈 수밖에 없었던 이유를 남 탓으로 떠넘겼다.

"지목당한 여자가 안 올라와서 그래."

"세상에 여자가 하나뿐이야? 환희 님, 환희 님, 불러 대는 여자가 수백 수천인데, 왜 하필 그 여자냐고? 네가 그 여자랑 뭘 짜고 치는 것도 아니고, 세워 두고 이런저런 손짓하다가 연꽃 한 송이 건네면 끝이잖아? 내 말 잘 들어. 무슨 일이 있어도 판을 떠나 객석으로 들어가면 안 돼. 관객이 몰려들어 사고라도 나면 우린 다시 한양 공연 못해. 물랑루와도 작별이라고. 알아들어?"

"나도 마술사로서 자존심이 있어."

"무슨 자존심?"

"내 청을 받아들이지 않았다고. 그건 판에 오르지 않겠다는 거절이 아니라, 내가 선보인 마술 자체를 하찮게 여긴 거라고."

"과장하지 마."

"과장이 아니래도. 내 마술이 맘에 들었다면 거절할 이유가 없지. 마술사는 만 명의 환호보다 한 명의 비웃음에 상처 입는 족속이야."

"그래. 난 너라는 마술사에게만 상처 입는 마내자고!"

마술이 무엇이라고 생각하는가? 눈속임? 사기? 손장난? 마술은, 상대의 마음을 얻는 일이다. 앞뒤 좌우를 따지지 않고 박수 치게 만드는 일. 마술사는 관객에게 손짓 눈짓 몸짓으로 계속 말을 건다. 마음의 벽을 허물기 위해서다. 젊은 규수들은 환희가 검지만 까닥해도 딸려 왔다. 청명처럼 환희를 비웃고 사라진 여인은 없었던 것이다. 환희는 이 '첫' 거절의 여인이 어디 사는 누굴까 궁금했다.

환희는 은미를 희방으로 불렀다. 여자를 희방으로 끌어들이지 말라! 이 역시 기탁이 내린 지침이지만, 환희로선 첫 여인을 찾는 것이 급했다. 은미로선 환희와 단둘이 방에 머문다는 사실 자체가 감격스러웠다. 고개 들어 환희 얼굴을 제대로 쳐다보지도 못했다. 이것이 물랑루를 찾는 여인들이 환희를 대하는 기본 자세다. 청명은 거기서 벗어나도 정말 한참을 벗어났던 것이다.

"하나만 물어도 되겠소?"

"열 개도 돼요."

"뉘 댁 낭자입니까?"

"저는 영의정 조상갑의……."

"아니 그쪽 말고……."

"그럼?"

"닷새 전에 같이 왔던 낭자 말이오. 판으로 올라오란 내 청을 거절했던 연꽃 낭자……."

은미의 표정이 딱딱하게 굳었다. 환희가 희방으로 따로 부른 까닭을 눈치챈 것이다. 그런 줄도 모르고 설렌 마음에 밤을 꼬박 새웠다.

"아! ……먼 친척이에요. 시골에서 올라왔고요. 다시는 물랑루 같은 곳에 오고 싶지 않다고 했답니다. 뉘 댁인지 아실 필요 없어요."

"다시…… 안 오겠다고 했단 말입니까?"

"네. 다시는!"

## 21

다시는 물랑루로 가기 어려운 상황이 궁궐에서도 벌어졌다. 왕이 청명의 처소로 직접 온 것이다. 후원 옆 별당에 머문 뒤 처음 있는 일이었다. 호위 내관이 별당을 에워싸고, 대전 상궁과 내관들이 미리 별당 안팎을 살필 때도 설마설마했다. 17년 동안, 단 한 번도 살갑게 막내딸을 보살피지 않았으니까. 기쁨보다 걱정이 앞섰다. 하지 않던 말이나 행동을 할 때는 그만한 이유가 있는 것이다. 왕이 별당으로 행차한다는 것은 청명의 삶에 변화가 생긴다는 뜻이다. 청명은 그 변화를 긍정적으로 받아들이기 어려웠다. 어둡고 춥고 외로운 쪽으로만 숨고 또 숨어 오지 않았는가.

정말 왕이 행차하였다. 내관과 상궁을 물린 후 하명(下命)했다.

"가까이, 이리 가까이 앉거라."

청명의 얼굴을 한참 동안 쳐다보았다. 긴 한숨을 쉬었다.

"환생이라도 한 줄 알았다. 쏙 빼닮았구나."

청명의 얼굴에서 한때는 곁에 두고 몹시 아꼈던 조 소원을 발견한 것이다. 청명이 일부러 목소리를 밝게 하여 아뢰었다.

"특히 많이 닮은 부분이 있는지요?"

"눈이 닮았구나. 별빛을 품기 좋은 눈망울이었느니라. 코를 닮았구나. 햇살 반짝이는 콧잔등이 작으면서도 오똑하였느니라. 입을 닮았구나. 말을 많이 하진 않았으나 한 번 시작하면 맺고 끊음이 분명하였느니라. 뺨을 닮았구나. 속마음이 쉽게 드러나 뺨만 보고도 기분을 짐작하였느니라."

쌍둥이처럼 닮았단 말인가. 왕의 설명이 이어졌다.

"닮지 않은 구석도 적지 않으니라. 네 어미는 문이나 벽을 기어오를 만큼 억센 팔을 지니지 못했느니라. 네 어미는 호위 내관을 따돌릴 만큼 날랜 다리를 가지지 못했느니라. 네 어미는 높은 다락에서 비스듬히 기대 누울 어깨가 없었느니라."

"아바마마!"

청명이 머리를 조아렸다. 나쁜 짓을 들킨 아이처럼 가슴이 쿵쾅 뛰었다. 늘 도둑고양이처럼 조심했다. 나뭇잎 하나만 떨어져도 멈췄고 숨소리만 들려도 뺑 돌아갔다. 왕은 청명이 밤마다 궁궐을 돌아다니다가 맨손으로 문이나 벽을 타고 올라 어두운 다락에 기대앉는 것을 알고 있었다.

"무엇보다도 네 어미는 몰래 궁궐 담을 넘어 물랑루와 같은 해괴한 곳에서 마술 구경을 할 만큼 강한 심장이 없었느니라."

"아바마마! 그것은 소녀가……."

불길한 예측은 빗나간 적이 없다. 역시 왕은 청명을 꾸짖기 위해, 특히 물랑루에 몰래 다녀온 것을 나무라기 위해 별당으로 온 것이다.

"궁궐에서 나가고 싶은 게냐?"

"아니옵니다."

태어나서 지금까지 궁궐에서만 살았다. 궁궐 밖은 청명에겐 길 없는 숲이었다.

"청명아! 네 어미의 가장 중요한 장점을 네가 닮았다고, 과인은 생각해 왔느니라. 무엇인지 아느냐?"

즉답할 수 없었다. 어머니 조 소원에 대한 기억이 전혀 없는데, 어머니와 자신의 공통점을 어찌 짐작할 수 있을까. 왕도 청명의 답을 기대하진 않은 듯 스스로 답을 내놓았다.

"현명함이다. 자기 자신에게 합당한 처신이 무엇인가를 충분히 고민하여 미리 아는 게지. 지금껏 과인은 네가 네 어미를 닮아 조용히 지내고 있다고 믿었느니라. 물랑루에 간 것도 모자라, 그곳 백성들의 눈에 띄게 언행을 함부로 하다니, 왜 현명함을 버리고 그처럼 어리석은 짓을 하였느냐?"

역시 물랑루에도 왕의 눈과 귀가 있었던 것이다. 청명은 더 이상 둘러대긴 어렵다고 판단했다.

"딱 한 번 실수이옵니다. 다시는 그와 같은 짓을 하지 않겠사옵니다."

잠시 침묵이 흘렀다. 당장 출궁할 채비를 하라는 엄명이 떨어질 수도 있었다. 어디로 간단 말인가. 궁궐을 나서면, 청명은 아는 이도 아는 길도 아는 집도 없었다. 걷다가 걷다가 지쳐 쓰러져 죽는 수밖에.

"과인은 너를 궁궐에 두고 싶으니라. 네게 어울리는 배필을 고르고, 궐 밖 거처를 마련한 뒤 보내도 보내려 하느니라."

"아바마마!"

"네 외로움을, 네 답답함을, 네 슬픔을 어찌 모르겠느냐? 사사롭게는 과인은 네 아비니라. 궁궐엔 우리 둘만 있는 것이 아니다. 많은 이들이 너를 지켜보고 있느니라. 이런 상황에서 너를 드러내 놓고 아낀다면, 당장 청명옹주를 출궁시키란 상소가 빗발칠 것이다. 과인도 너처럼 참고 또 참았느니라."

잊은 것이 아니라 참아 왔단 말에 청명은 가슴이 뛰었다.

"물랑루에 몰래 다녀온 걸 이번은 덮고 넘기겠느니라. 조정에서도 네 얼굴을 정확히 아는 신하가 거의 없는 것이 불행 중 다행이구나. 비슷하게 생긴 여인이 물랑루에 갔던 것으로 해 두겠다. 또한 번 네 이름이 오르내린다면 출궁 당할 각오를 해야 할 것이야. 궁궐에서 쫓겨나면 영영 과인을 만나지 못하느니라. 명심하렷다!"

"명심하겠사옵니다."

"잊지 말거라, 과인이 늘 지켜보고 있음을. 지금까지 조용히 하루하루를 참으로 잘 지내 오지 않았느냐? 앞으로도 궁궐에서만 노닐거라. 구중궁궐을 세계의 전부라고 믿어야 한다. 궐 밖으론 눈도 귀도 닫거라. 명심하렷다."

22

왕에 관한 풍문 몇 가지를 청명도 들었다. 별명이 '올보 왕'이란 것도. 듣고도 모른 척했다. 그것이 청명다웠다.

버리기 아까운 이야기도 있었다. 청명에겐, 다른 비빈이나 옹주들처럼 궁녀에게 시키지 않고, 소설을 손수 옮겨 적는 취미가 있다. 둥글둥글 가지런한 궁체(宮體)는 정 상궁보다 빼어났다. 필사를 마친 뒤엔 간단한 후기를 여백에 적어 두었다. 『심청전』에 백지 여덟 장을 덧붙인 후 울보 왕에 관한 이야기들을 적었다. 만약을 대비하여 새 소설이 이어지는 것처럼 소설 문투를 흉내 냈고, 먼 나라 왕을 주인공으로 삼은 듯이 처음에 너스레를 떨었다. 몇몇 소문을 듣고 떠오르는 이야기를 종종 덧붙이기도 했다. 예를 들자면 이런 식이다.

화설(話說) 우리가 아직 가 보지 않았으나 1년 내내 눈이 내리는 지방부터 1년 내내 태양만 내리쬐는 지방까지 다스리는 울보 왕은 불심(佛心)이 지극하여 궁궐에 거대한 법당을 마련하고 밤마다 머물렀다. 염불 소리나 독경 소리 혹은 잠꼬대나 코고는 소리를 들었다는 궁인은 없어도 흐느끼는 소리를 들었다는 궁인은 많다. 어느 겨울 새벽, 법당에서 가장 먼 북문 수문장까지도 창과 방패를 미세하게 흔드는 울음소리에 화들짝 놀라 하마터면 망루에서 떨어질 뻔했던 것이다. 그 울음은 오로지 법당에서만 들려왔고, 법당에는 왕만 머물렀으므로, 궁인들은 밤마다 슬픔에 젖은 이가 곧 왕이란 결론에 도달했지만, 쉽게 단정하긴 어려웠다. 두 가지 이유에서였다.

첫째 법당 밖에서, 왕은 낮의 하늘을 지배하는 태양처럼 뜨거우면서도 사시사철 녹지 않는 얼음 창고의 고드름처럼 냉정하게 극정을 이끌었다. 신하들의 스승을 자처할 만큼 학문이 깊었고, 매일 올라오는 수백 장의 공문을 빠짐없이 속독으로 읽어 내고 숙지했으며, 날카로운 질문을 뜻밖의 상황에서 불쑥 던져 신하들을 긴장시켰다. 감정을 드러내는 법이 없는 왕이 밤새워 흐느꼈다는 소문을, 왕과 자주 만나는 신하일수록 더더욱 믿지 않았다.

둘째 울음소리가 시시각각 변한다는 것이다. 남자인 듯 여자고, 아이인 듯 어른이며, 홀로 우는 소리인 듯 다 함께 통곡이었다. 궁금함을 참지 못한 궁녀 하나가 문틈으로 법당을 엿보았다. 수십 명의 울음이 새어 나왔지만 법당에선 오직 왕 혼자만 가부좌를 한 채 앉아 있었다.

궁인들과 신하들은 잡귀들의 소행일까 의심을 품었으나, 법당에서 밤새 울음을 토한 이는 왕이 분명했다. 법당엔 오래전부터 금동여래좌상을 모셨다. 불상이 앉은 연화대좌(蓮華臺座)엔 연꽃은 물론이고 줄기까지 생생했다. 오른손을 무릎에 얹고 왼손을 가슴에 닿을 듯 올린 왕의 모습은 여래좌상과 거울을 비춘 듯 똑같았다. 자세를 잡고 눈을 감는 순간, 개국부터 지금까지 이 나라 백성들의 다양한 모습이 한꺼번에 밀려들었다. 기뻐 웃는 광경은 찰나로 지나가고, 억울하게 죽은 자들의 최후가 오랫동안 왕의 뺨을 때리거나 옆구리를 붙들고 매달리거나 허리를 감고 졸랐다. 그럴 때마다 왕은 입을 한껏 크게 벌린 뒤 깊게 숨을 들이마셨다. 이 숨길을 따라, 백성들의 울음이 고스란히 왕의 가슴과 목과 입을 점령하였고, 왕은 그들의 슬픔을 심장에서부터 느끼며 울부짖기 시작했다.

건국 후 피바람을 불러일으키며 용상을 차지한 왕은 스무 명이 넘었다. 어린 왕의 권좌를 숙부가 빼앗기도 했고, 세자인 아우를 척살한 뒤 동궁의 주인이 되었다가 끝내 왕이 된 이도 있었다. 피비린내의 우여곡절 속에서도 두 가지는 바뀌지 않았는데, 하나는 그들의 성씨가 같다는 것이고, 또 하나는 신하들의 숱한 반대에도 불구하고 왕들이 모두 이 법당에서 불공을 드렸다는 사실이다. 드러내 놓고 울음을 토한 것은 율보 왕이 처음이었으나 그 왕의 아버지, 그 왕의 아버지의 아버지, 그 왕의 아버지의 아버지의 아버지도 법당에 가부좌를 틀고 앉아서 망자(亡者)의 울음을 들었다. 율보 왕과 선대(先代) 왕들의 차이는 단 하나였다. 선대 왕들은 입을 열지 않은 채, 그 울음을 토하는 망자들이 법당에서 물러갈 때까지 기다렸으며, 법당 밖으로 나가서도 여전히 입을 닫고 지냈다는 것이다. 율보 왕은 선대 왕들과 달랐다. 그들과 다르게 가 보려는 의지이기도 했고, 백성들의 눈물에 선대 왕들의 슬픔까지 자신의 입으로 토하고 싶은 바람이기도 했다.

어떤 날은 울고 나면 의외로 상쾌하고 가벼운 느낌을 받았고 어떤 날은 법당을 걸어 나오지 못할 만큼 기진맥진했다. 가장 힘든 밤은 전쟁으로 죽은 아이들이 한꺼번에 달려들었을 때였다. 이 나라보다 열배는 더 큰 서쪽 나라와 전쟁을 벌인 것은 500년 전이었다. 왕은 최선을 다해 싸웠으나 도읍지를 버리고 산성으로 도피했고, 또 그곳까지 진군한 적장 앞에 꿇어앉아 이마를 아흔아홉 번 땅에 찧으며 항복했다. 많은 아이들이 굶어 죽고 맞아 죽고 아파 죽었다. 아이들의 때 이른 죽음을 하나하나 몸으로 겪으며 밤을 보낸 뒤 왕은 사흘 낮 사흘 밤을 앓아누웠다.

법당 출입을 삼가시라는 신하들의 간언을 물리쳤다. 왕에겐 낮에 검토한 공문에서 깨닫는 백성들의 고충보다 법당에서 겪는 그들의 아픔이 백배는 더 깊고 컸다. 왕은 그와 같은 슬픔이 이 나라에 다시 깃들지 않도록 만들고 싶었다. 방안을 마련하는 것도 중요했지만, 같이 아파하고 같이 울고 같이 쓰러져 잠드는 것이 먼저였다.

## 23

차설(且說) 우리가 아직 가 보지 않았으나 1년 내내 눈이 내리는 지방부터 1년 내내 태양만 내리쬐는 지방까지 다스리는 울보 왕은 눈에 보이는 것이 전부가 아님을 알았다. 세자 시절 세자빈을 맞고, 즉위 후 후궁을 여럿 두었으나, 그미들은 모두 눈에 보이는 것을 따라 하는 데도 시간이 모자란 여인들이었다. 조씨 성을 가진 후궁만은 왕의 이야기를 끝까지 듣고 함께 눈물 흘렸다.

조씨가 후궁이 되기 전 무수리였을 때 법당 앞에서 우연히 왕과 마주쳤다. 법당에 든 왕은 동이 틀 무렵에야 밖으로 나왔는데, 그날은 아직 어둠이 짙은 시각에 궁궐을 거닌 것이다. 500년 전에 벌어진 전쟁으로 죽은 여인들이 몰려든 밤이었다. 왕은 그미들의 고통을 몸소 느끼며 울다가 너무 힘들어 중간에 잠깐 멈추고 산책으로 마음을 다독이던 길이었다. 왕도 무수리도 서로 놀랐다. 다른 무수리라면 허리를 숙인 채 오들오들 떨었겠지만, 조씨는 깨끗한 수건을 양손에 받쳐 들고 머리 위로 올려 내밀었다. 왕은 법당을 출입할 때 내관을 비롯한 궁인을 대동하지 않았다. 눈물을 그들에게 보이고 싶지 않았던 것이다. 왕은 수건을 받지 않고 엄하게 물었다.

"너도 여인들의 통곡을 들었느냐?"

"듣지 못하였사옵니다."

"왜 이 수건을 내미는 것이냐?"

"여인들 통곡을 듣진 못하였으나 전하의 울음은 들었사옵니다. 눈물이 가득 고인 채 걷다가 넘어지시기라도 하면 큰일이기에……."

왕은 수건을 쥐고 눈물을 훔쳤다.

"따르라."

왕은 조씨를 데리고 법당으로 돌아갔다. 가부좌를 튼 후 눈을 감았다. 죽은 여인들이 주린 박쥐 떼처럼 몰려들었다. 조씨는 그 옆에 엎드린 채 왕의 지독한 울음과 간간이 들려주는 이야기를 모두 들었다. 아기 젖을 먹이다가 적군이 쏜 활을 목에 맞고 즉사한 여인, 무쇠 솥에서 펄펄 끓는 물을 뒤집어쓰고 죽은 여인, 독을 탄 우물물에 던져진 여인, 강제로 나무에 목이 매달려 죽은 여인, 거꾸로 매달린 채 버티다가 열흘 만에 굶어 죽은 여인, 발목을 줄줄이 묶여 강에 던져진 여인, 여인, 여인들! 왕은 여인들 각자의 목소리로 억울한 최후를 이야기하다가 울고 또 이야기하다가 울었다. 조씨가 건넨 수건이 흥건하게 젖었다. 새벽이 훤히 밝은 뒤에야 왕의 울음과 이야기는 끝이 났다.

"내가 몇 사람의 목소리로 울었는지, 아느냐?"

"여인네만 여든아홉 명이옵니다."

"확실하냐?"

"네."

"어찌 그리 확신하느냐?"

조씨는 왕이 그 밤에 울며 토한 목소리들과 그들이 들려준 이야기를 하나하나 울면서 외워 나가기 시작했다. 이야기의 줄거리는 물론이고 울음의 고저와 장단까지 정확했다. 왕의 눈이 점점 커졌다. 울며불며 이야기를 쏟아 내느라 그 자신도 기억하지 못하는 부분까지, 조씨가 찬찬히 읊어 주었다.

"놀라운 재주를 지녔구나. 어떻게 그와 같은 기억력을 지니게 되었느냐?"

"별다른 재주는 없사옵니다. 이야기책을 즐겨 베끼고 무수리 친구들에게 들려주길 좋아할 뿐이옵니다."

그 밤 왕은 조씨를 처소로 데려가서 합궁하였다.


24


각설(却說) 우리가 아직 가 보지 않았으나 1년 내내 눈이 내리는 지방부터 1년 내내 태양만 내리쬐는 지방까지 다스리는 율보 왕은 조씨를 후궁으로 삼았다. 조씨는 소원(昭媛)이 되었고 임신을 했으며 딸을 낳고 사흘 만에 죽었다. 죽을 때까지 법당에서 왕의 울음과 이야기를 듣고 외웠지만, 정작 그미 자신은 죽은 이들의 목소리를 한 번도 들은 적이 없었다. 조 소원이 왕의 목소리를 듣고 옮겨둔 이야기는 1000여 편에 이르렀다. 왕은 아무에게도 보여 주지 않고, 죽은 조씨가 그리울 때마다 혼자 그것들을 꺼내 읽었다.

조 소원이 죽은 후 왕은 남은 핏덩이 딸을 정비(正妃)에게 맡겨 키우려 했다. 그 밤에 조 소원이 법당으로 찾아왔다. 가부좌를 틀고 울 준비를 마친 왕은 오늘은 과연 누가 말을 건넬까 기다리는 중이었다. 조 소원이 울음 대신 웃음으로, 이승과 이별한 뒤 첫 인사를 건넸다.

"평안하셨사옵니까? 이렇게 망자들이 전하를 뵈러 온 것이로군요. 1000여 편을 옮겨 적었지만, 혹시 전하께서 그 모두를 지어낸 탁월한 이야기꾼이 아닐까 의심한 날이 적지 않았사옵니다. 신첩이 죽고 나서야 전하의 이야기가 모두 사실임을 깨달았사옵니다. 살아 깨우치는 것이 가장 좋겠사오나 죽어서라도 깨달음을 얻었으니, 너무 늦고 아둔하다 꾸짖지 마시옵소서."

왕이 놀라 되물었다.

"거긴 어떠하오?"

"저승은 저승일 뿐이옵니다. 이승으론 발길 하지 않으려 하였으나, 간절한 청이 있어 왔사옵니다."

"무엇이오, 청이란 게?"

"청명을 중전께 맡기지 마시오소서."

"청…… 명…… 이라 하였소?"

조 소원이 급사하는 바람에 아직 옹주의 이름도 정하지 못했던 것이다.

"맑을 청, 밝을 명! 임신했을 때부터 아이의 이름을 그리 정해 두었사옵니다. 해산 후 말씀 올리려 하였는데 기회가 없었사옵니다. 마음에 들지 않으시옵니까?"

"맑고 밝다! 좋은 이름이오. 그리 정하리다. 아기에게는 엄마가 필요하오. 중전은 자애로운 사람이오. 잘 키워 줄 것이오."

"신첩도 중전마마의 자애로움을 누구보다도 잘 아옵니다만, 청명의 앞날을 위한다면 보이지 않는 곳에 버려두시오소서."

"버려두라?"

"빛날수록 청명의 목숨이 위태롭사옵니다. 멀리 어둔 곳에 두고 가끔 살펴 주시길 바라옵니다."

"그리할 순 없소. 어미도 없는 가여운 것을……."

"가엾기 때문에 그리하셔야 하옵니다. 언제나 어둠에, 겨우 숨만 쉴 수 있는 곳에 청명을 두시옵소서. 절대로 아이를 찾아가거나 드러내 놓고 아끼는 정을 표하지 마시오소서. 신첩의 마지막 소원이옵니다. 다시는 이승으로, 이 법당으로 오지 않을 것이옵니다."

왕은 조 소원의 말을 따라 아기를 수라간 상궁에게 맡겨 키웠다. 젖을 떼고 걸음마를 배우고 홀로 옷을 입을 정도가 된 다섯 살부터는 후원 옆 별당에 두었다. 충직한 무장을 붙여 은밀히 지키도록 했다. 다행히 옹주는 어둠을 무서워하지 않았고 그림자처럼 자라났다. 왕은 그림자의 그림자처럼 은밀히 숨어 옹주를 지켜보곤 했다.

옹주는 조 소원을 쏙 빼닮았다. 눈귀가 약간 올라가고, 무엇인가에 관심을 두면 오랫동안 눈을 깜빡이지도 않고 집중했다. 볼에 살도 제법 통통하게 붙어 웃을 때마다 귀엽게 흔들렸다. 왕은 당장이라도 달려가서 안아 주고 싶었으나 꾹 눌러 참았다.

옹주가 밤에 몰래 궁궐을 빠져나갔다가 돌아왔다는 소식을 들을 때까진, 모든 일이 조 소원의 바람대로 흘러간다 여겼다. 왕이 옹주의 별당에 간 것 자체가 17년의 평온함을 깬 것이다. 다시는 궁궐을 몰래 빠져나가 엉뚱한 짓을 하지 않겠다는 확답을 받았으나, 옹주가 그 맹세를 지킬지는 미지수였다. 사랑에 빠지면 어명도 소용없단 속언도 있지 않은가. 아직 청명이 젊은 남자를 마음에 두고 있다는 물증은 없지만, 막내 옹주를 만나고 나오는 왕의 마음이 끝까지 불안했던 것도 이 때문이었다.

25

물랑루 나들이를 단 한 번의 예외로 두고 일상으로 복귀했다면? 그럴 수 있었다면, 청명은 마술이 삶의 일부란 사실을 죽을 때까지 몰랐을 것이다.

은미가 별당으로 왔다. 표정이 밝지 않았다. 청명 앞에서 웃긴 했지만 시선이 자꾸 내려갔다. 마음의 그늘을 알아차리는 덴 청명을 따를 사람이 없다.

"무슨 일이야?"

"아니옵니다."

"얼굴에, 나 걱정 근심 가득하오, 라고 적힌걸. 빨리 털어놔."

"그게…… 환희 님이 다시 뵙기를 바란다고."

받아쳤다.

"그렇게 망신을 줘 놓고 뭘 다시 봐?"

"망신 준 건 아니옵니다. 판으로 나오라고 했는데 마마께서 고집을……."

"고집? 지금 누구 편을 드는 거야? 우리 우정이 이것밖에 안 돼?"

"편드는 게 아니라, 그 밤 물랑루에서 벌어진 사실만 짚었사옵니다."

"됐고. 환희가 왜 날 또 보자는 거야?"

"모르옵니다. 직접 만나 물어보시옵소서. 말만 전하는 것이옵니다."

"같이 오란 거야?"

"혼자……."

청명이 코웃음을 쳤다.

"점점! 이 나라 옹주인 내가 광대에 불과한 마술사와 단둘이 만난다는 게 말이나 돼?"

은미가 낮은 목소리로 준비한 답을 했다.

"마마만을 위해 마술 공연을 준비하겠다고 하였사옵니다."

"나만을?"

"예의에 어긋나는 제안이긴 합니다만 환희 님 마술을 홀로 만끽할 기회이옵니다. 제게 그런 제안이 온다면…… 무조건 응할 것이옵니다."

"영상 대감에게 혼쭐이 나더라도?"

"큰 기쁨을 누리려면 작은 고통은 감수해야 하옵니다."

청명이 넘겨짚었다.

"내가 옹주란 말 했어?"

손사래를 쳤다.

"아니옵니다. 먼 친척인데 한양엔 잠시 다니러 왔고, 지금은 고향으로 내려가 버려 다신 물랑루엔 올 일 없다고 둘러댔지요."

"한양을 떠났다 했는데도 내게 말을 전하라 했다고? 앞뒤가 안 맞잖아?"

은미가 더듬거렸다.

"그, 그게 둘러대긴 했는데, 환희 님이 갑자기 각시탈 두 개를 내밀었사옵니다. 코와 입만 가리고 눈과 이마는 드러나는 탈이었사옵니다. 하나는 제게 씌우고 환희 님도 남은 하나를 썼사옵니다. 쓰기 전에 제게 그랬사옵니다. '진실의 탈입니다. 이 탈을 쓰고도 거짓말을 하면 영영 지옥으로 떨어집니다.'"

"사실을 죄다 털어놓았구나. 내가 옹주인 것까지?"

"아니옵니다. 지옥으로 떨어지는 한이 있더라도 옹주마마와의 약속을 지켰사옵니다. 믿어 주시옵소서. 환희 님은 그냥 제 두 눈을 빤히 쳐다보기만 하였사옵니다. 한참을 마주 보다가 탈을 벗곤 꼭 다시 뵙길 바란다고 전하라 하였사옵니다. 이게 전부이옵니다."

"다시 갈 일 없어. 물랑루 얘긴 꺼내지도 마. 환희란 이름을 내 앞에서 뱉으면 그날로 너랑도 절교야, 절교. 알겠어?"

은미는 서찰을 품에서 꺼내 청명의 무릎 밑으로 슬쩍 밀었다. 청명이 호랑이 눈을 뜨고 나무랐다.

"이건 또 뭔데?"

"꼭 전해 드리랬사옵니다. 환희 님이 직접 그렸다 하옵니다. 답을 들어 오라고도……"

"바뀌지 않아, 내 결심!"

"펴 보기부터 하시옵소서. 환희 님이 이렇게 전하라고 하였사옵니다. '본다고 다 아는 건 아닙니다. 무엇을 어디에 숨기고 또 어떻게 드러내는지…… 밝혀 보고 싶다면 초대에 응하십시오.'"

서찰을 꺼내 폈다. 글자는 하나도 없이 선과 점만이 가득했다. 원통 속에 복잡하게 삼각형, 사각형, 오각형, 육각형들이 놓여 있었다. 청명은 서찰에 코를 박고 도형 하나하나를 꼼꼼히 살피기 시작했다. 물랑루의 팔각 마술 판 위 허공을 그린 설계도였다.


26


청명은 비었으되 허허롭지 않고 채워 나가되 언제라도 빌 수 있는, 물랑루의 허공에 매혹되어 다시 궁궐을 빠져나간 것일까. 꼭 그 이유만은 아니겠지만, 설계도를 보지 않았다면 용기를 내긴 어려웠을 것이다. 은미를 보내고, 서안에 설계도를 올려 보고 또 보았다. 허공을 바삐 오가며 여러 가지 크기와 모양의 방으로 숨었다가 나타나는 도구들, 보이지 않는 전체를 상세히 그리는 마술사의 섬세한 손이 떠올랐다. 그 손이 치밀하게 묘사한, 어둠이 밝음으로 바뀌고 밝음이 어둠으로 스러지는 풍광을 두 눈으로 꼭 보고 싶었다.


27


정 상궁도 없이 홀로 갔다. 공연이 끝나고 관객들이 모두 돌아간 그믐밤 자정을 약속 시간으로 정했다. 물랑루에 오직 환희만 있을 것. 기탁이든 누구든 타인의 시선이 느껴지면 그것으로 만남을 중단한다고 못박았다. 여덟 개의 횃불을 밝히되, 판에 오른 이의 얼굴이 드러나지 않도록 지상에서 한 길 이상 띄워 올리고 아래쪽을 가려 그 빛이 허공으로만 향하게 만들어 달라고도 했다. 마술사 환희는 기꺼이 응했다.

여덟 개의 문 가운데 미리 약조한 북서방 문을 택해 들어갔다. 가을밤의 서늘한 기운이 가슴을 때리고 등을 밀었다. 청명은 침착하게 주위를 살피며 걸음을 옮겼다. 팔방의 객석이 모이는 중심에 마술 판이 있었다. 오직 한 사내만이 등을 보인 채 서 있었다. 환희였다.

북서방 문이 열리는 기척을 느꼈을 텐데도 고개 돌리거나 돌아서지 않았다. 탁자를 내려다보며 무엇인가를 살피느라 바빴다. 청명은 판에서 20보 정도 거리에서 멈춰 서선 주위를 돌아보았다. 어둠 속에 숨었을지도 모를 눈망울을 찾는 것이다. 고개 들어 판도 다시 살폈다. 횃불들이 팔각의 꼭짓점에서 함께 타오르고 있었다. 일렁이는 불빛을 따라 천장에 배치된 마술 도구들이 언뜻언뜻 모습을 드러내기도 하고 감추기도 했다. 청명은 머릿속으로 환희가 건넨 설계도를 떠올리며 어둠을 응시했다. 삼각형, 사각형, 오각형 공간들이 맞물리거나 층층이 포개어졌다. 텅 비었지만 꽉 찬 공간이었다.

"언제부터 어둠에 그리 관심을 두셨는지요?"

시선을 내리니, 환희가 팔각 판 가장자리로 나왔다.

"사람을 청하는 방법도 독특하구나. 허공의 설계도라니."

"물랑루 환희단 으뜸 마술사의 마술엔 관심이 없고 허공만 줄곧 쳐다보니, 그곳의 비밀을 풀어 놓은 설계도야말로 가장 좋은 선물이 되리라 여겼습니다."

"이걸 세상에 알리기라도 하면 어쩌려고?"

"설계도라고는 하나 한낱 종이에 끼적인 선과 점일 따름입니다. 선과 점이 어찌 이곳 물랑루의 기묘함과 제 마술의 독특함을 담을 수 있겠습니까? 얼마든지 공개해도 좋습니다만, 오늘 제 마술을 보고 나면 그런 맘이 사라질 겁니다."

쏘아 주었다.

"자만심이 가득하구나."

환희가 비켜서며 오른손에 든 부채로 바닥을 쓸듯 저은 후 청했다.

"올라오시지요."

청명은 멈칫거렸다. 횃불은 하늘로만 향하고, 객석은 텅 비었지만, 물랑루의 중심인 판으로 올라서긴 여전히 두려운 것이다. 환희는 부채를 내밀거나 허리 숙여 독촉하지 않았다. 오히려 한 걸음 물러서서 청명이 올라올 때까지 기다렸다.

"아직 마음의 준비가 되지 않았나 봅니다. 천천히 하십시오. 기분도 바꿀 겸 하나만 물어봐도 될까요?"

"질문이 많구나."

"제 마술이 정말 재미없습니까?"

"알면서 왜 묻느냐?"

"몰라서 묻는 겁니다."

"지루해."

"지루하다? 이해가 안 되는군요. 그 밤엔 최신 마술을 연달아 다섯 개나 선보였습니다. 놀랍지 않았습니까?"

"놀라웠어."

"지루했다면서요?"

"놀라웠지만 지루했어."

"말장난하지 마십시오."

"우리가 장난칠 만큼 친한 사이야? 놀라웠지만, 계속 놀랍기만 하니, 한둘은 괜찮았으나 세 번째부턴 지루했단 말이다."

"세 번째 탈출술이 문제였다고 처음부터 지적을 하시지 그랬습니까. 다음 공연부턴 빼겠습니다."

"내 말을 전혀 이해 못하는군. 마술은 다 훌륭했지만, 이 마술 뒤에 저 마술이 오는 이유를 모르겠더라."

"그거야 마술의 난이도에 따라……."

"나처럼 마술 공연을 처음 구경한 사람이야 각 마술이 얼마나 어렵고 쉬운지는 몰라. 첫 번째 마술이 왜 첫 번째가 되어야 하고, 두 번째가 왜 첫 번째와 세 번째 사이에 나와야 해?"

환희의 얼굴이 벌겋게 달아올랐다. 지금까지 마술 순서에 대해 질문을 던진 이는 처음이었다.

"그, 그건 지금 설명드리긴 어렵습니다."

"나중에 알려 줘. 지루한 이유를 따지려고 물랑루로 다시 나를 부른 건 아닐 테고……."

환희가 안색을 부드럽게 바꿨다.

"이제 올라올 준비가 되셨습니까?"

청명이 깊게 심호흡을 한 후 걸음을 옮겼다. 겨우 스무 걸음인데, 200걸음 아니 2000걸음을 딛는 기분이었다.

"편안하지요?"

청명은 대답 대신 고개를 들어 어둠을 살폈다. 이곳에 온 이유를 몸짓으로 설명한 것이다. 환희도 청명의 시선을 따라 어둠을 올려다보며 짧게 말했다.

"그럼 시작하겠습니다. 제가 보낸 설계도를 꺼내시지요."

청명이 손으로 제 머리를 가리켰다.

"여기 다 담아 뒀어."

오래 들여다보며 이 궁리 저 궁리 하다 보니 저절로 외워진 것이다. 환희가 부채를 높이 들어 허공을 가리킨 뒤 휘익 원을 그렸다. 먼저 내려온 것은 그네였다. 그다음엔 작은 탁자 두 개가 동시에 내려왔고, 그다음엔 비둘기들이 쉰 마리쯤 탁자와 그네 위로 앉았다. 그네와 탁자 두 개와 비둘기들이 허공으로 올라간 뒤엔 더 큰 도구들이 내려왔다. 고슴도치처럼 창날로 덮인 쇠공, 사람을 넣어 개나 고양이로 바꾸는 장롱, 판을 둘러싸기에 충분한 열여섯 폭 병풍이 내려왔다. 그 병풍은 환희와 청명을 포위하듯 감쌌다가 다른 도구들과 함께 하늘로 올라갔다. 환희가 물었다.

"어느 도구가 어디서 나왔는지 알겠습니까?"

환희가 부채를 흔들자 거대한 족자가 청명 앞에 두둥실 내려왔다. 그가 청명에게 보낸 설계도였다. 청명은 도구들이 나타난 순서대로 빠르게 허공의 방들을 짚기 시작했다. 환희의 시선이 청명의 손끝을 따라 움직였다. 놀란 마음을 애써 감추며 가볍게 칭찬했다.

"눈썰미가 좋군요."

"물랑루를 설계한 사람이 누구지?"

환희가 어깨를 으쓱 들어보였다.

"설계자가 따로 있다 여긴 겁니까? 마술사인 제게 필요한 도구들과 방들과 공연장을 위해서만 만들어진 건물이 바로 이 물랑루랍니다. 물랑루가 있고 마술사 환희가 있는 게 아니라, 마술사 환희가 있고 그를 위해 물랑루가 탄생했다고 봐야 합니다."

"물랑루, 이렇게 큰 건물을 올릴 만큼 부자라고 지금 자랑하는 거야?"

"마술로 건물을 올렸다고 하면…… 믿으시겠습니까?"

허무맹랑한 소리다. 마술로는 흙벽 하나 세우지 못한다. 환희가 스스로 답했다.

"전부는 아니지만 절반 정도는 공연 수익금을 모아 보탰습니다."

그건 말이 된다. 마술로는 건물을 못 올리지만, 마술로 벌어들인 돈으론 못 세울 건물이 없다. 고개를 내리다가 환희와 눈이 마주쳤다. 무릎에 힘이 빠지면서 얼굴이 달아올랐다. 이 넓은 물랑루에 환희와 청명 단 두 사람만 있는 것이다. 젊은 사내와 깊은 밤 단둘이 머무는 것은 처음이었다. 서둘러 물었다.

"설명은 대충 끝난 거지……?"

"아직 남았습니다."

청명은 머릿속으로 허공의 방과 그 방에 담긴 도구들을 헤아렸다.

"다 내려왔다가 올라가지 않았어?"

"자고로 집이란 게 사용하다 보면 늘어나기도 하고 줄어들기도 하는 법입니다. 이제부터가 진짜입니다."

환희는 탁자에 호리병을 하나 올려놓았다. 부채를 펴 들어 허공을 가리킨 뒤 휘저었다. 어둠 속 천장에서 물줄기가 갑자기 쏟아져 내렸다. 피할 겨를도 없이 고스란히 물벼락을 얻어맞기 직전이었다. 청명은 양손으로 머리를 가린 채 웅크려 앉았다. 환희의 부채가 호리병을 사선으로 가리켰다. 쏟아지던 물줄기들이 호리병으로 순식간에 빨려들었다. 엄청난 양의 물이 모였지만 호리병은 넘치지 않았다. 물줄기가 모두 사라진 뒤에야 청명은 무릎을 펴고 일어섰다.

"놀란 덴 냉수가 최고지요. 자, 하늘에서 내려온 시원한 물맛 한번 보시겠습니까?"

환희가 호리병을 들고, 두 눈이 튀어나온 금붕어가 새겨진 유리잔에 따랐다. 과연 냉수가 졸졸졸 흘러나왔다. 청명은 그 물을 한 모금 마셨다. 가슴이 싸늘해지는 냉수였다. 환희가 물었다.

"계속해도 되겠습니까?"

청명이 고개를 끄덕였다. 환희는 부채를 편 채 빙글 한 바퀴 돈 후 다시 모아 호리병을 가리켰다. 쏟아질 때와는 반대로 이번에는 물줄기가 허공을 향해 분수처럼 솟구쳤다. 끝까지 올라간 굵은 물줄기가 사방으로 퍼져 얇은 물보라를 만들며 떨어졌다. 이번에는 청명도 손으로 머리를 가리지 않고 고개를 든 채 잔물방울을 쳐다보았다. 그 순간 환희가 부채로 청명의 얼굴을 슬쩍 가렸다가 지나쳤다. 어느새 잔물방울들이 하얀 꽃잎으로 바뀌어 흩날렸다. 환희의 손에는 연꽃 한 송이가 들려 있었다. 어서 받으라는 듯 눈을 찡

굿했다. 청명은 천천히 그가 건넨 연꽃을 받았다. 향기를 맡은 후 혼잣말을 했다.

"이 마술을 위해 허공의 방이 더 필요하진 않겠어."

환희가 대꾸를 못한 채 쳐다보기만 했다. 놀라는 빛이 두 눈을 스쳤다. 청명이 연꽃으로 허공을 가리켰다.

"저곳에서 쏟아진 물줄기가 고스란히 이 호리병으로 들어갔고……"

연꽃 줄기를 호리병에 집어넣기 시작했다. 두 뼘이 넘는 줄기가 모두 들어가고 연꽃까지 완전히 병 안으로 사라졌다.

"그 물들은 이 탁자를 통해 지하로 내려갔다가, 다시 저 기둥 속 수로를 타고 올라와서 뿜을 준비를 하는 것이겠지? 그렇게 돌고 도는 장치를 해 뒀으니 따로 물을 허공에 저장할 방은 필요 없겠단 생각이 든 거야. 내 추측이 틀렸어?"

환희가 즉답은 하지 않고 긴 한숨을 내쉬었다. 마술사는 자신이 선보인 마술의 원리를 관객의 입으로 들었을 때 가장 불쾌한 법이다.

청명이 이 마술의 원리를 완전히 알아낸 건 아니었다. 물이 어떻게 기둥을 타고 그 높은 허공까지 올라가는지도 몰랐고, 허공에서 쏟아진 물이 호리병으로 모여 담기는 이유도 몰랐다. 다만 물줄기를 피해 웅크려 앉았을 때 탁자에서 나는 물소리가 들렸던 것이다. 어둠 속에 오래 머문 사람은 귀와 코가 예민한 법이다. 시각에 의지하지 않으니, 청각과 후각만으로 어두운 세상을 살펴야 한다. 탁자에서 물소리가 난다는 것은 호리병에 모인 물이 탁자를 통해 흘러 내려 간단 뜻이다.

"탁자를 열어 보면 확실히 알 수 있겠네."

청명은 성큼 걸어가서 호리병을 잡고 들어 올리려 했다.

"안 돼."

그 순간 환희가 청명을 어깨로 거칠게 밀었다. 청명이 중심을 잃고 옆으로 쓰러지는 것과 동시에 탁자 위로 굵고 검은 물줄기가 폭포 소리를 내며 쏟아져 내렸다. 먹물 벼락은 곧장 환희의 머리와 어깨를 때리고 온몸을 적셨다. 그제야 청명은 깨달았다. 탁자에 함부로 손을 대지 못하도록 안전 장치를 해둔 것이다. 누구든 호리병을 잡아당기면 먹물이 쏟아지는 방식이었다. 고의는 아니었지만 청명은 미안했다. 옷과 얼굴이 먹물로 범벅이 된 환희에게 물었다.

"괘, 괜찮아?"

환희가 눈도 제대로 뜨지 못한 채 소리쳤다.

"가시오."

"몰랐어……."

"가라니까!"

환희의 성난 목소리가 물랑루를 울렸다. 청명은 더 이상 말을 붙이지 못하고 돌아섰다. 실수였다. 물랑루는 청명이 모르는 도구와 장치로 가득한 낯선 공간이었다. 환희에게 궁궐이 낯선 만큼, 청명도 물랑루를 두려워하고 조심했어야 옳았다.

청명이 물랑루를 나갈 때까지 환희는 망부석처럼 꼼짝도 하지 않았다. 지난번에도 청명 때문에 곤란을 겪었지만, 은미를 대신 판으로 올려 적당히 마무리했다. 오늘은 이 낭패를 만회할 방법이 없었다. 환희가 물랑루에서 마술을 시작한 뒤 처음 맞는 참담함이었다.

## 28

『환희비급』에 담긴 '낙분술(落噴術)' 항목의 그림을 글로 풀면 다음과 같다.

설렘.

물줄기와 함께 다가선다. 지키며 감싸겠다는 의지가 담겼다. 하늘에서 떨어지고 땅에서 솟아오르는 물줄기의 장쾌함과 물 한 방울 튀지 않는 완벽함을 동시에 보여야 한다. 물의 세기를 조절하거나 꽃잎 등으로 변주하여 따뜻한 분위기를 이끄는 것도 가능하다.

청명은 새벽까지 잠을 이루지 못했다. 환희가 자꾸 마음에 걸렸다. 칭찬받으리라 여긴 바로 그 순간에 뜻밖의 지적을 당하고 딱딱하게 굳은 얼굴이 맴돌았다. 물벼락에 젖은 모습과 고함을 지르던 표정도. 청명이 양손으로 귀를 막곤 혼잣말을 했다.

"알고 그랬나, 뭐? 어디에 숨기고 어떻게 드러나는지 알아맞혀 보라고, 자기 외엔 그 비밀을 캐낼 사람이 없다고 자랑하며 사람 무시한 게 누군데? 소리나 빽빽 질러 대고. 내게 낙분술의 비밀을 들킨 분풀이를 그딴 식으로 하다니……."

괘씸했다.

한편으로 되짚어 생각하니, 자정부터 시작된 마술은 오로지 청명 한 사람만을 위해 준비한 것이었다. 그 정성을 감안한다면 빈말이더라도 한두 마디 칭찬을 했어야 했다. 탁자에서 흘러내리는 물소리를 듣는 순간, 마술의 숨겨진 흐름을 추측하고 확인하는 데 신경이 집중되었다. 이제 다신 물랑루로 자신을 부를 일은 없으리라. 이렇게 마술사 환희와의 악연도 끝난 듯했다. 조금 서운한 기분까지 들었다.

이것은 청명의 큰 착각이었다. 마술사가 마술 하나를 익히기 위해 얼마나 집요하게 연습에 몰두하는지 몰랐던 것이다. 세상이 흔히 규정하는 '집착' 이상이었다. 환희의 집요함은 사람을 향해서도 마찬가지였다.


30


훗날, 청명은 왜 하필 낙분술을 골랐느냐고 환희에게 물었다. 부드럽고 따스하게 여심을 사로잡을 마술은 얼마든지 있었다. 물은 차갑고 곧고 시끄러웠다. 환희는 큰 눈을 더 크게 뜨곤 수줍게 답했다.

"맘이 그리 움직였소. 조금이라도 그대에게 가까이 가고 싶었나 보오. 여덕아(如德亞, 유대)에선 함께 강물로 뛰어들기도 하오."

"다 젖잖아? 여잔 야외에서 옷 젖는 거 정말 싫어해."

"물 위를 걸으면 되오. 섭강술(涉江術)!"

못 말리는 사내였다. 사람이 어찌 물 위를 걷겠는가. 거짓말을 저렇듯 천연덕스럽게 하니 강담사(講談師, 이야기하는 것이 직업인 사람)로 나섰어도 성공했으리라.

　새벽까지 잠을 이루지 못하긴 환희도 마찬가지였다. 처음엔 화가 났고 다음엔 마술을 더 정교하게 짜지 못한 데 대한 안타까움이 밀려들었으며 그다음엔 낙분술의 원리를 정확히 짚던 청명의 얼굴이 떠올랐다. 먹물 벼락을 맞은 후 청명을 내쫓던 장면에선 한숨이 절로 나왔다.

　삶이란 후회의 연속이다. 후회라는 생각이 처음엔 들지도 않을 만큼 사소한, 뜻밖에도 훗날 무거운 결정을 이끄는 후회, 후회, 후회들! 첫눈에 반했다거나 흠모한다거나 하는 감정은 아니지만, 환희는 계속 청명이 마음에 걸렸다. 청명을 감동시키지 않고는 물랑루에서 벌이는 마술이 모두 헛되다는 망상까지 밀려들었다. 지독한 감환(感患, 감기)에 걸려 열흘을 꼬박 앓았다.

　반복은 위험하다. 왕은 궁궐 밖 출입을 엄금하였다. 한번은 운이 좋아 무사히 돌아왔지만 다시 물랑루로 가는 것은 피해야만 했다. 참겠다고 마음을 다잡았지만, 은미가 와서 환희란 이름을 꺼내는 순간 흔들렸다. 이번엔 허공의 설계도도 내밀지 않았으나, 청명은 은미에게 엉뚱한 질문을 던졌다.

　"어때 보였어?"

　은미가 새초롬한 표정으로 되물었다.

"정말 무슨 일 있사옵니까? 마술 따윈 헛짓이라고 비난하셨잖사옵니까?"

"일은 무슨. 나는 그냥…… 그래, 그냥 묻는 거야."

"……그냥에서부터 시작하는 것이옵니다. 그냥 신경이 쓰이고 그냥 궁금하고 그냥 보고 싶고, 그러다가 그냥 사귀게 되옵니다."

"그런 거 아니래도. 별일 없지?"

"아프다고 하옵니다."

청명의 목소리가 높아졌다.

"아파? 어디가?"

"정확힌 모르옵니다. 마내자 설명으론 감환이라는데, 병 옮는다고 희방에 들어가지도 못했사옵니다. 마내자 편에 이야기만 듣고 오는 길이옵니다."

"감환에 왜 걸렸대?"

"그것까진……."

"사람이 아프다는데, 자세히 물어보지도 않고 왔단 말이야?"

은미가 즉답을 않고 쳐다봤다.

"뭐?"

"이상하옵니다. 왜 저한테 짜증을 내시옵니까? 환희 님 아픈 게 제 탓이옵니까? 감환에 걸리라고 제가 기도라도 드렸사옵니까? 저도 아프옵니다. 환희 님 아프시니 저도 몹시 아프옵니다."

청명은 자기 탓인 것만 같았다. 탁자의 호리병을 집는 순간 환희에게 쏟아진 먹물 벼락이 떠올랐다. 몸이 젖었다고 누구나 감환에 걸리진 않는다. 속히 희방으로 가서 옷을 갈아입고 횃불에 몸을 녹였다면 별 탈 없이 넘길 수도 있었다. 그는 오들오들 떨면서도 움직이지 않았다.

어리석은 사람! 괜한 고집을 부려 제 몸만 축난 꼴이지 않은가. 내가 몹시 원망스러울 텐데, 왜 또 만나자는 걸까. 복수라도 하려고? 마술을 들킨 건 마술사의 잘못이지, 내 탓이 아니다. 마술사는 자신의 비법을 숨겨야 하고, 관객은 그 비법을 찾기 위해 눈에 불을 켜기 마련이다.

갈까?

말까?

청명은 이런 두 갈래 길이 낯설었다. 궁궐 별당의 나날은 가면 가고 말면 말았다. 어둠을 배회하다가 돌아오는 삶이니, 가든 말든 결과가 크게 바뀌지 않았다. 지금은 다르다. 물랑루로 다시 가면 환희를 만날 수 있고, 가지 않으면 재회의 기회는 영영 사라질 것이다. 양 갈래에 관한 정 상궁의 추억담이 문득 떠올랐다.

"네 살 즈음 봄날이었사옵니다. 다섯 살에 궁에 들어왔으니, 네 살이 틀림없사옵니다. 어머니가 양 갈래로 머리를 땋아 주다가…… 이렇게 혼잣말을 하였사옵니다. '참 이상하네. 왼쪽이 오른쪽보다 길고 짙구나. 똑같이 만졌는데 달라진 까닭이 뭘까?'"

이상한 일이 청명의 코앞에 닿은 것이다.

가도 후회하고 아니 가도 후회한다면 가기로 했다.
청명도 환희도 그쪽이었다.

청명은 닷새 뒤 자정, 물랑루에 도착했다. 낙분술을 구경할 때처럼 아무도 없었고, 횃불 역시 마술 판을 내리비추지 않고 허공으로 타올랐다. 북서방 문으로 들어선 청명은 판을 향해 곧장 걸어갔다. 판 중앙엔 환희가 등을 진 채 서 있었다. 모든 준비가 낙분술 때와 똑같았지만, 그로부터 청명은 다르게 움직였다. 우선 청명은 판에 닿기 전 멈추거나 머뭇거리지 않고 곧장 올라갔다. 환희 역시 못 들은 척 기다리지 않고 바로 뒤돌아서선 두 걸음 나아왔다. 세 번째 만남을 향한 그들의 뜨거움과 기대는 거기까지였다. 둘 사이엔 아직도 다섯 걸음 정도 거리가 있었다. 마음의 거리였다. 그 사이로 먹물 벼락이 쏟아졌다. 서먹함을 감추려는 듯 환희가 먼저 말했다.
"다행입니다. 혹시 오지 않겠다고 하면 어쩌나 걱정했습니다."
밤새 준비한 답을 조심스럽게 꺼냈다.
"오늘은 아무것도 손 안 댈 거야."
"괜찮습니다. 맘껏 만지셔도."
"안 만진다니까."
환희가 머쓱한 표정을 지어 보였다.

"그럼, 만지지 마십시오."


36


"처음입니다."

"응?"

"한 사람을 두 번 물랑루로 청한 건……."

"……한 번 청한 적은 있나 봐?"

"네?"

"한 사람만을 위한 마술을 선보인 적 말이야."

환희가 아랫입술에 엷은 웃음을 머금고 말했다.

"물랑루, 이처럼 큰 마술 공연장을 지켜 나가려면, 원치 않는 자리에서도 마술을 해야 합니다. 자세히 설명하기에 적당하진 않지만, 간단히 말씀드리자면, 도성에서 사람이 많이 모이는 것 자체가 포도청이나 의금부에서 반기는 일이 아닙니다. 가뜩이나 민란이 끊이질 않으니까요. 환희단의 공연과 또 제가 선보이는 마술에 민심을 어지럽힐 부분이 전혀 없음을 알릴 필요도 있습니다."

물랑루의 마술 공연을 쥐락펴락할 정도면, 삼정승 육판서 이상의 권력자여야 하리라. 폭발적인 인기를 얻고 있기 때문에 마술 외에도 신경 쓸 부분이 적지 않은 것이다. 환희가 이야기를 보탰다.

"주고받는 것 없이, 순수하게 청한 자린 오늘이 처음입니다."

"순수해, 정말?"

"네?"

환희는 즉답을 못했다. 분명하다면 아주 분명하고, 모호하다면 아주 모호한 물음이었다. 청명이 답을 기다리지 않고 한 걸음 나아가서 허공을 우러렀다. 목덜미가 전보다 더 희고 길어 보였다.


37


환희가 흰 천을 소매에서 쏙 빼 빙글 돌려 왼손을 덮었다. 주문을 외운 뒤 천을 걷어 내자 까치 한 마리가 긴 울음을 토했다. 천장에서 쏟아진 엄청난 물벼락도 아니고, 호리병에서 솟구친 물줄기도 아닌, 까치 한 마리였다. 청명을 옴짝달싹 못하게 몰아세워 감동을 듬뿍 안기겠다는 의지가 사라진 것이다. 큰 변화였다.

까치가 고개를 빳빳하게 들고 청명을 쳐다보았다. 환희는 까치 부리에 쌀알을 넣었다. 까치는 환희의 머리로 푸득 날아오르더니 어깨를 거쳐 손등으로 옮겨 앉았다. 은빛 부채를 펴 까치를 가렸다가 다시 부채를 접었다. 까치가 어느새 까마귀로 바뀌었다. 까아악 까악. 시끄러운 소리를 내며 청명에게 날아왔다. 너무 놀라 엉덩방아를 찧기 직전, 환희가 급히 청명의 손목을 잡아 쥐었다. 힘껏 당기니 청명의 몸이 환희 쪽으로 기울었다. 다섯 걸음, 낙분술로 인해 만들어진 마음의 거리가 순식간에 좁혀진 것이다.

손목!

힘이 느껴졌다.

물벼락이 떨어지든, 새들이 날아오르든, 이 사내는 청명부터 감싸고 지킬 준비를 한 것이다. 마르고 여릴 거라고만 생각했는데, 환희

82

의 손등에 돋아난 힘줄이 굵고 든든했다. 환희의 숨소리가 청명에게 들렸고 청명의 숨소리도 환희에게 갔다.

"아!"

"미안합니다."

환희가 급히 손을 풀었다.

낙분술의 밤이었다면, 손목을 잡았다는 이유 하나만으로, 청명이 환희의 뺨을 후려쳤을 것이다. 숨소리가 들릴 만큼 가까웠지만, 환희는 끌어안는다거나 이마에 입을 맞추진 않았다. 제 욕심을 차리기보다 배려하는 마음이 느껴졌기에, 더 긴장되고 떨렸는지도 모른다.


38


마술사에게 마술은 감정 표현이자 생각을 전달하는 통로다. 공연을 위해 준비한 마술의 종류와 순서만 봐도, 마술사가 오늘 전하려는 느낌과 이야기를 추측할 수 있다. 웃음을 위한 마술도 있고 눈물을 위한 마술도 있으며, 머뭇거림을 위한 마술도 있고 돌진을 위한 마술도 있다. 수준이 높아질수록 마술사의 마음을 헤아리기 어렵다. 탁월한 소설을 읽을 때 결말을 예측하기 힘든 것과 비슷하다고나 할까.

환희가 낙분술에서 오작술(烏鵲術)로 마술을 바꾼 것은 문외한이보더라도 그 의도가 너무 뻔했다. 확실하게 마음을 전하는 마술이바로 오작술인 것이다. 확실한 만큼 위험부담도 컸다. 청명이 까치와 까마귀를 보며 고개를 젓는 순간 환희에겐 다른 대안이 없었다.


## 39


환희는 감환을 앓는 동안 생각하고 또 생각했다, 그에게 일어난 일이 대체 무엇인가를. 지금까지 그는 생각을 마친 후에도 한 번 더 생각한 다음 말하거나 행동해 왔다. 충분히 생각해도 크고 작은 실수나 실패를 겪었으니, 생각이 끝나지도 않은 상태에서 무엇인가를 감행하는 것은 환희답지 않았다. 이번엔 거듭 생각한 것이 문제였다. 나는 왜 이렇게 생각하고 생각하고 또 생각하고 있는 걸까. 내 말, 내 행동이 큰 문제를 일으키지 않았음에도 난 왜 그 생각에 집착하는가. 그 생각으로부터 촉발된, 흐릿한 것들, 없는 것들, 넘치는 것들, 꼬인 것들, 그에게 매듭으로 남은 것들을 가슴에 두지 않으려는, 두고 싶지 않다는, 이왕이면 낙분술을 선보였던 여인 앞에서 진심으로 마술을 다시 하고 싶다는…… 철없더라도 간절한 생각들!


## 40


그만큼 다급했는지도 모르겠다. 또 한 번의 만남을 장담하긴 무척 어렵다는 은미의 이야기를 들었기 때문일까. 변주하고 꾸미고 향취를 부여할 겨를이 없었다. 환희는 단순하게, 마지막 기회라 여기고 가 보기로 정한 것이다. 물줄기에서 까치로, 까치에서 또 다른 무엇인가로.

환희는 하얀 천을 다시 까마귀에게 던졌다. 천에 덮인 까마귀의 몸이 점점 작아지더니 납작하게 사라졌다.

"자, 이제 천을 걷어 내 맘껏 던지십시오."

"까마귀가 달려들면?"

"걱정 말고 해 보세요. 저를 믿으십시오."

"뭐라고?"

다시 물었다.

"믿어 달라 했습니다, 저를!"

누구에게는 평범한 말이지만 누구에게는 평생 하기도, 듣기도 힘든 말일 수 있었다. 청명은 태어나서 단 한 번도 자신을 믿어 달란 이야기를 누군가로부터 들은 적이 없었다. 믿음이 돈독한 관계는 애정 소설 안에서만 가능했다.

청명은 천천히 허리 숙여 천을 집었다. 얕은 숨을 뱉고는 단숨에 천을 당겨 뿌리면서 물러섰다. 사라진 줄 알았던 까마귀가 날아올랐다. 뒤이어 까치가 날았고 다시 까마귀가 날개를 폈다. 거대한 새들의 둥지가 마술 판 아래로 이어진 것일까. 수백 마리의 까치와 까마귀들이 걷어 낸 천에서 날아올라 시끄럽게 움직이는 어둠이 되었다. 물줄기를 솟구치게 하는 것보다 훨씬 어려운 마술이었다. 물방울은 말이 없지만, 까치와 까마귀들은 푸덕이며 시끄럽게 우짖는 새들이다. 침묵 속에서 날아오를 채비를 갖추도록 어떻게 훈련시켰을까.

새들이 청명을 위협하진 않았지만, 상상도 못한 숫자였으므로 저절로 뒷걸음질이 쳐졌다. 등이 무엇인가에 닿았다. 환희의 가슴이었

다. 돌아서선 서너 걸음 물러났다. 청명이 말을 꺼내기도 전에 환희
가 양팔을 활짝 폈다. 판에서 줄곧 취한 익숙한 동작인 듯 망설임
이 없었다. 청명에겐 사내의 텅 빈 품이 조난당한 무인도의 첫 밤처
럼 낯설었다.

"어찌하란 거야?"

환희가 새들의 울음으로 꽉 찬 머리 위를 우러렀다.

"궁금하지 않습니까?"

청명이 따라서 고개를 들었다.

"올라가 보자는 겁니다."

비로소 알아차렸다.

"안기라고? 미쳤어?"

"마술의 일부입니다. 사사로운 마음은 손톱만큼도 없습니다."

청명이 눈을 흘겨 따졌다.

"마술의 일부? 나를 안고 저 위로 올라갈 계획을 미리 세웠단 말
이잖아?"

환희가 또박또박 준비한 답을 내놓았다.

"마술을 위해, 마술사는 때론 원치 않더라도, 관객과 함께 움직
여야 합니다."

까악. 울음이 더 크게 들렸다. 둘은 동시에 고개를 들고 움직이는
허공을 살폈다. 이번에도 역시 활기찬 기운만 감돌고 보이는 건 없
었다. 청명이 물었다.

"다른 방법 없어? 따로따로 올라간다든가……"

"저는 올라갈 수 있습니다만 낭자는 마술사가 아니지 않습니까?"

청명이 어둠을 우러르며 생각했다. 저곳에 가려면 이 남자 품에

안겨야 하는 거네. 내가 가장 싫어하는 택일의 순간이구나.

"포기하시겠습니까? 허공을 날아오를 기휩니다. 물랑루에선 오직 마술사 환희만 즐겨 온 마술이지요."

포기하기엔 저 어둠이 너무 궁금했다. 청명은 한 걸음, 또 한 걸음 다가갔다. 최대한 차분히 움직이려 했지만 빨라지는 심장박동은 어쩔 수 없었다. 이 떨림을 들키지 않으려고 시선을 일부러 한껏 내린 뒤 환희의 어깨에 매달렸다. 살이 쑥 들어가지 않고 근육으로 단단했다.

"아!"

저도 모르게 신음 소리가 나와 버렸다. 입술을 재빨리 닫았지만 늦었다. 청명은 눈을 질끈 감고 자책했다. 환희가 물었다.

"불편하십니까?"

"괘, 괜찮아."

환희가 제 어깨를 붙든 청명의 손을 쥐곤 목 가까이로 옮겼다.

"이렇게 붙잡는 게 더 단단합니다. 자, 이제 시끄러운 녀석들 구경하러 가 보겠습니다."

눈이 마주쳤다. 믿음직스러웠다.

환희가 왼팔로 청명의 허리를 둘러 안더니, 오른손에 든 부채를 쫙 폈다. 그 순간 바람이 밑에서 불었고, 환희와 청명이 허공으로 날아올랐다. 너무 빠르고 갑작스러웠다. 눈을 감고, 환희의 어깨에 매미처럼 이마를 딱 붙이는 수밖에 없었다.

"도착했습니다."

청명의 발바닥이 좁고 긴 나무판을 눌렀다. 조심조심 눈을 떴다. 두 가닥 쇠줄에 매달린 공중그네였다. 청명은 환희와 마주 보고 섰는데, 서로의 발이 좁은 발판을 엇갈려 디뎠다. 그미의 오른발 다음에 그의 왼발이 오고, 그 왼발 옆에 그미의 왼발이 놓이고, 그미의 왼발 곁에 그의 오른발이 자리 잡았다. 가슴을 조금만 내밀어도 서로 닿을 지경이었다. 환희가 숨을 내쉴 때마다 엉덩이를 뺀 청명의 등이 흔들렸다.

"이, 이게……."

"아! 움직이지 마십시오. 잘못하면 떨어집니다. 여기서 떨어지면, 아무리 제가 조선 최고의 마술사이자 물랑루를 직접 설계한 사람이라고 해도 낭자를 구하기 어렵습니다."

청명이 화를 냈다.

"이런 법이 어디 있어?"

환희가 답했다.

"날아올라 그네에 올라서겠다고 하면, 제 말을 따랐겠습니까? 이렇게 모른 체 감행하는 게 상책입니다."

허황된 주장은 아니었다. 청명이 넘겨짚었다.

"줄을 당긴 것이로군."

"봤습니까? 제가 줄을 쥐고 있던가요? 저는 이 부채를 잡았을 뿐입니다."

"줄 없이 어찌 여기까지 오겠어?"

"그렇습니까? 그리 추측하는 것도 지나치진 않습니다. 날개도 없는 사람이 하늘을 날아다니긴 어렵지요. 이 물랑루에선 불가능한 일도 가능하게 만드는 사람이 바로 마술사 환희입니다. 못 믿겠단 표정은 여전하군요. 좋습니다. 우리가 이곳으로 왜 올라왔지요?"

"까마귀와 까치들을 보러……."

주위를 살폈지만 소리만 요란할 뿐 새들이 보이지 않았다.

"그럼 보러 갑시다."

환희가 양손으로 그네를 쥐곤 반동을 넣기 시작했다. 심하게 흔들렸다.

"뭐, 뭐 하는 거야?"

"새들에게 가려는 겁니다. 저처럼 무릎을 굽혔다가 펴며 힘껏 그네를 미십시오."

"멈춰."

"멈추면 영원히 그네에서 못 빠져나갑니다. 저도 이곳까지 오르는 법만 알지 내려가는 마술을 익히진 못했습니다."

"무슨 소리야, 그게?"

"내려가려면 까치와 까마귀의 도움이 필요하단 말이죠. 도움을 얻으려면 새들에게 가까이 가야 하고요. 가까이 가려면 호흡을 맞춰 그네를 밀고 당겨야 합니다. 아시겠습니까?"

"……알았어."

청명이 고개를 끄덕였다. 환희가 무릎을 굽혔다가 펴며 그네를 밀자, 청명이 받아서 똑같이 했다. 대여섯 번 번갈아 밀고 당기기를 반복하자, 그네는 더 멀리 더 높이 오갔다. 그네를 민 몸이 거의 눕다시피 올라갔다가 내려올 때, 청명은 재빨리 발밑을 살폈다. 까마득히 아래에서 횃불이 빛났다. 주위엔 잡을 만한 줄이 전혀 없었다. 이렇게 그네를 흔들다가 어찌하겠단 걸까.

"자, 이제 양손을 놓고 조금 전처럼 저를 붙드십시오."

"설명부터……."

"빨리!"

환희가 짧게 말한 뒤 힘껏 그네를 밀었다. 휘이잉, 바람을 가르는 소리가 귓전을 때렸다. 청명은 오른손을 먼저 떼 환희의 어깨를 잡고 왼손을 마저 놓으며 옆구리로 둘러 깍지를 꼈다.

"어깨만으론 안 됩니다. 허리를 안으세요."

그때 발판에서 청명의 왼발이 미끄러졌다. 오른발마저 떨어지려는 순간, 환희가 자신의 왼발을 제기 차듯 접어 청명의 두 발을 감싸고 버텼다.

"무, 무서워."

죽음의 공포가 발바닥부터 뒤통수까지 덮쳐 왔다. 가누기 힘들만큼 무릎의 힘도 풀렸다.

"천천히 하면 됩니다. 제가 그네를 밀어 올릴 때, 재빨리 허리를 안으십시오."

이 기회를 놓치고, 청명이 수평에 가까운 그네 밑에 놓인다면, 두 발로 발판을 밀며 버틸 자신이 없었다. 손가락 하나 움직이기 힘들 정도로 두려웠지만 환희를 믿고 따라야 했다. 그네가 정점에 이르렀을 때 청명은 환희의 허리를 힘껏 안았다.

"갑니다!"

그 순간 환희가 그네 밖으로 몸을 날렸다. 높은 건물에 곧잘 오르며 주변을 살피는 청명이지만, 이번에도 환희의 가슴에 얼굴을 묻기만 했다. 포물선을 그리며 올라가다가, 올라만 가다가, 떨어지지 않고 멈췄다.

"다 왔습니다."

겨우 눈을 뜨고 주변을 살폈다. 까마귀와 까치 소리가 더욱 시끄러웠다. 밑을 보니 두 사람이 서 있는 발 아래에도 까마귀와 까치들이 가득했다. 불쑥 솟은 반원 모양으로 어둠을 향해 다리를 놓듯 모여 뭉쳤다. 어쨌든 그네에서 추락하지 않고 살아난 것이다. 울음이 목을 타고 올라왔다. 눈엔 벌써 눈물이 젖어들었다. 청명은 고개를 돌린 뒤 손으로 입을 막곤 울음을 참았다. 자세한 설명도 없이 자신을 이곳으로 이끈 환희에게 화가 났지만, 그것도 꾹 눌러 참았다. 아직 이곳은 허공이었고, 주저앉아 울기엔 안전하지 않았다. 무사히 청명을 지상으로 이끌 사람은 환희뿐이었다. 시시비비는 나중에 내려가서 가려도 늦지 않았다. 땀을 닦는 척하며 손등으로 눈물까지 몰래 훔쳤을 때, 환희가 물었다.

"혼자 설 수 있겠습니까?"

청명은 고개를 끄덕였다. 환희는 조심조심 청명의 몸을 돌려 세웠다. 까치와 까마귀의 파닥임이 빨라졌다. 다리를 쳐다보았다. 검은 새들이기에 아래에서 더더욱 보이지 않았던 것이다. 발 아래 펼쳐진 광경이지만 믿기지 않았다.

"건너가 볼까요? 오작교(烏鵲橋)랍니다."

주변을 살폈다. 환희가 웃으며 물었다.

"줄이라도 찾는 겁니까? 그딴 거 없습니다. 허공에 새들이 뭉쳐 만든 다리예요. 그들을 지탱하기 위해 어떤 도구도 쓰지 않았습니다. 첫 걸음을 떼십시오. 같은 자리에 오래 머물면 새들이 힘겨워한답니다."

새들이 힘들다는 말에 급히 오른발을 뗐다. 발아래 새들이 조금씩 움찔거렸다. 왼발을 옮기는 순간 몸이 왼쪽으로 기울었다.

"아!"

환희가 왼 어깨를 잡아 줬다. 청명이 그 손등을 탁 쳐 냈다. 아직 공중그네에서의 화가 풀리지 않은 것이다.

"내가…… 알아서 할게."

환희도 차분히 설명만 했다.

"처음엔 한 걸음 딛고 잠시 쉬고 또 한 걸음 딛고 잠시 쉬어야 합니다. 평지처럼 빨리 걷다간 균형을 잃고 넘어지기 쉬우니까. 이 다리에서 넘어진다는 건……."

청명이 말허리를 잘랐다.

"알겠어."

"열 걸음만 걷고 나면 다리가 좀 넓어진답니다. 힘내십시오."

청명은 환희가 시키는 대로 한 걸음 떼고 쉬고 또 한 걸음 떼고 쉬기를 반복했다. 열 걸음을 가니 오작교 폭이 두 배로 넓어졌다. 환희가 나란히 서선 오른손을 내밀었다.

"이젠 잡으십시오."

믿음직스러운 손이었지만 거절했다.

"괜찮아."

"잡아야 합니다."

청명은 어두운 환희의 손바닥을 쳐다보며 질문에 질문을 이었다. 왜 이 사낸 그네에서의 일을 사과하지 않지? '미안합니다.' 이 한마디가 뭐가 어려워? 관객을 긴장시키고 두려움에 떨게 만드는 것 역시 마술의 일부로 여기는 걸까? 마술이란 이렇듯 무례한 기술이고, 마술사란 그 무례를 감동이라 착각하며 사는 인간일까? 청명은 손 대신 소매 끝자락만 살짝 쥐었다.

"이렇게 가자고."

환희가 걱정 가득한 눈으로 물었다.

"괜찮겠습니까?"

"가기나 해."

한 걸음도 떼지 못하고 청명의 몸이 이번엔 오른쪽으로 기울었다. 다행히 환희의 어깨에 어깨가 부딪히는 바람에 넘어지진 않았다. 소매를 쥐는 것은 몸의 균형을 잡는데 전혀 도움이 되지 않았다. 환희가 강제로 청명의 왼손을 덥석 고쳐 잡았다. 불편했다.

"저도 좋아서 이러는 게 아닙니다. 여기서 발을 헛디디기라도 하면 정말 큰 낭패입니다. 오해 마십시오."

환희가 걸음을 뗐다. 청명은 마지못해 그에게 손을 맡겼다.

둘은 나란히 걸었다.

세상에서 가장 느린 산책이었다.

청명은 환희가 세심한 남자란 걸, 종이에 서서히 스며드는 먹물처럼 처음 느꼈다. 보폭과 걸음을 옮기는 속도를 정확히 청명에게 맞춘 것이다. 몸이 조금이라도 흔들리면 걸음을 멈췄고, 표정이 바뀌거나 눈동자가 움직일 때도 그렇게 했다. 화와 섭섭함이 걸음걸음 내디딜 때마다 조금씩 사라졌고 따듯한 무엇인가가 차올랐다. 청명은 그 따듯함을 어떤 단어로 표현해야 좋을지 몰랐다. 아무리 근사한 단어를 제시한다 해도 그보다 넘치는 밤이었다.

41

『환희비급』에 담긴 '오작술' 항목의 그림을 글로 풀면 다음과 같다.

발맞춤.

허공에서의 산책. 두 몸이 한 마음으로 나란히 걸어야 한다. 마술
사를 믿지 못하고 조금이라도 흔들리면 오작교는 무너진다.

## 42

환희는 청명의 미세한 몸짓 하나하나에 신경을 곤두세웠다.

"손톱에 정성을 많이 쏟는군요."

낙분술을 하던 밤부터 청명의 손에 자꾸 눈이 갔다. 그 밤엔 손톱이 자주색이었는데 오늘은 푸른빛이 돌았다. 봉숭아 물을 들이는 정도가 아니라 따로 손톱에 색을 입히는 것이다. 빛깔이 바뀔 때마다 향도 달라질까. 어떤 날은 꽃향기, 어떤 날은 풀 냄새, 어떤 날은 비릿한 바다 냄새가 날까.

"종종 그림을 그려. 종이에 색을 입히다가 남으면 손톱에도 잠깐씩 칠하곤 해. 원래 그래?"

"뭐가 말입니까?"

"여자 손톱을 훔쳐보느냐고?"

"낭자는 사람을 만나면 어딜 유심히 봅니까?"

"그거야…… 얼굴 아닌가?"

"저는 손이랍니다."

"손? 왜 손이야?"

"마술이란 게 결국 대부분 손으로 하는 겁니다. 손놀림이 조금이라도 어색하면 실수를 하지요. 공연 직전 따뜻한 물에 손을 한참 넣는 이유도 그 때문입니다. '머리가 착각하더라도 손이 기억하게 하라!' 이게 제가 항상 마음에 새기는 문장이랍니다. 스스로 손을 아끼다 보니, 누군가를 만나면 손부터 살핍니다. 손엔 그 사람의 직업과 성격, 습관과 취향이 전부 담겼습니다."

"그런가?"

"그렇습니다."

환희는 마음에 쏙 드는 손을 만나면, 그 손에 입 맞추고 싶어진다는 이야기까진 하지 않았다. 이 정도만으로도 손톱에 색을 칠할 때마다 환희단의 으뜸 마술사 환희를 떠올릴 것이다.


### 43


걸어도 걸어도 끝나지 않는 다리라고 하면 믿을 사람이 몇이나 될까. 그 밤, 물랑루의 오작교는 끝이 없었다. 여기가 끝인가 싶어 아래를 보면 다시 다리가 열리고 또 다리가 열렸다. 환희와 청명이 이미 딛고 지나간 자리의 까마귀와 까치 들이 앞으로 옮겨 와 날개를 파닥였던 것이다.

"훈련시키느라 힘들었겠네."

"그리 믿으십니까?"

청명이 눈을 동그랗게 떴다.

"아니란 말야?"

"훈련으로 될 일과 안 될 일이 있습니다. 개들이 앞발을 들고 줄을 지어 걷거나 말들이 뒷발을 걷어차서 박을 터뜨리는 묘기는 훈련의 결과지요. 까마귀와 까치로 끝없는 다리를 만드는 오작술은 훈련으론 불가능합니다."

"그럼?"

환희가 꼭 쥔 손을 잠시 내려다보다가 답했다.

"좋아서 하는 거죠. 저들도 저렇게 뭉쳐 다니며 허공에 다리를 짓는 게 신이 나나 봅니다."

"그 말을 믿으라고? 좁은 공간에서 부대끼는 게 뭐가 그리 좋겠어? 머리나 등을 밟히는 것도 힘들 테고."

"불편을 감내하고서라도 다리 만드는 걸 즐긴다면? 솔직히 밝히겠습니다. 오작술, 이건 정말 마술이 아닙니다."

마술을 부려 놓고 마술이 아니라고 주장하는 것은 마술사의 오랜 습성이지만, 이 설명만은 사실이었다. 훗날 청명이 까마귀와 까치로 다리를 놓는 오작술을 배울 때 훈련 따위 없었다. 새들이 맘껏 다리를 만들 하늘과 넉넉한 모이만이 필요한 전부였다.


## 44


오작교에서 북서방 문 쪽으로 내려섰다. 새들이 지쳐서가 아니라, 오래 허공을 걷는 바람에 청명의 두 발이 아팠던 것이다. 그때까지도 환희는 청명의 손을 쥔 채 놓지 않았다. 발이 땅에 닿자마자, 청명은 왼손부터 거둬 등 뒤로 감추려 했다. 다시 출렁 몸이 흔들렸다.

"어맛!"

청명이 놀라며 환희의 손을 먼저 잡았다. 환희가 넉넉하게 웃었다.

"멀미입니다."

"멀미?"

"가만히 계십시오. 허공을 걷다가 땅에 내려서면 어지러운 법이지요. 선원들이 자주 그럽니다. 먼바다까지 배를 오래 타다가 뭍에 내리면 땅바닥이 파도처럼 흔들린다고. 잠시 쉬면 낫습니다."

환희가 시키는 대로 객석 제일 뒷줄에 나란히 앉은 후 어깨에 비스듬히 기댔다. 청명은 눈을 감았다. 마음이 가라앉으며 차분해졌다. 어지럼증도 한결 덜했다.

멀미와는 다르게 기분이 이상했다. 눈을 뜨고 고개를 드니 어느새 까치와 까마귀가 사라지고 없었다. 새들이 사라지자 날갯짓은 물론이고 울음까지 동시에 멈춘 것이다. 침묵이 청명을 쑥스럽게 만들었다. 오늘 밤 물랑루에서 한 일이라곤, 환희란 남자의 손을 잡고 거닌 게 전부였다. 지금 또 그에게 의지하여 시간을 흘려보내는 중이었다. 태어나서 지금까지 단 한 번도 이런 적이 없었다.

"아직도 내가 밉소?"

환희가 횃불에 어른거리는 팔각 판을 바라보며 물었다. 청명은 잠시 속으로 물었다. 어떤 미움을 가리키는 걸까? 팔각 판으로 올라오란 청을 거절한 날부터 지금까지, 미움에 미움이 쌓인 나날이었다. 밤을 새워 미운 감정을 풀어 놓을 수도 있겠지만, 청명은 이 밤을 미움으로 채우고 싶진 않았다. 아직 표면에 남은 미움도 있지만 땅속 깊이 묻혀 화석이 된 미움도 있었다. 청명은 엉뚱하게 되물으며 미움을 지웠다.

"말투가 왜 그래?"

환희가 말투를 바꾼 것이다. 완전히 반말 투는 아니었지만 깍듯한 경칭에서 말끝을 약간 흐렸다. 첫 만남에서 옥신각신하며 반말을 섞긴 했지만, 다시 만나선 말을 높이며 거리를 뒀다. 가까이 다가오려는 환희의 마음이 느껴졌다. 그 마음에 대해 이야기하기엔 너무 고요하고 너무 어두웠다. 청명이 마음 대신 말투를 건드리자, 환희가 받아쳤다.

"내 말투가 어떻다고 그러오?"

"이상하잖아?"

"낭자는 처음부터 반말만 하지 않소?"

"그야 넌 광대고 난⋯⋯."

청명이 말을 멈추고 침을 삼켰다. 옹주라고 스스로 털어놓을 뻔했다. 환희가 그 틈을 파고들었다.

"정승 판서 댁 규수들 중 내게 말을 높이는 이도 꽤 많소."

"그야 마술에 눈이 멀어 예의도 뭣도 모르는 것들 이야기고⋯⋯. 함부로 굴지 마. 마술을 보여 준답시고 억지로 손이나 잡게 만들고, 그 핑계로 말투부터 슬쩍 바꾸는 꼴이 우습지 않아?"

"함부로 굴려는 게 아니오."

"그럼 원래대로 말을 높여."

"싫소."

"무엄하구나."

"또 그 무엄! 벌하려거든 벌하시오."

"⋯⋯."

고집을 꺾을 방법이 당장은 없었다. 짧은 침묵이 더 어색했다. 환희가 질문을 반복했다.

"아직도 내가 밉소?"

못 이기는 척 답했다.

"미워한 적 없어."

"자비로 똘똘 뭉친 부처님이라도 내가 미웠을 게요."

"꼭 이 마술, 오작술이어야 했어?"

"불편했소?"

사내의 어깨와 허리에 매달리는 것도, 손을 잡는 것도, 둘이서만 허공을 걷는 것도 모두 처음이니 편할 리 없었다. 청명은 환희의 뺨을 때린 후 돌아와서 자신의 손을 밤새 쳐다봤었다. 오늘 헤어진 뒤엔 손바닥을 얼마나 오래 살피고 만지고 냄새 맡게 될까. 밀려드는 울렁거림을 가지런히 정돈하기엔 경험도 적고 나이도 어렸다. 불편하다고 제 입으로 확정하긴 싫어 되물었다.

　"알잖아?"

　"낭자가 자꾸 숨으려 해서, 숨지 못하게 하려고 오작술을 택했다오. 이제 그만 나오시오."

　"옆에 있잖아? 어딜 또 나오라는 거야?"

　"옆에 있어도 자꾸 숨지 않소? 어두운 구석으로 반걸음이라도 더 가까이 가려 한다는 걸 내가 모를 줄 알았소?"

　"……그런 적 없어."

　"자꾸 숨으려 들면 착각할 수밖에 없소."

　"착각?"

　"내게 관심 있다고."

　코웃음을 쳤다.

　"정말 착각이네."

　"사람이 언제 자꾸 숨는 줄 아시오? 상대가 신경 쓰일 때요. 지금처럼!"

　들키고 말았다. 더 들키긴 싫고 부끄럽고 두려웠다.

　"가겠어."

　겨우 답하고 일어섰다. 손부터 거두려 했다. 환희는 아쉬운 듯 잡은 손을 놓지 않았다. 청명이 환희 쪽으로 비스듬히 내려간 어깨를 따라 고개를 돌렸다. 눈이 마주쳤다.

"……생각했소. 첫날, 왜 낭자가 그토록 판으로 나오려 하지 않았을까? 내게 그 이유를 알려 주겠소?"

"이 손부터……."

환희가 손을 놓는 대신 일어나서 청명의 앞을 막았다. 그 바람에 북서방 문이 보이지 않았다. 청명은 갑자기 가슴에 돌을 얹은 듯 답답했다. 빛으로 가득한 판에 나서는 것만큼이나 잠긴 문을 두려워하는 데는, 말 못할 고통이 뱀의 머리처럼 도사렸다.

어린 시절, 홀로 빈방에 갇히는 일이 반복되었다. 늘 곁을 지킨 정 상궁이지만, 가끔 급한 용무를 보러 갈 땐 별당 문을 밖에서 잠근 것이다. 어린 청명을 별당 외의 다른 곳에는 데리고 다니지도 말고, 또 홀로 마당에서 뛰놀지도 못하게 하라는 왕의 명령이 있었던 것이다. 청명은 지독한 꿈을 꿨다. 창도 없는 방에서 깨어난 것이다. 울어도 오는 이 없었다. 벽에 기대 색실을 꼬며 손장난을 하는데, 갑자기 벽이 움직이기 시작했다. 사방 벽이 동시에 청명을 향해 다가왔다. 방이 점점 작아졌고 청명은 달아날 곳이 없었다. 몸이 벽에 꽉 끼어 뼈마디가 부서지기 직전에야 꿈에서 깼다. 방이었다. 벽들이 달려드는 기분이 들었다. 답답했다. 당장 별당 앞마당으로라도 뛰어나가려 했지만, 문이 굳게 잠겼다. 청명은 그 문을 두드리며 울다가, 답답한 가슴을 주먹으로 치며 뒹굴었고, 끝내 기절했다. 정 상궁이 올 때까지 또 꿈을 꿨는데, 이번에도 빈방에 홀로 갇혔던 것이다. 꿈에서도 갇히고 현실에서도 갇히다 보니, 언제나 방에 들어서면 문과 창문부터 살피는 습관이 생겼다. 닫힌 문으로 다시 가서 손가락 마디가 들어갈 정도라도 열어 두곤 했다. 청명의 이런 습관을 아는, 정 상궁을 비롯한 궁인들은 절대로 문 앞을 막아서지 않았다. 청명이 성난 뱀처럼 독을 품고 따졌다.

"왜 그 이유를 말해야 해, 그쪽에게?"

환희는 청명의 이 독기가 어디서 비롯되는지 몰랐다.

"꼭 그렇게 전부 따져야 하오? 그게 낭자의 방식이오?"

"무슨 답을 하란 거야?"

"내 이름은 환희, 직업은 마술사, 대부분의 시간을 이곳 물랑루에서 보낸다오. 낭자는 이름이 무엇이오? 은미 낭자의 먼 친척이란 것 외엔 아는 게 하나도 없다오. 은미 낭자도 본인에게 직접 들으라 하고⋯⋯. 최소한 이름이라도 알려 주오."

"이름은 알아서 뭣하게?"

"이름을 알아야 혹시 찾을 일이 있으면 찾을 게 아니오."

"나를 왜 찾아, 그쪽이?"

"이건 공평하지가 않소. 나는 환희요. 연꽃 낭자는 이름이 뭐요?"

"이제 만날 일 없을 테니, 내 이름도 알 필요 없어."

"진심이오? 오작교를 함께 거닐고도 끝이다?"

"오작교로 여러 여자 데려갔었나 봐?"

"낭자!"

환희의 얼굴이 벌겋게 달아올랐다. 자존심이 몹시 상한 것이다. 청명은 닫힌 문을 열고 밖으로 나갈 마음뿐이었다. 숨이 막혀 왔다.

"가겠어. 비켜."

청명이 환희를 밀치고는 서북방 문으로 뛰어갔다. 문고리를 잡고 단숨에 밀었다. 시원한 바깥 바람이 물랑루 안으로 휘이익 소리를 내며 몰려왔다. 그 바람과 함께 우악스러운 팔이 청명의 목을 감더니 물랑루 밖으로 잡아당겼다. 저항할 틈도 없이 끌려 나갔다.


45


"낭자!"

환희가 급히 뒤따라 나왔다. 복면을 쓴 괴한이 모두 일곱 명이었다. 청명의 목을 등 뒤에서 감아쥔 사내가 위협했다.

"들어가."

환희가 부채로 가리키며 받아쳤다.

"뭣 하는 놈들이냐?"

괴한들이 서로 눈빛을 나누며 피식 웃었다.

"둔갑술이라도 부리려고? 까불지 말고 어서 들어가."

"너희들이야말로 낭자를 놓아두고 꺼져. 그럼 죄를 묻진 않겠다."

청명은 환희를 말리고 싶었다. 제아무리 마술사라고 해도 상대는 흉기를 든 괴한 일곱이다.

"물러나."

환희는 오히려 청명을 염려했다.

"걱정마오, 낭자."

"어쩌려고?"

"말귀를 알아듣지 못하는 놈들에겐 몽둥이찜질이 약이라오. 오늘은 몽둥이 대신 부채 찜질을 해 볼까 하오."

날아오는 주먹을 부채로 막고 돌려차기로 제압하는 것부터 싸움이 시작되었다. 상대가 여럿이라고 두려워하면 이기기 어렵다. 아무

104

리 많은 수가 달려든대도 한 번에 한 명씩만 상대하라. 정확성을 높여라. 일대일 대결에선 한두 번 헛발이나 헛주먹을 날려도 자세를 고쳐 잡고 싸울 수 있지만, 여러 명을 홀로 감당할 땐 단 한 번의 실수가 곧장 패배로 이어진다. 두려움 없이 정확하게! 이것은 관객 앞에 서는 마술사의 마음가짐이기도 했다.

그 밤 청명은 마술사가 얼마나 날렵한지 처음 알았다. 구슬과 엽전과 꽃과 새를 나타나게도 하고 사라지게도 하는 손, 발가락만을 이용하여 묶은 줄을 풀고 탈출하는 발, 접으면 앞이마와 발목이 닿을 만큼 유연한 허리, 어린아이 한둘쯤은 거뜬히 올려놓을 어깨를 지닌 이가 바로 마술사다. 물론 마술사가 오늘처럼 누군가와 싸우는 일은 극히 드물다. 환희는 안다. 마술사가 싸울 상대는 마술사 자신뿐임을. 마술사가 누군가와 피 흘리며 싸운다면, 그 싸움이 소문난다면, 누구도 선뜻 마술사의 공연에 와서 웃고 즐기기 힘들다.

기탁은 환희의 귀에 정말 못이 박히도록 강조했다. 어떤 순간에도 싸워선 안 돼. 개처럼 바닥을 기는 한이 있더라도, 얻어맞아 병신이 되는 한이 있더라도, 오늘은 참고 또 참아야 해. 그래야 내일 마술을 할 수 있어.

내일…… 이 없대도 싸워야 할 때가 있는 법이다. 환희의 입장에서 보자면 지금이 바로 그때였다. 오작교를 함께 건넌 연꽃 낭자를 납치하려는 괴한들을 어찌 가만 둘 수 있으리.

괴한들은 몽둥이와 칼과 도끼를 휘두르며 덤볐고, 환희는 부채로 탁 탁 탁탁탁 급소를 후려치며 맞섰다. 속전속결. 이것이 환희의 전법이었다. 달려드는 놈들을 완벽하게 막은 후 공격하기엔 여유가 없었다. 놈들이 무기를 휘두르기 전, 환희가 먼저 부채로 휘돌리고 찌르고 감고 꺾었다. 청명을 붙든 괴한부터 돌려차기로 쓰러뜨렸다.

물랑루 근처를 어슬렁거리며 청명과 환희의 만남이 끝나기를 기다리던 기탁이 환희를 구한답시고 뛰어들지 않았다면, 괴한들을 완전히 제압했을 수도 있다.

"이 망할 놈들아!"

기탁의 등장으로 환희의 발걸음이 엉켰다. 청명을 중앙에 둔 채 좌우로 번갈아 돌며 괴한들을 막았는데, 기탁을 향해 날아드는 창까지 방어하느라 틈을 보인 것이다. 그 틈으로 괴한 하나가 재빨리 파고들어 다시 청명의 목덜미를 낚아챘다. 등 뒤에서 목을 감싸고 턱에 칼을 들이댄 뒤 소리쳤다.

"꿇어!"

"비겁한 놈!"

"꿇지 마."

청명이 소리쳤다. 괴한이 칼 든 팔꿈치를 슬쩍 들어 올렸다.

"꿇지 않으면 이년 목에 구멍을 뚫겠어."

기탁이 먼저 꿇었고, 환희도 곧 두 무릎을 차디찬 바닥에 댔다. 쓰러졌던 괴한들이 달려와서 기탁과 환희를 짓밟기 시작했다. 기탁이 환희 위에 제 몸을 던지며 말했다.

"지켜!"

손부터 안전하게 두란 소리다. 환희는 새우처럼 웅크린 채 두 손을 겨드랑이에 끼웠다. 다른 곳은 다쳐도 손만은 보호해야 했다. 손가락이 하나라도 부러지면 완벽한 마술을 구사하기 어려웠다. 괴한들의 발이 뺨과 턱으로 날아들 때면 반사적으로 겨드랑이의 손을 빼려다가 멈췄다. 곤죽이 될 만큼 얻어터지면서도 기탁이 환희를 향해 계속 지껄였다.

"환희야…… 참아! 손! ……손은 안 돼."

그때 청명과 환희와 기탁을 구할 사내가 등장했다.

먼저 청명의 턱에 칼날을 들이댄 괴한부터 쓰러졌다. 뒤이어 괴한들이 대나무 갈라지듯 나가떨어졌다. 환희는 급히 일어나서 청명에게 달려왔다. 손을 쥐곤 물었다.

"괜찮소? 어디 다친 덴 없소?"

괴한들을 제압한 사내의 칼날이 청명의 대답보다 먼저 환희의 콧잔등에서 번뜩였다. 낮고 단단한 목소리로 위협했다.

"더러운 손 거두지 못할까! 그분이 누구신 줄 알고 감히……"

환희는 어리둥절한 표정으로 청명을 쳐다보았다.

"당신은, 누굽니까?"


46


묻지 않아야 하는 순간이 있다. 묻는 것만으로도 바닥이 드러나는 찰나는, 아프다.


47


마술사는 판에서 모든 것을 바꾼다. 마술사의 '변치 않는' 진심을 논하는 일이 우스운 까닭이 여기에 있다. 마술사의 진심은 변화다. 만물을 더 멋지게 바꾸는 것으로 마술사는 진심을 드러내는 셈이다. 변화가 마술사의 진심이란 사실을 알아차리는 이가 매우 적더라도, 단 한 사람뿐이라 해도, 단 한 사람도 없다 해도, 그래도!

<br>

48

<br>

물랑루 앞마당에서 청명과 환희와 기탁을 구한 사내는 별운검 홍동수(洪東洙)였다. 그는 왕이 가장 신임하는 무장이다. 공식 행사가 열릴 때 왕의 뒤에 서서 20년째 운검(雲劍)을 들었다. 왕을 호위하는 것이 그의 중요한 임무였다. 청명은 홍동수가 자신을 미행하는 줄은 전혀 몰랐다. 궁궐에서 스치듯 만난 적은 있으나 아직 그와 이야기를 나눈 적도 없었다. 괴한들은 왜 청명을 납치하려고 했을까. 물랑루에서 마술사의 청을 거절했다가 쫓겨난 낭자가 청명옹주와 비슷하다는, 청명옹주일지도 모른다는 말이 잠시 돌았으나, 왕이 엄명을 내려 틀어막았다. 자정을 훨씬 넘긴 시각에 물랑루에서 나온 규수가 청명임을 증명하면, 이보다 더 좋은 출궁의 이유가 없었다.

홍동수의 출현이 불행 중 다행이었다고나 할까. 엄밀히 따지자면 궁궐로 조용히 돌아간 청명에겐 다행이고, 의금옥에 갇힌 환희나 기탁에겐 불행의 지속이었다.

세상에는 두 종류의 인간이 있다. 어디든 적응하여 편히 살아가는 인간과 어디에도 적응 못해 불편하게 살아 내는 인간. 감옥에서조차 평안을 느낀다면 그 인간은 못할 짓이 없다. 못할 거짓말도 없다.

환희가 정신을 차린 곳은 의금옥이었다. 목을 들 때마다 뒷골이 흔들렸다. 괴한들을 때려눕힌 사내의 칼등이 뒤통수를 친 것이다. 기탁이 잃어버린 환희의 기억을 채워 주었다.

"청명옹주래. 그 사내는 별운검 홍동수고."

"옹주?"

귀를 의심했다.

"이 나라 왕의 막내딸이 연꽃 낭자인 줄 누가 알았겠어? 구중궁궐을 뚫은 네놈의 인기 땜에 내 목이 뚫릴 판이다."

"……왕의 막내딸?"

그랬구나. 무엄하단 소릴 입버릇처럼 하는 게 이상하더라니.

"마술에만 파묻혀 사니, 지금 왕이 누군지도 모르지?"

"모르긴…… 알아."

"누군데?"

"안다니까."

"누구냐니까? 솔직히 말해 봐. 모르지? 괜찮아. 사실 나도 누군지 모르니까. 이 나라 백성 중 왕이 누군지 아는 사람이 몇이나 될까. 용상을 차지한 이가 누군지 몰라도, 굶는 사람은 굶고 병드는 사람은 병들고 떠도는 사람은 떠돌지. 또 너랑 내가 물랑루에서 마술하는 데도 아무런 문제가 없었어. 네가 판을 벗어나서 그 망할 연꽃 낭자에게 다가가기 전까진……."

옥리가 지나갔다. 기탁이 이야기를 끊고 옥문에 들러붙었다.

"이봐요. 난 죄 없습니다. 억울합니다. 풀어 주오. 요망한 마술로 옹주마마를 꾀어낸 광대는 바로 저치입니다."

기탁의 손가락이 환희를 가리켰다. 옥리가 걸음을 멈추고 물었다.

"그럼 당신은 누구요?"

"나? 나는…… 마내자 기탁입니다."

옥리가 관심을 드러냈다.

"하나만 물읍시다. 마술사나 가객(歌客)은 마내자가 시키는 대로 한다는 게 사실이오?"

기탁이 흥이 나서 답했다.

"맞습니다. 내 말은 무조건 따르지요. 누구, 좋아하는 가객이라도 있습니까?"

"당신은 누구 마내자요?"

기탁의 시선을 따라 옥리도 환희를 쳐다보았다. 옥리가 기탁을 손짓으로 불렀다. 기탁이 혹시나 하는 마음에 옥문 밖으로 머리를 디밀었다. 옥리가 기탁의 이마에 꿀밤을 먹였다.

"네놈이 더 나빠!"

정확한 지적이었다. 마술사가 벌인 악행엔 마내자의 탐욕이 깔려 있기 마련이니까. 기탁이 억울한 듯 외쳤다.

"난 나쁜 놈 아닙니다. 난 착한 마내잡니다. 물랑루의 으뜸 마술사, 그 자릴 노리는 마술사가 얼마나 많은지 아십니까? 환희를 그 자리에 앉힌 사람이 누구라고 생각합니까? 바로 마내자 업계의 살아 있는 전설, 나 기탁입니다. 환희가 처음부터 저렇듯 매력 넘치는 마술사였다고 생각합니까?"

"함께 일하는 마술사의 과거를 폭로라도 하려고?"

옥리가 비꼬았다. 기탁이 환희를 곁눈질한 후 답했다.

"폭로가 아니라 사실을 말씀드리려는 겁니다. 오해는 마십시오."

옥리들이 더 모여들었다. 기탁을 쩨리며 위협조로 말했다.

"어디 말해 봐, 그럼!"


51


기탁이 헛기침 두어 번으로 목을 풀고 이야기를 시작했다.

"요렇게 멋지고 신묘한 이야기를 알게 되었으니, 오늘 근무하는 여러분들은 정말 행운아입니다. 듣다가 이야기가 너무 재미있으면, 찬밥 한 덩이도 좋고 탁주 한 사발도 환영합니다. 선물은 설낭(說囊, 이야기 주머니)의 주둥이를 더 벌어지게 만든다는 아름다운 속언도 있지 않습니까? 미리 말씀드립니다. 마술사 환희의 삶이 멋진 게 아닙니다. 그 삶을 이야기하는 마내자 기탁, 바로 저의 이야기 솜씨가 환희의 삶 자체보다 열 배는 더 뛰어나니까요. 허풍이 아닙니다. 저는 허풍이 무엇인지도 모르는 착한 사냅니다. 알겠습니다. 그럼 설낭을 풀어 보도록 하겠습니다.

9년 하고도 닷새 전이었습니다. 그때도 전 꽤 잘나가는 마내자였습니다. 마술사는 아니고 춤과 줄타기를 노는 광대 열두 명을 데리고 팔도를 떠돌았습니다. 지금보다 벌이는 시원치 않았지만 꽤 흥겨운 나날이었습니다. 광대들 재주가 뛰어나서 가는 고을마다 환영을 받았으니까요. 낮은 물론이고, 횃불 밝힌 채 밤늦게까지 춤판 줄판을 벌인 뒤엔 술판이 이어졌고, 그다음엔 마음 맞는 여인을 들에서도 품고 산에서도 품고 강에서도 품고 바다에서도 품었더랬습니다.

3년 넘게 전국을 떠돌았고, 저는 이 광대들과 늙어 가겠구나 여겼습죠. 강릉에서 한판 춤과 줄을 논 뒤였습니다. 광대들이 그날 번 돈을 전부 제게 밀어 주더라고요. 그때까진 번 돈을 딱 열셋으로 쪼개 하나씩 가졌습니다. 눈치를 긁었습죠. 마내자 없이 자기들끼리 앞날을 꾸려 가겠단 겁니다. 열셋 중 한 조각을 챙기다가 열둘에서 한 조각을 갖는, 그 자그마한 이득에 눈이 먼 셈입죠. 마내자는 춤도 못 추고 줄도 못 노는데 돈만 가져간다 여긴 겁니다. 큰 착각을 한 것입지요. 저랑 헤어지고 반년도 지나지 않아 광대들끼리 칼부림이 났단 소식을 들었습니다. 일곱이나 죽고 셋은 앉은뱅이가 되고 겨우 몸이 성한 둘도 감옥에 갇혀 평생 썩을 거라더군요. 이게 다 마내자 기탁이 없어서 생긴 일입죠.

저는 강릉을 떠나 한양으로 향했습니다. 일거린 얼마든지 있었습니다. 맡아서 이끌어 달란 청을 여러 곳에서 받았거든요. 그중 여광대 다섯으로 이뤄진 탈패에 관심이 가더군요. 남자 열두 놈과 3년이 넘도록 뒹굴다 보니, 퀴퀴한 땀 냄새 맡지 않고 계집들과 어울려 한세상 즐기고픈 욕심도 있었습니다. 여광대들은 탈춤에도 능할 뿐만 아니라 악기도 제각각 다뤘고 노래 솜씨도 빼어났습니다. 자기들 장점을 극대화한 판을 언제 어디서 어떻게 꾸밀 것인가만 몰랐던 게지요. 바로 그런 판을 짜는 것이 마내자 기탁의 특기입니다.

대관령을 넘는데 먹구름이 몰려들기 시작했습니다. 큰 고개에서 장대비라도 맞으면 참 난감한 일입지요. 급히 몸 숨길 곳을 찾다가 벼랑 아래 움푹 팬 곳을 발견했답니다. 한 사람 겨우 들어가 웅크려 앉을 정도였습죠. 벼랑에 횡으로 뻗은 나뭇가지와 잎이 울창하여 비가 들이치진 않았습니다.

밤이 깊어지자 맘이 울적해지더군요. 3년 동안 생사고락을 같이한 열두 광대와 헤어졌단 느낌이 그제야 든 겁니다. 물론 저는 마내자로 잘나갈 거고 그들은 머지않아 다퉈 흩어질 거라 확신했지만, 그건 그거고, 외로움은 쉽게 사라지지 않더군요. 비가 조금 잦아드는 것 같기에 기어 나와 벼랑 아래 섰습니다. 기지개도 켜고 허리도 돌리며 뭉친 근육과 뻐근한 관절들을 풀었지요. 그때 갑자기 거대한 바람이 몰아쳤습니다. 그 바람에 밀려 벼랑에 등을 심하게 부딪힐 정도였습죠. 등과 뒤통수와 엉덩이가 동시에 아팠습니다. 급히 벼랑 틈으로 숨어들어 움츠렸지요. 그때 바로 머리 위, 벼랑에 횡으로 뻗은 나무에서 부르는 소리가 들렸습니다.

'거기…… 여기……'

바람이 거세고 거리도 멀어 정확히 들리진 않았지만 분명 사람의 목소리였습죠. 저는 고개를 이렇게 치켜들고 손나팔을 큼지막하게 만들어 외쳤습니다.

'귀신이면 썩 물렀거랏!'

그 나무에 사람의 손길이 미치리라곤 상상하기 어려웠습니다. 제가 선 곳에서 나무까지 스무 길이었고, 그 나무에서 절벽 위까지 또 스무 길이었으니까요.

'저기……'

희미하게 다시 들려왔습니다. 분명 사람 목소리였습죠.

'사람이오?'

'불씨를 좀…….'

잠잠해졌습니다. 비가 그사이 멎었고요. 환청인가. 저는 제 귀를 의심하며 벼랑 틈으로 다시 들어갔습니다. 새끼손가락으로 귀를 파면서 아무리 생각해 봐도 분명 사람 목소리였습죠. 이래 봬도 심신이 무척 건강한 편이라, 지금까지 단 한 번도 환청을 들은 적이 없었습니다. 그렇게 왼발에 오른발을 포갰다가 다시 오른발에 왼발을 포갰다가 하다가 결국 산을 삥 돌아 오르기 시작했답니다. 힘들었습죠. 장대비가 쏟아진 직후라서 땅이 온통 질퍽거렸습니다. 미끄러져 비탈을 구른 것만도 다섯 번이었습니다. 겨우겨우 벼랑 위에 서니 해가 뜰락 말락 했답니다.

막상 거기까지 가긴 했는데, 불씨를 어찌 저 아래 나무로 전할까 고민이었습니다. 슬쩍 내려다보기만 해도 눈앞이 아찔했습니다. 저고리를 벗어 부싯돌을 넣고 둥글게 봇짐처럼 만 다음, 나뭇가지가 가장 무성해 보이는 쪽으로 냅다 던졌습죠. 부싯돌이 든 저고리가 나뭇가지에 걸리지 않고 그대로 땅에 떨어지면, 벼랑 아래까지 내려갔다가 다시 올라와야 했습니다. 그 짓만은 억만금을 준대도 정말 피하고 싶었습니다. 다행히 단번에 저고리가 나뭇가지에 걸렸습니다. 땅에 부딪친 둔탁한 소리가 들리지 않았거든요. 저는 목을 학처럼 길게 뽑고 엉덩이를 뒤로 쑥 넣은 채 벼랑 아래를 살폈습니다. 그때 갑자기 거대한 불기둥이 피어오르더니 나무를 삽시간에 태웠습니다. 열기가 벼랑 위에서 내려다보는 제 눈썹을 오글오글하게 만들 정도였습죠. 그 불덩이 위로 사내 하나가 가부좌를 튼 채 앉아 있었습니다. 불기둥이 점점 작아지자 사내의 몸도 차츰차츰 아래로 내려갔습니다. 이윽고 불기둥이 완전히 사라졌을 때, 사내의 엉덩이가 땅에 닿았습죠. 사내는 가부좌를 한 채 모로 쓰러졌습니다.

저는 다시 벼랑 아래까지 서둘러 내려갔습니다. 하산길은 등산길과는 또 다르게 힘들었습죠. 다섯 번이나 미끄러진 뒤에 겨우 벼랑 아래에 도착했습니다. 사내는 쓰러져 정신을 잃은 상태였습니다. 완전한 알몸이었습니다. 놀라운 사실은 벌거숭이 몸에 생채기 하나 없단 거였습죠.

단번에 알아차렸습니다. 마내자의 예리한 감각으로 말입니다. 이 사내는 하늘이 제게 준 선물이었습니다. 놀라운 솜씨를 지닌 마술사였던 겁니다. 불을 다루는 마술을 숱하게 보아 왔지만, 불을 이용하여 이렇듯 스무 길이 넘는 벼랑을 내려오는 마술은 본 적도 들은 적도 없습니다. 여광대들과의 약속 따윈 까맣게 잊었습니다. 오직 이 사내의 마내자가 되고 싶었습죠.

사내를 업고 대관령을 내려왔습니다. 꼬박 사흘을 걸었는데 그때까지도 사내는 깨어나지 않았습니다. 겨우 숨만 붙은 꼴이었습죠. 끼니를 건너뛰니 사내의 몸이 점점 가벼워졌습니다. 첫날엔 업고 무릎을 펴기도 힘들었는데 사흘째 날엔 업고 펄펄 달렸지요.

고개 아래에 방을 하나 구하고 보름을 머물렀습니다. 설설 끓는 구들에 등을 대고 눕자마자, 사내는 헛소리를 해대기 시작했습니다. 황당무계한 이야기가 이어졌습죠. 무슨 이야기냐고 묻진 마십시오. 전부 개꿈에 불과하니까요. 여러분도 다들 아시겠지만, 이 나라에서 이름난 마술사로 살려면 입 밖에 내선 안 되는 이야기도 꽤 많습니다. 많이 알고 많이 듣고 많이 돌아다닌다고 마술사에게 꼭 좋은 건 아니지 않습니까. 마술사의 좋고 나쁨을 가르는 기준은 명확합니다. 마술사가 마술을 잘하느냐 못하느냐 이것뿐입니다. 다른 이야기나 소문은 다 쓸데없는 술안주이니 개나 줘야 합지요. 저는 대관령 아래에서 들은 이야기를 다 잊었습니다. 한 귀로 듣고 한 귀로 흘렸으니까요.

이레 만에 사내가 깨어났습니다. 냉수 한 사발을 비운 사내는 두리번거리더군요. 이 방이, 이 고을이, 이 나라가 어딘지 모르는 눈치였습니다.

"조선일세."

"조선! 정녕 이곳이⋯⋯?"

감격하는 눈빛이 나타났다가 곧 지워졌습니다. 말끝을 흐린 사내는 다시 주변을 살폈습니다. 주변을 살핀다고 이곳이 조선이란 증거도 없는데 말입니다. 조선말을 쓰긴 했지만, 말투가 무척 어색했습니다. 아무래도 나라 밖에서 제법 긴 시간을 보낸 듯했습니다.

'이름이 뭔가?'

사내가 잠시 눈을 감았다가 뜨곤 답했습니다.

'환희라고 부르십시오. 기이할 환(幻)에 놀이 희(戲)!'

'환희(幻戲)? 기이한 놀이란 곧 마술이란 뜻 아닌가?'

'⋯⋯안 됩니까?'

'안 될 건 없지만, 엄청난 자신감이거나 한심한 자만이지. 소설가가 자기 이름을 소설이라고 짓는 꼴이니. 어쨌든 좋네. 자네가 그 이름을 고집하겠다면 말릴 생각은 없어. 실력이 출중하면 환희란

시건방진 이름이 관객을 더 끌어 모을 수도 있으니까. 어디서 마술을 익혔는가?'

'이야기하자면 깁니다. 처음 마술을 익힌 곳은 청나라 열하……'

말허리를 잘랐습니다.

'그만! 마술 판 밑 어둠을 훑고 다녔다고 말하려고?'

환희의 두 눈에 놀라움이 가득 찼습니다.

'어찌 그걸 압니까?'

환희는 이레 동안 사경을 헤매며 이야기를 쏟았다는 사실 자체를 모르는 눈치였습죠. 저는 괜히 사실대로 말했다가, 무슨 이야기를 얼마나 했는지 꼬치꼬치 묻지나 않을까 귀찮아졌습니다. 가볍게 받아넘겼습니다.

'기본 아니야? 이래 봬도 조선에서 내로라하는 마술사들 마내자를 꽤 오래 한 몸이야. 어려서부터 마술을 배운 이들은 다들 그러더군. 마술 판 밑이든 작은 상자든, 어른이 들어가 움직이기 힘든 곳에 몸을 숨겼다가 마술사를 돕는 역할부터 시작했노라고. 마술 도구 중 하나인 셈이지. 잘 들어! 원래 마술사와 마내자 사이엔 비밀이 없어. 우린 친형제보다도 더 친형제처럼 지내야 해. 직업의 첫 글자도 마! 똑같잖아?'

'네……'

'하나만 충고할게. 나를 만나기 전까지 네가 어찌 살아왔든, 그건 다 잊어. 이 나라에서 마술사로 살아가는 데 전혀 도움이 안 되니까. 설령 네가 누굴 칼로 찔러 죽였다 해도 그건 이 나라 밖에서 벌어진 일이야.'

'그래도…… 그게…… 아니라……'

환희가 말을 더듬었습니다. 제가 확실히 못을 박았습니다.

'이놈이 아직 정신을 못 차렸군! 야! 잘 들어. 앞으로 네가 만날 이 나라 관객들은 네 마술 솜씨만 궁금할 뿐이야. 네가 어디서 굴러다니다가 이 땅으로 왔는진 전혀 관심이 없어. 나랑 약속해. 생시는 물론이고 꿈에서도 그 망할 열하로부터 이곳에 이르기까지 네가 겪은 이야길 꺼내지 않겠다고. 완전히 기억에서 지워 버리겠다고. 혹시 누가 물어보더라도 환상이나 환청이라고, 차라리 개꿈이라고 답해. 마술사는 과거가 희미할수록 매력적인 법이야. 명심해. 그래야 나도 널 믿을 수 있어.'

환희가 잠시 생각하다가 조심스럽게 물었습니다.

'그 약속만 지키면 이 나라에서 마술을 할 수 있습니까?'

'있다마다. 넌 곧 조선에서 으뜸 마술사가 될 거야. 장담할게.'

'제 마술을 보신 게 없지 않습니까?'

'있지. 스무 길 절벽에서 불을 뿜으며 안전하게 내려오는 마술. 그 정도 솜씨라면 다른 마술은 보나 마나지. 조선, 아니 세계 으뜸 솜씨를 지녔단 자부심을 갖게. 내 말이 맞지?'

환희도 겸손을 떨진 않았습니다.

'그 정도 수준의 마술을 100가지 정도 합니다.'

'100가지? 썩 많진 않지만 그럭저럭 공연을 꾸려 갈 순 있겠군.'

말은 그렇게 했지만, 정말 기뻤습니다. 벼랑에서 불을 이용하여 내려오는 마술과 비슷한 수준의 마술을 100가지나! 생각만 해도 가슴이 떨렸습니다. 이 나라 관객들이 얼마나 환희의 마술에 열광할까 눈에 선했습죠. 거대한 공연장, 물랑루의 으뜸 마술사가 되겠단 느낌을 그때 벌써 받은 겁니다. 열두 광대로부터 배신당한 섭섭함

따윈 말끔히 사라진 지 오래였습니다. 환희는 또한 정직했습니다.

'세계 으뜸 마술사는 아닙니다. 제가 만나 봤는데…… 저보다 훨씬 뛰어난 마술사가 열하는 물론이고 백아서아와 막와이와 회회(回回, 아랍)에…….'

'인마!'

저는 소리를 냅다 질렀습니다. 환희는 깜짝 놀라 입을 닫았습죠.

'처음이니까 용서해 주지. 다음부터 그만 듣도 보도 못한 나라 이름을 들먹이면 당장 너와 헤어질 거야. 이 나라에서 영원히 마술을 못하게 만들어 버리겠어. 알아들어?'

'……잘못했습니다.'

꾸벅 허리까지 숙이며 사과하였습니다. 그때부터 그런 나라를 돌아다녔다는 이야긴 두 번 다시 하지 않았습죠.

'우선 목욕부터 하자. 악취에 땟국물이 줄줄 흐르니 더러워 못 보겠다.'

그 후로 환희와 저는 늘 함께 다녔습니다. 마술도 하나하나 점검했습죠. 100가지에서 1000가지가 될 때까지, 새로운 마술도 개발하고 말입니다. 물랑루로 입성하기까진 긴 시간이 걸리지 않았습니다. 물랑루를 만들 때 이미 환희가 그 안에서 마술 공연을 벌인다는 걸 전제했으니까요. 물랑루는 단순한 건물이 아닙니다. 환희가 기기묘묘한 마술을 펼칠 수 있는, 말하자면 환희의 확장된 몸뚱이와 같습죠. 물랑루 자체가 환희의 마술 도구라 봐도 무방합니다. 여러분에게만 살짝 귀띔하는 겁니다만, 물랑루를 올릴 때 환희와 제 돈도 꽤 들어갔답니다. 아직 투자한 돈을 다 거두진 못했지만, 환희의 명성이 지금처럼 유지만 된다면, 무사히 의금옥에서 나가기만 한다면,

그 정도 이익은 곧 낼 겁니다. 잘 좀 도와주십시오.

결론을 말씀드릴 때가 되었습니다. 마내자 기탁, 제가 없었다면 조선 으뜸 마술사 환희도 없는 것입죠. 아시겠습니까? 아셨으면, 환희와 동등하게 저를 대우해 주십시오. 제가 허락하지 않으면 환희는 어떤 마술도 선보이지 않을 겁니다. 기탁이 있고 환희가 있는 겁니다. 마내자가 있고 마술사가 있는 겁니다. 제가 어둠 속에 머무르며 나불거린다고 업신여기지 마십시오. 환희가 누리는 빛은 전부제가 준비한 겁니다."

52

마술사에게 마내자가 필요하듯, 옹주에게 상궁이 없으면 궁궐에서의 삶은 감옥살이와 다르지 않다. 환희가 의금옥에 갇혔다는 사실을 알아 온 이도 정 상궁이었다. 청명보다 서른 살이나 많으면서, 마술사 환희를 흠모하는 마음은 누구에게도 뒤지지 않는다고 자신했다.

홍동수가 물랑루 뒷마당에 나타났을 때부터 일이 틀어질 줄 알았다. 별운검 홍동수는 어명을 받들어 곧이곧대로 완수하는 무장으로 이름이 높았다. 홍동수의 칼등에 맞아 환희가 기절한 후, 청명은 괴한들만 잡아가고 환희는 물랑루에 그냥 두라 했다. 홍동수는 단칼에 그 청을 거절했다.

"사람이…… 꽉꽉 막혔어. 그리 부탁했건만."

정 상궁이 홍동수를 두둔했다.

"생명의 은인이옵니다. 그때 홍 운검이 나타나지 않았다면 큰일 날 뻔하셨사옵니다."

"앞장서거라."

"설마 의금옥에 가시려는 건 아니겠죠? 의금옥은 고사하고 별당을 벗어나기도 쉽지 않사옵니다."

"왜?"

"호위 내관들이 곳곳에 숨어 별당을 지키고 있사옵니다. 보나마나 홍 운검이 어명을 받들어 한 일이옵니다."

"나를 구하려다가 죄 없는 이가 갇혔어."

"저도 환희 님이 갇힌 건 가슴 아프옵니다만, 한 번만 더 생각하시오소서. 옹주마마가 이러시는 걸 홍 운검이 알면, 환희 님은 더 험한 감옥에서 더 오래 고생할 것이옵니다."

"도움을 받았는데 모른 체하는 건 사람이 할 도리가 아니야."

정 상궁이 조심스럽게 물었다.

"혹시 딴 맘이 더 있는 건 아니옵니까?"

"딴 맘? 무슨 맘?"

"마마가 의금옥을 다녀가면 어찌 되겠사옵니까? 궁궐 안팎에 소문이 날 것이옵니다. 구설수를 감내하고서라도 환희 님을 만나시려는 이유가 궁금하옵니다. 제게 말도 하지 않고 물랑루에 두 번이나 몰래 갔던 것도 마마답지 않은 행동이었사옵니다."

"무슨 이유가 더 있겠어? 걱정이 될 뿐이야. 괜히 넘겨짚지 마."

정 상궁이 그쯤에서 질문을 접었다.

"알겠사옵니다. 환희 님 마술이 아무리 탁월하고 외모가 출중하여도, 마마의 짝은 아니옵니다. 명심하시오소서."

청명이 풀 죽은 얼굴로 말했다.

"알았어. 나도 괜히 엮이는 건 싫어."

"정녕 싫으신 것이 맞지요?"

"싫다니까."

그때 문밖에서 청명을 부르는 가늘고 높은 목소리가 들려왔다.

"옹주마마! 곧 대국 사신이 당도한다 하옵니다. 의관을 정제하고 대전으로 나오시오소서."

청나라에서 사신이 와도, 왕자들은 가끔 불려 가곤 했지만 옹주까지 참석한 적은 없었다. 나랏일이야 왕과 대신들이 알아서 하는 것이다. 이번엔 달랐다. 왕비의 특명으로 후궁은 물론 공주와 옹주까지 모두 청나라에 바칠 수(繡)를 놓아야 했다. 청명이 끔찍하게 싫어하는 일이 둘 있는데, 하나는 소설을 제외한 성현의 말씀을 읽는 것이고, 또 하나는 수를 놓는 것이었다.


53


왕이 아직 청나라 사신단을 맞기 전 새벽, 청명은 『심청전』의 여백에 이런 이야기를 적었다.


차설(且說) 우리가 아직 가 보지 않았으나 1년 내내 눈이 내리는 지방부터 1년 내내 태양만 내리쬐는 지방까지 다스리는 울보 왕은 500년 전에 죽은 장졸들의 울음과 사연을 듣기 전에 먼저 눈물을 쏟았다. 가부좌를 풀고 바닥에 이마를 댄 채 아이처럼 울었다. 용상에 오른 후 처음 있는 일이었다. 고통과 슬픔을 토로하려던 장졸은 침묵 속에서 왕의 길고 지독한 울음을 듣다가 점점 그 울음에 끼어들었다. 슬픔이 법당으로 넓게 번지더니 담쟁이덩굴처럼 벽을 타고 올라 천장까지 감쌌다. 울음에 이야기가 섞이고 이야기에 울음이 섞이면서, 법당 전체를 뒤흔들었다. 왕은 단 한마디도 하지 않았으나 장졸들은 왕의 말을 모두 들었고, 장졸들 역시 치열한 전투와 안타까운 최후를 털어놓지 않았으나 왕은 한 동작 한 동작 그 모두를 몸에 새겼다. 동이 틀 무렵 왕이 비로소 가부좌를 틀고 장졸들에게 말했다.

"500년 동안 선대 왕들로부터 과인에 이르기까지 원통함을 풀려 하였으나 아직은 국력이 미약하여 뜻을 이루지 못하였느니라. 머지않아 기필코 그 뜻을 이루리니 믿고 지켜봐 주기 바라노라."


54


상석에는 청나라 사신단 정사(正使) 팽진(彭震)이 앉았다. 덩치가 크고 호방한 그는 팽 대인으로 통했다. 그 아래 바닥에 왕이 무릎을 꿇었다. 왕의 이마에선 굵은 땀방울까지 흘러내렸다. 팽 대인의 등 뒤로 수행원들이 늘어섰다. 왕의 왼편에는 종친들이 모였고 오른편에는 신하들이 품계에 맞춰 섰다. 왕비를 비롯하여 내명부에 이름이 오른 여인들 역시 종친과 함께 머물렀다. 청명도 말석에 끼었다. 무신들 속에서 홍동수를 찾았다. 청명과 눈이 마주쳐도 피하지 않고 되쏘았다. 환희의 얼굴이 떠올랐다. 지금도 그는 의금옥에 있다. 청명을 구하려다가 생긴 일이다. 환희의 잘못은 티끌만큼도 없다.

팽 대인이 일어서서 황제의 교서를 읽기 시작했다.

"……두 나라의 화평을 위하여 짐은 특별히 고서(古書) 1000권을 하사하니, 이 서책들을 거울 삼아 학문에 정진하여 더욱 대국에 충성을 다하도록 하라……."

왕은 공손히 교서를 받아 들었다. 사신을 맞이하기 전 몇 번이나 연습한 덕분에 실수는 없었지만, 온화한 표정을 유지하고자 애쓰는 기색이 역력했다. 덕담이 오갔다.

"조선 왕도 이리 와서 내 곁에 앉으시오."

"괜찮습니다."

"금상이 얼마나 조선 백성을 따뜻하게 살피는지, 의주에서 평양과 송도를 거쳐 오면서 내 충분히 들었소이다. 성군 중의 성군이란 칭송이 자자하더이다."

"과찬이십니다. 부족한 점이 많습니다."

"혹시 조선 왕은 백성들이 붙인 별명을 알고 있소이까?"

"모릅니다만…… 제게 별명이 있었던가요?"

"울보 왕이랍디다. 백성들 아픔을 먼저 헤아린 뒤 눈물을 쏟는다 하여 붙은 별명이라고 하오. 그토록 백성을 제 몸처럼 아끼니 조선은 나날이 강건해질 듯하오이다."

"이게 다 상국(上國)의 보살핌 덕분입니다. 앞으로도 많은 가르침을 내려 주십시오."

"지금처럼만 하면 됩니다. 두 나라는 참으로 화평하게 지내지 않았소이까?"

"그렇습니다."

"서방도 북방도 남방도 오랑캐들 난동으로 시끄러운데, 오로지 귀국이 있는 동방만 조용하니, 황제께서도 매우 믿음직스럽고 갸륵하게 여기십니다."

"그렇습니까? 제가 술 한잔 올리겠습니다. 편히 즐기십시오. 부족하거나 불편한 점 있으면 언제든 제게 말씀해 주십시오."

"편안합니다. 태평성대 아니겠소이까?"

왕이 직접 술병을 들고 팽 대인의 잔을 채웠다. 무희들이 줄을 지어 마당으로 나와 춤을 추기 시작했다.

### 55

연회가 본격적으로 시작되자, 홍동수는 자리에서 물러났다. 청명도 조용히 그를 쫓았다. 풍악은 흥겹고 춤은 아름다우니, 옹주 하나 자리를 비운다고 문제 될 일은 없었다. 궁궐을 한 바퀴 산책하고도 남을 만큼 긴 여흥이 이어질 예정이었다.

홍동수는 급히 각사(各司)로 들어갔다. 청명은 고개만 디밀어 안을 살폈다. 내관 넷이 산삼 상자를 들어 올릴 준비로 바빴다.

"자! 이제 옮기도록 하게. 각사 앞에서 잠시 대기하게나."

"알겠습니다."

내관들이 조심조심 상자를 들고 나간 뒤, 청명은 몰래 들어가서 상자 사이에 숨었다. 발소리를 죽인다고 했지만 젊은 시절 변방에서 단련된 홍동수의 귀를 속이긴 어려웠다. 장검을 뽑아 든 채 청명이 숨은 쪽으로 돌아섰다. 들켰다는 사실을 안 순간, 청명은 상자 뒤에서 일어나선 뻔뻔하게 먼저 말을 건넸다. 평소보다 허리를 곧게 펴고 배에 힘을 실었다.

"산삼 같던데…… 청국 사신에게 바칠 선물이오? 대체 얼마나 준비를 한 겁니까?"

홍동수가 끌려가지 않고, 청명의 부당한 행동부터 먼저 짚었다.

"옹주마마! 여긴 오시면 아니 되옵니다. 어명을 받들어 귀한 물품을 보관 중인……."

청명이 말허리를 자르며 본론을 바로 꺼냈다.

"왜 그들을 가뒀소?"

"어인……?"

"마술사와 마내자, 그 사람들 죄 없는 거 홍 운검이 더 잘 알잖습니까?"

홍동수가 무표정을 유지하며 무뚝뚝하게 답했다.

"물랑루가 민심을 어지럽힌다는 첩보가 계속 올라오고 있었사옵니다."

"물랑루 얘기가 아니잖아요? 그 사람들을 왜 중죄인이나 가두는 의금옥에 넣었습니까?"

"명(命)을 따를 뿐이옵니다."

"명? 그들을 가두라고 아바마마께서 명하셨단 말인가요?"

홍동수는 침묵으로 답을 대신했다. 청명은 하나 마나 한 변명을 들을 여유가 없었다. 의금옥이 어디인가. 멀쩡한 사람이 들어가서 앉은뱅이나 꼽추로 나온다는 곳이다. 하루라도 빨리 환희를 구해내야 했다. 밤을 꼬박 새워 고민했다. 홍동수를 만나 시시비비를 따진 뒤 도움을 청하는 것이 상책이었다.

"석방할 계획이 없다 이 말이오?"

"아직까진 없사옵니다."

"두 사람을 만나게 해 주오. 무사한지 내·눈으로 확인해야겠습니다."

"옹주마마께서 의금옥에 갇힌 자들을 어찌 만나신단 말씀이시옵니까? 법도에 어긋나는 일이옵니다."

"옹주의 목숨을 구하려 애쓴 백성을 옥에 가두는 건 법도에 합당한 일이고?"

"첩보에 관한 말씀 이미 올렸사옵니다. 전라도와 경상도에 불경한 무리가 난을 일으켰사온데, 그들과 내통한 자들이 물랑루를 다녀갔다 하옵니다."

"공연을 보러 온 것이겠지요. 매일 1000명의 관객이 물랑루에서 환희단의 공연을 즐깁니다. 세상에 불만을 품은 이 한둘쯤 섞여 있다 하여, 그 죄를 마술사에게 물을 순 없소."

"무슨 이유로 물랑루에 왔는지는 심문하면 곧 밝혀질 것이옵니다. 마술사 환희나 마내자 기탁이 묻는 말에 대답만 성실히 한다면, 내일이라도 석방이 가능하옵니다."

"그 말은, 그들이 답을 제대로 하지 않는단 건가요?"

"두 사람 모두 태어난 고향부터 답하지 않고 있사옵니다. 기탁은 물을 때마다 팔도에 흩어진 수십 개 고을로 고향이 옮겨 다니옵고, 환희는 너무 오래 홀로 떠돌아 기억나지 않는다며 버티옵니다. 이렇듯 횡설수설과 모르쇠로 일관하니, 죄를 의심하여 추궁하지 않을 수 없사옵니다. 의금옥의 일은 저와 의금부 관원들에게 맡겨 두시옵소서."

"홍 운검은 격투가 벌어진 물랑루 뒷마당에 있었기에 말이 통하리라 기대했는데, 실망이 크네요."

홍동수가 차분하게 이야기를 이었다.

"그들을 의금옥에 계속 가두어 두는 중요한 이유가 하나 더 있사옵니다."

"무엇입니까, 그게?"

"물랑루에 나타난 복면 괴한들은 소광통교 거지 패로 밝혀졌사옵니다."

홍동수는 괴한 일곱 명도 의금옥으로 함께 끌고 갔었다.

"나를 납치하라 시킨 배후도 털어놓던가요?"

"그렇사옵니다."

"누굽니까, 그 흉측한 자가?"

"환희라고 하옵니다."

청명이 깜짝 놀랐다.

"뭐라고요?"

"일곱 명이 똑같이 물랑루 으뜸 마술사 환희의 밀명을 받아 저지른 일이라고 토설하였사옵니다."

"바보같이, 그딴 헛소릴 믿는 건가요? 납치하라 시킨 자와 치고받으며 죽일 듯 싸웠다? 이게 말이 됩니까?"

"헛소리인지 아닌지는 심문을 더 해 보아야 하옵니다. 자작극일수도 있사옵니다. 자고로 광대와 거지 패는 서로 통하옵니다. 밤에 물랑루에서 은밀히 마마를 만나자고 청한 것부터 수상한 일이옵니다. 흑심을 품고……."

"그만! 그 얘긴 안 들은 것으로 하겠어요. 완전히 잘못 짚은 겁니다. 환희, 그 마술사는…… 내가 압니다. 좋은 사람이에요."

"……그걸 어찌 아시옵니까?"

청명이 발끈했다.

"안다면 아는 겁니다."

"……."

"홍 운검이 이렇게 나온다면 나도 따로 움직일 수밖에 없어요."

"어찌하시려 하옵니까?"

"결자해지! 묶은 사람이 풀어야지요. 홍 운검이 그들을 풀어 주지 않겠다고 하니 나라도 나서야겠소. 마술사 환희와 마내자 기탁에겐 죄가 없다……. 사대문과 사소문에 방이라도 붙이겠습니다."

"아니 되옵니다. 마마! 이 일이 세상에 알려지면 마마께 큰 해가 되옵니다."

"옹주가 궁을 몰래 나와 물랑루로 마술 구경 다녔단 비난 말이지요? 감내하겠소. 누군 차디찬 의금옥에서 죄도 없이 고생하는데, 그 정도 비난이야 받아들여야 하지 않겠습니까?"

청명이 돌아섰다. 한 걸음 두 걸음 걸어갔을 때 홍동수가 등 뒤에서 불렀다.

"마마!"

최대한 느리게 고개만 돌렸다.

"의논을 해 보겠사옵니다. 말미를 주시옵소서."

홍동수가 물러나자, 청명이 더 강하게 밀어붙였다.

"내일 아침까지 기다리겠습니다. 늦지 마세요."

국가는 상상을 직업으로 삼는 자들을 늘 경계하고 의심해 왔다. 법과 도덕으로 실제 삶을 통제하듯이, 그로부터 뻗어 가는 상상의 나래도 국가가 원하는 틀 안에 가두려 한 것이다. 왕의 명령을 받들어 각 기관을 통해 널리 퍼뜨린 이야기에는, 그 나라가 원하는 상상들이 가득 담겼다.

마술사와 소설가는 교묘하게 그 틀에서 벗어난다. 겉으론 국가에서 정한 상상의 범위를 지키는 것처럼 하면서도, 각자의 상상이 얼마나 끝이 없는가를 자랑처럼 선보이는 것이다. 민란을 조사할 때 마술사와 소설가를 잡아들여 엄히 심문하는 까닭이 여기에 있다. 민란이란 결국 지금의 질서를 부정하고 새로운 질서로 나아가려는 몸부림이다. 환희의 마술에는 이 나라 백성들이 듣도 보도 못한 이야기가 흘러넘쳤다. 물론 그 이야기가 이 나라를 부술 날카로움을 지닌 것은 전혀 아니지만, 이곳과는 사뭇 달라 놀랍다는 것 하나만으로도 의심을 살 만했다. 마내자 기탁이 미리미리 손을 써서 상황을 넘겨 왔지만, 본질적인 문제가 사라진 것은 아니었다.


57


청명은 홍동수와 헤어져 대전으로 향했다. 풍악은 아직 그치지 않았지만 발걸음이 바빴다. 청국 사신에게 수를 바칠 때, 내명부에 이름이 오른 여인들의 끝줄에 서 있어야 하는 것이다. 자리를 비웠다며 책망받긴 싫었다.

흐느낌이 발목을 잡았다. 가던 길을 멈추고 뒷걸음질 쳤다. 또 다른 각사에서 울음이 흘러나오고 있었다. 고양이 걸음으로 살금살금 다가가선 문틈으로 엿보았다. 낯익은 얼굴 하나가 눈에 들어왔다. 힘껏 문을 열어젖혔다.

"마마!"

깜짝 놀란 정 상궁이 들고 있던 세필을 떨어뜨렸다.

"마마!"

몸단장이 한창이던 은미가 청명을 보자마자 울음을 터뜨렸다. 은미 외에도 당상관의 딸들이 고운 옷을 입고 화장을 하느라 분주했다. 청나라 태자의 아홉 번째 후궁을 뽑는다는 풍문이 그제야 떠올랐다. 은미가 며칠 보이지 않은 것을 단순한 질투로만 받아들였는데, 다른 불행이 시작되고 있었던 것이다. 청명은 은미를 끌어안고 다독였다.

"울지 마. 어여쁜 얼굴 망가지잖아. 괜찮아. 다 잘될 거야."

"마마! 소녀는 청나라로 가기 싫사옵니다. 부모 형제를 떠나기 싫사옵니다. 후궁 자린 더더욱 싫사옵니다. 소녀, 마마 곁에 머물게 하여 주시옵소서. 마마, 구해 주시옵소서."

다른 규수들도 일제히 무릎을 꿇었다.

"구해 주시옵소서!"

젖은 눈망울들을 쳐다보기 힘들었다. 이 큰 슬픔을 끊고 싶었지만, 궁궐에서 숨죽여 지내는 청명에겐 해결책이 없었다. 작은 나라가 겪는 설움으로 여기고 넘어가기엔 여인들의 고통과 희생이 너무 컸다.

대전 앞마당으로 돌아갔다. 풍악은 어느새 그쳤고 선물을 주고 받을 준비로 분주했다. 탁자 둘을 나란히 놓고 청나라 수행원과 조선의 신하가 앉았다. 양 갈래로 뻗친 콧수염이 인상적인 청나라 수행원의 이름은 귀몰(鬼歿)이라고 했으며, 그의 억센 눈초리에도 지지 않는 신하는 규장각 제학 송가제(宋家濟)였다. 왕은 귀몰의 기행(奇行)들을 의주 목사와 평양 감사의 공문으로 미리 파악했다. 다양한 마술로 좌중을 압도하며 기생들을 홀려 사사로운 욕심을 채웠다는 것이다. 조선이 개국한 이래, 명나라와 청나라에서 보낸 사신들은 시(詩)와 문(文)을 뽐내며 조선을 한 수 아래로 취급했었다. 마술사가 사신단에 속해 온 경우는 이번이 처음이었다. 귀몰의 맞은편에 송가제를 앉힌 것은 왕의 탁월한 결정이었다. 일찍이 경연(經筵)에서 조선이 바로 서려면 썩어 빠진 양반의 절반을 없애야 한다는 말을 서슴지 않고 내뱉은 강직한 사내였다.

청나라에 바치는 선물로 우선 산삼이 들어왔다. 내관 넷이 상자의 네 모서리에 붙어야 할 정도로 무거웠지만, 홍동수 혼자 번쩍 머리 위로 들고 큰 걸음으로 입장했다. 팽 대인 앞 탁자에 상자를 내려놓고 읍을 한 후 나가려다가 멈췄다. 아주 짧은 순간이지만 홍동수의 시선이 팽 대인의 왼쪽 뒤에 선 호위 무사에게 향했다. 오른쪽 뺨에 칼자국이 있는 무사의 이름은 만검(萬劍)! 이름에 걸맞게 청국에서도 검술의 달인으로 존경받는 위인이었다. 홍동수의 걸음에 힘이 실렸다. 저 눈빛과 흉터를 지닌 검객과 사투를 벌였던 일이 떠오른 것이다. 다신 만나지 않으리라 여긴 호적수였다. 대전은 합을 겨뤄 기억을 확인하기에 어울리는 자리가 아니었다.

왕이 간단히 선물을 설명했다.

"백두산에서 거둔 천년 묵은 조선의 산삼입니다."

"오호! 저것이 불로초란 말이지요? 백두산 산삼을 꼭 가져오라고 황제 폐하께서 특별히 명하셨다오."

팽 대인이 눈짓을 하자 귀몰이 상자를 열고 산삼을 살폈다. 돌 지난 아기처럼 크고 통통한 산삼은 영험한 기운이 넘쳤다. 산삼과 한 뼘 정도 거리를 두고 어루만지듯 허공을 찬찬히 훑은 뒤, 귀몰이 돌아서서 두 손을 모은 채 아뢰었다.

"최상품이옵니다."

팽 대인도 흡족한 듯 고개를 끄덕이며 웃었다. 송가제는 미리 작성한 산삼의 채취 장소, 추정 연령, 효능에 관해 기록한 문서와 아울러 수령증 두 장을 귀몰에게 넘겼다. 귀몰은 문서를 챙겨 넣었고, 팽 대인의 수결을 받아 수령증 한 장은 자신이 갖고 한 장은 송가제에게 돌려주었다.

두 번째 선물에는 청명도 작으나마 힘을 보탰다. 내명부 여인들이 각자 수놓은 비단을 들고 뜰로 나섰다. 왕비가 정성껏 수놓은, 날개를 편 두 마리 학은 고고했지만, 청명이 싫증을 내며 완성한, 꼬리를 말아 쥔 원숭이는 몸통에 비해 손이 지나치게 크고 길어 우스꽝스러웠다. 부족한 솜씨를 부끄러워하며 고개를 숙일 상황이었지만, 청명은 오히려 홀로 머리를 들고 팽 대인을 쏘아보았다. 눈이 마주쳐도 피하지 않았다. 은미를 비롯한 규수들을 슬픔에 빠뜨리고, 그중 한 사람에게 생이별의 고통을 안길 이가 바로 팽 대인이었다. 팽 대인은 청명의 따가운 시선을 받고도 양 볼에 바람을 잔뜩 넣은 채 벙글벙글 웃기만 했다. 징그러운 웃음이었다.

"과연 조선 여인들은 솜씨가 뛰어나오. 수도 잘 놓고 음식도 잘 만들고 또 남편을 위해 갖은 수고도 아끼지 않는다면서요? 이번에 태자 저하께서 특별히 조선 여인을 맞아들이려는 것도 이 때문인 게요. 태자 저하뿐입니까. 내가 이번에 사신으로 조선에 가게 되었다고 하니, 지인들이 너나없이 조선 여인을 얻을 수 없겠느냐고 부탁하는 바람에 애를 먹었다오."

왕이 떨리는 목소리로 받았다.

"귀국의 공식 요청을 어긴 적은 단 한 번도 없습니다만, 사사로운 부탁까지 챙겨 드리기엔 지금 이 나라의 사정도 여의치가 않으니, 대인께서……."

"하하핫!"

팽 대인이 갑자기 웃음을 터뜨렸다. 좌중의 시선이 한꺼번에 쏠렸다.

"걱정 마시오. 조선 여인이 그만큼 탁월하고 인기가 많단 얘깁니다. 나도 공과 사는 엄격히 구별하고 있소이다. 이렇듯 정성을 다해 선물을 올리니, 내 어찌 조선 왕의 진심을 의심하겠소이까?"

"감사합니다."

"자, 이제 태자 저하를 위한 여인을 골라 보도록 합시다."

내명부 여인들이 물러난 후, 청나라 태자의 후궁을 간택하기 위한 심사가 곧이어 진행되었다. 백두산 산삼이나 수놓은 비단처럼 조선 규수들 역시 청나라 황실을 기쁘게 할 선물에 지나지 않았던 것이다. 은미를 비롯한 규수들이 열을 지어 앞마당에 섰다. 줄잡아 쉰 명은 넘어 보였다. 그 속에서 애지중지 키운 딸의 얼굴을 확인한 영의정 조상갑을 비롯한 대신들 표정이 흙빛으로 바뀌었다.

팽 대인이 그미들 앞을 천천히 걸으면서, 물품 감정을 하듯 얼굴 하나하나를 뜯어보았다. 규수들은 바들바들 떨며 양 볼을 붉혔다. 고개가 저절로 내려갔다. 팽 대인이 손을 뻗어 턱을 올려세우자, 규수들은 놀라 물러서거나 그 자리에 털썩 주저앉았다. 남녀칠세부 동석. 외간 남자들과의 합석도 멀리하던 그미들로선 청나라 사신의 손이 얼굴에 닿는 것이 부끄럽고 두려웠다. 팽 대인이 짜증을 냈다.

"고개 들어! 도살장에 끌려온 소들마냥 하나같이 울상이로구나. 청나라 황실에 속할 여인을 뽑는 자리이니라. 기뻐 춤을 춰도 모자 랄 순간이다 이 말이야. 괘씸한지고."

왕이 이어받아 명했다.

"고개를 들어 대인께 얼굴을 보이도록 하라."

두려움에 휩싸인 규수들은 억지웃음을 짓지도 못했다. 팽 대인 의 걸음이 은미 앞에 멈췄을 때 청명의 심장이 멎는 듯했다. 그가 물었다.

"아비가 누구냐?"

"……."

은미는 역관의 통역을 듣고도 답을 못한 채 떨기만 했다.

"아비가 누구냐고 물었다."

조상갑이 한 걸음 나서며 대신 답했다.

"제 여식입니다."

팽 대인이 곁눈질을 한 후 빙긋 웃었다.

"영상의 따님이었소? 눈매가 닮은 것도 같구려."

그 순간 은미가 울음을 터뜨렸다. 팽 대인의 얼굴에서 미소가 사라지는 것과 동시에, 그의 발이 은미의 배를 걷어찼다. 은미가 엉덩방아를 찧으며 배를 잡고 나뒹굴었다. 귀몰이 어느새 칼을 뽑아 은미의 목을 겨눴다. 왕과 신하들과 내명부 여인들 모두 놀랐지만, 나서서 팽 대인의 횡포에 항의하는 이는 없었다. 팽 대인이 소리쳤다.

"내 돌아가서 황제 폐하와 태자 저하께 고하겠소. 조선은 대청국 황실에 조선 여인을 보낼 마음이 전혀 없다고. 박색들만 골라 대령하였을 뿐만 아니라, 대청국 사신을 망신시켰다고."

"대인! 진정하십시오. 제가 어찌 감히……."

왕이 무마하려 했지만, 팽 대인은 그 말을 끝까지 듣지도 않고 만검에게 명했다.

"베라!"

만검이 장검을 높이 치켜드는 순간, 청명이 달려 나가 은미를 감싸 안았다. 팽 대인이 물었다.

"네년은 또 무엇이냐?"

왕이 급히 답했다.

"제 막내 옹주, 청명입니다."

"청명옹주?"

팽 대인이 청명 옆에 앉더니 어깨를 잡고 돌렸다. 청명이 눈길을 피하지 않고 되쏘았다. 팽 대인이 콧김을 뿜으며 천천히 일어선 후 제자리로 돌아왔다. 왕에게 통보했다.

"태자 저하의 은총을 입을 후궁은 내가 직접 따로 고르도록 하겠소."

"뜻대로 하십시오."

팽 대인이 그때까지도 마당에 앉아 있는 청명을 내려다보며 말했다.

"황제 폐하께서 조선 왕을 어여삐 여겨 고서 1000권을 하사하시었소. 그 서책을 보관할 곳을 둘러보고 싶소. 규장각이라 하였소?"

59

은미가 쓰러졌더라도 나서지 않았다면, 청명의 삶은 달라졌으리라. 은미의 흐느낌을 각사에서 미리 듣지 않았다면, 한 박자 쉬며 기다렸을 수도 있다. 귀몰의 번뜩이는 장검이 올라가는 순간, 청명은 달려 나갔다. 하나뿐인 벗의 목숨을 구하는 것이 급했다. 청나라 사신에게 주목받음으로써 생길 일들을 예측하거나 대비할 겨를이 없었다. 조심조심 응달로만 움직여도 가끔은 뜻하지 않게 햇빛에 휘감겼다. 처마와 처마 사이, 나무와 나무 사이, 벽과 벽 사이, 문과 문 사이, 도저히 빛이 들어오지 못할 것 같던 곳으로 빛줄기가 쏟아지면, 청명은 어둠으로 숨을 생각도 않고 멍하니 빛 속에 머물렀다. 이 빛이 내게 무엇일까. 물어도 답을 얻은 적은 없었다. 대전 앞 마당에서도 마찬가지였다.

60

환희는 목에 칼을 찬 채 꾸벅꾸벅 졸았다. 오작술의 동선을 짜느라 밤을 꼬박 지새운 다음 복면 괴한 일곱 명과 맞서 싸우고 홍동수에게 뒤통수를 맞아 기절하여 의금옥에 갇히기까지 편히 쉴 적이 없었다. 기탁이 등을 맞대 주며 생색내는 것을 잊지 않았다.

"잊지 마. 마술사에게 등까지 내주는 마내자는 조선에서 나 하나뿐이라고."

기탁의 말소리가 흐려졌다. 몽둥이가 바람을 가르며 휙휙대는 소리가 겹쳤다. 환희가 미간을 찡그렸다. 이 소리가 이끄는 악몽에 빨려들고 싶지 않았던 것이다. 퍽, 퍼억. 소리가 나는 곳은 부엌 귀퉁이에 웅크린 여인의 몸이었다. 그 몸을 몽둥이가 사정없이 때렸다. 환희는 그 몸을 알고 있었다. 그 몸으로부터 나왔으니까. 어머니 윤씨였다.

"엄마!"

환희가 잠꼬대를 했다. 기탁이 놀란 기색을 감춘 뒤 웃으며 주위 죄수들에게 설명했다.

"헛소리야. 앤 꼭 앉아서 자면 이렇게 엄마부터 찾는다니까."

환희는 두 주먹을 쥐었다.

몽둥이를 휘두르는 사내의 우람한 손과 털이 잔뜩 난 팔뚝을 지나 떡 벌어진 어깨와 굵은 목까지 올라갔다. 요물! 사내가 고개를 돌리기도 전에 환희는 그의 이름을 되뇌었다. 어머니를 몽둥이로 때려죽인 사내. 어머니는 그를 '요물'이라고 불렀다. 환희의 시선이 이제 몽둥이찜질을 당하는 몸으로 향했다. 요물은 몽둥이를 휘두를 때마다, 치익 치익, 휘파람 비슷한 소리를 냈다. 몽둥이를 든 팔에 힘을 모으는 소리였다. 무수히 얻어맞는 저 몸의 주인, 어머니는 비명 한번 내지르지 않다. 몸을 돌돌 말아 웅크린 채 맞고 맞고 또 맞기만 했다. 피멍 든 살갗이 찢어져 손에서도 발에서도 어깨와 목에서도 피가 흘렀다. 엄마! 환희의 목소리를 들었을까. 웅크린 몸이, 땅으로만 향하던 그 목이 천천히 하늘로 향하기 시작했다. 귀가 보이고 뺨이 보이고 입술과 코와 두 눈이 보이는 순간, 몽둥이가 어머니의 이마를 내리쳤다.

"어이! 마술사."

옥리가 환희를 깨웠다. 동시에 기탁이 등을 빼며 환희를 심하게 흔드는 척했다.

"일어나. 환희야! 옥리 어른 부르시잖아? 넌 뭔 잠을 그리 곤하게 자니?"

그 틈에 환희도 악몽에서 깨어나 정신을 차렸다. 자신도 모르게 흐른 눈물을 훔치고 표정을 편하게 고쳤다.

마술사로 산다는 게 얼마나 고달픈지 아는가. 의금옥에 갇혔는데도 마술을 부려 보라 청하는 이들이 적지 않았다. 죄수들의 바람이면 콧방귀를 뀌겠지만 옥리들 부탁은 뿌리치기 힘들다. 옥에선 그들이 영의정보다 높았다. 재주를 보이라는 청을 처음에 거절한 것은 보답을 더 받아 내려는 밀고 당기기였다.

"호랑이는 굶주려도 풀을 뜯지 않고, 마술사는 궁핍해도 판 밖에서 마술을 자랑하지 않는 법이오."

고약한 죄수들을 여럿 다룬 옥리들도 지지 않고 받아쳤다.

"잡풀 뜯어 먹는 소리하고 자빠졌네."

곰보 마내자 기탁이 나설 차례였다. 얽은 뺨을 실룩이며 흥정을 시작했다.

"자고로 공짜 마술을 구경하면 석 달 열흘 재수가 없다 합니다. 조선 으뜸 마술사 환희의 마술을 이렇듯 적은 사람이 이렇듯 가까이 모여 보는 값은 상상을 초월하겠으나, 의금옥에서 만난 것도 인연이니 국밥 두 그릇으로 그 값을 정하는 것이⋯⋯."

"왜 두 그릇이냐? 환희가 그걸 다 먹어?"

"한 그릇은 마술사 몫이고 또 한 그릇은 당연히 환희를 지금까지 훈련시키고 또 이 판의 흥정을 붙인 마내자 몫입죠."

"좋다. 마술이 마음에 들면 국밥 두 그릇을 주마."

기탁이 눈을 찡긋해 보였다. 환희가 옥리들과 눈을 맞추며 목을 천천히 좌우로 움직였다. 비녀장을 지른 칼이 옥죄는 바람에 목을 젖히기도 힘들었다.

"잘들 보우."

단번에 목에 찬 칼을 풀어 버렸다. 옥리들이 놀란 눈으로 환희와 그 옆 바닥에 놓인 형틀을 번갈아 살폈다. 기탁이 옥리들로부터 국밥을 받은 것은 당연한 수순이었다.

옥에서 국밥을 먹어 보지 못한 사내와는 인생을 논하지 말라는 속언을 혹시 아는가. 세상 그 어느 음식보다도 옥에서 먹는 국밥이 으뜸이었다. 숟가락을 놀리지도 않고 통째로 뜨거운 국물을 들이부으며 허기를 면하고 있을 때, 옥리 하나가 족발을 흔들며 청했다.

"과연 조선에서 으뜸 솜씨구려. 조금만 더 보여 줄 수 있수? 그럼 이 족발까지 전부 드리리다."

마술사 체면에 즉답을 하긴 어려웠다. 이럴 때 나서는 것이 또한 마내자다.

"뭐 해, 빨리 보여 드리지 않고?"

뜨뜻한 국물에 배가 차니 족발 정도로 만족하긴 어려웠다. 이왕 놀 거라면 옥리들과 함께 제대로 즐기고도 싶었다. 옥 밖 탁자를 눈으로 가리키며 그 바람을 흘렸다.

"저기서라면 한 판 진하게 놀아 볼 듯도 한데……"

옥문이 열리고 옥리들에게 둘러싸인 채 새 판이 시작되었다.

그 시절 환희의 별명은 날 비, 손 수, 비수(飛手)였다. 손놀림이 워낙 빨라 날아가듯 한 것이다. 옥리들 눈을 어지럽히는 일이야 어린아이 코 푸는 것보다 쉬웠다. 곧 옥리들이 지녔던 엽전이 환희와 기탁 앞에 수북이 쌓였다. 환희가 작은 종지 셋을 휘휘 젓는 동안 기탁이 흥타령 조로 판을 이끌었다.

"자, 돈 내고 돈 먹기! 구슬이 든 종지를 맞히면 다섯 배, 못 맞히면 개망신! 한 냥이 닷 냥, 두 냥이 열 냥! 이름하여 다섯 곱! 개나 소나 다 맞추는 다섯 곱! 틀리면 개보다 못한 바로 그 다섯 곱! 다섯 곱이 왔어요. 날이면 날마다 오는 게 아냐. 다섯 곱!"

옥리들이 다시 돈을 걸었고 거는 족족 잃었다. 돈을 모두 털린 옥리는 방망이며 담뱃대며 열쇠까지 담보로 내놓았다. 어느새 마지막 싹쓸이 판에 이르렀다. 환희는 종지 셋을 타령조에 맞춰 섞었고, 옥리들은 첫 번째 종지에 가진 것을 모두 걸었다. 환희가 그 종지를 뒤집었다. 아무것도 없었다. 열쇠까지 잃게 생긴 옥리가 허리춤에서 단검을 꺼내 종지 옆에 꽂았다. 기탁은 놀랐지만 환희는 뚱한 표정으로 쳐다보았다. 돈 잃고 마음 편한 이가 어디 있으리. 먹살잡이를 바로 하지 않은 것만도 다행이었다.

"이게 무슨 마술이야? 야바위지."

"마술이오."

환희는 두 손바닥을 들어 보이며 물러섰다. 옥리에게 직접 종지를 열어 보란 뜻이다. 옥리가 가운데 종지를 뒤집었다. 역시 비어 있었다. 옥리가 마지막 종지를 쥔 채 윽박질렀다.

"구슬이 여기 없으면 넌 나한테 오늘 죽는 거다."

기탁이 환희처럼 손바닥을 들며 거들었다.

"제발 꼭 죽여 주세요. 나도 이 녀석 때문에 너무너무 힘들답니다. 부탁합니다. 잔인하게!"

옥리가 천천히 종지를 뒤집었다. 보랏빛 구슬이 새색시처럼 얌전히 들어 있었다. 옥리들은 탄식했고 기탁은 돈을 챙기느라 바빴다. 환희는 이제 판을 접을 때가 왔음을 알았다. 몇 판 더 하다가는 옥리들 주먹이 환희와 기탁의 콧잔등을 내려앉힐지도 몰랐다.

"오늘은 여기서 마무리합시다. 잠 좀 자게 이제 옥에 넣어 주시오. 이건 뭐 물랑루에서 공연하는 것보다 더 힘들군."

돈독이 오른 기탁이 남의 속도 모르고 애원조로 부탁했다.

"환희야! 딱 한 판만 더 해라. 이번엔 배판, 열 곱으로."

옥리들도 마음을 접으려다가 다시 탁자로 모여들었다. 거기서 판을 접었다면, 얌전히 옥에 들어가 칼을 찼다면, 불호령을 듣진 않았으리라.

"좋소. 마지막 딱 한 판."

기탁과 티격태격하기 싫어 다시 종지를 잡고 섞어 돌렸다. 열 판, 아니 백 판을 해도 옥리들은 결코 구슬을 찾을 수 없다. 자세히 이야기하긴 곤란하지만, 구슬은 언제나 옥리들의 선택을 받지 않은 종지에 머물렀다. 가여운 옥리들은 이리저리 움직이는 종지를 쫓기 바빴다. 그때 고함 소리가 의금옥을 뒤흔들었다.

"네 이놈들, 뭣 하는 짓들이냐?"

옥리들이 돌아서기도 전에 배와 무릎과 어깨를 잡고 뒹굴었다.

칼등이 환희의 턱에 닿았다가 떨어졌다. 그를 의금옥으로 끌고 와서 가둔 별운검 홍동수였다.

"따르라!"

도끼눈으로 환희를 째려본 후 돌아섰다. 기탁은 슬금슬금 뒷걸음질 치며 스스로 옥에 들어갔다. 열쇠까지 담보로 걸었던 옥리가 와서 옥문을 잠갔다.

"싫소."

기분 나쁜 사내였다. 환희가 청명을 위해 괴한들과 격투를 벌인 사실을 처음부터 끝까지 지켜보고서도 의금옥에 던져 넣은 자였다. 그런 자가 따르라 한다고 종놈처럼 따라가긴 싫었다. 홍동수가 걸음을 멈췄다. 돌아서지도 고개 돌리지도 않았다. 멈춘 채 꼼짝 않고 가만히 있었다.

"정말 싫소."

'정말'이라는 말까지 붙여 불쾌감을 드러냈다. 홍동수가 여전히 앞만 보며 말했다.

"나도 네놈이 싫다. 오기 싫다면 오지 않아도 좋다. 옹주마마 부탁도 있고 하여 마지막 기회를 주는 거다. 지금 따라 나오지 않으면 평생 의금옥에서 썩을 각오를 해야 할 게다. 내 이름 석 자를 걸고 널 다시는 물랑루로 돌려보내지 않을 테니까."

환희는 홍동수와 같은 사내들의 고집을 안다. 언행일치. 한번 뱉은 말은 목숨을 걸고서라도 지킨다. 홍동수가 의금옥을 나섰고 환희 역시 따랐다. 싫고 좋음은 나중에 가릴 문제였고, 의금옥에 갇힌 채 남은 인생을 보낼 순 없었다. 스스로 옥으로 들어간 기탁의 절규가 귓전을 때렸다.

"같이 가. 환희야! 마내자를 혼자 두고 마술사만 가는 게 어디 있어? 그러고도 네가 물랑루 으뜸 마술사야? 이리 와, 빨리!"

61

『환희비급』에 담긴 '비수술(飛手術)' 항목의 그림을 글로 풀면 다음과 같다.

헷갈림.
손과 눈의 대결이 아니다. 한번 마음이 흔들리면 굼벵이 놀음에도 속을 사람은 속는다. 마술사는 오히려 정직할 것.

62

이어서 등장하는 '절도술(竊盜術)' 항목의 그림을 글로 풀면 다음과 같다.

훔침.
갖고자 하는 간절한 마음이 우선이다. 그 마음으로 보면, 아무도 그것을 보지 않는 순간이 잡힌다. 눈 뜬 채 코 베인다는 속언이 단순한 비유가 아님을 증명할 것.

## 63

홍동수가 청명의 부탁을 받고 의금옥에서 환희를 석방한 것은 아니었다. 세상일이 그렇게 만만하게 굴러가진 않는다. 힘없는 옹주의 한마디가 의금부 옥문을 열게 한 적은 없다. 홍동수가 환희를 데리고 나온 것은 어명이 내렸기에 가능한 일이었다. 환희가 석방된 후에도 한동안 청명은 그가 의금옥에 갇혀 있는 줄 알았다. 청명에게 알리지도 않고, 홍동수가 은밀히 움직인 것이다.

환희는 그 이유를 궁궐로 가며 홍동수로부터 자세히 들었다. 홍동수는 이 이야기를 무덤까지 가져가야 한다고 강조했다. 언젠간 깨지는 게 맹세라지만 환희는 한양의 시원한 밤공기를 들이마시며 순순히 응했다. 홍동수가 의금옥에서 환희를 꺼낸 까닭을 간추려 이야기하면 이러했다.

20년 전 용상에 등극한 왕은 무예를 집대성한 새로운 서책을 만들라는 밀명을 홍동수와 송가제에게 내렸다. 조선의 무예만 정리하는 게 아니라, 청국과 일본과 안남과 멀리 회회의 무예까지 두루 살펴 장점은 취하고 단점은 버려 그림과 글로 정리하여 올리라는 것이다. 명실상부 세계 최고의 병서(兵書)를 만들라는 명이었다. 홍동수는 3년 동안 청나라와 일본을 오가며 검술을 익힌 뒤 두 나라의 검보를 몰래 가져왔다. 그 후로 17년 동안 송가제는 지금까지 이 세상에 나온 모든 병서를 규장각에서 검토하였을 뿐만 아니라, 직접 선발한 화원(畵圓)들과 힘을 합쳐 『환단무예지(桓檀武藝志)』의 초고를 완성했다. 20년은 강산이 두 번 바뀔 만큼 긴 시간이지만 세계 최고의 병서를 만들기에 넉넉하진 않았다. 왕은 홍동수의 용맹과 송가제의 끈기를 치하했고, 이 병서의 핵심을 간추려 조선 팔도의 병사들을 훈련시킬 계획을 마련하도록 지시했다. 강병(强兵)을 키워, 두 번 다시 이 나라가 패전의 잿더미에 앉지 않도록 대비하려는 것이다.

이즈음 청나라 사신이 압록강을 건넜다는 소식이 들려왔다. 예정에 없던 방문이었다. 불로초라 불리는 백두산 산삼과 청나라 태자의 후궁 간택을 위해서란 목적을 내세웠지만, 왕도 홍동수도 송가제도 『환단무예지』에 자꾸 마음이 쓰였다.

송가제는, 왕과 홍동수에게도 알리지 않고, 청춘을 바쳐 근무했던 규장각 검서실 책장 구석에 『환단무예지』 초고를 책으로 묶어 숨겨 두었다. 겉장에 서목(書目)을 적지 않은 채, 사전류인 필사본 『대동운부군옥(大東韻府群玉)』 3권과 4권 사이에 끼워 놓은 것이다. 궐 밖으로 옮길까 고민도 했지만, 청나라 간자(間者, 첩자)가 한양에도 득실대는 것을 염두에 둔다면 섣불리 움직이기보다 송가제에게 익숙한 검서실이 안전하다고 판단했다. 지금까지 청나라 사신이 규장각까지 다녀간 적은 없었다. 작은 방심이 큰 화를 불렀다.

대전에서 선물을 넘겨받은 팽 대인이 숙소인 서대문 밖 모화관으로 돌아가지 않고, 청나라 황제가 내린 1000권의 서책을 보관할 규장각을 돌아보고 싶다고 한 것이다. 왕이 오랫동안 규장각에서 검서(檢書)를 책임진 송가제에게 안내를 맡겼다. 송가제는 팽 대인 일행과 왕을 인도하여 규장각으로 향했다. 서고(書庫)를 중심으로 규장각의 연혁과 보관 중인 서책의 종류와 양, 보관 방법 등을 설명했다. 검서실에서 가장 먼 쪽으로 동선을 잡았다. 군말 없이 안내를 따르던 팽 대인이 불쑥 칭찬부터 했다.

"이 많은 장서를 이토록 깔끔하게 보관하다니 참으로 대단하오."

왕이 맞장구를 쳤다.

"송 제학은 이 나라 최고의 학자이지요. 당하관인 검서관에서 시작하여 종일품 제학까지 올랐으니, 살아 있는 규장각의 전설이라 일컬을 만합니다. 송 제학은 지금도 자신이 근무해 온 검서실에서 틈틈이 새로 들어온 서책을 읽고 분류하기를 즐긴답니다."

송가제가 겸손하게 말했다.

"저 혼자 한 일이 아닙니다. 뛰어난 검서관들이 각자의 검서실에서 불철주야 서책을 읽고 평하였습니다."

"검서실? 조선에선 어찌 책을 검서하는지 궁금하군. 송 제학의 검서실을 보고 싶소만……."

송가제는 검서실로 팽 대인 일행을 안내할 수밖에 없었다.

"따르시지요."

검서실에 들어선 팽 대인과 왕은 서책이 쌓인 탁자를 가운데 두고 마주 앉았다.

"목이 컬컬하군. 책 먼지 때문인가……. 차 한잔 마실 수 있겠소?"

차가 나올 때까지 팽 대인은 검서에 관한 송가제의 설명을 귀 기울여 들었다. 국화차를 내오던 궁녀가 넘어지며 찻잔을 쏟았을 땐 모두 깜짝 놀랐다. 뜨거운 차가 팽 대인에게 쏟아지지 않고 바닥으로 떨어진 것이 불행 중 다행이었다. 대전 앞마당에선 은미를 베라

언성을 높인 팽 대인이었지만, 다시 차를 가져오라 하고는 따로 궁녀를 문책하진 않았다. 차를 마시는 내내 팽 대인은 『환단무예지』를 숨겨 둔 책장을 등지고 앉아 있었다.

청나라 사신 일행이 떠난 뒤 송가제는 긴 안도의 한숨을 내쉬었다. 그 저녁 『환단무예지』 초고를 꺼내 확인해 보니 글자와 그림이 모두 사라지고 없었다. 아직 붓놀림을 한 번도 하지 않은 깨끗한 백지였다.

송가제의 보고를 받은 왕은 홍동수까지 불러 의논했다. 팽 대인이 초고를 가져간 것이 분명한데, 훔친 방법을 모르니 답답할 노릇이었다. 왕이 연이어 물었다.

"팽 대인이 책장 근처엔 가지도 않았다? 겉은 멀쩡하고 글자와 그림들만 사라지다니, 마술이라도 부렸단 게야? 사신단에 끼어 있단 마술사 이름이……?"

송가제가 답했다.

"귀물이라 하옵니다만, 그이도 역시 팽 대인 곁에 머물렀을 뿐이옵니다."

홍동수가 의금옥에 가둬 둔 마술사 환희를 떠올린 것은 바로 그 순간이었다.


65


홍동수가 의금옥에 가둔 마술사 환희의 이름을 꺼냈을 때, 규장각 제학 송가제가 단숨에 반대했다.

"아니 되옵니다. 나라의 중대한 일을 어찌 한낱 광대에게 맡긴단 말이옵니까? 신이 방법을 찾겠나이다."

홍동수도 더 강하게 밀어붙이진 못했다. 지금까지 나랏일에 마술사가 끼어든 적은 단 한 번도 없었다. 왕이 뜻밖에도 관심을 갖고 물었다.

"물랑루 으뜸 마술사다, 이 말이지?"

"그러하옵니다."

"재주가 탁월하단 소문은 과인도 들었느니라."

송가제가 끼어들었다.

"잡술일 뿐이옵니다. 백성의 눈을 현혹하여 욕심을 채우는 무리이옵니다."

왕이 송가제를 노려보며 물었다.

"송 제학은 도깨비를 믿는가?"

"저, 전하!"

질문의 맥락을 몰라 즉답을 못하고 더듬었다.

"제삿날 음식을 차려 올리면 혼백이 와서 그걸 먹고 간다고 생각하는가?"

"어이하여 그런 하문을 하시는 것이온지……."

"눈에 보이지 않는다 하여 없는 것이 아니란 말도 있지 않은가?"

"……."

세 번이나 연이은 질문에 송가제는 말문을 닫았다. 왕이 어젯밤에도 밤새도록 법당에 머물며 눈물을 흘렸다는 이야기를 전해 들은 것이다. 왕이 홍동수에게 명하였다.

"데려와 보거라. 잡술이나 쓰는 사기꾼인지, 훔쳐 간 서책을 찾아

줄 마술사인지 만나 보면 알겠지."


66


"훔쳐 간 방법을 알 수 있겠느냐?"

홍동수가 거듭 물었지만 환희는 즉답하지 않았다. 심부름꾼과는
말을 섞지 말 것. 주인을 만나 흥정한 후에야 일을 시작하는 것이
마술사의 오랜 습성이다. 기탁이 곁에 없으니, 이번 흥정은 환희가
직접 나설 수밖에 없었다.

"조건이 있습니다."

"네놈이 의금옥에 다시 갇히고 싶은 게냐?"

홍동수가 윽박질렀지만 환희는 주눅 들지 않았다. 힘으로 대적한
다면 환희가 어찌 홍동수를 이기랴. 사람의 마음을 예측하고 넘겨
짚는 일이라면 마술사가 장수보다 백배는 능했다. 홍동수가 강하게
위협하는 것은 그만큼 마음이 급하단 뜻이다.

"옹주마마를 만나게 해 줄 순 없어."

홍동수의 짐작은 그 정도였다. 환희는 더 높이 단숨에 올라갔다.

"용안을 우러르게 하여 주십시오."

"뭐라고?"

홍동수의 얼굴엔 불쾌한 기색이 역력했다. 환희는 지금 조선에서
이 문제를 풀 사람이 자신뿐임을 직감했다. 대안이 있다면 의금옥
에 갇힌 마술사를 빼낼 까닭이 없다. 한껏 배짱을 부렸다.

"싫으시다면…… 의금옥으로 다시 가겠습니다."

돌아서는 환희의 어깨를 홍동수가 잡았다. 광대 따위의 요구를 받아들여야 하는 자신의 신세가 한심하기도 했을 것이다.

"따르라!"

## 67

홍동수는 궁궐 대문을 지난 후 곧장 규장각으로 향했다. 검서실엔 왕과 규장각 제학 송가제가 등잔불 아래에서 기다리고 있었다. 궁녀는 물론 내관까지 규장각에서 멀리 물렸다. 궁인들 도움 없인 곰배팔이에 앉은뱅이 신세가 임금 노릇이라는 속언을 비웃기라도 하듯이.

송가제가 내민 서책을 우선 받았다. 백지로 돌변한 문제의 초고였다. 환희는 그 서책을 펼쳐 보지도 않고 청했다.

"전하! 이 방을 둘러보아도 되겠사옵니까?"

"뜻대로 하라!"

환희는 검서실을 천천히 한 바퀴 돌았다. 『환단무예지』가 놓인 책장에서 팽 대인이 앉았던 의자까지의 거리를 확인하고, 수행원으로 참석한 귀몰과 만검의 자리도 파악했다. 국화차를 내온 궁녀가 발을 헛디뎌 찻잔을 쏟은 곳도 살핀 뒤, 용안을 우러르며 엎드렸다.

"『환단무예지』가 어찌 없어졌는지 알겠느냐?"

"당연히…… 아옵니다."

"안다?"

"마술이라고 부르기에도 민망한 손기술일 뿐이옵니다."

"민망한 손기술?"

"무수리 한 명만 불러 주시옵소서. 이왕이면 예쁜 얼굴로."

왕은 규장각 청소를 맡은 무수리를 검서실로 불러들였다. 서책에 둘러싸인 방으로 들어선 무수리는 두려워 얼굴도 들지 못하고 떨었다. 환희는 무수리를 쳐다보며 빙글빙글 돌다가, 손을 쑥 내밀어 댕기를 잡아당겼다. 무수리는 소스라치게 놀라며 머리를 쥔 채 주저앉았다. 홍동수가 이번에도 급히 치고 나왔다.

"네 이놈! 여기가 어느 안전이라고?"

환희는 바닥에 놓인 서책을 가리켰다. 송가제가 그 책을 집어 펼쳤다. 백지였던 서책은 어느새 『논어』「학이 편(學而篇)」의 글귀로 차 있었다. 왕도, 송가제도, 홍동수도 모두 놀랐다.

"아니, 어찌 이런 일이 있단 말인가?"

환희는 담담하게 '절도술'을 설명했다.

"가장 쉬운 마술이옵니다. 아름다운 여인이나 멋진 묘기로 시선을 끈 후 재빨리 손을 놀리옵니다. 낮에 이 방에서 벌어진 도둑질도 마찬가지이옵니다. 마술사가 바꿔치기할 책을 몸속 어딘가에 숨겨서 들어옵니다. 백지를 묶은 책이옵니다. 청나라 사신이 찻잔을 든 궁녀의 발을 걸거나 살짝 밀쳐 차를 엎지르옵니다. 호위 무사가 사신을 지킨답시고 나서서 시선을 가리는 사이, 마술사가 서책을 바꿔치기한 것이옵니다."

짧은 침묵이 흘렀다. 설명을 들은 세 사람이 낮에 벌어진 일을 되짚는 중이었다. 짧은 순간이지만, 마술사라면 불가능한 일도 아니다. 이윽고 왕이 무거운 침묵을 깼다.

"이상하구나."

환희가 물었다.

"무엇이 이상하옵니까?"

"『환단무예지』가 이 검서실에, 그것도 저 책장에 있다는 걸 팽 대인이 어찌 알았단 말인가?"

환희는 지극히 평범한 답을 내놓았다. 알고 나면 허무한.

"무릇 마술사에겐 반드시 조수가 필요하옵니다. 사신과 내통하여 서책의 위치를 발설한 자가 바로 그 조수 노릇을 한 셈이옵니다. 덕분에 우린 그 조수가 누군지 알게 되었사옵니다."

"내통한 간자를 안다고? 누구인가?"

"검서실에 들어온 이들을 한 명씩 지워 보시옵소서. 팽 대인과 호위 무사와 마술사를 지우고, 전하와 홍 운검과 송 제학을 지우고, 차를 들고 왔던 궁녀를 지우고……."

"그럼 남는 이가 없는데……."

송가제가 끼어들었다.

"있사옵니다. 남 내관이 줄곧 전하의 곁을 지켰사옵니다."

왕이 긴 한숨을 내쉬었다.

"그렇구나. 남 내관이 있었구나. 검서실 앞에서 기침을 쏟았었지. 저 책장 옆에 서 있기도 했고……."

홍동수가 분을 참지 못하였다.

"전하! 제가 그 쥐새끼를 처리하겠사옵니다."

왕이 냉정함을 잃지 않았다.

"놔두거라. 지금 쥐를 잡으면 고양이가 달아나지 않겠느냐? 환희라고 했느냐? 『환단무예지』를 찾아올 수 있겠느냐?"

이제 본론을 꺼낼 때가 온 것이다.

"저처럼 굶주리고 배우지 못한 천것들은 공짜로 일을 하는 법이 없사옵니다."

홍동수가 날카롭게 받아쳤다.

"무엄하다!"

왕이 홍동수의 분노를 자르고 환희에게 말했다.

"원하는 걸 말해 보거라."

"이번 일은 해결하기가 쉽지 않으니, 세 가지 약조를 해 주시면 백방으로 노력해 보겠사옵니다. 우선 궁궐 안에 방을 하나 마련해 주시오소서. 마내자 기탁과 함께 그 곳에 머물며 해결책을 마련하겠사옵니다. 둘째, 서책을 되찾은 뒤엔 저희를 무죄방면하여 주시옵소서."

"그리하마. 나머지 하나는 무엇이냐?"

"그건…… 마술사 환희의 방을 차린 연후에 말씀드리겠사옵니다."

"알겠다. 『환단무예지』를 반드시 가져와야 한다. 명심하렷다."

송가제의 검서실 옆방이 환희에게 허락되었다.


68


왕은 홍동수와 송가제를 내보낸 후 환희와 잠시 독대하였다. 마술사의 도움을 받는 것은 받는 것이고, 청명이 궁궐 담을 넘어 몰래 물랑루로 간 까닭과 백성들이 마술에 열광하는 이유가 궁금했던 것이다.

"이 방에 누가 있느냐?"

"전하와 저, 둘뿐이옵니다."

"너는 누구냐?"

"마술사이옵니다."

"과인은 누구냐?"

"이 나라의 왕이시옵니다."

"왕과 마술사! 이 순간부터 그 둘을 지우고 이야기를 나누자꾸나."

환희는 놀라 용안을 우러렀다.

"네가 무슨 이야기를 하더라도 너를 벌하는 일은 없을 것이야. 대신 솔직하게 아는 것과 느낀 것들을 다 말해 주길 바란다."

"그리하겠사옵니다."

환희로선 다른 선택이 없었다. 과연 왕과 마술사가 동등하게 이야기를 나누는 것이 가능할까.

"물랑루에서 인기가 높다 들었느니라. 어느 정도인가?"

"공연을 보기 위해 팔도에서 모여드옵니다. 입장권을 파는 매표방 앞에서 하루나 이틀 전부터 길게 줄을 서서 기다리옵니다."

"네 마술이 왜 그리 인기를 끈다고 생각하느냐?"

환희는 즉답 대신 잠시 고개를 숙인 채 생각했다. 왕은 두려워 머뭇대는 것으로 받아들였다.

"걱정 말고 답해 보거라."

고개를 들었다.

"다른 세계로 이끌기 때문이옵니다."

"다른 세계라니?"

"마술사는 마술을 통해 관객들을 낯선 세계로 데려가옵니다. 가난이 없는 세계, 아픔이 없는 세계, 전쟁이 없는 세계, 원통함이 없는 세계, 분노가 없는 세계이옵니다."

"그 세계는 거짓이 아니더냐? 환상일 뿐이지 않느냐?"

"고통 가득한 현실보다 행복 넘치는 거짓이 때론 삶을 버티게 하옵니다."

"고통 가득한 현실……."

왕이 곱씹었다.

"입장료가 생각보단 비싸지 않더구나."

홍동수에게 물랑루와 환희단 공연에 관한 보고를 받은 것이다.

"돈이 말을 하는 세상이긴 하옵니다. 이 정도 마술 공연이라면 지금 받는 입장료의 두 배, 아니 세 배를 받아도 객석이 찰 것이옵니다만, 저는 입장료를 올릴 뜻이 전혀 없사옵니다. 오히려 지금의 절반 혹은 그 절반의 절반으로 내리고 싶사옵니다."

"이유가 무엇이냐?"

"부자들은 마술이 아니더라도 인생을 즐길 기회가 얼마든지 있사옵니다. 가난하고 미천한 백성들에게 물랑루 공연은 정말 큰맘 먹고 오는 자리이옵니다. 빈궁한 이들에게까지 비싼 입장료를 받아 배를 채우고 싶진 않사옵니다. 무료 공연을 못하는 것은 물랑루 으뜸 마술사인 제가 어느 정도는 받아야, 제가 거느린 환희단 단원들도 몸값을 받기 때문이옵니다. 지금 수준이 적당하옵니다."

"부자들만을 위한 특별 공연을 계획한 적은 없느냐?"

"없사옵니다. 환희의 마술을 보려면 물랑루 매표방으로 와서 줄을 서야 하옵니다. 마술 앞에선 만인이 평등하옵니다."

왕은 처음부터 곱씹던 문장을 환희에게 되돌렸다.

"고통 가득한 현실이라고 했는데, 어떤 고통을 말하는 것이냐?"

"마술사는 방랑벽이 심한 팔자이옵니다. 어려서부터 이 고을 저 고을을 떠돌며 마술을 선뵀었사옵니다. 어떤 고통이냐 하는 물음은 적당하지 않사옵니다. 이것은 고통이고 저것은 고통이 아닌 것이 아니옵니다. 이 고통 저 고통이 아닌, 인간이 상상할 수 있는 모든 고통을 이 나라 백성들이 겪고 있사옵니다. 그중에서 가장 큰 고통은 지금보다 더 나은 내일이 없다는 고통이옵니다."

"내일이 없다니? 그런 해괴한 말도 있느냐?"

"아무리 열심히 일하여도 빚이네 세(稅)네 하며 다 빼앗아 가 버리옵니다. 일을 하든 하지 않든, 굶는 것, 병드는 것, 게으름뱅이란 비난을 받는 것은 마찬가지란 뜻이옵니다. 내일이 오늘보다 밝다면, 백성들은 지금의 고통을 견디고 이겨 나가옵니다. 오늘이 어제보다 어둡고, 내일이 오늘보다 어둡다면, 그건 곧 하루하루 죽음을 사는 것과 다르지 않사옵니다. 특히 작년부터는 조운선 침몰에 돌림병에 가뭄이 이어져 더욱 힘든 나날을 보내고 있사옵니다. 저는 그들이 잃어버린 그 내일을 제 부족한 마술로나마 찾아 주고 싶사옵니다."

"그 셋을 과인도 심각하게 여기고 있느니라. 삼정승과 판서들이 책임을 지고 움직이고 있느니라. 다만 세 가지가 이렇듯 한꺼번에 일어난 적이 드물어 시일이 지체되는 것뿐이니라. 이와 같은 천재지변과 사고는 마술로 해결될 일이 아니지 않느냐? 내일을 그럴싸하게 꾸며 보여 주곤 돈을 버는 수작인 게지."

왕의 말에 시퍼렇게 날이 섰다.

"……저는 무식한 마술사라서, 마술로 돈을 버는 짓 외엔 할 줄 아는 게 없사옵니다. 이 나라에선 마술 외에도 여러 가지 짓으로 돈을 버는 이들이 적지 않사옵니다. 부자는 돈으로 돈을 벌고, 지방 수령들은 한양 조정의 명령을 앞세워 돈을 벌며, 지방 아전들은 수령의 명령에서 요리조리 빠져나갈 방법을 가르쳐 주며 돈을 버옵니다. 조정 대신들 역시 패를 지어 좋은 관직을 차지한 후 그 직분에 따른 법과 제도를 이용하여 돈을 버옵니다. 다들 돈을 버는 수작인데, 마술사만 돈을 버는 수작을 해선 안 된다 지적하시는 것이 옳은지, 저는 무식한 마술사라서 잘 모르겠사옵니다.”

“내일이라도 물랑루를 부수고 마술 공연을 금지시킬 수도 있느니라.”

“이 나라의 왕이시니 못할 일이 무엇이겠사옵니까. 다만 마술은 공연하는 판을 없애거나 찾아오는 관객들을 내쫓는다고 사라지지 않사옵니다. 마술은 마음이 만들기 때문이옵니다.”

“마음이 마술을 만들다니?”

“현실을 견디기 힘든 사람은 저마다 황당한 꿈을 꾸옵니다. 이뤄지기 힘들지만 그 꿈을 꾸는 동안엔 위로를 받사옵니다. 마술은 그들의 꿈을 판 위에 잠시 옮겨 보여 주옵니다. 마술사가 마술을 하는 것이 아니옵니다. 마술을 보고자 하는 이들의 마음이 마술을 만드는 것이옵니다.”


69


매도 먼저 맞는 게 낫다고 했던가. 청명은 왕의 호출을 기다렸으나 하루하루 별 탈 없이 지나갔다. 한양에 머무르는 청나라 사신단 때문에 청명의 일까지 다룰 여유가 없어서일까. 무사할수록 불안감이 커졌다. 왕은 청명이 몰래 궁궐을 빠져나가 환희와 어울린 사실을 알고도 두고 보는 것이다. 정 상궁은 청나라 사신이 돌아갈 때까지라도 별당 밖으로 나가는 것을 삼가라 했다. 대전에서 팽 대인이 은미를 죽이려 했고, 청명이 나서서 막았단 풍문이 돈 것이다. 어둠과 응달에 숨는 것은 청명의 특기였지만, 이번엔 그 특기를 살리지 못했다. 소설을 펼치면 종이에, 이불을 덮고 누우면 천장에, 밥상을 받으면 국과 밥에, 환희의 얼굴이 어른거렸다. 물랑루에서 맘껏 마술을 뽐내는 얼굴이 아니라, 옥에 갇혀 수척하고 더러워진 얼굴이었다.

왕이 부르기 전에 자진해서 가기로 했다. 물랑루로 몰래 간 잘못도 빌고, 환희의 석방을 호소하기 위해서였다. 새벽에 별당을 나와 앞마당을 지나자마자 홍동수가 막아섰다.

"환희는 어찌하였소?"

"잘 있사옵니다."

홍동수는 환희가 지난밤 석방되었고, 왕을 알현하였을 뿐만 아니라 규장각에 마술방까지 마련했음을 알리지 않았다. 사실대로 아뢰면 청명은 까닭을 꼬치꼬치 캐물을 것인데,『환단무예지』를 만들어 왔단 것과 도난당한 사실을 비밀에 부쳐야 했다.

"잘 있다? 비키시오. 난 오늘 아침까지 말미를 줬고, 홍 운검은 이렇게 내 앞을 막는 것으로 답을 한 셈입니다."

"어디로 가시려고 이 새벽에 나서시옵니까?"

"내가 왜 그것까지 홍 운검에게 말해야 해? 평생 궁궐에 머물렀지만 오늘처럼 내 앞을 막은 이는 그대가 처음이오."

"어명이옵니다."

"또 그 어명! ……좋아요. 행선지를 말하리다. 아바마마를 뵈러 대전으로 가는 길입니다. 됐지요?"

지나치려는 청명의 앞을 홍동수가 옆 걸음으로 다시 막았다.

"청국 사신이 돌아갈 때까진 내명부 여인 중 누구도 대전으로 들이지 말라는 엄명이 내렸사옵니다."

홍동수가 눈짓을 하자, 호위 내관들이 뛰어와서 한 줄로 벌려 섰다. 청명의 목소리가 떨렸다.

"정말, 이렇게까지 해야 하겠소?"

"아직 전하께선 기침하지 않으셨사옵니다. 돌아가셔서 좀 더 눈을 붙이시옵소서."

청명의 눈에도 눈물이 고였다.

"이럴 순 없는 게요. 정말 이럴 순……."

홍동수가 청명의 울먹임이 잦아들기를 기다렸다가 말했다.

"마마! 한 가지 여쭙고 싶은 게 있사옵니다."

청명이 눈물을 손바닥으로 닦아 낸 후 침을 삼키곤 물었다.

"무엇이오?"

"마술사 환희가 좋은 사람이라 하지 않으셨사옵니까? 그가 좋은 사람인 줄 어찌 아시옵니까? 그에 관한 나쁜 평판을 모으면 책 한 권을 가득 채우고도 남사옵니다만……."

청명이 발끈했다.

"나를 또 놀리는 게요?"

홍동수가 진지함을 잃지 않고 답했다.

"놀리는 게 아니옵니다. 중요한 부분일 수도 있겠다 싶어 여쭙는 것이옵니다. 좋은 사람이 분명하옵니까?"

"그렇소."

"어찌 아시옵니까?"

청명이 턱을 조금 들고 홍동수의 머리 위를 쳐다보았다. 잠을 깬 새들이 둥지를 떠나 날아올랐다. 청명이 차분히 그 이유를 들려줬다.

"그 사람은 내게 맞추려 노력했소. 물론 처음엔 일방적으로 날판으로 불러올려 연꽃을 건네려 했지요. 내가 반발하자, 자신의 마술을 바꿨습니다. 낙분술에서 오작술로! 내가 오작술까지 마음에 들어 하지 않았다면, 그는 내게 맞는 또 다른 마술을 고민하여 선보였을 겁니다. 물랑루 으뜸 마술사라면, 얼마든지 자기 고집대로, 자기는 조금도 변하지 않은 채로 살아갈 수 있소. 가족이든 연인이든 친구든, 홍 운검은 누군가를 위해 자신을 바꾸는 사람이 몇이나 된다고 봅니까? 마술사 환희는 나를 배려하기 위해 자신을 바꾸려 애썼어요. 좋은 사람이 분명합니다."

70

답답해하는 청명을 위해 의금옥 사정을 살피러 갔던 정 상궁이 급보를 전했다. 점심도 먹기 전이었다.

"나갔다 하옵니다. 환희 님과 마내자가 의금옥에 없다고 하옵니다."

"사실이야?"

"환희 님은 어젯밤, 마내자 기탁도 아침에 의금옥을 나갔다 하옵니다."

"어디로? 무죄방면된 게야?"

"그, 그게 정확하지 않사옵니다. 일단 내보냈으니 옥리들도 모르겠다고……"

"몰라?"

"돈을 찔러 줘도 받지 않았사옵니다. 무척 입조심들을 하는 눈치였사옵니다."

"물랑루는 가 봤어?"

"거기도 없었사옵니다. 여덟 개의 문이 모두 굳게 닫혔고, 환희단 공연을 무기한 중단한다는 안내문만 매표방에 붙어 있었사옵니다."

청명은 불길했다. 환희와 기탁은 어디로 사라졌을까? 새벽에 별당 앞에서 홍동수를 만났을 때 환희가 잘 있다고 답했었다. 옥에서 환희가 나간 것이 어젯밤이라는데, 홍동수는 왜 내게 그가 잘 있다고만 하고 출옥했단 사실을 알려 주지 않았을까? 환희가 좋은 사람이냐고 거듭 물은 이유는 뭘까? 혹시? 내가 몰래 궁궐을 나간 사실을 영원히 지우기 위해 두 사람을 어딘가로 데려가 목숨을 앗기라도 했을까? 그랬다면? 아바마마는 조선의 군왕이며 홍동수는 군왕의 명이라면 무엇이든 하는 충직한 장수다. 마술사와 마내자의 목숨을 거두는 일 정도는 쉽게 명하고 따를 사이!

아!

청명은 고개를 저었다. 최악의 상황을 떠올리지 않으려고 애썼다.

청명이 불길한 예감에 사로잡힌 그 시각, 물랑루를 출발한 가마 다섯 대가 규장각에 도착했다. 첫 가마에는 기탁이 탔고 나머지 넉 대에는 마술 도구가 가득했다. 가마에 들어가지 않는 도구들은 따로 홍동수가 의금부 관원을 이끌고 가져오기도 했다. 기탁은 내리자마자 환희를 끌어안으며 울먹였다.

"내가 얼마나 외로웠는 줄 알아? 너 나가고 난 뒤 옥리들이 마술도 못한다고 굶기고 때리고 굴리고 매달고 밟고……."

이럴 땐 환희가 형, 기탁이 한참 어린 철부지 막내 동생 같았다.

"제대로 챙겨 왔지?"

"물론!"

"상자는?"

"여기 있어."

기탁은 자기가 타고 온 가마에서 상자를 꺼내 내밀었다. 마술사를 시작하면서부터 늘 곁에 두고 아낀, 청동으로 만든 상자였다. 새로 꾸민 마술 방 탁자에 상자를 놓고 살폈다. 여섯 면엔 물결무늬가 가득했다. 자물쇠가 없었지만 힘을 써도 상자는 열리지 않았다. 윗면 중앙의 홈에 은빛 부채를 끼우자 상자가 저절로 열렸다. 아무것도 들어 있지 않았다. 상자를 닫고 윗면에 끼운 부채를 폈다가 접으니 상자가 다시 열렸다. 환희의 마술 비법이 담긴 그림책이 놓여 있었다.

『환희비급』!

환희가 만든 1000여 가지 마술을 구사하는 방법이 꼼꼼히 담겼다. 한문은 물론 한글도 배우지 못한 탓에, 동작을 나눠 그림으로 옮긴 것이다. 『환희비급』을 넘겨 보던 환희가 급히 마지막 장으로 갔다. 세필을 꺼내더니 백지에 새로운 그림을 그리기 시작했다. 마술 하나가 방금 또 떠오른 것이다. 그네를 그린 뒤 그 위에 사람을 세웠다. 다음 장엔 새들이 그 사람을 향해 날아왔다. 한두 마리가 아니라, 사람의 몸 전체를 덮을 만큼 많은 새였다. 그다음 장에선 사람이 새들에게 휩싸여 그네를 떠나 날아올랐다. 이렇게 석 장을 단숨에 그려 나간 환희는 그림책을 덮으려다가 그네를 떠난 사람의 머리를 쳐다보았다. 둥근 원 하나로 간단히 표시된 머리였다. 환희는 더 작은 세필로 바꿔 쥐곤 그 사람의 머리를 세밀하게 그리기 시작했다. 눈을 그리고, 코를 그리고, 입을 그린 뒤, 단정히 묶은 긴 머리카락을 그렸다. 그리는 환희의 입귀에도 점점 웃음이 감돌았다. 세필을 뗀 환희가 그림책을 들고 방금 완성한 사람의 얼굴을 흡족하게 쳐다보았다. 청명이었다.

72

마술사가 마술을 능숙하게 하는 것은 기본이다. 마술뿐만 아니라 노래와 춤이 발군이고 이야기까지 그럴듯하게 엮어 낸다면 더욱 주목받을 것이다. 환희는 그 모두를 갖췄다. 환희보다 탁월한 마술사를 청명은 일평생 만난 적이 없다.

청명은 환희를 걱정하느라 밤을 꼬박 새웠다. 정 상궁은 벽에 기댄 채 졸다가 모로 쓰러져 잠이 들었다. 청명은 이불을 꺼내 덮어 준 뒤, 창문을 열었다. 청량한 새벽 공기가 별당 앞마당을 지나 청명의 푸석한 얼굴을 어루만지며 방으로 밀려들었다.

하얀 비둘기들이 날아와 마당에 앉기 시작했다. 궁궐엔 비둘기를 사냥하는 이들이 없으니 천적이 없는 평화로운 쉼터였다. 그중 한 마리가 눈에 딱 들어왔다. 몸통은 흰데 날개에만 검은 줄무늬가 또렷한 비둘기. 환희가 마술에 즐겨 등장시키는 '얼룩이'로, 관객에게도 사랑받는 비둘기였다.

얼룩이가 여기까지 날아왔다면?

청명은 곧장 마당으로 뛰어나갔고 버선발로 얼룩이를 쫓았다. 정 상궁이 화들짝 잠을 깨선 뒤따랐다. 얼룩이는 멀리 달아나지 않고 열 걸음쯤 날아가선 내려 종종걸음을 치고, 또 열 걸음쯤 날아가선 내렸다. 잡힐 듯 잡힐 듯 벗어나는 얼룩이를 따라, 걷다가 뛰고 뛰다가 걷고 보니 어느새 후원이었다. 반가움 대신 약이 오르기 시작했다.

옹주를 놀려 먹는 비둘기라니!

환희가 아끼는 비둘기지만, 잡히면 우선 이마에 꿀밤부터 몇 대 때리고, 방에 가둬 하룻밤 굶기리라 마음먹었다. 약이 오른 청명의 표정을 살피기라도 한 걸까. 얼룩이가 폴짝 날아올라 숲으로 사라졌다. 여기까지 따라왔는데 얼룩이를 놓치면 정말 억울할 것만 같아 바삐 숲으로 들어섰다. 비둘기는 없었다.

"얼룩아! 얼룩아!"

불러도 대답 없는 이름이었다. 사내의 낮은 목소리가 등에 닿았다.

"아침부터 무얼 그리 찾는 것이옵니까⋯⋯?"

청명은 돌아서지 못하고 그대로 서 있었다. 이 목소리는⋯⋯ 환희였다. 옥에서 구해 내려 애쓰고 애쓴 사내. 홀쩍 옥에서 사라져, 그미를 잠 못 들게 만든 사내.

천천히, 아주 천천히 몸을 돌렸다. 정말 환희였다. 푸른 갓을 쓰고 은빛 부채를 들었으며, 동그라미로 뒤덮인 바지와 저고리를 입었다. 물랑루 마술 판의 복색 그대로였다. 얼룩이는 그의 어깨에 앉은 채 부리로 제 날개를 쪼아 댔다.

반가운 마음에 그를 향해 달려갔다. 겨우 한 걸음을 남기곤 급히 멈춰 섰다. 허공의 방을 구경하기 위해 품에 안기고 오작교를 건너느라 손을 잡긴 했지만, 그건 어디까지나 마술의 일부다. 낮말은 새가 듣고 밤말은 쥐가 듣는다는 궁궐에서 손을 잡거나 품에 안기는 것은 위험천만한 짓이다. 반가움이 컸지만, 출옥 후 곧장 소식을 전하지 않고 비둘기로 유인한 것이 얄밉기도 했다.

"어디 있었어? 의금옥에서 나왔단 이야긴 들었는데⋯⋯."

환희가 청명의 얼굴을 빤히 쳐다보며 답했다.

"마술사란 어디든 머물고, 또 떠날 수 있지 않사옵니까⋯⋯요?"

갑자기 쑥스러웠다, 말머리를 돌릴 만큼. 얼룩이에 슬쩍 기댔다.

"쟤는 무엇하러 날려 가지고⋯⋯."

"마마! 혹시 미천한 이놈을 걱정하셨사옵니까⋯⋯요?"

"갑자기 마마라 하니⋯⋯ 어색하네."

"옹주마마를 마마라 하지 말라시면 뭐라고 부르옵니까⋯⋯요? 마마?"

"······연꽃 낭자! 난 그게 더 좋아."

"그래도 어찌 마마를······."

"그리 불러. 둘이 있을 땐 예전처럼."

"좋사옵니다. 그럼 그리하겠사옵니다."

"궁엔 웬일이야? 더구나 여긴 금원(禁苑)이야. 내관과 궁녀도 함부로 출입하지 못하는 왕의 정원이라고."

"연꽃 낭자를 초대하고 싶어 얼룩이에게 도움을 청했사옵니다."

"초대?"

"금원에서 몇 가지 마술을 할까 하옵니다. 연꽃 낭자께 바치는 마술이옵니다."

"내게 바치는 마술?"

"그렇사옵니다."

공연을 위해 마술사의 복색을 갖춰 입은 것이다.

"어떤 마술이지?"

"미리 알려 주면 재미가 없사옵니다."

환희는 답을 미룬 채 금원으로 걸어 들어갔다. 청명도 종종종종 환희를 따랐다.


74


우연을 가장한 필연도 있고 필연을 가장한 우연도 있다. 어느 쪽이든 인연은 인연이니 쉽게 끊고 흩어지기 어렵다. 이왕 시작된 인연이라면 우연들을 모아 하나의 필연으로 엮는 것도 나쁘지 않다.

그 필연을 대표하는 단어가 '사랑'이다.


75


　정자 가운데 왕이 앉았고 송가제가 마주 보며 엎드렸다. 홍동수
는 정자 아래 돌계단 옆에 서 있었다. 환희는 잠시 준비할 것이 남
았다며 모습을 감췄다. 청명은 가만히 홍동수 곁으로 가서 섰다.
　"마마께서 어인 일이시옵니까?"
　홍동수의 놀란 눈을 똑바로 보며, 목소리 낮춰 되물었다.
　"마술사와 마내자를 풀어 줬으면 풀어 줬다고 기별을 했어야지
요."
　이런 순간을 대비하여 준비했던 답을 홍동수가 내밀었다.
　"마마의 뜻을 따랐으니, 몰래 물랑루를 출입한 것은 영원히 발설
하시면 아니 되옵니다."
　청명이 정자 위를 올려다보며 물었다.
　"이게 무슨 조화인가요? 궁궐 금원에서 마술이라뇨? 대신들이
알면 줄줄이 상소를 올릴 일입니다."
　"일종의 과거 시험이옵니다."
　"과거 시험?"
　"음관(蔭官) 비슷하게…… 특별 채용을 위해서라고 여기시옵소서."
　점점 더 이해하기 힘든 상황이었다. 붙잡아 의금옥에 가둘 때는
언제고, 특별 채용을 위해 금원에서 시험을 치르겠다니. 천민이 중
용된 적이 없지는 않았으나, 그들은 나라에 보탬이 되는 기술과 지


168

식을 갖춘 사람들이었다. 마술사에게 벼슬을 내린 적은 없었다. 마술사를 위한, 그것도 환희 한 사람만을 위한 과거 시험을 치른다니, 우스꽝스러운 꿈을 꾸는 기분이었다.


76


알려지지 않았지만, 마술사처럼 시험에 강한 이는 없다. 마술은 단번에 결정이 난다. 연습할 때 수백 번 성공했더라도, 공연에서 실패하면 그것으로 끝이다. 시험도 그렇지 않은가.

'술(術)'은 정직하다. '예(禮)'나 '도(道)'는 눈에 보이지 않는 가치를 중시하지만, 술은 오로지 눈에 보이는 실력만 인정한다. 궁술은 얼마나 과녁을 정확히 맞히느냐로 실력이 판가름 나고, 검술 역시 서로 겨뤄 이기고 지는 쪽이 확실해진다. 마술도 마찬가지다. 없앨 때는 없애야 하고, 나타날 때는 나타나게 해야 하며, 변신할 때는 변신시켜야 한다. 그 사이의 어정쩡함이란 존재하지 않는다. 마술이야말로 정직한 '술(術)'이다.


77


『환희비급』에 담긴 '무영술(無影術)' 항목의 그림을 글로 풀면 다음과 같다.

사라짐.

그림자 대신 그림자를 만든 물체를 보라. 떠오름도 가라앉음도 그 속에 있다.

78

환희 입장에서 생각해 보자. 궁궐에 마술 방 두는 것을 허락받는 것만으론 부족했다. 왕이 대신들의 반대에도 흔들리지 않고 끝까지 마술 방을 지키게 하려면 더 강한 확신을 심어 줄 필요가 있었다. 환희는 마술을 선보이고 싶다고 먼저 청을 넣었다.

환희가 기탁과 함께 정자에 나타났다. 마술 도구를 챙기기 위해 잠시 마술 방에 다녀온 것이다. 환희는 청명과 눈이 마주쳤지만 손을 들거나 눈짓을 보내진 않았다. 두 사람은 홍동수를 따라 정자로 올라서서 왕에게 예의를 갖췄다. 혀 하나 멋지게 놀려 평생을 살아온 기탁이지만, 왕 앞에 엎드리자 긴장한 듯 두 팔까지 떨었다. 환희는 말을 아꼈고, 기탁이 오늘 마술의 특징을 설명하였다.

"저, 전하! 환희가 구사하는 마술 중에서 가장 어렵다는 무영술을 보여 드리겠사옵니다. 이름하여 없을 무, 그림자 영. 무영술이옵니다. 눈앞에서 물건을 사라지게 하였다가 나타나게 만드는, 환희만의 초특급 호방장쾌엄중위험천만한 마술이옵니다."

환희가 왕에게 청하였다.

"무영술을 부릴 사물을 정하여 주시옵소서."

왕은 금원의 나무며 돌이며 건물을 훑었다. 손을 들어 석탑을 가리쳤다.

"저 5층 탑을 없앨 수 있겠느냐?"

환희가 조금의 망설임도 없이 답했다.

"물론이옵니다. 무영술을 도울 궁녀 열 명만 불러 주시오소서."

홍동수가 궁녀들을 데리고 왔다. 환희는 흰 천을 활짝 펴 탑을 덮은 다음, 궁녀들에게 손에 손을 잡고 탑을 둘러싸도록 했다. 왕과 홍동수와 송가제와 청명은 정자 난간에 서서 천에 덮인 탑을 내려다보았다. 환희는 기탁과 함께 탑에서 열 걸음쯤 떨어진 곳에 섰다.

"어서 해 보거라."

송가제의 재촉을 무시하고, 환희는 용안을 우러르며 속에 담아 둔 이야기를 꺼냈다.

"전하! 무영술에 성공하면 이놈의 세 번째 소원을 들어주시옵소서."

"좋다. 그 소원이 무엇이냐?"

환희는 즉답 대신 청명과 눈을 맞췄다. 기탁이 환희의 옆구리를 찌르며 만류했다.

"또 무슨 짓을 하려는 거야?"

이미 환희의 세 번째 소원이 입 밖으로 나왔다.

"저기 계신 청명옹주님을 조수로 쓰게 해 주시옵소서."

홍동수가 꾸짖었다.

"감히 천한 광대가 옹주님을 조수로 쓰겠다고? 네놈이 정말 단칼에 죽고 싶은 게로구나."

왕이 즉답 대신 고개를 돌려 청명을 쳐다보았다. 물랑루에 몰래 다녀온 일을 그때까지도 꾸짖지 않았다. 청명은 지금 이 순간 불호령이 떨어지겠구나 각오하고 기다렸다. 왕은 환희에게 다시 시선을 돌리곤 물었다.

"실패하면 목숨을 내놓아야 하는 건 알고 있으렷다?"

"베시옵소서."

"시작하거라!"

환희는 주문부터 외웠다. 비둘기 울음 같기도 하고, 벌 떼 소리 같기도 하고, 파도 소리까지 섞인 주문을 외우면서, 두 팔을 머리 위로 들어 손바닥을 세 번 부딪쳤다. 그다음 손목을 꺾어 손바닥을 하늘로 향한 뒤 양팔을 교대로 휘젓기 시작했다. 조금씩 흰 천이 들썩이더니 올라갔고 그 천을 따라 궁녀들의 턱도 젖혀졌다. 가장 먼저 탄성을 지른 이는 정자 옆에 선 정 상궁이었다.

"어맛! 어맛! 저게 움직여요. 저걸 어째."

완전히 허공에 떠오른 흰 천 아래는 텅 비어 있었다. 흰 천이 낙엽처럼 흔들리며 풀썩 떨어졌다. 5층 석탑이 완전히 사라져 버린 것이다.

"어찌 이런 일이……"

왕은 감탄했고, 홍동수와 송가제는 정자에서 뛰어내렸다. 그 순간이었다. 환호하거나 박수를 보내는 대신, 청명의 눈에 눈물이 고였다. 손등으로 눈두덩을 훔쳤지만 여전히 눈앞이 흐렸다. 왜 그랬을까. 왜 석탑이 사라진 것을 보자마자 눈물이 흘러나왔을까.

사라진 석탑이 자신의 신세와 비슷하다는 생각을 했던 것이다. 청명도 언제든 이 궁궐에서 사라질 수 있는 존재였다. 궁궐에서 사라진다는 것은 세상에서 영영 없어진다는 뜻이었다. 어둠과 응달과 그림자 쪽을 늘 찾아 숨으면서도, 청명은 그 캄캄함 속에 존재해 왔다. 이렇게 머무는 것조차 허락되지 않는 날이 온다면, 저 석탑처럼 갑자기 사라져야 한다면, 견딜 수 있을까. 두렵고 슬펐다.

환희가 눈물을 닦는 청명을 곁눈으로 보았다. 용기를 북돋아 주듯, 날갯짓을 하며 주문을 다시 외우기 시작했다. 평평하던 천 가운데서 무엇인가가 솟아올랐다. 처음에는 주먹만 하더니 점점 자라 5층 석탑만큼 높아졌다. 환희가 정자를 올려다보며 왕에게 청했다.

"마술사의 조수가 될 분에게 마무리를 맡겨도 되겠사옵니까?"

왕이 고개 돌려 청명에게 물었다.

"괜찮겠느냐?"

청명이 정자를 내려가선 탑이 있던 곳까지 갔다. 천의 귀퉁이를 잡더니 단숨에 끌어당겼다. 5층 석탑이 다시 우뚝 아름다웠다. 손을 잡고 섰던 궁녀들이 한꺼번에 박수를 쳐 댔고, 청명과 정 상궁도 그 대열에 합류했다. 왕은 마술의 여운이 사라지기 전에 벼슬을 내렸다.

"환희를 종구품 규장각 검서관으로 임명하노라."

## 79

광대는 만인의 연인이다. 걸쭉하게 놀아나는 흥취에 젖노라면 흠
모의 정이 샘솟는 것이다. 마술사는 마술을 할 때 가장 빛난다. 연
꽃이나 머리댕기처럼 작은 물건이 아니라 5층 석탑을 없애고 다시
나타나는 마술을, 한 남자가 한 여자를 위해 해냈다면? 옹주와 광
대라는 귀천의 구별 따윈 기막힌 놀음 속에 녹아 없어지리. 이제
무엇이 남는가. 남자와 여자의 이야기만 남는다. 오직 이것뿐!

조수는 마술사의 그림자다. 도구나 나르고 바닥 청소나 하는 것
처럼 보이지만, 마술을 기획하고 준비하는 내내 조수는 마술사의
분신처럼 움직인다. 환희가 청명을 조수로 삼게 해 달라는 청을 했
을 때, 청명은 솔직히 너무 놀랐다. 환희 손에 이끌려 분출술과 오
작술을 구경한 것이 전부였다. 더 나은 마술을 위해선 경험이 풍부
하고 솜씨가 좋은 조수가 필요했다. 왕이 홍동수를 데리고 금원을
떠난 뒤, 청명은 정 상궁을 먼저 보내고 환희에게 따졌다.

"무엄하구나. 나랑 의논도 하지 않고, 조수로 삼겠단 소릴 하다니."

담담하게 받았다.

"무영술에 성공했고, 전하께서도 허락하셨사옵니다."

청명이 더 목소리를 높였다.

"아바마마가 허락하셨어도, 조수를 하고 말고는 내 맘이야. 너처

럼 제멋대로 구는 마술사의 조수는 하고 싶지 않다."

"······."

환희가 가만히 쳐다보았다. 뜨거웠다. 청명이 시선을 살짝 피했다.

"잊었나 본데, 나는 이 나라의 옹주다. 옹주가 어찌 천한 광대의 조수를 한단 말이냐?"

환희가 이번에도 대답을 않고 양팔을 들어 보였다. 청명에게 한 걸음 나아왔다. 오작술에서 마주 보며 공중그네를 탈 때처럼 다가 설 기세였다. 청명은 자신도 모르게 반걸음 물러섰다. 환희가 오른 손을 그미의 등 뒤로 재빨리 감싸듯 넣었다가 다시 앞으로 가져왔 다. 그 손에 연꽃 한 다발이 들려 있었다.

"지금 당장 답을 하지 않아도 되옵니다. 한 번 더 생각해도 결론 이 같다면, 너무나도 안타까운 일이지만, 다른 조수를 구하겠사옵 니다."

연꽃 다발을 받지 않고 버텼다.

"말을 안 했나 보구나. 난 나약해 보여 꽃을 싫어해."

"저는 이미 드렸으니, 뜻대로 하시옵소서."

환희가 꽃다발을 청명의 발아래 내려놓고 돌아섰다. 청명은 금원 의 나무들 사이로 멀어지는 마술사를 바라보았다. 온전히 혼자만 남았을 때 가만히 꽃다발을 집어 들었다.

81

청명은 별당으로 들어서자마자 정 상궁에게 연꽃 다발을 내밀었

176

다. 정 상궁이 향기를 맡으며 물었다.

"어디서 이렇게 고운 연꽃들을 받으셨어요?"

"꽃병에 꽂아 둬."

"꽃다발 선물은 처음이네요. 누가 줬는지 마음 씀씀이가 곱군요."

정 상궁이 푸른 화병에 연꽃을 한 아름 꽂아 자개장에 올려 두고 나갔다. 청명은 소설을 읽다 말고 하얀 연꽃들을 쳐다보았다. 꽃다발을 건네던 환희의 얼굴이 피어올랐다. 검지로 눈을 비비며 투덜거렸다.

"연꽃 한 다발에 내가 조수를 할 줄 알고? 어림없지."

다시 화병을 보는 청명의 눈이 점점 커졌다. 소설책을 덮고 무릎걸음으로 다가갔다. 손을 뻗어 연꽃 한 송이를 뽑았다. 분명 모두 하얀 연꽃이었는데, 그 꽃만 검은색으로 바뀌었다.

82

저물 무렵, 햇살이 창을 따듯하게 데웠다. 마술 방의 문은 잠겨 있지 않았다. 청명은 정 상궁을 앞세우고 들어섰다. 정 상궁이 인기 척을 냈다.

"환희 님, 아니 검서관님!"

무응답. 이번엔 청명이 불러 보았다.

"어디 있느냐……?"

돌려세워진 거울 뒤에서 부스럭대는 소리가 났다. 살금살금 돌아가니 의자에 앉은 환희가 보였다. 달라진 복색에 청명과 정 상궁이 함께 놀랐다. 환희는 왕이 하사한 당하관 의복을 갖춰 입고 사모에 관대까지 착용한 채 어색한 듯 팔을 들었다가 내리고 어깨를 흔들고 바지를 끄집어 올렸다. 귀여웠다. 청명은 겨우 웃음을 참았다.

"오셨사옵니까? 해도 지기 시작해서 마술 방을 이만 닫으려던 참이옵니다."

"묻고 싶은 게 있어서 왔다."

"무엇을 말이옵니까?"

청명은 고개 돌려 정 상궁을 쳐다보았다. 평생 정 상궁과는 비밀이 없는 사이였다. 이제 청명에게도 숨기고 싶은 비밀이 생겼다. 환희와 둘만 이야기 나누고 싶었던 것이다. 때마침 기탁이 마술 방으로 들어와선 정 상궁을 데리고 나갔다. 청명이 환희의 눈을 들여다보며 몰아세웠다.

"나를 왜 조수로 택하였느냐?"

되물었다.

"정녕 조수가 되기 싫사옵니까?"

"날 택한 이유를 알고 싶다. 싫고 좋고는 그다음 문제다."

"사사로운 욕심으로 택한 게 아니냐고 따지는 것처럼 들리옵니다."

"아니냐?"

"당연히 아니옵니다. 흠모하는 여인을 가까이 두려 조수로 임명한다면, 그는 진정한 마술사가 아니옵니다."

"그래?"

청명의 기대와는 동떨어진 답이었다.

"그렇사옵니다."

"그럼 이유가 뭐야?"

"아직 꽃피진 않았으나, 마술에 대한 감(感)이 있어 택하였사옵니다."

"감……?"

"연습하고 배워도 얻기 힘든 게 바로 마술감이옵니다. 옹주마마, 아니 연꽃 낭자에겐 그 감이 있사옵니다. 지금부터라도 노력하면, 저보다는 못하겠지만, 꽤 좋은 마술사가 될 것이옵니다."

청명이 고개를 저었다.

"지금 그 말, 농담이지? 못 믿겠어. 지금까지 난 한 번도 마술을 해 본 적이 없어. 마술이니 귀신이니 환영이니 하는 것들을 믿지도 않아. 이런 내게 마술감이 있다고? 대체 그걸 어떻게 알지?"

환희는 오히려 차분해졌다.

"예를 들겠사옵니다. 물랑루에서 낙분술을 쓸 때, 마마께서 물의 흐름을 예측하지 않았사옵니까?"

"아! 그거야…… 소리가 들렸으니까."

"바로 그것이옵니다. 눈에 보이는 곧이곧대로 믿지 않고, 시각이 아닌 다른 감각을 활용하여 흐름을 읽는 것. 그게 바로 감이옵니다. 1000명 중에서 마술감을 지닌 이는 한 명이 될까 말까 하옵니다. 짐작하건대, 오래 어둠에 머문 자만이 소리와 냄새에 민감한 법이옵니다."

지금까지 누구에게도 고백하지 않은 마음을 들킨 것만 같았다. 어둠에 머무는 것이 마술사의 자질이라니. 어둠이 마술감을 키운다면, 청명보다 어울리는 이는 없었다. 정말 사사로운 욕심을 전혀 두지 않고 조수로 택했을까. 섭섭한 느낌이 들었다.

"마술사에게 부족한 부분을 채우는 것이 조수의 역할이기도 하옵니다."

"그쪽에게 부족한 게 뭐지?"

환희가 시선을 피하며 흘리듯 답했다.

"마술 솜씨론 누구와 대적해도 이길 자신이 있사옵니다. 다만……."

"다만?"

"마술마다 이야기와 느낌이 있다고, 그걸 적절히 조화시켜야 공연이 더욱 빛난다는 생각엔 변함이 없사옵니까?"

고개를 끄덕였다.

"바로 그 부분이옵니다. 저는 관객이 제 마술들을 보고 어떤 느낌을 받는지 소상히 따진 적이 없사옵니다. 이 부분을 보충하고 싶으니, 도와주셨으면 하옵니다."

도와 달라?

"구체적으로 뭘 하란 거야?"

"하루에 다섯 개, 아니 열 개씩 마술을 선보이겠사옵니다. 마술 재료와 도구 다루는 방법까지 전부 알려 드리겠사옵니다. 이건 죽을 때까지 비밀로 해야 하니까, 마내자에게도 알려선 안 되니까, 둘만 따로 만나 하겠사옵니다. 마술들을 보고 익히면서 떠오르는 이야기와 느낌들을 제게 가르쳐 주시면 되옵니다."

청명은 짚고 넘어가지 않을 수 없었다.

"내게 마술 비법을 모두 공개하겠다고? 날 믿어?"

"마술사가 조수를 믿지 않으면 아무 일도 못하옵니다."

"그렇군."

"그 역도 마찬가지옵니다."

"역?"

"조수 역시 마술사를 믿어야 하옵니다, 절대적으로!"

"절대적으로? 그렇군."

환희가 말꼬리를 붙들었다.

"그렇단 말씀은 마술사 환희의 조수를 수락한단 뜻이옵니까?"

청명이 어깨를 으쓱 올렸다 내렸다.

"기대는 마. 내가 필요하다니 시간을 내 보기로 한 거니까. 조수라고 함부로 대하면 언제라도 그만둘 거야."

"다행이옵니다."

"정말 다행이라고 생각해?"

"재능 없는 이를 조수로 두면 마술사가 두고두고 고생하는 법이옵니다. 조수가 지킬 수칙부터 알려 드리겠사옵니다."

"조수 수칙? 그딴 것도 있어?"

"모두 세 가지이옵니다. 매우 중요하니 듣고 외우시옵소서. 조수 수칙 하나, 마술사 곁에 항상 머문다. 마술 방을 비울 때는 반드시 허락을 받는다. 조수 수칙 둘, 조수를 그만두거나 정식 마술사가 되는 시기는 전적으로 마술사가 정한다. 조수 수칙 셋, 조수는 마술사가 마술 판에서 시키는 일을 무조건 한다. 아셨사옵니까?"

"알았어."

"조수 수칙은 아니지만 끝으로 하나만 짚었으면 하옵니다."

청명이 짜증을 살짝 부렸다.

"뭐가 이리 많아?"

"어떤 마술사는 조수 수칙을 열 가지 넘게 정하기도 하옵니다."

"끝으로 짚을 게 뭐야?"

"말투이옵니다."

"말투가 왜?"

"마술사는 조수에게 마술을 가르치는 선생이기도 하옵니다. 보통 마술사는 조수를 낮춰 말하고, 조수는 마술사를 높여 말하옵니다."

"그쪽에게 높임말을 쓰라고? 그건 못해."

환희가 눈웃음을 지어 보였다.

"거기까진 바라지 않사옵니다. 다만 마술사와 조수는 한 마음과 한 몸으로 움직여야 할 때가 적지 않사옵니다. 너무 격식을 갖춰 높임말을 쓰면 틈이 벌어지옵니다. 그 틈 때문에 공연에서 실수를 하고 마술의 수준도 올라가지 않을 수 있사옵니다. 마마는 지금처럼 편히 말씀하셔도 되옵니다. 그 대신 저는 하오체를 쓰겠사옵니다. 괜찮으시겠사옵니까?"

오작술을 마친 후 환희가 하오체를 고집한 적이 있다. 손을 잡고 허공을 함께 거닌 정도의 친밀감을 마술의 성공을 위해서라도 유지하고 싶은 것이다. 조수를 수락한 마당이니 청명은 타협안을 받아들였다.

"알았어. 그리해."

환희가 허리를 반만 굽혀 새삼스럽게 절을 한 뒤 말투를 순식간에 바꿨다.

"알겠소. 그럼 이제부턴 이런 말투를 쓰리다."

두툼한 보자기 하나를 내밀었다.

"뭐야, 그건?"

보자기를 풀자 검은 치마에 검은 저고리가 나왔다.

"내일부터 마술 방에 올 땐 이걸 입고 오시오. 조수의 복색이라오."

청명의 표정이 일그러졌다. 볼품이 없어도 너무 없었다.

"이딴 걸 꼭 입어야 해?"

"그렇소."

"왜 하필 이렇게 시커먼 옷을?"

"판에선 오직 마술사만이 주목받아야 하오. 조수란 판 위에 있되 보이지 않아야 한다, 이 말이오. 오작술에 동참했으니 짐작하겠지만, 까치와 까마귀처럼 조수는 움직이는 어둠이라오."

어둠에 깃들어 움직이기. 그것이라면 자신이 있었다. 딱 어울리는 역할을 맡은 기분이었다. 환희가 슬쩍 병풍을 쳐다보았다. 청명이 그 눈길을 놓치지 않고 물었다.

"왜?"

"괜찮다면 한번 입고 나와 보오. 너무 크거나 작으면 내일 못 입고 오잖소? 마술 방엔 크기가 다른 조수복이 두 벌 더 있소."

"지금 당장, 여기서? 조수복 두 벌까지 다 내줘. 별당에 가서 주욱 입어 보고 맞는 걸로 입고 올게."

환희가 일침을 놓았다.

"마술이란 게 화려하고 여유로워 보여도, 시간 안에 실수 없이 알맞게 처결해야 한다오. 그때그때 처리하고 넘어가는 습관을 들이도록 하시오. 가져가서 입겠다면 주긴 하겠지만, 어떤 게 딱 맞는지도 모르잖소? 옹주에게 적당한 크기와 조수에게 맞는 크기는 다르다 이 말이오. 정 상궁도 이건 도와주지 못……."

청명이 말허리를 잘랐다.

"알았어. 갈아입을게. 입는다고."

조수복을 품에 안고는 병풍 뒤로 들어갔다. 환희는 병풍에 그려진 연꽃과 나비를 쳐다보았다. 소담하게 핀 연꽃 위를 나비 세 마리가 노닐고 있었다. 한 마리는 꽃에 앉기 직전이었고, 한 마리는 꽃에서 날아오른 후였고, 마지막 한 마리는 꽃을 보지 않은 듯 허공에서 홀로 팔랑거렸다.

"거기…… 있어?"

　나비 뒤쪽에서 청명의 목소리가 들려왔다. 옷을 갈아입다 말고 문득 무서웠던 것일까.

"여기, 있소."

"뭐 해?"

"나비를 보는 중이었소."

"돌아서."

"뭐라 했소?"

"돌아서라고."

　소리 없이 웃으며 돌아섰다.

"돌아섰어?"

"돌아섰소."

"안 보인다고 거짓말하는 거 아니지?"

"못 믿겠거든 병풍을 걷고 보오."

"알았어."

　잠시 침묵이 흘렀다.

"아이 참…… 이게 왜 이렇게 안 들어가는 거지……?"

　청명이 자꾸 투덜거렸다. 별당에선 옷을 갈아입을 때 정 상궁이 늘 곁에서 도왔다. 어두컴컴한 병풍 뒤에서 혼자, 그것도 병풍 앞에 환희를 세워 두고 낯선 조수복을 입는 것이 쉽지 않았다. 다시 물었다.

"지금은 뭐가 보여?"

"연막환(煙幕丸)을 담아 둔 나무 상자!"

"연막환? 그게 뭔데?"

"연기를 피워 안개가 깔린 듯 사방을 흐릿하게 만드는 환약이오. 큰 건 구슬만 하고 작은 건 손톱 밑에 넣고 다닐 만큼 조그맣다오."

"마술 판에서 쓰는 건가?"

"공연에선 거의 쓰지 않소. 연막환을 쓰는 건 반칙이오."

"반칙? 왜 반칙이야?"

"마술사가 편하게 마술을 하려고 관객의 시야를 방해하는 거니까 그렇소. 판 위에선 관객과 마술사 모두 연막 따윈 없어야 한다오."

"쓰지도 않을 연막환을 지니고 다니는 이유 뭐야?"

"……."

환희가 즉답하지 않았다. 침묵이 불안했다.

"거기…… 있어?"

청명의 목소리가 떨렸다. 환희가 고개를 살짝 돌려 목소리를 높였다.

"아, 미안! 잠시 딴생각했소. 기회 되면 이야기하겠지만, 마술사를 악당이나 주술사 취급하는 이들이 있다오. 마술사를 두들겨 패거나 잡아 가두려 드는 못된 놈들이라오. 호신용으로 갖고 다니는 게요. 원한다면 그런 이야기 하나를 지, 지금…… 들려줄까 하오…… 만……."

말을 더듬었다. 환희는 잠시 숨을 골랐다. 얼굴이 몹시 창백했다.

병풍 때문에 그 표정을 살필 수 없는 청명이 말했다.

"정 상궁을 불러 줘."

"……기탁과 나갔잖소……. 급한 일이오?"

"불러 줘, 빨리!"

환희가 문을 열고 마술 방을 비틀비틀 나섰다. 정 상궁과 기탁의 모습은 보이지 않았다. 환희와 청명을 방해하지 않으려고 멀리 간 모양이었다. 환희가 돌아와선 말했다.

"없소."

"아…… 어떡해!"

"나오시오. 내가 도와주리다."

"……."

청명이 느릿느릿 병풍에서 몸을 반만 내밀었다.

"저고리만 바꿔 줘."

"무슨 일이오?"

"뜯어졌어."

"옷이 작소?"

"그게 아니라…… 옷고름을 매다가……."

정 상궁이 옷고름까지 매어 줬던 것이다.

"알겠소. 잠시만 있으시오."

환희가 새 저고리를 찾아 병풍 옆으로 가서 내밀었다. 청명이 오른손으로 저고리 앞섶을 꽉 쥔 채 왼손으로 저고리를 받았다.

"다시 돌아서."

"알았소. 맬 수 있겠소?"

대답이 작아지며 중간중간 끊겼다.

"괜히…… 조수복을 입으라고 해서……."

잠시 뒤, 청명이 병풍 밖으로 완전히 나왔다.

"돌아서, 이제!"

환희가 시키는 대로 했다. 어지럼증도 그사이 많이 사라졌다.

"어때?"

청명이 양팔을 벌렸다. 옷고름을 매긴 했지만, 예쁘게 매듭을 짓진 못하고 풀어지지 않게 꽉 묶기만 했다. 환희의 입가에 미소가 번졌다.

"웃지 마."

"미, 미안하오."

표정을 고친 환희가 청명의 모습을 찬찬히 살폈다. 검은 복색을 갖추니 얼굴이 더 희고 고왔다. 괜히 연꽃 낭자란 별명이 붙은 것이 아니었다. 머리끝에서 발끝까지 유심히 본 뒤, 쥐고 있던 부채를 가볍게 돌렸다.

"돌아보오."

"돌아?"

"팽이처럼!"

청명은 시키는 대로 맴을 돌았다.

"나쁘진 않소. 다만 신발도 검은 걸로 구하도록 하오."

맴돌 때 꽃신이 살짝 보였던 것이다. 꼼꼼한 인간만이 마술사가 될 수 있다.

"지적할 게 더 있어?"

환희가 마술 도구를 모아 둔 상자에서 장갑 한 쌍을 찾아 내밀었다. 검디검었다.

"마술할 땐 꼭 이걸 끼도록 하오. 버선도 물론 검은색이어야 하고."

"알겠어. 이제 없지?"

완벽하게 사라져야 한다면 그림자까지 숨기리라. 이 정도면 조수에 관한 기본 교육은 충분하다고 여겼을까. 환희가 엉뚱한 청을 슬쩍 던졌다.

"궁궐의 밤을 구경하고 싶소. 아직 낯선 곳인지라, 길라잡이가 필요한데……."


## 83


환희가 이어 말했다.

"해가 지고 나면 마술 방을 벗어나지 않겠다고 홍 운검과 약조를 하긴 했소. 멋대로 어슬렁거리다가 발각되면 다시 의금옥으로 끌려가겠지만, 궁궐의 밤이 황홀하단 소문을 들은지라……."

청명이 즉답 대신 병풍에 그려진 연꽃을 쳐다보았다. 거절당한 줄 알고 환희가 적당히 무마하려는 순간, 시선은 여전히 연꽃을 향한 채 청명이 말했다.

"궁궐이 얼마나 넓은데, 들키지 않으면 그만이지."

"허락하는 게요?"

"조수가 된 기념도 할 겸."

"갑시다."

환희의 급한 마음을 청명이 붙들었다.

"그 꼴로 가려고? 밤 나들이 소문낼 일 있어?"

환희가 관복을 갈아입는 동안 청명은 조수복을 입은 채 마술 방 밖에서 기다렸다. 조수복이 어둠에 얼마나 유용한지 살펴볼 작정이었다. 이윽고 마술 방을 열고 환희가 나왔다. 그 역시 조수복을 입었다.

"남자 조수도 뒀었어?"

"기탁 형님 것이오. 물랑루 오기 전엔 조수 노릇도 곧잘 했다오. 버린 줄 알았는데 챙겨 왔군."

청명이 앞장을 섰다. 인적이 드문 길로만 방향을 잡았다. 번을 서는 내관이 언제 교대하는지, 궁녀들이 밤에는 어떤 길로 오가는지 훤히 알았기에, 단 한 사람과도 마주치지 않고 무사히 수라간에 닿았다. 협문을 젓가락으로 가볍게 밀어 열자, 묵묵히 뒤따르기만 하던 환희가 감탄조로 물었다.

"보통 솜씨가 아니구려. 밤에 얼마나 자주 돌아다닌 게요?"

"보름에는 밤이 너무 밝아서, 그믐에는 밤이 너무 어두워서, 초승에는 밤이 너무 쓸쓸해서, 상현과 하현에는 이도저도 아닌 것이 너무 불편해서……."

거의 매일 밤을 홀로 술래잡기를 했던 것이다. 환희는 날이 밝으면 왕의 아침상에 오를 정갈한 음식들을 허겁지겁 먹어 치우기 시작했다. 의금옥에서 풀려난 후 금원에서 마술을 선보이느라, 배를 두둑이 채울 겨를이 없었다. 마음껏 먹는 환희를 보고만 있어도 청명은 배가 불렀다. 혼자 수저 놀리기가 미안했던지, 환희가 권했다.

"조수도 좀 드시오."

"됐어."

"살찔까 겁나오?"

"누가 살쪘다고 그래?"

"쪘는데······."

환희가 밥그릇을 든 채 슬금슬금 피했다. 청명은 잔뜩 화난 얼굴로 뒤쫓다가 갑자기 웃음을 터뜨렸다. 그 소리에 스스로 놀라 양손으로 제 입을 막았다. 겨우 웃음을 삼킨 뒤 말했다.

"구중궁궐이 아름답다 하나 내겐 감옥이야. 내관과 궁녀 모두 막내 옹주가 뭘 하나 살피니, 혼자 편히 지낼 시간이 드물어. 답답하고 불편해서 그곳들을 만들었어."

"그곳들?"

"비밀의 방들. 누구에게도 공개하지 않은 나만의 공간이야. 보고 싶어?"

고개를 끄덕였다.

"내가 마술사 환희의 조수가 된 첫날이니 특별히 보여 줄게."

비밀의 방이라 해도 거창하진 않았다. 혼자 시간을 보내기에 적당한, 어둠이 깃든 자리면 비밀의 방에 넣은 것이다. 금원 다리 밑이나 규장각 책장 사이도 포함되었다. 거대한 책장 둘이 벽을 따라 늘어서다가 모서리에 닿으면, 사람 하나 겨우 들어갈 틈이 생겼다. 청명은 벽을 조금씩 무너뜨려 틈과 틈을 이었다. 환희와 청명은 두 배로 넓어진 틈에 들어가서 섰다. 벽을 허물어 가운데를 뚫었지만, 엄격히 말해 청명은 이 방에 있었고 환희는 저 방에 있었다. 손을 휘휘 저어 책 먼지를 흩으며 환희가 말했다.

"여기서 무슨 생각을 하오?"

"별별 생각을 다 하기도 하고, 아무 생각을 안 하기도 하고, 그래."

"이런 곳을 즐길 줄 진작부터 알았다면 믿겠소?"

"못 믿지."

"판에 나오지 않으려 하고, 허공만 줄곧 쳐다보고, 그 허공에 만들어 놓은 마술 도구들과 그것들을 감춘 방에 관심을 쏟고, 까마귀와 까치가 사라진 곳을 찾으려 하는 마음을 헤아려 봤다오. 결론을 얻었소."

"결론?"

환희가 검지로 청명을 가리켰다.

"나랑 비슷하겠다는 결론!"

"비슷하다고?"

답을 기다리지 않고 질문을 이어 갔다.

"어쩌다가 마술사가 되었어? 마술감이 있다고 누가 가르쳐 주기라도 했나?"

환희가 고개를 돌렸고, 눈이 마주치자 동시에 피식 웃었다. 검은 옷 때문에 몸통은 없고 머리만 허공에 뜬 느낌이었다. 환희가 성난 척 경고했다.

"마술사에게 배운 걸 마술사에게 써먹지 마시오."

"그건 조수 수칙에 없잖아?"

청명의 농담이 반가웠다. 마음과 마음이 다가서는 즐거움이 이러할까. 환희는 대관령 아래에서 열병에 들떠 지껄인 뒤, 그 누구에게도 말하지 않은 자신의 어둠을 드러내기로 했다. 기탁이 이 나라에선 절대로 발설하지 말라고 한 바로 그 모험담의 시작이었다.

"아…… 조, 조금……."

갑자기 혀가 굳었다. 머릿속으로 풍경들이 뒤섞였다.

"왜 그래?"

"마술을 익힌 이야기를…… 하고 싶은데…… 잘…… 잘……."

"다음에 해. 쉬어, 지금은."

청명이 팔을 뻗어 환희의 손을 쥐었다. 그는 눈을 감고 뒤엉킨 풍경을 하나하나 펴고 시간순으로 놓았다. 그중에는 군데군데 깜깜한 풍경도 있었다. 완전한 어둠 같지만, 물랑루 천장의 움직이는 허공처럼, 이 풍경들도 미세하게 움직였다. 그것들을 따라 눈동자를 굴리는 동안 어느새 혀가 풀렸다. 눈을 감은 채 이야기를 시작했다.

"이제 괜찮아졌다오. 휴우, 조금 긴 이야기가 될지도 모르겠소. 듣기 싫으면 중간에 끊어도 좋소. 어차피 시작도 없고 끝도 없는 이야기니까.

나도 한때는 어둠이었소. 이렇게 검은 옷을 입을 필요도 없었지. 내 주위가 온통 깜깜했으니까. 너무나도 좁은 곳에서 어린 시절을 보냈다오. 정확히 말하자면 다섯 살부터 열 살까지, 꼬박 5년이었소. 틈은 틈인데 지금처럼 서서 버티는 틈이 아니라 꼼짝달싹 않고 누워 있어야 하는 틈! 무척 오래 기다리고 아주 빨리 움직여야 겨우 밥 한 술 뜰 수 있는 나날이었다오.

그 틈에서 마술을 배웠소. 내 어머니 윤씨는 청나라로 팔려 온 조선 여인이었다오. 열하라는 시장 거리에서 마술로 먹고사는 마술사의 후처로 들어갔소. 어머니와 나는 그를 '요물'이라고 불렀소. 내 어머니가 청나라에서 맞아들인 첫 남편이 누군지는 모르겠소. 어쨌든 어머니가 연경(燕京, 북경)에서 열하로 갔을 때, 그미의 손을 꼭 잡은 다섯 살 소년이 바로 나였다오.

돌이켜 생각해 보면, 요물에겐 아내보다 다섯 살 소년이 더 필요했다오. 마술을 펼치기 위해선, 자신이 딛고 선 나무 판 아래에 감출 소년이 있어야만 했소. 내가 열하에 도착하기 반년 전, 요물의 조수로 나무 판 아래에서 5년을 일한, 열 살 소년이 사라졌소. 요물은 마술 공연을 할 수 없었고, 급히 판 아래로 들어갈 작고 마른 소년을 찾았던 게요. 맞소. 그게 바로 나였소.

요물이 판 위에서 열 가지 마술을 선보인다면, 나 역시 판 아래에서 열 가지 틈을 찾아 움직여야 했소. 그 판의 폭이 열 자 남짓이었기 때문에, 그 아래 틈 역시 구렁이가 파놓은 굴처럼 좁고 뒤틀리고 꼬여 있었다오. 어른은 도저히 움직이기 힘든, 오직 소년만이 겨우 길을 찾아 허리를 젖히고 다리를 오므리고 팔을 뻗을 틈이었소.

요물은 첫날 판 아래에 자신이 만들어 놓은 틈들을 종이에 그렸소. 열 개의 틈에서 행하는 마술 열 가지를 빠르게 설명한 뒤, 곧 태워 재로 날려 버렸다오. 당장 나를 판 아래로 밀어 넣었소. 처음엔 숨도 쉬기 힘들었소. 주위는 깜깜하여 전혀 보이지 않았소. 나는 기억을 더듬어 틈과 틈 사이를 오가기 시작했다오. 무척 위험한 일이었소. 조금이라도 늦게 움직이거나 순서를 헷갈리면, 창이나 칼이 판 아래로 쑥 밀고 내려왔소. 뜨거운 물이 떨어지기도 했고 벌들이 윙윙거리며 쏟아지기도 했다오. 죽을 고비를 넘기며 그 모두를 외워야만 했소. 각 틈에 머물 시간과 틈에서 틈으로 이동하는 순서를, 손바닥에 적어 두고 보듯 달달달 외웠던 게요. 요물은 자신이 원하는 만큼 내가 판 아래에서 움직이지 못할 땐 밥을 굶기는 것은 물론이고 물도 주지 않았고, 채찍으로 등을 후려쳤다오. 벽에 세워 두곤 잠을 재우지도 않았소. 나는 단 사흘 만에 판 아래 틈들의 위치와 크기를 모두 외웠소. 눈은 아예 감아 버렸고, 팔과 다리와 머리와 몸통의 움직임으로 열 군데 틈과 그 틈에 어울리는 자세를 확인한 것이라오.

처음엔 바삐 움직이는 것이 견디기 힘들었는데, 차차 움직이지 않고 기다리는 시간이 더 괴로웠소. 판 주위로 몰려든 사람 목소리와 발소리 때문이었다오. 그 소리에 마음을 빼앗기는 건 금물이었소.

양 손바닥을 판에 대고 기다렸소. 요물이 어디에 서 있고, 또 어떻게 발뒤꿈치를 굴리는가에 따라, 마술의 시작과 끝을 알 수 있었기 때문이오. 그 자세로 기다렸소. 기다리며 여러 가지 상상을 했다오.

어쩌다가 마술사가 되었느냐고 물었소? 판 아래에 누워 상상을 하다가 마술사가 된 게요. 판 주위에 모여 마술을 구경했다면 마술사가 되긴 어려웠을 게요. 판 아래에 누워 벌이는 상상은 막연한 상상이 아니라오. 마술이 어찌 펼쳐질 것인가를, 열 가지 기술을 바탕에 깔고 상상의 나래를 펴는 것이니까. 기술을 알수록 상상은 더 힘차게 나아가고, 나아갔던 상상도 기술을 통해 다시 현실로 되돌아올 가능성이 열리는 셈이오.

내가 처음부터 마술감이 있었는지는 솔직히 모르겠소. 자신하는 건 이것이라오. 누구보다도 판 아래에서 오래 상상한 탓에, 마술사들이 새로운 마술을 만들기 위해 노력하는 과정을 그 5년 동안 하나하나 거쳤던 게요.

어머니는 고향 이야기를 종종 했다오. 조선 황해도 해주 바닷가라고 했소. 고향에 가고 싶다고도 했고, 갈 수 없다고도 했소.

'나 같은 걸 다시 받아 줄 리 없지. 힘들게 돌아간 이들이 돌팔매질을 당해 목숨을 잃었다고 하더구나. 나는 못 가지만 너는 꼭 조선으로 돌아가거라. 해주 바닷가에 가서 이 어미를 위해 마술이라도 하나 해 다오.'

'그럴게요. 어머니!'

솔직히 내겐 조선이란 나라가 멀어도 너무 멀었소.

그렇게 5년이 지났소. 요물은 아침마다 내 키와 몸무게를 재곤 밥을 굶겼소. 판 아래 틈을 편히 오가기엔 덩치가 점점 자랐던 게요. 어머니는 요물 몰래 밥을 차려 줬소. 자기가 먹을 음식을 아껴 숨겼다가 내게 건넸던 게요.

그 새벽에도 어머니는 나를 조용히 깨워 부엌으로 데려갔다오. 식은 밥 한 덩이를 물에 말아 내밀었소. 꼬박 이틀을 굶고 마술 공연을 네 번이나 한 나는 허겁지겁 물에 불은 밥을 들이켜느라 바빴소. 그때 요물이 들이닥쳤소.

'내 마술을 망칠 일 있어? 모자가 아주 짧구먼. 내 말을 거역하겠다? 지금까지 누구 돈으로 입고 먹었는데? 은혜도 모르는 조선의 밥버러지들!'

몽둥이찜질이 시작되었소. 어머니는 엎드려 빌다가 요물의 바지를 꼭 잡고 늘어졌다오. 그 틈에 나는 마당으로 뛰쳐나갔소. 어머니가 외쳤소.

'멀리, 멀리 가!'

달아났소. 내 몫까지 어머니가 얻어맞을 줄 알았지만, 열 살 소년은 요물의 몽둥이가 무서웠던 게요. 마을을 멀리 돌고 돌고 또 돌았소. 어머니는 멀리 가라 했지만, 나는 해 질 무렵 집으로 돌아왔다오. 어머니를 두고 혼자 떠날 순 없었소.

'어머니!'

어머니는 새벽에 쓰러졌던 부엌에 그대로 누워 있었소. 새우처럼 웅크린 채 움직이지 않았다오. 나는 어머니를 품에 안고 돌려 뉘었소. 뺨과 이마가 차디찼소. 코에 손가락을 댔다오. 숨을 쉬지 않았소. 요물에게 얻어맞아 절명한 게요.

'이 새끼!'

내가 울음을 쏟을 틈도 없이 요물이 뒷목을 끌어당겼소. 내 코를 어머니의 뺨에 대곤 위협했다오.

'맡아 봐. 이게 바로 시체 냄새니까! 네놈도 저 꼴로 뒈지고 싶지 않으면 시키는 대로 해. 오늘 밤 공연을 잊진 않았겠지? 서둘러.'

어머니의 시신을 부엌에 둔 채, 요물을 따라 거리로 나서야만 했소. 울음을 겨우 참으며 판 아래로 몸을 구겨 넣었다오. 손바닥을 판에 댄 채 누워 있으니, 굵은 눈물이 바깥으로 흘러 귓구멍으로 들어갔소.

반년 전부터 나는 마술을 기다리는 동안에도 가만히 누워 있지 않았소. 무릎을 접어 다리를 가슴까지 올리거나 양팔을 돌려 등 뒤에서 잡거나 허리를 비틀어 뺨이 양쪽 엉덩이에 닿게 했소. 그렇게 몸을 풀어 둬야 비좁은 틈을 그나마 움직이고 다닐 수 있었소. 준비 운동을 충분히 하지 않으면, 틈에서 틈으로 옮겨 가다가 뼈가 저리고 근육이 당겼소. 터져 나오는 비명을, 아랫입술을 깨물며 겨우 손으로 막았다오. 눈물을 쏟으며 천천히 몸을 풀었소. 멋지게 마무리를 하리라 마음먹은 게요.

마술 공연은 순조롭게 진행되었소. 판 아래를 숱하게 오간 5년 중에서 가장 완벽하게 내 할 일을 마친 날이었다오. 처음엔 몸이 작아 움직이는 데 불편함이 없었지만, 틈의 모양과 마술의 흐름에 익숙하지 않아서 크고 작은 실수를 했소. 몸이 자란 후에는 모양과 흐름은 완전히 몸에 익었지만 움직일 때 여유 공간이 없어서 애를 먹었다오. 그날은 여유 공간 따윌 염두에 두지 않았소. 무릎이나 팔꿈치가 틈과 틈 사이 나무 모서리에 부딪쳐도 계속 흐름을 이어 갔다오. 피가 흘렀지만 어머니를 잃고 흘리는 내 눈물보단 진하지 않았소.

이윽고 마지막 순서가 되었소. 장검을 세우고, 요물이 그 위로 자신의 몸을 던지는 마술이었소. 요물이 발을 두 번 구르고 몸을 날릴 때 내가 재빨리 장검을 쑥 당겨 내려야 하는 게요. 요물이 다시 몸을 일으킬 때 장검을 올리면 끝이었소.

요물이 발을 두 번 굴렀다오. 그 순간 나는 장검을 당기는 대신 꽉 쥔 채 버렸소.

'아악!'

요물의 비명이 내 귀에 또렷이 들렸소. 판으로 급히 올라오는 사람들의 발소리가 요란했다오.

'다쳤어? 찔린 거야?'

'죽은 거 아냐?'

'어서 의원에게 보여야지. 옮기자고.'

나는 어둠에 누워 주위가 조용해질 때까지 기다렸소. 인기척이 사라진 뒤 판에서 기어 나왔다오. 오늘은 여기까지 합시다. 다음 이야긴 또 자세히 들려줄 기회가 있을 게요."

어쩌다가 마술사가 되었느냐는 질문을, 청명은 그 후로도 유명한 마술사들에게 던졌지만, 판 아래 틈에 누워 상상을 한 덕분에 마술사가 되었다는 매혹적인 대답을 한 이는 환희뿐이었다. 그 저녁에 모험담을 더 들려주지 않고 서둘러 끊은 것도 환희다웠다. 마술사는 결코 자신의 재주를 한꺼번에 뽐내지 않는 법이다. 아쉬움을 남겨야 다음 만남을 기대하게 된다.


## 84


청명은 특히 선원전(璿源殿) 지붕을 아꼈다. 어진(御眞, 왕의 초상화)을 모시는 곳이기에 밤엔 궁인의 출입이 적었다. 어둠에 조용히 깃들기를 즐기는 청명으로선 더없이 아늑한 곳이었다. 거기선 멀리 저잣거리의 불빛이 더 잘 보였다. 둘은 지붕에 나란히 앉아 한동안 말이 없었다. 책장 틈에서 너무 많은 말을 하고 들은 탓도 있지만, 그다음 펼쳐질 일에 대한 기대가 목구멍까지 차올랐기 때문이었다.

"무슨 생각 하오?"

"저 불빛 끝까지 가 보고 싶다는 생각!"

이 지붕엔 혼자서도 여러 번 올랐지만 궁궐을 벗어나는 꿈을 꿔 본 적은 없었다. 궁궐은 청명에게 전부였다. 오늘만은 자신을 가둔 세계를 넓히고 싶었다. 환희가 손을 내밀며 물었다.

"달리겠소?"


## 85


검은 옷의 남녀가 벌이는 밤의 질주가 시작되었다.

후원 담을 넘어 한양 밤거리로 나섰다. 이글대는 횃불 아래 광대놀음도 즐기고 대광통교에 즐비한 가게에서 신기한 물건도 구경했다. 청명이 청나라에서 들여온 자명종에 관심을 갖는 사이, 환희는 가락지와 노리개를 모아 놓은 전을 둘러보느라 바빴다. 눈 밝은 여인네들이 환희의 앞을 갑자기 막아섰다.

"혹시 환희 님······?"

"맞죠? 마술사 맞죠?"

"맞네. 왜 요즘은 마술 공연 안 하는 거죠? 물랑루는 언제 문을 열어요?"

"저 여잔 누굽니까? 혹시 저 여자 땜에······? 아니죠? 아니라고 빨리 대답해요?"

환희에게 질문을 퍼붓던 여인네들이 멀찍이 떨어져 기다리던 청명에게 관심을 돌렸다. 그들에게 붙잡혔다간 톡톡히 망신을 당할 위기였다. 환희가 그미들을 밀치고 달려와선 청명의 손을 쥐었다.

"뛰어!"

검은 옷의 남녀는 대로(大路) 대신 골목을 택해 숨어들었다. 앙칼진 고함과 발소리가 따라붙었다. 골목의 어둠이 짙어질수록 둘의 걸음도 빨라졌다. 숨이 차올랐지만, 이 골목의 어둠보다 더 깊은 저 골목의 어둠, 또 그 골목의 어둠에 한 걸음이라도 가까이 가려고 필사적이었다. 추격자들의 소음이 점점 줄다가 사라졌다.

검은 옷의 남녀는 성균관 담벼락에 등을 기댄 채 비로소 거친 숨을 몰아쉬었다. 1년 달릴 거리를 하룻밤에 완주한 청명은 눈을 감고 잠시 말문을 닫았다. 심장이 쿵쾅거려 말할 힘도 없었던 것이다. 반대로 환희는 은빛 부채를 펴 살랑살랑 부치면서 가늘고 길게 날숨과 들숨을 뱉고 들이켰다. 귀를 쫑긋 세운 채 청명의 숨소리가 느리고 잔잔해질 때까지 기다렸다.

검은 옷의 남자가 말했다.

"눈을 감아 보오."

"왜?"

"마술사의 명령을 군말 없이 따라야 하는 게 조수라오."

"여긴 마술 방도 공연장도 아니잖아? 우리가 지금 마술사와 조수로 돌아다니는 것도 아니고."

"마술사와 조수가 아니라면 우리가 뭐란 말이오?"

"눈은 왜 감으라는 거야?"

"감지 않아도 좋소. 여기에 왼손만 올려 보오."

환희가 제 손을 척 내밀었다. 청명이 쭈뼛쭈뼛 왼손을 얹었다. 환희가 부채를 펴 가볍게 그 손을 가렸다. 짧은 주문과 함께 부채를 다시 접었다. 어느새 청명의 검지에 옥가락지가 끼워져 있었다. 환희가 대광통교에서 몰래 샀던 것이다.

검은 옷의 여자가 물었다.

"이게 뭐야?"

"그냥 끼면 되오."

"뭐냐니까?"

환희가 접은 부채를 제 이마에 대곤 답했다.

"내 마음이오."

그때 다시 바쁜 발소리가 들려왔기에 검은 옷의 남자는 검은 옷의 여자와 질주를 계속했다. 검은 옷의 남녀는 문득 궁금해졌다. 불빛의 끝, 이 질주의 끝엔 무엇이 기다리고 있을까.

청명이 환희로부터 옥가락지를 선물받을 때, 궁궐에는 청나라 사신이 머무르는 모화관으로부터 서찰 한 장이 날아들었다. 팽 대인이 왕에게 보낸 글이었다. 팽 대인은 먼저 불로초와 비단이 참으로 흡족하다고 밝힌 뒤, 태자의 아홉 번째 후궁으로 청명옹주를 정했음을 알렸다. 사신단의 귀국길에 동행하도록 준비하라는 명령으로 서찰을 끝맺었다. 울분을 이기지 못한 왕이 서찰을 갈가리 찢었다.

한참 동안 왕은 홀로 침묵했다. 혹시 변고라도 생겼을까 싶어 대전 내관이 문에 귀를 대어 볼 정도였다. 이윽고 왕이 도승지를 불러 팽 대인에게 서찰이 왔다는 사실이 새어 나가지 않도록 하란 엄명을 내렸고, 규장각 제학 송가제와 별운검 홍동수를 입궐토록 했다. 규장각 검서실에 함께 머물던 송가제와 홍동수가 한달음에 대전으로 들어와서 엎드렸다. 왕이 명했다.

"청명을 내어놓으라고 한다. 아니 될 일이야. 팽 대인을 만나야겠다. 속히 약속을 잡도록 하라."

송가제가 조심스럽게 아뢰었다.

"야심한 시각이옵니다. 날이 밝은 연후에 모화관으로 연락을 넣겠……."

왕이 말허리를 잘랐다.

"청명을 잃게 생겼는데 예의범절부터 따지자고? 팽 대인이 서찰을 보낸 게 해시(밤 9시)가 넘은 시각이었어. 법도를 어긴 건 팽 대인이 먼저다 이 말이야."

위기는 예고가 없다. 예고하고 찾아드는 전쟁이라면 준비가 가능하지만, 생(生)의 위기는 등 뒤에서 느닷없이 뒤통수를 후려갈기는 식이다. 가장 행복할 때, 위기란 단어를 떠올리기조차 힘들 때, 밤손님처럼 찾아든 위기 앞에서, 사람들은 변한다. 때 이른 낙담일 수도 있고 때늦은 저항일 수도 있다. 어느 쪽이든 그 변화는 갑작스럽고 허점투성이다. 평생 쌓아 올린 탑을 스스로 무너뜨릴 만큼.

## 88

질주를 무사히 마친 검은 옷의 남녀는 후원 담을 되넘어 별당까지 왔다. 앞마당에서 환희가 칭찬했다.

"참 멋지오."

"멋지다니?"

"연꽃 낭자가 멋지다 했소."

청명은 되묻지 않을 수 없었다.

"멋지단 말은 판 위에서 주목을 받는 마술사에게 어울리는 말이야. 나는 물랑루에 갔을 때도 객석에 웅크리고 앉았을 뿐이고."

"그래도 멋지오."

"대체 뭐가 멋져?"

환희가 잠시 고민하다가 고개 저었다.

"질문을 바꿔 줄 수 있겠소?"

"뭘로 바꿔?"

"멋지지 않은 게 있냐고."

"멋지지 않은 게 있어?"

환희가 자신 있게 답했다.

"없소, 단 하나도!"

<br>

89

밤이 늦었지만 급히 만났으면 한다는 왕의 요청을, 팽 대인은 기다렸다는 듯이 받아들였다. 뜻밖의 조건을 달았다. 만나는 장소를 모화관도 궁궐도 아닌 물랑루로 하자는 것이다. 왕은 물랑루 잠긴 문부터 열도록 했다. 팽 대인은 백성들 눈에 띄지 않도록 수행원을 한 명씩만 대동하고 은밀히 만나자고 했고, 왕도 동의했다. 팽 대인은 귀몰을 데려왔고, 왕은 홍동수와 함께 미복 차림으로 궁궐을 나섰다. 환희가 마술 공연을 하던 팔각 판에 탁자를 놓고 마주 앉았을 때, 팽 대인은 배를 한껏 내밀며 여유를 부렸다.

"이곳이 물랑루요? 과연 연경까지 소문이 날 만큼 멋진 건물이군. 들어서 아시겠지만, 여기 있는 귀몰은 청나라 으뜸 마술사라오. 황제 폐하 앞에서도 몇 번 마술 공연을 선보여 큰 칭찬을 받은 바 있소. 2년 동안 공연 일정이 모두 잡힌 귀몰이 사신단의 일원으로 한양에 온 것은 물랑루를 직접 둘러보고, 또 이곳 으뜸 마술사의 공연을 관람하기 위함이었소. 안타깝게도 사신단이 도착하기 전에 공연은 중단되었고 물랑루는 폐쇄되었으며 마술사는 종적을 감췄다는 소식을 들었소. 혹시 물랑루 으뜸 마술사, 그 이름이 환희라는 이가 어디 있는지 아시오?"

홍동수가 답하기 전, 왕이 시치미를 뗐다.

"모릅니다. 조선은 마술과 같은 잡술을 멀리하는 나라입니다."

"그렇소? 안타깝군. 이왕 이렇게 왔으니 귀몰이 물랑루를 둘러보아도 되겠소?"

왕은 청명을 태자의 아홉 번째 후궁으로 보내는 문제를 당장 논의하고 싶었지만, 팽 대인의 청을 거절하면 모임 자체가 중단될 수도 있었다.

"……그러시지요."

귀몰이 팽 대인에게 읍한 후 마술 판과 객석을 오갔다. 왕은 고개를 숙인 채 답답한 표정을 감췄다. 뒤에 선 홍동수는 귀몰의 움직임을 놓치지 않고 눈으로 쫓았다. 어느 순간 귀몰이 어둠 속으로 사라졌다. 팔각 판에 세운 여덟 개의 횃불이 미치지 않는, 물랑루 지하로 이어진 비밀 통로를 찾은 것이다.


90


귀몰이 물랑루 지하 복도를 지나 텅 빈 희방에 닿았을 때, 환희는 별당 앞마당에서 은빛 부채를 허공으로 던졌다. 다시 받아 양손을 드니 부채가 각각 하나씩이었다. 왼손에 든 부채를 내밀었다.

"뭐야, 또 이건?"

"부채라오."

"부챈 줄 몰라서 묻는 게 아니잖아? 이 부채를 왜 내게 줘?"

"내가 처음 마술을 공부할 때 썼던 게요."

"이것도 선물?"

"마술을 할 줄 아는 조수와 모르는 조수는 크게 차이가 나오. 기탁 형님이 조수 노릇을 꽤 오래 했으나, 마술 연습을 게을리했기에 마내자에 머물렀다오. 나는 내 조수가 언젠가는 마술사가 되었으면 하오."

청명은 부채를 폈다. 푸른 학이 거친 파도 위를 날고 있었다.

"당신의 손때가 묻은……."

"낡아서 싫소? 이리 주오."

환희가 부채를 빼앗는 척했다. 청명은 부채를 등 뒤로 감추며 말했다.

"줬다 뺏는 게 어디 있어?"

청명은 그날부터 낡은 부채를 늘 지니고 다녔다. 부채를 꺼내 만질 때마다 환희의 손을 만지는 기분이 들었다.

부채를 받고 좋아하는 청명을 보며, 환희는 마지막 선물까지 건네기로 결심했다.

91

왕이 물었다.

"왜 꼭 청명이어야 합니까? 조선엔 태자 저하의 후궁이 될 만한 규수들이 얼마든지 있습니다."

팽 대인이 물었다.

"청명옹주보다 이쁘오?"

"물론입니다."

"청명옹주보다 박식하오?"

"물론입니다."

팽 대인이 혀를 끌끌 찼다.

"나도 그럴 거라 믿소. 조선은 자고로 지혜로운 미인이 많은 나라 아니오? 오해는 마시오. 내가 청명옹주를 택한 것은 그대를 위해서요."

왕이 놀라 물었다.

"저를 위해서라고 했습니까?"

"그렇소."

"청명을 태자 저하 후궁으로 삼는 것이 어찌 저를 위해서입니까?"

팽 대인의 목소리에 힘이 실렸다.

"조선 왕과 백성들은 여전히 대청국이 조선을 다시 침략하지나 않을까 두려워하고 있지 않소?"

"아닙니다. 귀국의 은혜를 입어⋯⋯."

"그 은혜가 어느 날 갑자기 사라질까 두려워한다 이 말이오. 조선 왕이 눈물이 많다는 소문을 들었소. 그 눈물을 왜 흘리는 게요? 솔직히 말해 보오. 슬픔보단 두려움 때문이 아니겠소? 태자 저하께서는 머지않아 대청국의 황제가 되실 게요. 청명옹주가 지금 저하의 후궁으로 가서 총애를 받는다면, 대청국이 조선을 침탈할지도 모른다는 두려움 따윈 내다 버려도 좋소. 장인의 나라와 전쟁을 벌이지는 않을 테니까. 자, 이제 이해가 되시었소?"

"……대인!"

왕은 당장 반박할 이야기가 떠오르지 않았다. 팽 대인이 양손을 비비며 일어섰다.

"며칠 남지 않았소이다. 청명옹주에게도 나의 깊은 뜻을 전해 주오. 태자 저하의 은총을 입기 위해 몸도 마음도 단정함을 잃지 않아야 할 게요. 자, 답이 되었지요? 먼저 가겠소."

팽 대인이 귀물과 함께 북서방 문을 열고 나갈 때까지, 왕은 일어서지도 못했다. 참담함이 밀물 지어 왔다.

92

환희는 청명의 맑은 눈을 들여다보며 말을 보냈다.

"늦은 감이 있지만…… 선물이 더 있소."

청명이 양손을 들었다. 오른손엔 부채를 쥐었고, 왼손 검지엔 옥가락지가 고왔다.

"이미 둘이나 받았는데……."

"이게 진짜요."

청명이 앵무새처럼 따라 했다.

"진짜?"

혹시……?

청명은 무엇인가를 상상했다가 지웠다.

환희가 두 팔을 들어 빈 손바닥을 보였다. 한 걸음 다가섰다.

"갖고 싶은 게 있소?"

있긴 하지만 답하지 않고 고개를 저었다. 가슴이 콩콩 뛰었다. 환희가 또 한 걸음 다가서선 청명의 눈을 빤히 들여다보았다. 그 눈길이 너무 뜨거워 피하기도 어렵고 그대로 있기도 힘들었다. 숨도 크게 쉬지 못했다.

"아, 다음에……."

청명은 자신이 무슨 이야기를 하려는지도 몰랐다.

"주고 싶소, 지금!"

환희는 청명의 허리를 팔로 감았다. 천천히 제 입술을 청명의 입술로 가져갔다. 첫 입맞춤, 이것이 환희가 준비한 마지막 선물이었다. 검은 남자의 손이 검은 여자의 허리를 바짝 끌어당겼다. 청명은 눈을 동그랗게 뜬 채 환희의 얼굴이 가까이 오는 것을 보았다. 그의 입술이 이제 곧 그미의 입술에 닿는 것이다. 무릎이 후들거리고 가슴이 터질 듯 아파 왔다. 더운 기운이 어깨와 목과 입과 코를 지나 두 눈으로 쏠렸다. 다가오는 입술이 점점 더 크게 보였다. 입술은 물론이고 얼굴과 몸 전체를 덮어 버릴 것처럼.

입술이 닿기 직전, 청명이 턱을 당기며 환희의 어깨를 밀었다. 환희가 밀리지 않고 버티는 바람에, 오히려 청명의 몸이 젖혀졌다. 엉덩방아를 찧었다.

"아얏!"

환희의 오른팔이 청명의 허리를 두르고 있었지만, 그렇듯 갑자기 물러날 줄은 몰랐던 것이다.

"아! 이, 이런……."

환희가 급히 청명의 어깨를 양손으로 잡고 부축하여 일으켜 세우려 했다. 청명은 환희의 손등을 치곤 돌아앉았다. 부끄러웠다. 엉덩방아 찧는 꼴을 보이다니! 창피했다.

"거기, 마마신가요?"

정 상궁이 청명의 비명을 듣고 별당 문을 열었다.

"그, 그래. 나야."

청명은 환희의 도움을 외면한 채 목소리 낮춰 재빨리 말했다.

"가거라. 어서!"

환희가 주저했다.

"내 뜻은 그런 게 아니……."

"가라니까."

환희는 더 이상 말을 못하고 물러나, 별당을 둘러싼 버드나무 뒤로 숨었다. 청명이 정 상궁과 함께 들어갈 때까지, 환희는 주먹으로 제 관자놀이를 치며 자책했다. 마지막 한 점을 엉뚱한 곳에 놓는 바람에 승세를 굳히던 바둑을 진 기분이 이와 같을까. 충분히 아름답고 충분히 가득 차올랐던 밤나들이였건만! 마지막 선물은 오늘 들이미는 게 아니었다. 안타깝고 한심하고 슬펐다.


93


환희는 청명의 방에 등잔불이 꺼지는 것을 확인한 뒤 마술 방으로 걸음을 옮겼다. 어슴푸레 동쪽 하늘이 밝아 오고 있었다. 이불을 깔고 누웠지만 쉽게 잠이 오지 않았다. 청명의 도톰한 입술이 자꾸 떠올랐다. 입맞춤을 처음부터 거절했다면, 맘을 고쳐먹었을 것이다. 조금 아쉽더라도 내일, 또 내일이 있지 않은가. 분명 그미도 기대하며 받아들이는 눈치였다. 다가설 때 물러나지 않고 턱을 들며 기다리지 않았던가. 왜 갑자기 마음을 바꿔 어깨를 민 걸까. 여자의 마음은 왜 이리 복잡할까.

엉덩방아를 찧고는 돌아앉은 등이 슬퍼 보였다. 많이 아팠겠지? 놀랐을 게야. 미안하다고 사과부터 하고 부축을 해도 늦지 않았을 텐데…….

스르르 잠들었다가 금방 깼다. 조용히 복도로 나왔다. 별당으로 다시 가기 위해서였다. 청명이 깰 때까지, 버드나무 뒤에 숨어 기다렸다가 사과부터 할 작정이었다.

옆방에서 두런두런 말소리가 흘러나왔다. 일을 맡으면 퇴청도 않고 규장각에서 먹고 자는 것으로 유명한 송가제였다. 제학이 저렇듯 열심이니 나머지 관원들도 규장각 업무에 정성을 쏟지 않을 수 없었다. 송가제의 발소리는 새색시처럼 작고 조심스러웠다. 그 새벽에 들려오는 또 다른 발소리는 묵직했다. 지나치려다가 문틈으로 엿보았다. 환희가 짐작한 대로, 송가제와 호형호제하는 사이이면서 어명을 받들어 『환단무예지』를 20년 가까이 만들어 온 별운검 홍동수가 검서실을 빙빙 돌고 있었다. 성난 얼굴이 심상치 않았다.

"우릴 완전히 깔아뭉개려 들었소. 전하께서 눈짓으로 말리지 않으셨다면, 팽 대인 그놈을 베었을 게요."

송가제가 탁자 위 식어 가는 찻잔을 내려다보며 차분히 받았다.

"참길 잘한 겁니다. 어떤 식으로든 응징을 하려 들 거라 예상은 했습니다."

"예상을 했다?"

"우리가 몰래 『환단무예지』를 만들어 온 것을 저들도 알았으니까요. 청나라 허락도 받지 않고 병서를 집대성했으니, 응징하지 않고 그냥 넘어가진 않으리라 여겼습니다."

"옹주마마는 『환단무예지』와 전혀 관련이 없지 않소?"

"후궁으로 청명옹주 마마를 내놓으란 요구는 나도 뜻밖이긴 합니다. 팽 대인으로선 『환단무예지』를 꺼내 놓고 전하에게 항의하긴 당분간 어렵습니다. 자신들이 규장각에서 초고를 훔쳤다는 걸 자인하는 셈이니까요. 한창 검토 중일지도 모르겠습니다. 그 방대한 분량을 보면, 저들로선 점점 더 배신감을 느끼겠지요. 하여튼 그들은 전하께서 가장 아끼는 걸 빼앗고자 하는 겁니다. 영상 대감의 외동딸 은미 낭자를 구하려고, 마마께서 대전 앞마당으로 나서셨을 때부터 불안하긴 했습니다. 마마를 걱정하는 전하의 눈길이 얼마나 깊고 따듯했는지 모릅니다. 그 시선을 팽 대인도 알아차린 게지요."

"옹주마마를 청나라 태자의 아홉 번째 후궁으로 보낼 순 없소."

"일이 꼬였습니다. 푸는 게 쉽지 않겠어요. 저들 손에 『환단무예지』가 있는 한, 전하께선 큰 약점을 잡히신 겁니다. 팽 대인에게 더 강력하게 항의하지 못한 이유도 그 때문이겠지요."

"그 말은 무슨 뜻이오? 마마를 빼앗겨도 어쩔 수 없단 게요?"

"맘이 아픕니다만, 해결책이 지금으로선 떠오르지 않는다는 겁니다. 자자, 목소리를 낮추고 이리 앉으세요. 차가 식었으니 다시 내오겠습니다."

살다가 말문이 막힐 때는 둘 중 하나다. 너무 좋아서이거나 너무 아파서이거나.

더러운 반복이었다.

서둘러 규장각을 나온 환희는 단숨에 별당까지 달려갔다. 어제 숨었던 그 버드나무를 향해 주먹을 휘둘렀다. 살갗이 찢겨 피가 흘렀지만 주먹질을 멈추지 않았다.

청나라 태자의 아홉 번째 후궁!

청명이 청나라로 끌려가서 첩살이를 하게 되었다는 소식이다. 옹주라면 조선 왕의 딸인데, 그미의 삶이 어찌 이딴 식으로 꺾인단 말인가. 이게 나라인가.

환희는 납득이 되지 않았다.

어머니 윤씨가 청나라에서 보낸 참혹한 나날이 떠올랐다. 조선에서 나고 자랐다는 이유 하나만으로, 여염집 여인부터 왕의 딸인 옹주에 이르기까지, 죄 없이 청나라로 끌려갔던 것이다. 청명이 청나라 태자의 후궁이 되면, 매일 윤씨 같은 불행과 맞닥뜨릴 것이다. 청나라 말과 풍습에 서툰 동방의 오랑캐 계집! 사랑하지도 않는 사내의 품에 안겨 평생을 보내는 것이 어찌 인간다운 삶일까. 환희는 이 반복을 막고 싶었다. 인생에서 가장 소중한 여인을 또다시 잃고 싫진 않았다. 어머니 윤씨를 구하기엔 너무 어렸었지만 청명만은 지키고 싶었다. 지켜야만 했다.

왕은 법당에서 가부좌를 틀고 앉아 기다렸다. 그 밤의 이야기를 청명은 『심청전』 말미에 이렇게 적었다.

각설(却說) 우리가 아직 가 보지 않았으나 1년 내내 눈이 내리는 지방부터 1년 내내 태양만 내리쬐는 지방까지 다스리는 울보 왕은, 500년 전 전쟁에서 패한 뒤부터 지금까지, 이 나라보다 더 큰 서쪽 나라에 끌려가 돌아오지 못하고 죽은 여인들을 청하여 만났다. 왕은 미리 만나고 싶은 이름을 열다섯 개쯤 가지고 있었다. 그 이름을 지닌 여인들은 오지 않고 왕이 알지 못하는 이름을 대며 여인들이 줄줄이 법당으로 들어섰다. 줄잡아 3만 명이 넘었다. 그들은 이미 죽었고, 혼백은 허공에 머물거나 벽에 붙거나 겹쳐 앉아도 불편을 느끼지 않기 때문에, 모두 법당에 모이는 것이 가능했다. 여인들은 산 채로 돌아와서 왕을 짓눌러 보지 못한 것이 후회스럽다고 농담처럼 말했다. 왕이 물었다.

"서쪽 나라로 가서 어찌 살았는가?"

3만 개의 목소리가 한꺼번에 울음을 토하니, 법당이 범람한 강물에 씻겨 내려가는 듯했다. 목소리들이 소용돌이를 일으키며 모이더니 단 하나의 목소리로 바뀌었다.

"산 적이 없어서 답을 드리지 못하겠어요."

"산 적이 없다니? 그 나라에 갔던 여인들이 아니란 말인가?"

"가긴 갔으되, 거기서 시간을 한 줌 한 줌 버리다가 죽어 스러졌으되, 산 건 아닙니다. 산다는 건 작은 기쁨을 얻는 것이고, 사랑하는 이들과 온기를 나누는 것이며, 내일도 살아야 할 이유가 한둘은 있는 것이겠지요. 이 나라를 떠나 서쪽 나라로 들어서는 순간부터 우리에겐 삶이 없었습니다. 죽지 못해 밥을 먹고 일을 하고 옷을 벗고 사내들에게 깔렸다가 다시 옷을 입고 울다가 잠드는 것, 이딴 걸 살아 있다 말하긴 어렵습니다. 우린 서쪽 나라로 들어서며 이미 죽었던 거예요. 죽어 땅속 깊이 묻히지 못했을 뿐이죠. 죽은 채로 밥을 먹고 일을 하고 옷을 벗고 사내들에게 깔렸다가 다시 옷을 입고 울다가 잠들었다고 고쳐 말할래요."

"그래도, 차츰, 나아지지 않았는가?"

"나아진다는 게 뭐죠? 서쪽 나라 욕설을 조금씩 알아듣는 거요? 서쪽 나라 사내들의 아이를 낳는 거요? 그 아이들을 키우며 어머니가 되어 가는 거요? 나아진다고 착각하는 순간은 있었죠. 행복의 느낌이랄까, 자기도 모르게 입귀가 올라가는 순간! 동쪽 나라에서 끌려왔다는 생각을 잊으려 애쓰기도 했어요. 서쪽 나라 사람과 동쪽 나라 사람은 피부색이나 얼굴 생김으론 구별하기 어려우니까요. 서쪽 나라 말에 익숙해질수록 유혹은 커졌습니다. 처음부터 서쪽 나라 사람이었다고 믿으며 사는 겁니다. 믿음이란 게 참 묘해서, 그렇게 천 번 만 번 되뇌다 보면, 정말 내가 서쪽 나라에서 태어난 기분이 들죠. 서쪽 나라의 서쪽 끝, 모래바람 휘휘 몰아쳐 모래 산이 밤마다 자리를 옮기는 마을엔 동쪽 나라 사람이 거의 없기 때문에, 그곳은 또 서쪽 나라보다 더 서쪽 나라 사람들도 찾아와 머물기 때문에, 내가 동쪽 나라가 아니라 서쪽 나라 동쪽 끝 즈음에서 왔다고 말해도 의심할 사람이 없었어요. 아! 안도의 한숨은 정말 한숨에 지나지 않더군요. 그렇게 서쪽 나라 사람으로 살아가다가도 내가 동쪽 나라 사람이란 걸 깨닫는 순간이 온답니다. 남들에게 들킬 때도 있지만, 그보단 지극히 사소한 것들로부터 내 이 '척'이 부끄러워지는 것이죠. 보름달을 보며 어릴 때 배운 동쪽 나라의 노래를 읊다가 문득, 떡을 빚다가 엄마가 가르쳐 준 모양을 빚으며 문득, 딸아이의 머리를 빗으로 쓸어내리곤 묶어 주다가 또 문득. 세월이 가도 전혀 나아지지 않았어요. 동쪽 나라로 돌아가야만 해결될 문제였답니다."

"돌아온 여인들도 적지 않아. 왜 서쪽 나라에 끝까지 남았지?"

"남은 적 없습니다. 지금 누구한테 이 불행의 책임을 떠넘기는 건가요? 돌아갈 수 없었을 뿐이에요. 고국을 그리며 돌아간 여인들의 비참한 최후가 내가 사는 서쪽 나라까지 들려왔지요. 우린 머물지도 못하고 돌아가지도 못한 채 떠돌았답니다. 이승을 떠돌다 지쳐 죽었고 지금은 또 저승을 떠돌고 있지요."

"서쪽 나라에서 행복했다는 이는 없는가? 단 한 사람도 없어?"

왕이 3만 명의 마음에 귀 기울였다. 답이 없었다.

"정녕 없단 말인가? 서쪽 나라 왕실이나 고관대작의 집으로……."

"전하의 기준을 갖다 대지 마세요. 동쪽 나라를 떠나 서쪽 나라로 끌려간 이는, 부자도 불행하고 빈자도 불행하답니다. 정승의 첩도 불행하고 농부의 처도 불행하답니다. 끌려간 타국에서 행복한 여인은 단 한 명도 없습니다."

3만 명의 여인이 한꺼번에 왕을 향해 달려들었다. 그미들은 왕의 마음을 살살이 훑은 뒤 한목소리를 냈다.

"당신만이 이 불행을 막을 수 있다는 건 자만이죠. 당신의 눈물, 당신의 노력을 탓하진 않아요. 당신의 어리석음을 지금이라도 인정하고, 다른 길로 눈을 돌리세요. 당신과는 다른 발자국에게, 발걸음에게."

왕이 허공을 휘저으며 반발했다.

"이 나라는 내 나라다. 내가 왕이라고. 나만이 500년 동안 쌓인 울분을 풀 수 있어. 내가 아닌 누가 감히 내 자리를 대신할까. 헛된 망언을 하려거든, 썩 물러가렷다."

그미들의 목소리가 더 가까이, 왕의 눈을 파고들었다.

"저희의 충고를 받아들이세요. 저희의 불행을 어루만지며 눈물 흘리는 것은 왕의 몫, 저희와 같은 이들을 만들지 않는 것은 왕이 발견한 새로운 이의 몫!"

왕이 제 눈을 비비며 소리쳤다.

"닥쳐라! 울지 않겠다. 너희를 위해 흘릴 눈물은 내게 없어."


97


그 새벽부터였다. 터 오는 동과 함께 그림자가 옅어지듯, 왕의 시력도 급격히 나빠졌다. 아침엔 눈을 찡그리거나 비볐고, 오후엔 눈을 크게 뜨곤 책이나 붓을 가까이 당겼다가 멀리 밀었다가 했다. 송가제를 통해 검서관들이 사용하는 안경을 은밀히 가져오라 명한 것은 그 저녁이었다. 보통 안경은 쓰나 마나였고, 고서의 깨알 같은 글자를 확대하여 한 자 한 자 짚어 가며 읽을 때나 쓰는 돋보기를 쓰고서야 겨우 여덟 폭 병풍에 담긴 큼지막한 바위들이 보였다. 왕은 자신이 돋보기를 쓴다는 사실을 숨겼다. 문제는 시력이 계속 나빠지고 있다는 사실이었다.

## 98

환희는 별당에 가는 것을 잠시 미루고, 왕의 아침 경연에 참석하기로 했다. 무영술을 선보였던 후원 정자가 오늘의 경연장이었다. 왕을 중심으로 영의정 조상갑과 좌의정 허직(許直), 규장각 제학 송가제가 논의를 하느라 바빴다. 나무 뒤에 숨어 경연장 분위기부터 익혔다. 좌의정이 말했다.

"예의를 다하는 것이 다른 나라와 사귀는 근본이옵니다."

영의정이 미리 입을 맞춘 듯 이어 강조했다.

"대국과 사귈 때는 더더욱 많은 배려가 필요하옵니다."

왕은 의견을 내지 않았다. 차갑게 질문을 쏟아 내며 뜨겁게 경연관들을 몰아붙이던 평소와는 다른 모습이었다. 넋이 나간 듯 초점 없는 눈동자가 허공에 머물렀다. 영의정이 용안을 살핀 뒤 송가제를 쳐다보았다. 오늘은 검서관이 왜 대기하지 않소? 눈으로 물었다. 왕은 수시로 전거(典據)를 확인하란 어명을 내렸고, 규장각까지 달려가서 곧바로 왕이 원하는 구절을 확인한 뒤 서책을 가져오는 것이 당직 검서관의 임무였다. 오늘은 자신이 직접 발품을 팔겠다는 뜻으로, 송가제가 왼손을 제 가슴에 댔다. 평소처럼 성현의 말씀을 두고 논의가 이어지진 않으리란 것을, 검서관이 필요하지 않다는 것을, 송가제는 짐작하고 있었다. 지금 왕의 머릿속엔 청명에 대한 걱정뿐이었다. 영의정도, 송가제와는 다른 식이지만 이 기회를 활용하려 들었다.

"새로 검서관을 임명하였다 들었사옵니다."

"들었는데?"

말꼬리를 쥔 왕의 물음이 날카로웠다.

"그자가 저잣거리에서 잡술로 민심을 홀려 왔음을 아시옵니까? 서자를 규장각에 들이는 것도 모자라, 이제 광대까지 출입하게 하시옵니까? 당장 환희라는 광대를 내치시옵소서."

좌의정도 합세했다.

"내치시옵소서."

마술사는 나고 들 때를 확실히 안다. 언제 나타나고 언제 사라져야만 자신이 가장 빛나는가를 마술 공연을 하며 익히니까. 오늘 아침 경연장에 등장할 시점은 바로 지금이었다.

"그 광대 여기 있사옵니다."

허락도 구하지 않고 경연장으로 들어가선 송가제 옆에 엎드렸다. 홍동수가 늘 하던 꾸지람을 영의정이 뱉었다.

"무엄하구나! 썩 나가지 못할까."

환희는 오직 용안만 우러렀다. 왕은 환희를 노려보다가 법당이 있는 서문 쪽으로 고개를 돌린 뒤 눈을 비볐다. 송가제에게 물었다.

"경연에 참석할 검서관으로 환희를 부른 게야?"

"그, 그러하옵니다."

영의정이 버텼다.

"저 광대의 무례함을 보시오소서. 어찌 저토록 무식한 천것을 검서관에 임명할 수가……."

환희는 능글맞게 웃으며 영의정의 약점을 찔렀다.

"은미 낭자는 잘 있죠?"

"네, 네가 어찌 은미를 아느냐?"

"알다마다요. 물랑루 단골손님이십니다. 제 얘기 않던가요?"

"네 이놈!"

좌의정이 영의정을 도왔다.

"처음 경연에 왔으면, 입을 닫고 조용히 경연의 순서와 방식을 배우거라. 논의에 끼지 않고 대기하는 것이 검서관의 소임이니라."

"싫습니다."

"싫다?"

영의정이 참지 못하고 왕에게 아뢰었다.

"사서삼경은커녕 천자문 근처도 가 본 적 없는 광대이옵니다. 저런 자가 어찌 검서관의 직분을 충실히 행할 수 있겠사옵니까? 당장 파직하여 내쫓으시옵소서."

환희가 반발했다.

"무식한 광대 놈이 하나만 물읍시다. 예의, 예의, 자꾸 들먹이는데, 대감들 따님들이 청나라에 끌려가서 태자의 아홉 번째 후궁으로 평생 살아야 한다면, 그때도 예의를 지키며 감사하는 눈물을 쏟겠습니까?"

"나라와 나라의 일이다. 청나라 태자가 조선의 옹주를 맞아들이면, 청나라와 조선은 사돈의 나라가 돼."

왕의 눈에 울분이 차올랐다. 눈을 질끈 감았다. 의정부 으뜸 대신 영의정의 말이 어젯밤 물랑루에서 만난 팽 대인의 주장과 다르지 않았던 것이다. 내 딸만 아니라면 누가 가도 상관없다는 생각이 그 말

아래 깔려 있었다. 조선의 옹주라 해도. 환희가 영의정을 몰아세웠다.

"사돈은 무슨 개뿔! 정실도 아닌 첩실, 그것도 아홉 번째 첩실 부모도 장인 장모로 인정한답니까? 대감들은 대감들 첩실 부모를 깍듯하게 모시나 보죠? 첩실 자식인 서자도 정실 자식과 똑같이 인정하고요?"

영의정은 즉답을 못했다.

"조선의 신하면 조선의 신하답게 구세요. 옹주를 빼앗기게 된 전하를…… 아버지의 마음을 헤아리란 말입니다. 위로를 해도 모자랄 판에, 함께 울어도 부족한 판에, 청명옹주를 청나라로 보내는 게 예의라고요? 그딴 개똥같은 예의는 어디서 온 겁니까? 공자 왈 맹자 왈 외고 앉은 대감들은 그딴 걸 예의라고 합니까? 그게 예의라면 개나 줘 버리라고 하십시오."

환희는 경연장을 박차고 나왔다. 청나라와 조선의 관계 따윈 환희의 관심사가 아니었지만, 대국의 횡포와 소국의 설움을 애써 미사여구로 포장하려 드는 꼴은 볼 수가 없었다. 왕은 환희를 불러세우지도 않았고 칭찬하지도 않았고 파직하지도 않았다.

환희는 마술 방으로 씩씩거리며 들어갔다. 왕이 눈앞에 있기라도 한 것처럼 혼잣말을 해 댔다.

"정승 판서도 포기한 일, 이 광대가 해 드립지요. 제가 이 일을 하는 건 전하를 위해서도 나라를 위해서도 아닙니다. 제가 아끼는 한 여자를 위해섭니다. 그뿐입니다."

## 99

청명도 지난밤 잠을 설쳤다. 두 번이나 깨어 제 입술을 손가락 끝으로 만지작거렸다. 이 입술에 환희의 입술이 닿을 수도 있었다. 설레며 기다린 순간이 아니었던가. 왜 어깨를 밀어 버렸을까. 아, 다음에 그를, 그의 입술을 어찌 볼까. ……입맞춤은 하지 않았지만, 마술판이 아닌 한양의 밤거리를, 똑같이 검은 조수복 차림으로 손잡고 뛰지 않았던가. 선물을 셋씩이나 받지 않았던가. 세 번째 선물은 받기 직전 멈췄지만…… 아, 남자와 여자가 사귄다는 것이 이런 걸까. 우리는 사귀는 사이일까, 정녕?

아침 식사를 마친 뒤, 정 상궁이 검은 치마와 저고리를 깨끗이 다려 가지고 들어왔다. 청명은 조수복을 들고 휘휘 돌려 가며 살폈다.

"그리 좋으시옵니까?"

"뭐가?"

"얼굴에 웃음이 가득하옵니다."

"웃음? ……아냐."

"환희 님의 조수를 맡으실 줄은 몰랐사옵니다. 물랑루에선 마술판에 서는 것도 싫어하셔 놓고……."

"조수만 하는 거야. 내가 꼭 필요하대."

"……."

정 상궁은 조수복을 넘겨받아 곱게 갰다.

"조수만 하는 거라니까."

"누가 물어봤사옵니까?"

"방금 물어봤잖아? 조수를 맡을 줄 몰랐다고."

"그건 묻는 게 아니옵니다. 제 생각인 거죠."

"그게 그거지."

"그럼 하나만 더 묻겠사옵니다. 정말 조수만 하는 것이옵니까? 사내들은 사귀고 싶은 여인을 다 그렇게 구실을 만들어 곁에 두려 하옵니다."

"정 상궁도 물랑루 으뜸 마술사를 좋아하잖아?"

"환희 님을 마술사로, 장안의 미남자로 좋아하는 것과 사귀는 건 다르옵니다. 은미 낭자처럼 환희 님을 좋아하시겠다면, 저도 언제든 마마를 돕겠사옵니다. 명심하시오소서. 환희 님을 남자로 사귀면 상상하기 힘든 어려움이 따를 것이옵니다. 이 나라에선 그 누구도 옹주와 광대의 사귐을 인정하지 않사옵니다."

청명이 토라졌다.

"안 사귀어. 안 사귄다고!"

정 상궁이 청명의 손을 당겨 제 무릎 위에 올려 쥐곤 사설을 늘어놓았다.

"아, 우리 옹주마마 가여워 어이하나. 어화둥둥 님은 참으로 멋진 장부이건만, 사랑만으로 한세상 살아 내긴 죽기보다 어려운 일. 밀어닥칠 그 눈물, 그 아픔 어찌 다 감당할까. 말리고 말리고 말리고 싶지만, 마음이 하는 일 어찌 말릴까. 마마, 지금이라도 마음 돌리실 순 없사옵니까? 마마께서 핏덩이일 때부터 지금까지, 저는 오

직 마마만을 모시며 살았사옵니다. 마마의 행복을 누구보다 빌고
또 비옵니다. 이 세상에서 사귀지 말아야 할 단 한 사람을 고르라
면, 바로 환희 님이옵니다. 제발······."

청명이 갑자기 눈물을 뚝뚝 흘렸다. 당황한 정 상궁이 이야기를
멈췄다.

"마마!"

청명이 품으로 파고들며 울음을 터뜨렸다. 정 상궁은 왼손으론
등을 다독이며, 오른손으론 그미를 따라 눈물을 훔쳤다.


## 101


실컷 울고 난 청명이 지난밤의 질주를 처음부터 끝까지 털어놓
았다.

"이제 어떻게 해?"

"무엇을 말이옵니까?"

"그 사람 얼굴을 어찌 보느냐고?"

정 상궁이 청명의 손등을 토닥였다.

"아무 일 아니란 듯 지내면 되옵니다."

"아무 일 아니란 듯?"

"마마께선 지난밤 아무런 잘못도 하지 않으셨사옵니다. 생각해
보시오소서. 처음 입을 맞추는 순간이 아니옵니까? 그 순간을 마마
께서 차분하게 받아들이셨다면, 오히려 그게 이상하옵니다. 마마께
서 떨리는 마음을 누르지 못하여 환희 님 어깨를 민 것은 자연스럽

사옵니다. 그런 마마를 붙들지 못하여 엉덩방아를 찧도록 만든 잘못이 환희 님에게 있사옵니다."

"……그이도 무척 당황했을 거야."

"서로 얼굴 붉히며 다툴 일이 아니옵니다. 편히 하시옵소서. 마마께서 편히 하시면 환희 님도 편히 하실 것이옵니다. 지난밤 앞마당의 일은 미풍처럼 지나갈 것이옵니다."

청명의 표정이 밝아졌다.


## 102


정 상궁의 예측이 옳았다. 환희의 입술을 곧장 보긴 쑥스러웠지만, 마술 방에 함께 머무는 것이 어색하진 않았다. 고요한 듯 이어지는 둘 사이의 긴장이 숨결마다 짜릿했다. 다음 날 아침, 청명을 향해 환희는 짧게 한마디 물었을 뿐이다.

"괜찮소?"

그만큼의 길이로 답했다.

"괜찮아."

물랑루 으뜸 마술사 환희와 조수 청명의 일상이 시작되었다.


## 103


환희는 시간관념이 철저했다. 마술사가 공연에서 약속된 순간을 놓치면, 마술을 실패하는 것은 물론이고 목숨까지 위태로울 수도 있다.

청명이 아무리 빨리 나서도 환희가 항상 먼저 별당 앞 버드나무 아래에 서 있었다.

"늘 이래?"

"뭘 말이오?"

"대체 언제 여길 온 거야?"

"내가 좀 빨리 오긴 하오."

"좀…… 이 아니지. 내가 보통 양이식(洋夷式) 시계로 여덟 점에 별당을 나서는데, 오늘은 이제 겨우 일곱 점이야. 혹시나 해서 한 점이나 빨리 나왔다고."

"조수와 함께 마술 방에 출근하려고 왔는데, 무슨 문제라도 있소?"

"여기까지 오는 거야 그쪽 마음이니 상관하지 않겠지만, 내게는 기다릴 기회를 안 주니 문제지."

"여기서 날 기다리고 싶소? 그걸 원하오?"

"늘 그런 건 아니지만……. 그래도 열 번 중 한두 번은 기다리고 싶어."

"조수기 때문에 마술사를 기다리겠단 게요?"

"그것도 없진 않고……."

"조수인 게 이유라면 기다릴 필요 없소. 솔직히 말해 보오. 기다리는 거 좋아하오?"

"아니, 그건 아니지만."

청명을 향한 환희의 눈망울이 약간 젖어 떨렸다. 청명은 깨닫지 못했다.

"기다리고 싶지 않다면, 기다리는 건 내게 맡기시오. 난 기다리는 게 좋소."

"그게 왜 좋아?"

"좋소, 어쨌든."

별당 버드나무 아래로 먼저 나오는 것이 아니라, 조수가 올 때까지 버드나무를 떠나지 않는 마술사, 그가 바로 환희였다.


### 104


환희는 청명과 걸을 때마다 우스꽝스러운 고민에 휩싸였다. 청명보다 반보라도 앞서 걸으면 바삐 따르는 그미에게 잘못을 저지르는 것 같았고, 청명보다 반보라도 뒤처져도 고개 돌려 답하는 그미에게 잘못을 범하는 듯싶었다. 나란히 걸을 때는 내딛는 걸음의 폭과 속도를 맞추지 못할까 전전긍긍했다. 그렇게 환희는 앞서기도 하고 뒤따르기도 하고 나란히 걷기도 했지만, 셋 중 어느 것도 마음에 들지 않았다.


### 105


환희는 각 마술마다 조수가 할 일을 하나하나 가르쳐 줬다. 청명은 잔뜩 긴장한 채 설명을 들었다. 귀에 쏙 들어오거나 외워지지 않앉다. 환희의 설명보다 그의 손, 그의 어깨, 그의 무릎이 더 가까이 있었던 것이다. 환희가 일부러 접촉을 시도한 것은 아니다. 종이 상자를 건네며 그의 엄지가 청명의 엄지에 얹혔고, 자리를 바꾸며 그의 어깨가 청명의 어깨를 스쳤다. 탁자에 마주 앉아 이런저런 설명을 할 때 그의 무릎에 청명의 무릎이 닿은 것이다.

무릎이 닿는 순간, 환희는 반사적으로 허리를 젖히며 엉덩이를 빼 거리를 두려다가 멈췄다. 청명이 아무렇지도 않은 듯 가만히 있었던 것이다. 무릎이 닿은 채, 환희는 그림까지 그려 가며 설명을 이었다. 설명하는 환희도 듣는 청명도 마음이 둥둥 딴 곳을 떠다녔다. 환희는 청명의 무릎이 그의 무릎에 닿았다는, 청명이 무릎을 빼지 않았다는 사실에만 신경을 집중했다.

시간이 꽤 오래 지난 뒤에도, 청명은 환희로부터 마술을 배우던 이 시절을 그리워했다. 집채만 한 파도가 해풍과 함께 밀려들기 직전의 고요와 행복이라고나 할까. 환희는 이미 불운과 맞설 각오를 다졌지만, 청명은 아직 이 행복에 작은 실금도 없다고 믿었다. 환희와 함께 있으면 늘 꽉 차는 느낌이었다. 어둠만 찾아 머물던 청명으로선 낯선 만큼 벅찼다.


106


은미가 새벽에 별궁으로 찾아왔다. 청명은 대전 앞마당에 도열했던, 은미를 비롯한 규수들을 모아서 만날까 생각하던 중이었다. 은미는 청명을 보자마자 눈물이 그렁그렁 맺혔다. 사과부터 했다.

"지난번엔 많이 놀랐지? 경기(驚氣) 다스리는 약이라도 지어 먹었어? 미안해. 너한테 먼저 말하려고 했는데…… 나 사실 환희 님과……."

은미가 엎드려 울음을 터뜨렸다.

"혹시 네가 청나라에 가게 된 거니?"

"아, 아니옵니다."

고개 저었다. 그 일만 아니라면 안심이다. 은미의 등을 토닥이며 위로했다.

"울지 마. 환희 님과 한 달에 한 번씩 자리를 마련할게. 물론 나랑 셋이서……."

은미가 고개를 들고 청명을 쳐다보았다. 불길한 느낌이 옮겨 온 것은 바로 그 순간이었다.

"왜 그래?"

"마마! 송구하옵니다. 마마께서 청나라로 가셔야 한다 하옵니다."


107


날벼락 맞은 심정이 이럴까. 청명은 어금니를 굳게 다물곤 은미를 내보냈다. 정 상궁을 불러 오늘 오전엔 마술 방에 나가기 어렵겠다는 뜻을 전하도록 했다. 별당에 홀로 남은 것을 두 번 세 번 확인한 다음, 청명은 개어 놓은 이불을 장에서 꺼내 펴곤 그 속으로 들어가 앉았다. 웅크린 꼴이 겨울잠 자는 곰 같았다. 베개에 얼굴을 묻고 울음을 터뜨렸다. 손과 발과 가슴과 배가 동시에 떨렸다. 파도가 치고 치고 또 쳤다. 온몸과 온 마음이 부서질 듯 아팠다. 눈물이 금방 베갯잇을 적셨다.

꺼어어억 꺽꺽.

숨넘어가는 울음이 흘러나왔다. 청명이 양손을 겹쳐 입을 막았다. 이 울음이 별당 밖으로 나가지 않도록 이불을 더 꼭 뒤집어쓰곤 이마로 베개를 두드려 댔다.

어둠이다. 지진으로 갈라진 땅속, 빛 한 줌 없는 곳으로 갑자기 떨어진 꼴이다. 청나라 태자의 아홉 번째 후궁이라니. 궁궐을 벗어나는 것도 두려운데, 국경을 넘어 먼먼 타국으로 가라는 것이다. 불행을 피하기 위해 필사적으로 노력하지 않았는가. 어둠과 응달과 그림자의 자리에 숨어 숨소리도 발소리도 죽이지 않았는가. 왕의 곁에 오래 머물려던 노력이 한순간에 물거품이 되고 말았다.

"환희!"

그 이름이 불쑥 혀끝으로 나와 버렸다. 이름을 뱉고 나니, 바닷가 모래밭 게들처럼 서러움이 몰려왔다. 태어나서 처음으로 한 남자를 아끼게 되었다. 그 남자 품에 안겨 오래 자신의 이야기를 들려주고 싶었다. 그 남자와 함께 꽃이 핀 길도, 꽃이 진 길도 걷고 싶었다. 그 남자를 떠올리면, 같이 하고 싶은 일이 100가지도 넘었다. 그중 하나도 제대로 못했는데, 그의 곁을 떠나야 하는 것이다. 손바닥으로 눈물을 훔치다가 입술을 닫고 목청을 울렸다.

"엄……."

'엄마'라고 부르려던 건 아니었다. 청명을 낳은 엄마, 조 소원은 이미 오래전 이 세상을 버렸다. 청명은 조 소원의 얼굴도 목소리도 냄새도 기억나지 않았다. 그미가 기억하는 체취와 목소리는 유모인

정 상궁의 것이다. 그걸 당연하게 받아들이며 여기까지 왔다. 주먹으로 제 가슴을 때렸다. 처음엔 강하게 한 번, 다음엔 쿵쿵 소리가 날 정도로 연이어 쳐 댔다. 옷고름을 쥐고 뜯었다. 아무리 가슴을 때려도 답답함이 사라지지 않았다.

허어억 헉헉.

무거운 돌덩이가 숨구멍을 막는 듯했다. 이불을 걷어 냈다. 그리움이 둔탁하게 뒤통수와 등을 때렸다. 땅바닥에 내동댕이쳐진 개구리처럼 천장을 보고 누웠다. 한참을 그대로 눈물만 쏟아 냈다.

"엄⋯⋯마!"

청나라 태자의 후궁으로 뽑혔다는 소식을 접하고 나니, 일찍 죽은 엄마 조 소원의 불행이 고스란히 이어진 느낌이 들었다. 핏덩이 딸을 놓고 이승을 하직하는 심정이 어떠했을까. 지금처럼, 하늘이 무너지고 땅이 갈라지지 않았을까. 앞도 막히고 뒤도 막혔다. 그렇게 울다가 잠이 들었다. 자면서도 울었다.

청명은 꿈속에서 규수들이 몸단장하던 각사로 혼자 갔다. 규수들과 궁녀들이 바삐 오가던 각사는 텅 비어 있었다. 후궁으로 갈 사람이 정해졌으니, 따로 각사에 규수를 모을 이유도 사라진 것이다. 은미가 앉아 울먹이던 자리에 털썩 엉덩이를 붙였다. 두려움에 몸서리치던 규수들 얼굴을 하나하나 떠올렸다. 그땐 자기 일이 아니라 여겼기에 그 슬픔을 헤아리지 못했다. 그들 대신 가야 한다 생각하니, 고통을 만드는 독화살이 죄다 자신을 향해 날아드는 기분이었다. 꿈에서 깨며 청명은 늙은 남자의 얼굴을 떠올렸다. 아버지, 울보 왕이었다.

## 108

왕은 대낮부터 법당에 머물렀다. 해가 지기 전엔 대전을 나서지 않던 왕이었다. 법당 담벼락을 호위 내관들이 에워쌌다. 청명이 법당 뒷마당으로 통하는 협문으로 다가가자, 홍동수가 막아섰다.

"비키시오."

"아니 되옵니다. 누구도 들이지 말라 하셨사옵니다."

"고함이라도 지를까? 청나라 태자의 후궁으로 떠날 청명이 왔다고?"

"마마!"

"아바마마와 둘만 있고 싶소. 홍 운검이 도와주오."

홍동수가 천천히 몸을 반만 돌리자, 호위 내관들도 좌우로 벌려 섰다. 청명이 협문을 열고 허리를 숙여 들어갔다. 법당 마당에는 내관도 상궁도 없었다. 새 한 마리 내려와 우짖지 않았다.

청명은 법당 앞에서 아뢰려다 말고, 소리 없이 살짝 문을 열었다. 가부좌를 튼 왕의 앞뒤로 오르락내리락하는 등이 보였다. 왕의 손엔 돋보기가 들렸고 바닥에는 청나라 지도가 깔렸다. 청나라 도읍지인 연경 부근엔 단검이 이미 다섯 개나 박혀 있었다. 왕은 여섯 번째 단검을 높이 들더니 지도에 박으려다가 내려놓았다. 가부좌를 풀고 무릎을 꿇은 왕은, 돋보기를 먼저 지도 위에 얹었고, 다시 그 위에 허리를 숙여 눈을 바짝 들이댔다. 더듬더듬 단검을 찾아 쥔 왕은 돋보기를 살짝 들어 올리자마자 그 자리에 단검을 힘껏 꽂았다.

"내 기필코 네놈들을…… 네놈들을……."

왕의 어깨가 심하게 떨렸다. 단검이 꽂힌 지도 위로 눈물이 떨어졌다.

아버지!

왕은 홀로 울고 있었다. 찾아온 망자는 없었다. 이 한낮에 왕은 죽은 백성들이 아니라 살아 있는 딸 청명을 걱정하며 단검을 꽂고 눈물을 쏟았던 것이다. 청나라 태자의 후궁으로 청명을 보내라는 팽 대인의 요구를 단칼에 거절 못한 자책의 눈물이었다. 20년 전 용상에 오른 후부터 지금까지, 왕은 청나라와 싸워 패한 치욕의 역사를 잊은 적이 없었다. 강병을 길러 이 나라를 지키고, 나아가 북진하여 청나라를 패퇴시키고 싶었다. 저들의 도읍지에 단검을 꽂고 싶었다. 밤에 이곳 별당에서 망자들을 만나 그들의 울음을 대신 울고, 『환단무예지』를 20년이나 은밀히 집대성한 것도, 이런 바람을 이루기 위해서였다.

헛된 바람이었을까. 아무리 노력해도 청나라와 맞서는 것은 불가능한 꿈이었을까. 팽 대인의 요구를 거절하려면, 청나라와의 전쟁을 각오해야 했다. 아무리 곱씹어도, 20년이나 준비했지만, 왕은 자신이 없었다. 청나라와 싸워 이겨 복수하는 것은 영원히 오지 않을 사건일지도 몰랐다. 허탈한 자조와 함께 시력까지 나빠졌다. 자신감이 점점 떨어졌다.

청명으로선 왕의 좌절과 회한을 낱낱이 헤아릴 수 없었다. 다만 홀로 우는 왕의 뒷모습이 너무나도 가여워 보였다. 그 순간 감히 결심했다. 왕의 어깨에 실린 짐을 자신이 지기로! 아비가 더 이상 자신으로 인해 눈물 흘리지 않게 하기로!

청명은 입귀를 올리며 밝은 표정을 연습 삼아 지어 보았다. 낭랑하고 경쾌하게 아뢰었다.

"아바마마!"

왕이 흠칫 놀라며 고개를 돌렸다. 청명이 천천히 나아가서 예의를 갖췄다. 왕은 지도 밑으로 돋보기를 감추며 꾸짖기부터 했다.

"어딜 함부로 들어온 게냐? 아무도 들이지 말라 일렀거늘……."

"홍 운검을 벌하진 마시옵소서. 아바마마와 독대할 기회를 달라고 제가 계속 졸랐사옵니다."

"여긴 네가 올 곳이 아니다!"

청명은 지도에 꽂힌 여섯 개의 단검을 곁눈질한 후 물었다.

"제게 하실 말씀 없사옵니까?"

"무슨 말?"

"어울리는 배필을 정해 주시겠다는 말씀, 기억하시옵니까?"

용안이 어두워졌다. 청명이 서둘러 독대를 하러 온 이유를 알아차린 것이다. 발 없는 말이 천 리를 간다 했던가. 불운을 떠안을 사람이 정해졌으니, 나머진 자신들의 행운을 알리기 위해서라도 세 치 혀를 놀릴 것이다. 어명으로도 막을 수 없는 일이다.

"……그래, 그랬지!"

"그럼, 소녀 빨리 시집가겠사옵니다."

"오래오래 별당에 머물고 싶다 하지 않았느냐?"

"답답하여 싫어졌사옵니다."

"청명아……."

왕은 말을 잇지 못하고 손을 내밀었다. 청명이 손을 얹자 당겨 가까이 앉혔다. 청명이 햇살처럼 밝게 웃었다.

"소녀는 괜찮사옵니다. 아바마마의 뜻을 받들겠사옵니다."

어차피 청명은 어둠의, 응달의, 그림자의 편이었다. 궁궐에서 그미 하나 없어진다 하여 달라지는 것은 아무것도 없었다. 왕을 위로 하기로, 막내딸이 더 이상 철부지가 아님을 알려 드리기로 했다.

"과인의 뜻이 아니다. 17년이나 널 별당에 두고 멀리하였는데……. 늦었지만 못난 아비를 용서해 주겠느냐?"

왕은 팔을 더 당겨 청명을 안고 등을 토닥였다.

"아바마마! 그런 말씀 마시오소서. 용서를 청할 이는 소녀이옵니다. 아바마마의 하교를 어기고 궁궐을 몰래 빠져나가 멋대로 굴었사옵니다. 벌하여 주시오소서."

"아니다. 누가 너를 벌한단 말이냐? 다 과인의 잘못이니라. 미안하구나."

"아니옵니다. 아니옵니다. 소녀는 정말 괜찮사옵니다."

청명은 서둘러 법당을 나왔다. 왕에게 젖은 눈을 들키고 싶지 않았던 것이다. 후원 숲으로 뛰어 들어갔다. 그루터기에 홀로 앉아 한참을 울었다. 울다가 또 왕을 생각하며 실성한 사람처럼 웃기도 했다.


109


원치 않는 이별을 해 본 사람은 안다. 마지막에 닿기 직전 연인과 함께할 일이 눈덩이처럼 불어난다는 사실을. 수백 가지를 갈망하지만 겨우 한둘도 채우기 어렵다는 것을.

## 110

환희는 별당 앞에서 기다렸다.

왕과 독대한 후 후원에서 눈물을 쏟은 청명이 별당에 도착했을 땐 그림자까지 젖어 있었다. 퉁퉁 부은 눈가는 쳐다볼 필요도 없었다. 환희는 먼저 얼룩이부터 날려 청명의 어깨에 앉게 했다. 청명이 얼룩이의 머리와 등을 쓰다듬으며 슬픔을 다독일 시간을 주었다. 그 슬픔이 어디서 비롯된 것인지 알기에 더더욱 여유로울 필요가 있었다.

세상 물정 모르는 규수들, 특히 구중궁궐에 갇혀 지낸 옹주의 특징이 무엇인지 아는가? 아직 일어나지 않은 불행을 이미 겪은 것으로 착각한다는 것이다. 마술을 부리지 않더라도 세상은 변하기 마련이다. 강력한 힘에 의해 계획되더라도, 아주 작은 충격에 과정과 결과가 바뀐 경우도 얼마든지 있다. 이윽고 청명은 환희에게 시선을 주었다. 얼굴은 평온했지만 그림자는 여전히 허우적댔다. 환희는 명령조로 말했다.

"조수 수칙 하나!"

"마술사 곁에 항상 머문다. 마술 방을 비울 때는 반드시 허락을 받는다."

"찾았잖소. 마술 방 청소도 아니 하고 어딜 돌아다니는 게요?"

"정 상궁을 보냈잖아?"

"꼭 연습할 마술이 있었단 말이오? 다음엔 직접 내게 말하도록⋯⋯."

청명이 고개 돌리는 바람에, 환희는 이야기를 마치지 못했다. 말

머리를 돌렸다.

"오늘은 손톱을 다듬지 않았는가 보오."

"귀찮아!"

"아픈 게요?"

"귀찮을 때도 있어."

청명이 그렁그렁한 눈망울로 올려다보았다. 환희가 말했다.

"난 이 손톱에 담길 빛깔을 계속 알아 나가고 싶소. 나를 위해, 귀찮아하지 말고 보여 주오."

"색을 바꾼다고 달라질 건……."

"쉬이!"

환희가 말허리를 자르곤 청명의 손을 꼭 쥐었다. 자신의 손 위에 그미의 손을 올려놓곤, 손바닥과 손등과 손톱 하나하나를 그림 감상하듯 살폈다. 청명이 환희의 얼굴을 물끄러미 보다가 물었다.

"나, 꼭 가고 싶은 곳이 있는데, 데려다줄 수 있어?"

환희가 답했다.

"내가 누구요? 조선 으뜸 마술사라오. 어디로 가고 싶소? 하늘 위요, 바다 속이오? 구름이라도 태워 드리리까?"


111


논두렁길로 접어들었다. 청명이 먼저 걷고 환희가 뒤따랐다. 환희가 청명의 등을 보며 말했다.

"당신과 나는 특별하오."

"특별하다?"

"마술사와 조수니까."

청명이 다시 말꼬리를 붙잡았다.

"마술사와 조수가 이 세상에 우리뿐인가?"

"당신은 보통 조수가 아니오. 당신은…… 내게 새로운 마술을 떠올리게 하는 조수라오."

청명은 걸음을 멈추고 돌아섰다. 따라 멈춘 환희의 눈을 보며 물었다.

"왜 그럴까?"

"……설명하긴 어렵소. 이런 마음은 이번이 처음이라서. 어쨌든 우린 갑남을녀와는 다르오. 그들의 만남, 그들의 사귐, 그들의 질투, 그들의 다툼. 이런 것과는 다르다 이 말이오."


112


산으로 방향을 틀었다. 가파른 고갯길이 이어졌다. 환희는 중간 중간 쉬자고 했지만 청명은 괜찮다며 웃어 보였다. 고갯마루에 닿아서야 잠시 땀을 식혔다.

청명은 고개를 숙인 채 깊이 숨을 들이마셨다. 처음엔 오르막 탓이라고 여겼다. 한참이 지나도 심장이 두근두근 뛰었다. 아랫배가 답답하더니 가슴이 조였고 목까지 차올라 왔다. 열기가 얼굴로 뻗쳐 벌겋게 달아올랐다. 몸 구석구석이 동시에 타오르는 기분이었다. 환희는 편치 않은 청명의 얼굴을 보곤 옆자리에 다가앉았다. 손을 쥔 채 걱정스러운 얼굴로 물었다.

"괜찮소?"

청명은 겨우 고개를 들었다.

"울렁거려······."

"숨을 천천히 편히 쉬어 보오."

"토할 것 같아!"

환희는 청명의 등을 토닥이려다가 멈칫하고, 어깨를 잡고 젖히려다가 멈칫했다. 아끼는 마음이 커질수록 청명의 몸을 만지는 것이 조심스러웠다. 입맞춤을 하겠다며 덤비다가 엉덩방아를 찧게 만들진 않겠다고 다짐했던 것이다. 청명은 더 이상 참지 못하고 외쳤다.

"환희! 당신이 너무 좋아서, 토할 것 같다고!"

처음 하는 고백이었다.


113


꼭 한번 오르고 싶었다. 창을 열면 곧장 보이는 것이 북한산이었다. 저 산 정상에서 내려다보는 한양의 정경은 어떠할까 궁금했다. 청나라로 떠나야 한다고 생각하니, 한양의 정경을 마음에 품고 싶어졌다.

생각보다 멀고 험했다. 정상에 서자 해가 완전히 졌다. 드문드문 민가의 불빛이 반짝이기 시작했다. 청명이 나고 자란 궁궐이 가장 밝았다. 거닐면 무척 넓은데, 정상에서 내려다보니 엄지로도 가려질 정도였다. 한양에서 연경까진 까마득히 먼 길이라지만, 세상에서 가장 높은 봉우리에서 보면 그 역시 한 뼘 남짓에 불과할 것이다. 고국을 떠나 너무 멀리 간다고 안타까워하는 대신 더 높은 산봉우리를 상상하기로 했다. 멀고 가까움은 마음먹기 달렸다고 스스로를 달래면서.

"이제 마음 편히 떠날 수 있겠어."

"가긴 어딜 간다고 그러오? 자꾸 이러면 조수 노릇 못하게 할 테요."

"오래 곁에 있고 싶었는데…… 마술도 배우고……."

환희가 말했다.

"난 당신을 잃지 않을 거요."

청명이 고개 돌려 확인하듯 물었다.

"알고 있었어? 언제부터?"

"그게 중요한 게 아니오. 당신을 지키겠단 것이……."

말허리를 잘랐다. 목소리에 날이 섰다.

"내게 잘해 준 이유가 따로 있었어. 떠날 사람이니까."

"그런 말이 어디 있소? 밤 나들이를 했던 그 새벽에 우연히 들었소. 규장각 제학 송가제와 별운검 홍동수가 의논하는 것을. 대신들이야 이 궁리 저 궁리 말들은 많지만, 조선에서 청나라로 끌려가는 여인들을 단 한 명도 지키지 못하였다오. 맹세하오. 난 꼭 당신을 지키겠소."

청명의 얼굴에 쓸쓸한 기운이 감돌았다.

"차라리 잘되었네. 난 청나라로 가야 해. 당신은…… 차차 괜찮아질 거야."

"괜찮아질 거라고? 연꽃 낭자는 몰라. 영원히 사라지지 않는 상처도 있다는 걸!"

"시간이 지나면 날 잊을 거야. 그래야 해."

"그만! 그만하오. 조수 수칙 둘!"

청명은 젖어 흔들리기 시작한 목소리를 진정시키려는 듯, 천천히
또박또박 외웠다.

"조수를 그만두거나 정식 마술사가 되는 시기는 전적으로 마술
사가 정한다."

"난 내 조수를 함부로 빼앗기는 형편없는 마술사가 아니오."

"괜한 짓이야. 아바마마도 못 막는데……."

환희는 청명의 눈을 깊이 들여다보았다.

"권력보다 더 강한 게 무엇인지 아오?"

"……."

"그건 바로 연꽃 낭자를 지키려는 나 환희의 마술이라오. 나를
믿으시오."

고개 저었다.

"이미 끝났어. 청나라 사신의 명령을 거역할 사람은 조선에 없어."

"날 보오!"

청명이 눈을 맞췄다.

"나 없이 살 자신 있소?"

"이러지 마. 이런다고 달라지진 않아."

"내가 달라지게 만들 거요. 난 지금도 느끼오, 우리 안의 불덩이
를."

"불덩이?"

"내가 꺼내 보여 주겠소."

환희가 청명의 손을 당겨 포개 잡았다. 차갑던 손바닥이 서서히 뜨거워졌다. 열기가 퍼지자, 마음이 편안하게 가라앉았다. 환희가 손을 떼니 손바닥에 붉은 공 하나가 놓였다. 그 공은 불꽃을 날리며 이글이글 타올랐다. 뜨거웠지만 손에 화상을 입히진 않았다. 불을 만들어 품는 마술, 잉화술(孕火術)이었다.

"청나라에서 서쪽으로 만 리를 가면 백아서아(페르시아)에 닿소. 영원히 꺼지지 않는 불을 숭상하는 이들을 거기서 만날 수 있다오. 그들에게서 얻어 온 불꽃이오. 당신을 향한 내 마음과 같소. 연꽃 낭자, 그대를 끌고 가려는 놈들을 이렇게 만들겠소."

마른 풀을 한 움큼 집어 꾸역꾸역 삼키기 시작했다.

"충분히 알겠어. 그만해! 다쳐."

환희는 멈추지 않고 먹고 또 먹었다. 적어도 한 섬은 털어 넣은 듯했다. 눈을 질끈 감고 몸을 좌우로 흔들어 댔다. 마른 풀들을 몸 안에서 뒤섞기라도 하는 걸까. 손바닥이 보이도록 오른팔을 뻗었다. 청명이 그 위에 붉은 공을 얹었다. 환희는 그 공을 코끝에 가볍게 올렸다가 맛있게 삼켰다. 그때부터 입술 사이로 연기가 모락모락 흘러나왔다. 눈과 코와 귀와 입에서 동시에 나온 연기가 어둠이 덮인 밤하늘로 향했다. 이윽고 환희가 살기등등한 거대한 불덩이를 입 밖으로 뿜었다. 그 위로 눈송이가 날리기 시작했다. 첫눈이었다.

114

『환희비급』에 담긴 '잉화술' 항목의 그림을 글로 풀면 다음과 같다.

달아오름.

내가 먼저 뜨거워지는 것을 두려워하지 않아야 한다. 충분히 품어 불꽃의 서늘함을 느낀 뒤, 천천히 상대와의 거리를 고려하며 뿜는다. 태워 없애는 것이 아니라 함께 오래 타오르는 것을 목표로 삼는다.


### 115


이별은 헤어지면서 시작되는 것이 아니라, 이별을 예감하는 바로 그 순간부터 첫 발을 딛는다. 몸은 이곳에 있지만 마음은 벌써 구천을 떠돈다고나 할까. 겪지 않은 사건들이 외로움을 이끌고 밀려들 때의 황망함이여!


### 116


뿜어 나오던 불꽃이 잦아들자, 환희는 고개 돌려 검은 재를 서너 차례 뱉었다. 물이 가득 담긴 유리병을 청명의 등 뒤에서 꺼냈다. 물론 청명은 그렇게 뱀의 머리처럼 주둥이가 굽은 병을 지닌 적이 없었다. 불을 뿜느라 눈썹과 볼이 그을렸다. 지친 듯 숨을 몰아쉬다가 멈추고 또 몰아쉬었다.

"아…… 그게…… 휴……."

눈송이가 환희의 입으로 들어갔다. 규장각 책장 틈에서처럼, 다시 그의 혀가 갑자기 굳었다.

"가만! 아무 말 말고 쉬어."

두 번째였기에, 청명도 차분하게 권했다. 환희는 고집을 부렸다.

"꼭 하고 싶은…… 이야기가 있소. 몇 번 꺼내려 했지만 실패한…… 맨 정신에 끝까지 한 적 없고 또 귀 기울여 들어 준 이도 없는, 내 첫 방랑에 관한 이야기라오. 하고 싶소, 그 얘길. 지금 하지 않으면 영영 못할 듯싶소. 들어 주겠소?"

어둠에 익숙한 청명이 가장 잘하는 일이 바로 듣기였다. 어둠에 머물며 궁궐의 온갖 소리를 들으며 자랐다. 그의 이야기를 듣는 것은 곧 그를 아는 길이다.

"지금은 목과 혀와 입술이 이야길 하기에 적당하지 않아. 나중에 꼭 들을게."

"그것 때문에 하려는 게요……. 이 불에 관한, 내가 이 불을 품게 된…… 내가 마술사라는 걸 처음 느낀 이야기."

청명은 허리를 빼며 듣는 이의 자세를 취했다. 환희는 쉽게 시작하지 못했다.

"웃지 말았으면 하오……. 물론 웃기는 이야기겠지만……. 이건 다 사실이오……. 내가 직접 겪었다오."

"웃지 않아."

"아니다 싶으면…… 언제든 끊어도 좋소……. 어차피 나 혼자 품고 가려 한 것들이니까……."

"염려 마. 끝까지 들을 테니까."

"……휴우!"

깊은 한숨을 다섯 번이나 몰아쉬고 나서야 굳었던 혀가 풀렸고, 환희는 이야기를 시작했다.

"백아서아(페르시아)에 갔을 때라오. 열하에서 요물을 찌른 뒤, 나는 곧장 조선으로 들어온 게 아니오. 조선에 갈 마음은 전혀 없었소. 내 어머니 윤씨를 억지로 청나라로 보낸, 그 빌어먹을 나라를 향해 침이라도 뱉고 싶었다오.

서쪽으로 향했소. 청나라는 내가 상상한 것보다 훨씬 넓었다오. 풍경도 바뀌고 사람들 생김생김도 바뀌고 음식 맛도 바뀌었는데, 여기도 청나라 땅, 저기도 청나라 땅, 또 거기도 청나라 땅이었다오.

막와이(莫臥爾, 무굴제국)의 악바르 2세가 지배하는 북인제아(北印第亞, 북인도)에 닿았을 때는 계절이 두 번이나 바뀌어 매서운 겨울이었소. 높은 봉우리를 세 개나 넘고 까마득한 절벽 길을 닷새나 더 간 후에야 비로소 청나라를 벗어났다오. 어느 오두막집에 기어든 뒤 깊은 잠에 빠졌소. 반년 동안 미룬 잠이 한꺼번에 쏟아진 게요.

며칠이나 잠들었을까. 집이 몹시 흔들려 눈을 뜨니 구름이 창 옆으로 나란히 지나가고 있었소. 꿈인가 싶어 문을 열고 나서려다가 얼음처럼 굳었다오. 허공이었소. 오두막집이 까마득한 하늘을 통째로 날고 있었던 게요. 정확히 말하자면, 집이 나는 것이 아니라 거대한 새 한 마리가 집을 등에 얹고 남쪽으로 날아가는 중이었다오. 나중에 사람들에게 들으니 이 새의 이름이 대붕(大鵬)이라고 했소. 한 해에 한 번씩 북인제아의 집을 백아서아로 옮긴다는데, 하필 그 해엔 내가 잠든 오두막집이 선택된 게요.

졸지에 백아서아에 도착한 나는 마을을 돌아다니며 간단한 마술을 선보였지만, 끼니를 해결하긴 어려웠소. 카자르 왕조의 파드 알리 샤 왕이 마술을 몹시 싫어했기 때문이라오. 거리에서 마술을 하다 붙잡히면 목이 달아나는 건 물론이고 구경꾼까지 엄벌에 처해졌소.

나는 깨달았소. 위험을 무릅쓰고 힘들게 마술을 하는 것보단 불을 숭상하는 배화교(拜火敎)의 어린 승려인 척 돌아다니는 편이 훨씬 쉽게 먹을 것을 구하는 길임을. 굶주림을 해결하고자 승려들 틈에 끼어 마을을 떠돌았소.

이상한 일이 하나 생겼다오. 공양을 얻기 위해 백아서아 마을로 들어서면, 개들이 나를 향해 맹렬하게 짖는 게요. 아무리 온화한 표정을 짓고 먹을 걸 미리 던져 줘도 멈추지 않았소. 무리에서 가장 나이 많은 승려가 내게 왔소. 이름이 라훌인 승려는 더듬더듬 청나라 말로 말했소.

'젖은 불덩어리로세. 그냥 두면 몸도 맘도 타 버릴 걸세.'

어머니 윤씨를 잃은 슬픔과 요물에 대한 분노가 아직 완전히 사리지지 않았던 것이오. 라훌이 내게 물었소.

'불덩어리를 빼내야겠네. 따라 하겠나?'

나는 웃지 않을 수 없었소. 비록 나이는 어렸지만 마술사는 나였고, 그들은 마술에는 관심도 없이 오로지 도만 닦는 승려였다오.

라훌이 등잔을 가져와서 손바닥에 얹어 놓았소. 등잔 받침이 연꽃인 줄 알았는데 자세히 보니 스무 개의 팔이었소. 라훌은 깊게 심호흡을 한 뒤 눈을 감고 입을 크게 벌렸소. 승려들이 그 입에 마른 풀들을 쑤셔 넣기 시작했다오. 소 한 마리가 열흘은 거뜬히 먹을 풀을 넣은 것 같소. 라훌이 눈을 번쩍 떴소. 천천히 태초부터 지금까지 꺼지지 않았다는 신성한 불을 향해 돌아앉았다오. 그 불을 쳐다보기만 했을 뿐인데도, 라훌의 손바닥에 놓인 등잔이 밝아졌소. 라훌은 그 등잔불을 양손으로 집더니 둥글게 키워 나가기 시작했소. 새끼 손톱만 한 불이 주먹만 해지고, 주먹만 한 불덩이가 아기 머리만 해졌다오. 불공은 활활 타올랐지만 라훌은 전혀 뜨거워하지 않고 품에 안거나 어깨에 얹었소. 곁에 앉은 내게 불똥이 튈 정도였지만 라훌은 화상을 입지 않았다오.

라훌은 천천히 일어나서 불공을 든 채 춤을 추기 시작했소. 말이 좋아 춤이지 너울너울 몸을 흔든다고 보면 되오. 고개를 들고 입술을 벌려 낮게 소리를 내기 시작했다오. 신음도 비명도 아닌, 승려들이 밤낮없이 외는 경전 읊는 소리였소. 신기하게도 라훌의 입에서 하얀 연기가 모락모락 피어오르는 게요. 그 연기는 곧 우리의 머리 위 하늘을 덮었소. 라훌이 불공을 왼손에서 오른손으로, 오른손에서 다시 왼손으로 옮겼소. 그사이 불공이 점점 작아졌다오. 아기 머리에서 주먹으로, 주먹에서 다시 새끼손톱으로. 그 손톱만 한 불꽃을 라훌은 단숨에 삼켰소. 입을 꾹 닫곤 춤을 멈추더니 다시 앉았다오. 눈과 귀와 코와 배꼽과 엉덩이로 연기가 새어 나왔소. 연기에 휩싸인 승려, 그가 곧 라훌이었다오.

이윽고 라훌이 입을 크게 벌렸소. 거대한 불덩이를 입으로 뿜었소. 불을 뿜는 용이 있다면 그와 같았을 게요. 앞에 놓인 100년 묵은 무화과나무 한 그루가 활활 타 버리고 말았소. 불덩이를 토한 뒤 라훌은 딸꾹질을 심하게 했소. 대여섯 차례 검은 재를 토한 뒤 라훌이 나를 보며 물었소.

'해 보겠나, 마술사?'

깜짝 놀랐소. 나는 대붕의 등에서 내려 백아서아를 돌아다니다가 라훌의 무리에 합류한 후부턴 마술을 전혀 한 적이 없었소. 엄밀히 밝히자면 그때 나는 마술사가 아니라 마술사 조수를 지낸 소년이었다오. 요물의 지시로 판 밑의 어둠을 이리저리 돌아다닌 아이에 불과했다오. 물론 혼자 마술 연습을 하지 않은 건 아니오. 열심히 했소. 몇 가지는 썩 훌륭하단 칭찬까지 백아서아 사람들에게도 들었지만, 그 외엔 할 줄 아는 마술이 없었소. 더 궁리하고 연습해야 했소. 그런 나를 라훌이 마술사라고 부른 게요.

등잔불을 손바닥으로 옮기는 정도는 그때도 했소. 요물이 연습하던 걸 여러 번 봤다오. 그 불꽃을 아기 머리만큼 키워 자유자재로 갖고 놀며 춤추진 못하오. 작은 불꽃을 손끝에서 손등, 다시 손바닥으로 빠르게 옮기면, 조금 뜨겁긴 해도 화상을 입을 정도는 아닌 게요. 거기까진 쉽게 했소. 승려들 중엔 웃으며 고개를 끄덕이는 이까지 있었소. 문제는 거기부터였소. 불덩이를 입으로 토하는 마술은 익힌 적이 없었소. 나는 라훌에게 지기 싫은 마음에, 마른 풀을 열 움큼도 넘게 삼킨 뒤 불꽃을 입안에 넣었다오. 입천장만 데었을 뿐 불꽃은 곧 꺼졌소. 마른 풀을 아무리 먹어도 목구멍을 지나고 나면 축축해졌소. 불꽃을 삼킨다고 그 풀들을 다시 꺼낼 수도 없었다오. 찬물을 들이키며 입천장과 잇몸의 화상을 다스리느라 바쁜 내 곁으로 라훌이 왔소. 딱 한마디만 했다오.

'몸과 맘의 분노를 모아 토하게.'

당장 그 무리를 떠날까 고민도 했지만, 라훌의 눈동자가 너무 맑았소. 거짓말을 할 승려가 아니었던 게요. 다음 날부터 나는 끼니도 잊고 매일 불꽃을 삼켰소. 혀와 입술과 잇몸과 목구멍까지 불에 데지 않은 곳이 없었다오. 눈물도 수없이 흘렸소. 아무리 연습해도 불덩이가 뿜어 나오지 않는 게요. 한 달이 지난 뒤 라훌이 다시 나를 불렀소. 사막의 초입으로 데려가더니, 모래바람 이는 사막을 향해 눈을 감고 앉으라고 했소.

'지금까지 살면서 가장 참혹했던 순간을 떠올려 보게.'

요물이 내 어머니 윤 씨를 두들겨 패는 장면이 눈앞에 선하게 그려졌소.

'그 시간을 천천히 발가락 끝에서부터 쌓아 올리게.'

살인의 풍경을 내 몸에 모두 쌓기까지 또 보름이 지났소. 보름 동안, 라홀은 내가 불꽃을 만드는 것을 허락하지 않았고, 곁에서 조용히 지켜보기만 했다오. 살인의 풍경이 머리끝까지 차오르자, 라홀이 손수 불공을 내게 건넸소.

'너무 오래 머금으면 불씨가 꺼져 버리고 너무 빨리 뱉어도 분노가 충분히 묻어 나오지 않네. 몸 안, 마음속을 똑똑히 들여다봐. 분노가 자네 목구멍을 찢기 직전까지 참았다가 단숨에 뱉어 버리는 걸세.'

눈을 감고 내 몸과 마음을 들여다봤소. 손톱만 한 불공을 삼켰다오. 처음엔 빛 한 줌 없는 캄캄한 어둠이었소. 그 어둠이 이글이글 뜨거워지기 시작했소. 피비린내가 뜨거움에 잘 발라져 나왔다오. 어둠이 차차 날카로워졌소. 뜨거운 칼날이 몸과 마음을 사정없이 찌르고 베었다오. 나는 불꽃을 향해 어둠을 뱉지 않고 견뎠소. 그다음엔 칼날이 갈고리가 되어 관절 마디마디를 찍어 대기 시작했소. 찍히는 마디마다 어머니의 비명이 터져 나왔다오. 내가 기억하는 어머니의 모든 말들이 전부 비명으로 되살아났소. 아, 나는 당장 그 벌겋게 달궈진 갈고리를 떼어 내고 싶었소. 관절을 단 하나도 쓰지 못하고 평생을 뱀처럼 기어 다닐 것만 같아 두려웠소. 다시 참았소. 갈고리가 변하여 거대한 망치가 되었소. 살짝 닿기만 해도 뼈가 부서질 듯 크고 무거웠소. 망치가 휭휭 허공을 가르며 내게 왔다오.

내 다리를 부수고 내 허리를 부수고 내 가슴을 부수고 내 두개골을 부수려는 바로 그 순간, 나는 분노를 토했소. 닫힌 입술을 밀며 거대한 불덩이가 뿜어 나왔소. 소문에 따르면 그 불덩이는 내가 타고 온 대봉만큼이나 크고 거대했다 하오. 만약 내가 그 불덩이를 사막이 아니라 마을에서 토했다면, 마을 한둘쯤은 통째로 재가 되었을 수도 있소.

잉화술……. 불을 토한 그 사막을 잊을 수 없소. 그 전에도 손쉬운 마술 몇 가지를 선보였으나, 몸과 마음의 분노를 불덩이로 뱉어낸 그 순간에야 나는 비로소 마술사가 된 게요.

끝까지 들어 줘서 고맙소. 당신이 처음이오. 당신은 내 첫 마술이 무엇인지를 아는 유일한 사람이라오.”

“나야말로 고마워! 첫 마술에 관한 이야기를 들려줘서. 그 사막, 나도 가고 싶어.”

이렇게 맞장구를 쳤지만, 청명은 솔직히 환희의 이야기를 사실로 믿지 않았다. 사실이든 허구든 상관없었다. 충분히 기뻤다. 환희가 자신을 믿고, 누구에게도 들려주지 않은 속 깊은 이야기를, 한번은 규장각에서, 또 한번은 북한산에서 들려준 것이다. 심지어 두 이야기는, 청명이 밤을 새워 필사한 애정 소설들만큼, 재미있기까지 했다.

## 117

이야기를 마친 환희는 청명의 손을 쥐지도 않고, 바라보지도 않고, 시선을 내린 채 제법 길게 침묵했다. 겹겹이 가린 소나무 가지 사이로 눈송이들이 더 많이 떨어졌다. 청명은 혼자 정리할 대목이 남았으려니 하고 슬그머니 일어섰다. 짧은 소설을 읽은 후에도 느낌에 휩싸여 밤새 뒤척이곤 하는데, 이 기막힌 이야기를 들려준 마술사에게 어찌 여운이 없으랴. 그때 환희가 자세를 바꾸지 않고 말했다.

"그냥 좀 있으시오."

"방해하기 싫은데……. 눈도 꽤 내릴 것 같고……."

"당신이 거기 내 앞에 앉아 있는 것만으로도 갑자기 벅차올라 그렇소. 감당하기 힘들군. 잠깐만 내게 시간을 주오."

"아!"

환희의 벅찬 마음이 고스란히 청명에게 옮겨 왔다. 이 밤, 청명과 환희에겐 할 일이 따로 있지 않았다. 서로가 서로에게 몰두하는 것, 그것이 전부였다.

## 118

하산을 준비하며 환희가 이런 말도 했다.

"당신이 없는 마술 판은, 궁궐은, 세상은 상상도 하기 싫소. 당신이 없으면 나도 없소. 끝이오. 살아 있을 이유가 사라졌다오. 홀로 앞날을 잘 꾸려 가라 운운하지 마시오. 다시 강조하지만 내겐 앞날이 없소, 당신이 없다면!"


## 119


　밤에 눈 내리는 북한산을 내려가는 것도 만만치 않았다. 가다 쉬고 가다 쉬기를 반복했다. 젖은 바위에 엉덩이를 나란히 대고 숨을 고르다가 청명이 권했다.

　"내가 떠나더라도 물랑루에서 환희단을 이끌고 마술 공연을 계속해 줘. 관객들을 실망시키지 마. 당신이 가장 잘하는 일이잖아?"

　환희가 화를 냈다.

　"당신이 없는데, 관객들이 무슨 소용이란 말이오. 맞소. 마술은 내가 가장 잘하고 좋아하는 일이오. 당신을 잃고 나면, 마술이야말로 내겐 너무나 지루한 일이 될 게요. 내 마술로 즐거움을 선사할 이는 떠났는데, 나만 남아 마술을 해야 한다면, 그보다 더 지긋지긋한 일이 무엇이겠소."


## 120


　별당 앞마당에서 청명이 환희에게 물었다.

　"왜 그렇게 내게 이야기를 많이 해?"

　"아직 터무니없이 부족하오."

　"이야기를 해야 알고, 안 한다고 모르는 게 아닌데……."

"그래도 하고 싶소, 지금은."

"만날 때마다?"

"만날 때마다."

"영원히?"

"영원히."

환희가 하늘을 올려다보곤 말했다.

"어서 들어가오. 눈발이 다시 굵어졌소."

청명이 고개 끄덕인 후 돌아섰다. 한 걸음 두 걸음 세 걸음 네 걸음 별당을 향해 걷다가 뒤돌아서선 달려왔다. 환희의 입술에 제 입술을 맞췄다. 입술을 떼곤 돌아서서 별당까지 뛰어갔다. 청명이 남긴 발자국으로 눈송이가 떨어졌다. 그 발자국이 눈에 덮여 사라질 때까지 환희는 버드나무처럼 서 있었다.


### 121


연애담(戀愛談)에서 불행의 시작은 남자의 호언장담에서 비롯된다. 감당하기 힘든 약속을 미리 하는 바람에 스스로를 벼랑 끝까지 내몬 적이 어디 한두 번인가. 조선 마술사 환희와 조수 청명에 관해 꽤 많은 일화를 옮겼지만 진짜 이야기는 지금부터다. 사랑을 지키고 행복할 것인가, 사랑을 잃고 불행할 것인가. 사랑을 지키기 위해 목숨을 던질 것인가, 목숨을 지키기 위해 사랑을 던질 것인가. 강력한 적을 제압하려면 치밀한 준비가 필요하다. 그때 우리는 이런 질문을 남자 주인공에게 하게 된다.

자, 이제 어떻게 할 겁니까?

## 122

다음 날 아침 환희가 별당으로 왔다. 청명은 환희를 마당에 잠시 세워 두곤, 거울 앞에서 제 입술을 손끝으로 토닥였다. 입을 맞춘 후 첫날이었다. 밤이 지났건만, 환희의 입술이 방금 자신의 입술에서 떨어진 듯했다.

"웬일이야? 마술 방으로 가려는 참인데……."

"보고 싶었소."

"어젯밤에 만났잖아? 잠깐 눈만 붙이고 만나는 건데, 보고 싶었다고?"

"보고 싶었소. 당신 없는 밤과 새벽이 점점 견디기 힘들다오."

청명이 속삭였다.

"오늘은 종일 같이 연습하는 거지?"

"곁에 있어도 순간순간 당신이 보고 싶소. 안타까운 일이지만 오늘은 마술 방으로 나오지 마오. 따로 할 일이 있다오."

청명이 실망한 듯 연이어 물었다.

"할 일? 그게 뭔데?"

"나중에 알려 주리다."

"보고 싶었다면서 나만 따돌려?"

"실컷 봐 두려고 왔소. 별당에서 내가 알려 준 마술들 연습하시오. 돌아와서 검사하겠소."

"숙제라도 내는 거야?"

환희가 부채를 접어 지적하듯 허공을 톡톡 쳤다.

"그렇소. 숙제."


## 123


마술사는 독불장군과 거리가 멀다. 판에서 마술을 부리는 것은 마술사 한 사람이지만, 그 마술을 준비해서 완성시키기까지는 많은 이들의 지혜와 노력이 필요하다. 별당에서 돌아온 환희는 탁자 위에 모화관 대형 상세 지도를 펼쳐 놓고 홍동수와 송가제와 기탁을 마술 방에 불러 모았다. 청명을 구하기 위해선, 조선의 약점부터 지워야 했다.

송가제와 기탁과 환희가 함께 움직이고 홍동수는 단독으로 모화관에 침투하기로 했다. 송가제가 계획을 정리했다.

"모화관은 사신을 위해 특별히 마련한 객관으로 조선 최고의 시설을 자랑합니다. 내가 팽 대인과 마주 앉을 곳은 바로 여기 중앙 접견실이오. 사신단은 우측 별실, 바로 저곳에 머무르고 있지요."

홍동수가 자신의 동선을 설명했다.

"송 제학이 팽 대인을 접견하는 동안, 난 사신단 숙소에 잠입하겠소. 미시(낮 1시) 정각에 작전을 시작하는 걸로 합시다."

기탁이 책상 위에 자명종 시계 두 개를 올려놓았다. 팔목에 차고 다니는 엄지만 한 초소형 자명종이었다. 시침과 분침을 똑같이 맞춘 뒤 비장하게 말했다.

"어마어마하게 위험한 일입니다만, 목숨을 걸고 약속 시간을 알려 드리겠습니다. 미시가 되면 손으로 입을 가린 뒤 기침을 합지요. 콜록콜록!"

기탁과 홍동수가 손목에 각각 자명종을 하나씩 찼다. 송가제가 확인하듯 환희에게 물었다.

"정말 자신 있는가? 성패는 자네 마술 솜씨에 달렸다네."

부채로 목을 탁 치며 되물었다.

"이놈 목을 걸면 믿으시겠습니까?"

이제부터는 작은 실수가 계획을 무산시킬 수도 있었다. 각자 맡은 역할에 충실하면서 서로를 배려해야 했다. 회의를 마치기 전, 홍동수가 좌중을 둘러보며 물었다.

"고양이 노릇은 내가 하리다."

"고, 고양이라뇨?"

눈치채지 못한 이는 기탁뿐이었다. 홍동수도 송가제도 또한 환희도 마술 방 병풍 뒤에 남 내관이 숨어 엿듣고 있음을 알아차린 것이다. 청명이 조수복을 갈아입은 곳이기도 했다. 홍동수가 장검을 쥐고 일어서려 하자 환희가 눈짓으로 말렸다. 두 사람이 눈으로 묻고 답했다.

어찌하려고?

제게 맡기세요.

환희가 앉은 채 부채를 펴 흔들었다. 병풍이 따라 흔들렸다. 부채를 천천히 접자 병풍도 서서히 접혔다. 웅크려 그들의 대화를 훔쳐 듣던 남 내관의 모습이 드러났다. 홍동수가 성큼 가선 멱살을 쥐었다.

"잡았다. 쥐새끼!"

겁을 잔뜩 먹은 남 내관은 고양이 앞의 쥐처럼 덜덜 떨었다. 홍동수의 주먹도 무서웠지만, 그보다 저절로 움직인 병풍에 기겁을 한 것이다. 홍동수가 힘주어 물었다.

"누가 우릴 염탐하라 시켰느냐?"

"무, 무슨 말씀이신지……."

"언제 만나기로 했어?"

"저는 그냥 마술 방이 어떤 곳인가 궁금하여……."

환희가 홍동수 옆으로 가서 섰다. 부채를 남 내관의 코앞에 척 들어 보이며 차분히 말했다.

"이걸 거꾸로 뒤집으면 어찌 될까 궁금하지 않나? 병풍만 움직이는 게 아닐세. 물구나무를 섰다가 목이 부러진 내관은 처음이겠군."

"거, 겁박하지 마시오."

"겁박일까, 과연?"

환희가 수직으로 세웠던 부채를 천천히 뉘였다. 남 내관의 고개도 부채를 따라 젖혀졌다. 수평에 가까웠을 때 남 내관이 소리쳤다.

"자, 잠깐! 귀, 귀몰입니다요. 오시(낮 11시)에 모화관에서 만나기로 했습죠."

홍동수는 남 내관을 끌고 가서 의금옥에 가뒀다.

모화관 경계는 삼엄했다. 조선의 군졸들이 벽을 삥 돌며 잡인의 출입을 막는 것과는 별도로, 무사 만검이 연경에서 함께 온 청나라 검객들을 건물 요소요소에 배치했다. 대문 앞에서 서성이는 이는 마술사 귀몰이었다. 남 내관을 기다리는 중이었다. 남 내관 대신 송 가제와 환희와 기탁이 함께 들이닥치자 당황하는 기색이 역력했다.

"어인 일들이시오, 기별도 없이?"

"어명을 받들어 팽 대인을 뵈러 왔습니다."

송가제가 먼저 귀몰 곁을 지나쳤고, 기탁이 그 뒤를 따랐으며, 환희는 한두 걸음 뒤처져 걸었다. 같은 시각, 홍동수는 복면을 한 채 모화관 뒷담을 넘었다.


### 124


모화관 정문에서 귀몰의 얼굴을 보는 순간, 환희는 제 눈을 의심하지 않을 수 없었다. 사신단에 속한 청나라 마술사 귀몰이 바로 환희의 어머니 윤씨를 때려죽인 열하의 마술사 요물이었던 것이다. 요물의 이름이 처음부터 귀몰이었을까. 청나라 말에 서툰 어머니 윤씨는 공연 후 말술을 들이키고 발길질을 일삼는 그를 요물이라고만 불렀다. 10년이 지났는데도 피멍 든 입술로 쏟아 내던 한탄이 귀에 생생하다.

"저 요물만 없으면, 내 저 요물만 없으면……."

환희는 자신의 손으로 귀몰을 죽였다고 믿었지만, 귀몰은 죽지 않았다. 칼날이 급소에서 딱 반 뼘 빗나갔던 것이다. 10년 만의 재회였지만, 환희는 단숨에 귀몰을 알아보았다. 귀몰은 전혀 환희를 알아보지 못했다. 귀몰의 어깨에도 미치지 못하던 열 살 소년이 머리 하나는 더 큰 스무 살 청년으로 자란 것이다. 언제나 아래로만 향하던 소년의 주눅 든 눈망울도 누구 앞에서나 당당한 청년의 눈빛으로 바뀌었다. 모화관으로 들어서며 환희는 어금니를 깨물었다. 복수가 끝나지 않은 것이다.

## 125

팽 대인이 낮잠을 즐기는 바람에, 일행은 접견실에서 한참을 기다렸다. 환희는 탁자 위의 차를 들고 마시는 척하며 접견실을 살폈다. 내명부 여인들이 수를 놓아 바친 비단과 산삼을 싼 보자기가 자개함 옆에 나란히 놓여 있었다. 기탁이 식은땀을 닦으며 속삭였다.

"어떻게 하냐? 너무 늦어지는데……"

환희가 답했다.

"낮잠 깨우는 마술은 아직 못 만들었어."

미시가 가까워서야 팽 대인이 접견실로 들어왔다. 기탁은 마른침을 삼킨 뒤 숨을 골랐다. 송가제와 팽 대인이 마주 보고 앉았다. 송가제의 좌우에 환희와 기탁, 팽 대인의 좌우에 귀몰과 만검이 배석했다.

"못 보던 얼굴들인데……?"

귀몰이 물었다. 팽 대인은 잠이 덜 깬 눈으로 환희와 기탁을 훑었다. 송가제가 가볍게 답했다.

"규장각 제 밑에서 일하는 검서관들입니다. 왕의 경연에 번갈아 참석하고 있기도 합니다."

팽 대인이 길게 하품을 한 후 물었다.

"청명옹주는 청국으로 떠날 준비에 최선을 다하고 있는가?"

송가제가 되물었다.

"대인! 재고해 주실 수는 없으신지요?"

팽 대인의 눈이 날카로워졌다.

"알아듣게 설명을 했건만, 조선 왕은 아직 정신을 못 차린 게야?"

"부탁 말씀 간곡히 올리라는 어명을 받들어 왔습니다. 두 나라의 화평을 바라는 대인의 고견을 어찌 모르겠습니까만, 조선의 형편도 살피시는 것이 또한 대국 사신의 합당한 도리라 사료됩니다."

"하룻강아지 범 무서운 줄 모른다더니, 동쪽의 작은 오랑캐 주제에 감히 내 앞에서 도리 운운하는 것이냐? 도리를 지키지 못한 이가 누구인지는 조선 왕이 더 잘 알 터인데……."

『환단무예지』를 염두에 둔 발언이었다.

"하삼도도 북삼도도 민심이 흉흉합니다. 지난봄 조운선이 서해와 남해에서 연이어 침몰하였고, 평안도에서 시작된 역병이 함경도와 황해도를 거쳐 계속 내려오고 있습니다. 벌써 5년째 계속된 가뭄으로 논이 쩍쩍 갈라졌습니다."

"그 이야길 왜 내게 하는 것인가? 조선 왕이 알아서 처결할 일 아니냐?"

"안간힘을 쓰고 있습니다. 조선은 지금 제 몸 하나 가누기 힘든 병자입니다. 도리를 아는 대국이라면, 병자를 위해 약 한 첩 건네지는 못할망정 병자를 간병하던 어린 딸을 빼앗아 가면 되겠습니까?"

"무엇이라고? 병자의 딸을 빼앗아 간다고 했느냐?"

만검이 일어나 벨 기세로 장검을 잡았다. 송가제는 두려워하지 않았다.

"아닙니까?"

"청명옹주를 태자의 후궁으로 들이는 것이 어찌 병자의 딸을 빼앗아 가는 것과 같단 말이냐? 나는 두 나라의 앞날을 위해 그리한 게다."

"대인의 호의를 의심하진 않습니다만, 조선 백성들은 그리 생각하지 않을 것입니다. 전쟁을 마치고 귀국으로 끌려간 조선 여인이 기천, 아니 기만 명입니다. 귀국 사신단이 청명옹주 마마와 함께 돌아가신다면, 조선 백성들은 또 한 명의 조선 여인이 돌아오지 못할 길을 강제로 떠나는구나 하며 슬퍼할 것입니다. 그것이 어찌 두 나라에게 이롭겠습니까? 재고하여 주십시오."

"어림없는 소리! 함부로 대국에게 덤빈 조선의 어리석음부터 깊이 반성하라. 이렇게 남 탓만 하니, 동쪽 오랑캐 소릴 듣는 게다."

대화는 한 치의 물러섬도 없었다. 기세와 기세가 부딪치고 논리와 논리가 뒤엉켰다. 기탁이 탁자 아래로 팔을 내려 손목에 찬 시계를 확인했다. 미시가 되기 1분 전이었다. 기탁이 입을 가린 채 콜록콜록 기침을 하자, 송가제가 목청을 더욱 높여 팽 대인을 밀어붙였다.

"개구리가 올챙이 시절을 기억하지 못한다고 했던가요? 귀국도 한때는 명나라로부터 오랑캐 취급을 받았습니다. 잊으셨습니까?"

"뭐라고? 오랑캐?"

팽 대인이 화를 참지 못하고 탁자 위 찻잔을 팔로 쓸어버렸다.

"아이고, 나 죽네."

기탁이 뜨거운 물에 덴 것처럼, 양손으로 얼굴을 감싼 채 펄쩍펄쩍 뛰었다. 미리 준비한 물감으로 뺨을 비비자, 살갗이 벗겨지며 얽은 볼이 더욱 붉고 거칠어졌다. 귀몰이 기탁을 막아서는 순간 사신단 처소인 별실에서 폭음이 들려왔다. 만검이 쏜살같이 튀어 나갔다.

## 126

만검과 홍동수의 악연은 20년 전『환단무예지』를 만들고자 세상의 검보(劍譜)들을 모을 때부터 시작되었다. 청나라 검보를 빼내기 위해 밀파된 홍동수를 끝까지 추격한 이가 만검이었다. 둘은 산해관 벌판에서 일대일로 승부를 겨뤘다. 홍동수는 오늘처럼 콧잔등까지 복면을 썼다.

대결은 막상막하였다. 좁은 방이거나 벽이 높은 성이었다면 만검이 이겼을 것이다. 사방 어디로도 달아날 수 있는 벌판에선 홍동수가 유리했다. 무리하게 덤벼드는 만검의 오른뺨을 칼끝으로 찌른 뒤 도주하여 조선으로 돌아왔다.

송가제가 팽 대인과 언쟁을 벌일 때, 홍동수는 별실로 잠입하여 사신단의 짐을 뒤졌다.『환단무예지』의 초고는 어디에도 없었다. 홍동수는 준비한 폭약을 별실에 설치한 뒤, 미시 정각에 터뜨렸다. 미리 퇴로로 정한 모화관 뒷마당으로 달아났다.

청나라 검객들이 덤벼들었다. 홍동수는 1합에 한 명씩 거꾸러뜨리며 나아갔다. 뒤늦게 도착한 만검은 달려들지 않고, 홍동수의 검법을 살폈다. 만검의 입귀가 올라가자, 오른뺨의 칼자국이 더욱 깊어졌다. 그놈이었다. 산해관에서 자신의 뺨에 칼자국을 남긴 조선의 무사!

만검이 장검을 든 채 곧장 나아왔다. 홍동수가 만검을 곁눈으로 보았다. 만검은 단숨에 날아올라 어깨를 벨 작정이었지만, 홍동수는 정면 승부 할 뜻이 없었다. 이미 스무 명을 넘게 벤 홍동수가 갑자기 옆 걸음으로 벽을 따라 달렸다. 놀란 만검이 뒤따랐지만, 홍동수는 가장 낮은 담에 이르렀고, 공중제비를 돌아 그 담을 넘었다. 후퇴를 누구보다도 싫어하는 홍동수지만, 만검과 승부를 내고 싶은 마음도 컸지만, 접견실로 들어간 일행과의 호흡을 맞추기 위해 참았다. 달아나지 않고 만검과 겨룬다면, 조금만 승부가 길어져도 청나라 검객들에게 포위될 것이다. 설령 만검을 벤다 해도, 화살을 맞거나 그물에 감겨 생포될 수 있었다. 자신의 정체를 청국 사신단에 들키는 것만은 피해야 했다.

모화관 담벼락엔 미리 준비시킨 홍동수의 애마 흰둥이가 기다리고 있었다. 검객 홍동수의 또 다른 특장(特長)은 마상 무예였다. 말 위에서라면 두려운 게 없었다. 흰둥이의 등에 앉자마자 질주했다. 만검도 지지 않고 흑마를 구해 타고 홍동수를 쫓았다. 검과 검의 대결이 말과 말의 겨룸으로 바뀌었다.

산해관에서 홍동수에게 당한 뒤, 만검은 절치부심 검술을 연마했다. 뼈를 깎는 노력을 해도 제압하기 힘든 상대! 만검에겐 홍동수가 그런 적수였다. 홍동수는 평생 무예를 연마하며 하루하루를 보냈고, 만검과 싸우고 헤어진 20년은 더욱 특별한 나날이었다. 『환단무예지』에 실린 삼국의 검법을 모두 익힌 것이다. 왕은 홍동수에게 화원들 앞에서 검술을 선보이라 했다. 화원들이 검보를 완성시킬 때까지, 홍동수는 매일 수백 아니 수천 번 검을 놀렸다. 삼국의 검법을 자유자재로 구사하는 유일한 검객이 된 것이다.

나란히 달리며 검과 검이 부딪쳤다. 만검은 힘으로 상대를 제압하려는 듯 크고 길게 검을 휘둘렀다. 홍동수는 흰둥이와 호흡을 같이하며 물 흐르듯 조금씩 움직였다. 칼날이 홍동수의 머리와 가슴을 향해 날아들었으나 한 뼘, 때론 반 뼘 차이로 허공을 갈랐다. 공격하는 쪽은 만검인데 먼저 지치는 이도 만검이었다. 홍동수는 역공을 펴지 않고 속도를 높였다.

뒤처지기 시작한 만검이 암수를 썼다. 소매에서 표창을 꺼내 홍동수의 뒤통수를 노리고 던진 것이다. 홍동수는 허리를 젖힌 뒤 몸을 돌려 안장에서 벗어났다. 낙마하진 않고, 흰둥이의 옆구리에 딱 붙어 위기를 면했다. 목에서 피가 흘렀다. 표창이 스치고 지나간 것이다.

굽잇길에서 승부가 갈렸다. 홍동수가 낙마했다고 여긴 만검이 고개를 돌리는 순간, 홍동수가 허공으로 뛰어올라 만검의 턱을 걸어차면서 손목을 꺾어 장검을 빼앗은 뒤 흑마의 안장에 앉은 것이다. 역습을 당한 만검의 몸이 흙먼지를 일으키며 길바닥에 굴렀다. 말머리를 돌린 홍동수가 쓰러진 만검 앞에 내려섰다. 목덜미에 퍼런 칼날을 갖다 댔다. 패배를 자인한 만검이 눈을 질끈 감은 채 최후를 기다렸다.

홍동수는 만검의 목을 베는 대신 왼뺨에 다시 칼자국을 냈다. 청국 사신단에 속한 검객을 죽였다간 상황만 악화되기 때문이다. 엎드려 울부짖는 만검을 버려둔 뒤 말을 타고 도성으로 돌아왔다. 검객이 두 뺨에 칼자국을 지닌 채 살아가는 건 죽음보다 더한 치욕이었다.


127


홍동수가 만검에게 치욕을 안길 때, 송가제와 기탁과 환희는 모화관을 무사히 빠져나왔다. 팽 대인의 경고가 송곳처럼 귓전을 찔러 왔다.

"국왕에게 전하라. 청명옹주를 내놓지 않으면 대청국의 막강 대병이 다시 압록강을 건너 조선을 칠 것이니라."

송가제는 더 이상 대응하지 않고 읍을 한 후 돌아섰다. 팽 대인이 환희의 솜씨를 눈치채기 전에, 그들은 서대문을 통과해야 했다. 모화관 대문을 나서서 골목으로 접어들자마자, 송가제도 기탁도 환희도 염치 불구하고 달렸다. 서대문을 통과한 뒤에야 성벽에 등을 기댄 채 여유를 부렸다. 송가제가 물었다.

"성공했는가?"

환희가 대답 대신 두루마기 옷고름을 풀었다. 송가제와 기탁이 동시에 웃음을 터뜨렸다. 청나라 황제가 불로초라고 믿는, 팽 대인에게 건넸던 백두산 산삼이 환희의 품에서 나온 것이다. 폭약이 터져 어수선한 틈에 보자기를 풀어 산삼을 꺼내고 뿌리를 묶어 목에 고정시킨 다음 품고 나온 것이다.

"불로초 상자엔 뭘 남겨 뒀는가?"

눈에는 눈, 이에는 이. 귀몰이 『환단무예지』를 백지로 바꿨다면, 환희가 택한 것은 가늘고 빛이 바랜 도라지였다.

128

청명은 환희도 없는 마술 방을 지키다가, 해가 지자 별당으로 돌아왔다. 정 상궁이 청명 앞에 엎드려 울먹거렸다. 청명이 짐짓 모르는 체하고 물었다.

"왜 그래?"

"마마! 어찌 이런 일이 다 있사옵니까? 청나라로……."

말을 잊지 못하고 눈물을 쏟았다.

"울지 마. 좀 먼 곳으로 떠나는 것뿐이야. 괜찮아. 언제까지 궁에
서 살 순 없잖아?"

정 상궁이 고개를 들고 젖은 얼굴로 청했다.

"마마! 데려가 주시옵소서. 힘든 타향살이를 혼자 하실 순 없사
옵니다. 제가 따라가겠사옵니다."

눈물을 참으며 정 상궁을 다독였다.

"나 혼자만 가야 해. 궁인들은 청나라 황실에서 마련한다더라고.
나 때문에 지금껏 이 좁은 별당에서 고생했는데, 더 편하고 넓은 궁
으로 옮겨. 아바마마께 잘 말씀드려 놓을게. 염려 마."

"아니옵니다. 마마! 이럴 순 없사옵니다. 마마!"


### 129


남자가 달릴 때 여자는 기다린다. 남자가 더 큰 희망을 품을 때
여자는 더 잔혹한 절망에 시달린다. 너무 뻔한 상황이라서 누구나
예측이 가능하지만, 또 그런 상황을 펼쳐 보이면 백발백중 눈물을
훔치게 되는 것이 이야기의 묘미다. 어쩌면 이야기의 문제라기보다
는 삶의 문제다. 이 세상에서 가장 상투적인 것이 '이야기'일지도 모
른다. 태어나고 먹고 자고 입고 싸우고 사랑하다가 늙고 병들어 죽

는 것을 모르는 이가 어디 있는가. 반복에서 벗어나기 위해 몸부림 칠수록 더 큰 일상에 갇힌다. 이야기가 상투적인 것이 아니라 삶이 상투적일 때, 이 두 겹의 상투성으로부터 어떻게 벗어날 것인가. 상투성으로부터 벗어났다고 확신하며 기뻐하는 것 역시 또 다른 상투성이라면? 질문은 끝이 없다.


## 130


떠날 때보다 떠날 준비를 할 때가 더 서글픈 법이다. 정 상궁은 밤을 꼬박 새워 챙긴 짐들을 다시 풀어 살피고 또 묶기를 반복했다. 잠시만 일손을 멈춰도 굵은 눈물이 흘렀다.

"마마! 청나라는 조선보다 훨씬 춥다 하옵니다. 장갑이며 목도리며 잊지 마시고 꼭 챙기시옵소서."

"나 원래 건강하잖아."

"마마!"

"나중에, 봄이 오면 청나라로 놀러 와. 같이 만리장성으로 소풍이라도 가자……. 유리창 골목에서 서책도 사고……."

"마마! 부디 옥체 보존하시오소서."

"내겐 정 상궁이 엄마였지. 정 상궁이 보살펴 주지 않았다면, 난 진작 망가졌을 거야. 고마워, 정말!"

정 상궁이 다시 울음을 터뜨렸다. 청명 역시 두 볼을 타고 흐르는 눈물을 어쩌지 못했다.

　왕은 탁자에 놓인 산삼을 벌써 한 시간 넘게 쳐다보고 있었다. 『환단무예지』를 찾진 못했지만, 이토록 큰 산삼을 모화관에서 들키지 않고 가져올 줄은 몰랐다. 물랑루에서 매진을 이어 가는 마술사 환희의 명성이 헛되진 않은 것이다. 왕은 산삼을 보면서도, 산삼만 보는 것이 아니었다. 햇볕이 좋은 한낮의 대전인데도 주위가 온통 침침했다. 산삼도 겨우 형체만 어른거릴 뿐이었다. 자세히 살피고자 했다면 등잔을 켰으리라. 마음을 접었다. 대낮에 왕이 대전에서 등잔을 밝혔다는 풍문이 돌게 해선 안 된다. 이윽고 왕은 죽마고우를 대하듯 산삼을 향해 제 마음을 털어놓았다.

　"하는 데까진 해 봐야겠지. 청명을 이대로 보내면 평생 후회할 거야."

　승부의 결과는 전무 아니면 전부다. 아량이나 위로 따윈 필요치 않다. 모든 걸 얻든지, 모든 걸 잃든지. 그런 승부를 겨룰 때에야 인간은 자신의 전부를 쏟게 된다. 겨루는 목적은 제각각이겠지만, 겨루기가 시작되면 승리만이 목적이 된다.

팽 대인이 궁궐로 들이닥쳤다. 대전에서 팽 대인과 왕이 마주 보며 앉았다. 귀물과 만검이 팽 대인 뒤에 서고 환희와 홍동수가 왕의 뒤를 지켰다. 송가제는 다른 방에서 산삼을 지키며 대기했다. 팽 대인과 왕의 눈싸움도 격렬했지만, 만검과 홍동수의 시선에선 불꽃이 일 지경이었다. 만검은 홍동수의 목에 난 상처를 째렸고 홍동수는 만검의 왼뺨에 새로 난 칼자국을 노렸다. 팽 대인이 손을 들자 만검이 산삼을 담았던 상자와 보자기를 탁자에 올려놓았다.

"조선에서는 이따위 도라지를 불로초라 하는가? 감히 황제 폐하와 대청국을 능멸하고도 살아남기를 바라는가? 이미 폐하께 불로초를 구하여 간다 미리 전언을 올렸으니, 속히 불로초를 대령하라."

왕이 손을 들자 홍동수가 수령증을 건넸다. 왕이 그것을 잡다가 떨어뜨렸다. 홍동수가 급히 주워 다시 올렸다. 왕은 수령증을 팽 대인에게 들어 보였다.

"보십시오. 대인께서 직접 확인하시고 수령증에 이렇게 수결까지 하셨지 않소? 덕담하는 모습을 지켜본 이가 적지 않습니다."

"수결을 하긴 했소만……."

"불로초가 탐이 타서 몰래 드신 건 아니십니까?"

팽 대인이 발끈했다.

"감히 속국의 왕이 황제의 사신을 도둑놈 취급하는 것인가?"

왕이 기다렸다는 듯이 응대했다.

"도둑이라 하였습니까? 더한 일도 있었지요."

홍동수가 백지를 묶은 서책을 탁자 위에 올려놓았다.

"대인께서 다녀가신 뒤, 제가 아끼는 서책이 저렇게 공책으로 바뀌었습니다."

팽 대인이 화를 누르며 목소리를 깔았다.

"지금이라도 도라지를 다시 불로초로 바꾼다면 용서해 주겠소."

"이 공책을 글과 그림으로 채운다면, 저 역시 지난 무례를 잊도록 하겠습니다."

팽 대인이 시치미를 뗐다.

"나는 왕이 아끼는 서책을 가져간 적이 없소. 대체 그 책의 제목이 무엇이오?"

"아시지 않습니까? 서책을 가져간 적이 없다 하시니, 저도 불로초인 산삼의 행방은 모르겠습니다. 다시 구하려면 적어도 반년은 넘게 걸립니다."

"불로초를 구했다고 이미 서찰을 연경으로 띄웠다니까."

"불로초를 잃어버렸단 서찰도 마저 보내십시오."

"농담이 지나치오."

"진담입니다."

"마술이라도 부려서 책을 가져오란 게요?"

"부릴 수 있다면 부려 보시지요. 귀국 사신단에 청나라 으뜸 마술사가 있다면서요?"

귀몰의 눈초리가 매서워졌다. 팽 대인은 손을 뻗어 환희를 가리켰다.

"저 검서관이야말로 조선의 으뜸 마술사 환희가 아닌가? 내 다 알아보고 왔소. 물랑루를 폐쇄한 뒤 으뜸 마술사 환희를 궁궐로 들여 마술 방까지 차려 주었다면서? 대체 무슨 수작을 벌이고 있는 게요? 긴 말 필요 없소. 당장 불로초와 청명옹주를 내놓으시오. 귀국 일정이 바쁘오."

"귀국을 연기하는 게 어떻겠습니까?"

"나를 조선에 붙잡아 두기라도 하겠단 게요?"

"아닙니다. 제가 어찌 팽 대인을 감금한단 말입니까? 불로초 없이 귀국했다간 큰 화가 대인께 미칠까 그것을 걱정하는 겁니다."

팽 대인은 잠시 침묵했다. 그의 고민을 왕이 정확히 짚은 것이다.

조선 마술사가 나설 순간이 왔다. 물론 환희는 이런 식의 거창한 개입을 무척 싫어하지만, 국가와 종묘사직과 『환단무예지』 따윈 알 바 아니지만, 사랑하는 여인을 구하기 위해선, 싫은 일도 해야 하고 싫은 말도 뱉어야 했다. 귀몰을 노리며 말했다.

"전하! 신 검서관 환희 감히 한 말씀 아뢰겠사옵니다. 청나라 으뜸 마술사와 겨루게 하여 주시오소서."

귀몰이 또한 청했다.

"기회를 주시오소서. 오만한 조선의 코를 납작하게 만들겠나이다."

두 마술사가 싸우기를 원하니, 팽 대인으로서도 간단히 거절하기 힘들었다. 대결을 허락하지 않는 것은 패배를 자인하는 꼴이다. 팽 대인은 청나라가 조선에 비해 부족한 것이 전혀 없다고 자랑해 왔다. 마술이라고 예외일 수 없었다. 왕에게 제안했다.

"이렇게 합시다. 귀몰이 이기면 불로초를 곧장 넘기시오."

왕이 이어 말했다.

"환희가 이기면 제가 아끼는 서책을 당장 찾아 주십시오."

"좋소!"

"좋습니다!"

환희가 끼어들었다.

"내기는 크면 클수록 겨루는 맛이 나지요."

"또 무엇을 더 걸겠다는 게냐?"

"제가 지면 목숨을 내어드리지요."

"목숨이라!"

"대신 제가 이기면 청명옹주를 데려가겠다는 명을 거두어 주십시오."

귀몰이 끼어들었다.

"제가 조선 마술사에게 진다면 저 역시 목숨을 내어놓겠습니다."

공교롭게 환희를 거드는 꼴이 되었다. 팽 대인이 잠시 고민하다가 크게 고개를 끄덕였다.

"좋다! 대국의 위엄을 보이도록 하라."

환희는 출입문에 내관과 나란히 서 있던 기탁에게 눈을 돌렸다. 내기에 걸 담보들이 정해졌으니, 대결 규칙을 정하는 일만 남았다. 그것은 흥정의 귀재 마네자 기탁의 전문 영역이었다. 기탁이 기다렸다는 듯이 핵심을 짚어 나갔다.

"반평생 내기로 버틴 인생이 한 말씀 올리자면, 대결에서 가장 중요한 게 바로 어느 쪽으로도 쏠리지 않는 규칙입니다. 자 그럼 말씀 올려 보지요. 조금 길더라도 귀 기울여 주십시오. 장소는 조선 최대 마술 공연장인 물랑루가 좋겠습니다. 삼세판 겨뤄 두 판 이기면 시합이 끝나는 걸로 하겠습니다. 이게 가장 중요한 겁니다만, 공정한 판결을 위해, 다국적 심사단을 구성하겠습니다. 심사단은 조선인 스물다섯 명, 청국인 스물다섯 명, 일본인 스물다섯 명, 안남인 스물다섯 명으로 하겠습니다. 채점 방법은 간단합니다. 두 마술사의 마술이 끝난 뒤, 짚으로 만든 공을 하나만 던집니다. 환희가 이 겼다고 생각하면 푸른 공을, 귀몰에게 승리의 기쁨을 선사하고 싶다면 붉은 공을 던지는 겁니다. 100개의 공 중에서 많이 받는 쪽이 이깁니다. 시합 일시는 팽 대인께서 귀국길이 바쁘다 하시니 속전속결로 하지요. 내일 이 시간이 어떻습니까?"

양측 모두 이견이 없었다. 지정 마술 중 탈출술의 경우는 먼저 탈출에 성공하는 쪽이 자동적으로 승리하도록 심사 방법을 바꿨다.

모화관으로 돌아가기 전, 귀몰이 환희의 얼굴을 쏘아보며 물었다.

"낯이 익군. 재기가 넘치지만, 한곳에 뿌리내리지 못하고 평생 떠돌 눈망울이야. 열하에 온 적 있어? 우리가 혹시 만났던가?"

환희가 되물었다.

"만났든, 아니 만났든 달라질 게 있겠소?"

"…… 내가 착각했나 봐. 몸조심해. 내일은 네놈 마술이 얼마나 천박한지 그 바닥이 낱낱이 드러날 테니까."

"내가 하고픈 충고를 대신 해 줘 감사하오."


134


그 저녁 왕은 환희만 따로 대전에 남겼다. 휘영청 밝은 달이 궁궐 지붕에 걸려 아늑하였다. 술상을 들였다. 왕은 마술사와 왕이란 사실을 잊고 편히 마시자고 다시 제안했다. 직접 어주(御酒)를 부어 주었다.

"과인과 만백성을 위해 꼭 이겨 주기 바란다."

환희는 찰랑이는 잔을 단숨에 비운 뒤 아뢰었다.

"지금까지 저는 만인을 즐겁게 하려고 솜씨를 보여 왔사옵니다. 지금부터는 한 여인을 지키기 위해 놀아 볼까 하옵니다."

"나라를 위해 싸우겠단 소린 끝까지 하지 않는구나. 네겐 나라를 위하는 마음이 정녕 조금도 없느냐?"

"나라를 위하는 마음을 지녀야 마술 대결을 펼칠 수 있다면, 지금이라도 다른 마술사를 찾으시옵소서."

환희는 물러서지 않았다. 청나라 열하에서 고향인 황해도 해주를 그리워하다가 죽은 어머니 윤씨의 얼굴이 떠올랐다.

"청명을 지키겠다는 네 맘이 갸륵하다만 거기서 멈춰야 할 것이야."

"무엇을 멈추란 말이옵니까?"

"지키는 것은 지키는 것이고, 그다음은 꿈꾸지 말라 이 말이니라."

환희는 술잔을 비운 뒤 답했다.

"꿈을 꾸지 않는 마술사는 없사옵니다."

"이긴다면 보상은 섭섭하지 않게 하겠느니라. 돈을 달라면 돈을 주고 땅을 달라면 땅을 주겠다."

"돈 때문에, 땅 때문에 하는 일이 아니옵니다."

"외골수구나."

"단 하나의 길 외에 딴 방법이 없는 마술도 있사옵니다. 성공하든지 죽든지, 둘 중 하나인 치명적인 마술이옵니다."

왕은 질문 방향을 바꾸었다.

"청명을 위해 마술을 포기할 수도 있느냐?"

환희가 답했다.

"아니옵니다."

"아니다? 마술이 사랑보다 소중하단 말이냐?"

"포기를 위한 포기를 하진 않겠다는 말씀이옵니다. 옹주마마를 더 나은 사람으로 만들기 위해 제가 마술을 포기해야 한다면, 그땐 얼마든지 포기할 수 있사옵니다. 제가 마술을 포기하는 것으로 사랑을 증명하라 하신다면, 그 명은 따를 수 없사옵니다. 중요한 것은 제가 마술을 포기하는 것이 아니라 옹주마마의 앞날이옵니다."

"앞날이라고?"

환희는 작심한 듯 생각들을 펼쳐 놓았다.

"옹주마마는 궁궐에 머무는 한, 있어도 없는 사람으로 살 수밖에 없사옵니다. 평생 그렇게 두실 것인지요? 지금은 괜찮다 하여도, 전하께서 언제까지 옹주마마를 지켜 주실 수 있다고 생각하시옵니까? 전하가 없는 옹주마마의 삶을 상상해 보신 적 있으시옵니까?"

"무엇을 말하려는 게냐?"

환희가 술상 옆에서 흔들리는 등잔을 쳐다보았다.

"많이 불편하시옵니까?"

"무엇이 불편하단 게야?"

"마술사는 손만 날렵한 것이 아니옵니다. 눈도 손만큼 빠르옵니다."

"눈이 빠르다?"

"평범한 이들은 보지 못하는 것을 보옵니다. 없는 것을 본다는 것이 아니라 미세한 차이를 구별한단 뜻이옵니다. 아침 경연에선 유난히 자주 눈을 찡그리고 비비셨사옵니다."

"바람 탓이다."

"오늘 팽 대인 일행을 맞으셨을 땐, 홍 운검이 올린 수령증을 떨어뜨리셨사옵니다."

"잠을 설치고 긴장한 탓에 범한 실수이니라."

"다시 홍 운검이 올린 수령증을 받으신 후, 수결한 자리를 확인하려고 자세히 살피셨사옵니다."

"그게 어쨌다는 게냐?"

"수령증의 오른편을 보셨사옵니다. 거기 팽 대인의 수결이 있긴 있었사온데, 문제는 수령증을 거꾸로 들고 살피셨단 것이옵니다. 똑바로 들었다면, 수결은 당연히 왼편에 있사옵니다. 즉 글자를 제대로 읽으실 수 없었기에, 또 수령증을 떨어뜨리는 바람에 당황하시어, 수결부터 서둘러 찾곤 대화를 이어 가신 것이옵니다."

시력이 나빠진 사실을 더 이상 감출 수 없었다.

"조금 불편하지만 괜찮느니라. 방금 올린 말을 함부로 발설하지 마라."

"알겠사옵니다. 전하! 눈이 조금만 나빠져도 읽고 쓰고 보는 것이 불편해지옵니다. 옹주마마는 지금까지 궁궐에서만 살았사옵니다. 궁궐을 벗어나는 순간, 얼마나 큰 불편이 옹주마마를 둘러쌀 것인지 살펴 주시오소서. 옹주마마가 어느 곳에 있든지, 스스로 삶을 꾸려 갈 수 있도록 해 드려야 하옵니다."

왕은 환희의 얼굴을 노려본 후 천천히 답하였다.

"청명을 아끼는 그 마음만큼은 아름답구나. 부모가 자식보다 먼저 세상을 뜨는 것도 당연한 지적이고. 사정이 그렇다 하여도 청명의 앞날을 하찮은 마술사에게 맡길 순 없다. 마술 대결이 끝나고 나면, 과인이 적당한 혼처를 찾을 것이고, 또 충분히 바깥세상을 익히도록 한 뒤 내보낼 것이니라. 명심하렷다. 지키기는 하되 꿈꾸진 말라. 꿈꾸기를 고집한다면 너를 벨 것이다."

## 135

환희는 어주를 연거푸 마시고 마술 방으로 돌아왔다. 술 잘 먹고 내기 잘 하고 잠 잘 자는 기탁도 그 밤엔 마술 도구들을 펼쳐 놓고 이 궁리 저 궁리에 바빴다.

"웬일이야, 형? 해가 서쪽에서 뜨려나?"

기탁은 농담도 받지 않고 본론으로 들어갔다.

"귀몰이란 마술사의 실력도 만만치 않으니, 자유 마술까지 준비해야겠지?"

"자유 마술까지 간다는 건 두 번의 지정 마술 중 한 번은 내가 질 거란 얘기군. 내 실력을 못 믿는 거야, 형?"

"믿지, 믿고 말고. 두 판을 연달아 이길 가능성이 9할을 넘는다 해도, 만약을 대비하는 게 또한 마내자의 역할이야. 무엇으로 할까?"

"한 판을 빼앗을 정도의 실력자라면…… 우리도 신체 절단술 정도는 준비해야겠지?"

"나도 방금 절단술을 떠올렸어. 좋아 그걸로 준비할게."

"형!"

일어서려는 기탁을 불러 앉혔다.

"혹시 모르니 그것까지 준비해 줘."

"그거?"

기탁과 환희의 눈이 마주쳤다.

"안 돼! 그건 너무 위험하다고."

두 사람에겐 '그거'라고만 부르는 마술이 하나 있었다. 환희가 『환희비급』에 그 방법을 그려 두긴 했지만, 공연에서 선보인 적은 없었다.

"환희야! 다른 마술을 고르자. 1000가지나 있으니 찬찬히 살피면 쓸 만한 게 한두 가진 더 있을 거야. 안 그래?"

환희가 답하려는 순간 마술 방 문이 열렸다. 청명이 뛰어 들어왔다.


### 136


정 상궁이 청명에게 급보를 전한 것이다. 밤이 늦었지만 청명은 환희를 만나야 했다. 이 남자는 청명이 정한 틀 안에서 움직이지 않고, 제멋대로 인생을 걸려는 것이다.

"다 들었어."

뒤따라온 정 상궁이 기탁을 데리고 나갔다. 청명은 환희가 권한 자리에 앉지도 않고 따지려 들었다.

"나 때문에 그러지 말라고 했잖아?"

환희가 느긋하게 받았다.

"날 위해서이기도 하오. 수만 리 밖 낯선 땅에 연꽃 낭자를 보내 놓고 남은 삶 마음 둘 곳 없이 보내기 싫어서."

"천에 하나, 만에 하나 진다면……."

"절대 지지 않소. 내 여자를 다른 사내에게 빼앗길 수 없으니까. 그가 비록 청나라 태자라 해도, 세상 그 누구라 해도."

환희의 눈을 들여다보았다. 청명도 환희를 두고 청나라로 떠나기 싫었다. 할 수만 있다면 그와 함께 가을과 겨울과 봄과 여름을 나고 싶었다.

"나도 내 마술사를 잃고 싶지 않아."

환희는 이 문장을 자기 식대로 받아들였다.

"내일 나와 함께 무대에 올라 주겠소?"

"내 말은 대결을 하지 말란…… 응?"

환희가 청명의 오른손 검지에 쇠고리를 걸었다. 왼손을 스치자 그쪽 검지에도 쇠고리가 걸렸다. 청명은 고리들을 빼내려 했지만 꽉 죄어 쉽게 빠지지 않았다.

"뭐야, 이게?"

팔을 드는 순간, 환희가 양손으로 청명의 손을 덮었다. 그 손을 거두자 쇠고리들이 이어졌다. 검지끼리 이어지니 두 팔을 맘대로 움직일 수 없었다. 환희가 다시 손을 쥐곤 말했다.

"마술사에겐 조수가 반드시 필요하오. 바늘 가는 데 실 가는 법이지 않소? 구태여 이렇게 연쇄술(連鎖術)을 쓰지 않더라도 둘은 이어져 있는 게요. 실이 제 몫을 해 줄지는 모르겠지만, 요리조리 잘 숨고, 또 숨어 있는 비법을 잘 찾아내는 실이니, 이번엔 써 보려 하오."

손을 거두자 고리들이 풀렸다. 둘은 동시에 웃었다. 환희는 대결에 나서기로 마음을 굳혔고 청명은 따를 수밖에 없었다. 마술 도구들을 보며 환희에게 물었다.

"뭐부터 필요해?"

대답 대신 팔을 잡아당겼다. 청명을 돌려세우고 도톰한 입술을 쳐다보았다. 청명이 환희보다 먼저 목을 감쌌다. 눈 내리는 밤 별당 앞마당에서의 첫 입맞춤과는 달랐다. 둘은 입술 속으로 더 깊이 서로를 밀어 넣었다. 그 밤 처음 알았다, 입맞춤도 한 판 춤임을. 닿는 것은 입과 입이지만 청명의 전부와 환희의 전부가 뒤섞여 흔들렸다.

아득했다.


137

『환희비급』에 담긴 '연쇄술' 항목의 그림을 글로 풀면 다음과 같다.

이어짐.

사물과 사물, 시간과 시간, 공간과 공간을 잇는다. 끊어져 있다는 믿음을 부순다. 이어져 함께 무엇을 할 것인가를 미리 준비한다. 마술사는 언제 어디서나 누구 혹은 무엇과도 이어진다.


138

긴 입맞춤이 끝났다. 손등으로 입술을 훔치며 짧은 침묵이 찾아들었다. 허전했다. 마술 대결에서 패배하면, 둘만의 시간은 오늘이 마지막이다. 말은 안 했지만 환희도 청명도 알고 있었다. 입맞춤이 끝난 뒤에도 떨어지지 않고 서로를 품은 채 온기를 느꼈다. 아직 가보지 않은 세계의 문턱에 나란히 선 기분이었다. 청명이 물었다.

"연습 못한 마술이라도 남았어?"

환희가 그 물음에 용기를 냈다.

"내겐…… 청명 당신이 마술이오."

허리를 더 꼭 당겨 안았다. 환희의 가슴이 참 넓고 따뜻했다. 두려움이 엷어졌다. 함께 오작교 그 허공을 걷던 밤이 떠올랐다. 까마귀와 까치가 없더라도 이번엔 둘이서 움직이는 어둠을 달리고 싶었다.

환희가 청명의 뺨에 입을 맞췄다. 귓불에 입을 맞췄다. 목에 입을 맞췄다. 청명은 환희의 옷고름을 찾아 쥐었다. 환희가 턱을 당겨 청명을 내려다보았다. 왼 눈과 오른 눈에 차례차례 입을 맞췄다.

"꼭 당신을 지키리다."

청명은 환희의 옷고름을, 환희는 청명의 옷고름을 풀었다. 살갗과 살갗, 숨결과 숨결, 움직임과 움직임 사이의 옷들을, 번데기가 허물을 벗듯이 하나하나 벗었다. 훨훨훨 나비의 고운 자태를 처음 구경하는 아이처럼, 청명은 환희를 보고 환희는 청명을 보았다. 어루만지고 입 맞췄다. 이 사람이 내 사람이라고 표시하듯 얕게도 깨물고 깊게도 깨물었다. 몸으로 전해 오는 떨림을 조심스럽게 받았다. 마주 보며 그네를 타는 기분이랄까. 환희의 힘이 청명을 높이 띄우고 청명의 힘이 환희를 아름답게 만들었다. 둘로 나뉘지 않는, 함께 만드는 풍광이었다.

청명은 환희 속으로 환희는 청명 속으로 들어왔다. 그 밤 둘은 맞추고 싶은 모든 것을 다 맞춰 보았다. 마술사도 조수도 없었다. 옹주와 천민도, 빛도 어둠도 사라졌다. 과거가 미래 같았고, 과거와 미래가 없더라도 괜찮았다. 오로지 지금이 하나의 세계로 순간순간 완성되었다. 환희는 청명이었고 청명은 환희였다. 일생에 단 한 번 맞는, 그 밤에 의지하여 무수한 상처를 이겨 냈다는 이야기에 어울리는, 마술 같은 밤이었다.

## 139

새벽에 환희는 또 말을 더듬었다. 하고 싶은 이야기가 떠오른 것이다.

"아…… 그……."

청명은 환희가 악몽에 시달리는 줄 알고 벗은 등을 토닥여 줬다. 목소리가 더 심하게 떨렸다. 불덩이를 토하기 직전처럼 양 볼이 실룩이더니 이내 온몸이 요동쳤다. 환희를 꼭 안은 청명까지 풍랑을 만난 조각배처럼 흔들렸다.

"꼭…… 할 이야기가 있소."

"물 떠 올게. 이렇게 떨면서 이야기할 순 없잖아?"

일어서려는 청명의 팔목을 쥐었다.

"당신이 들어 주면…… 날 믿어 주면…… 차차 가라앉을 게요."

청명은 다시 품을 허락했다. 환희는 청명의 젖가슴을 노처럼 쥔 채 이야기를 시작했다.

"백아서아를 떠나…… 남쪽으로 걸어내려 갔더니 바다에 이르렀다오. 바닷가에 앉아 잠시 쉬는데, 거대한 물고기가 수면으로 튀어올랐소. 바닷가 나무들과 집들을 마구마구 씹어 삼켰다오. 대곤(大鯤)이라 불리는 물고기였소. 지쳐 깜박 잠들었던 나를, 대곤은 결고운 모래와 함께 들이켰소. 낭떠러지에서 떨어지듯 한참을 추락한 끝에 부드러운 바닥에 닿았다오. 신기하게도 숨이 쉬어졌소. 나무며 풀, 부서진 책상과 의자들, 귀고리와 목걸이와 반지가 가득 담긴 보석 상자, 칼과 창과 방패와 활, 시들어 말라 버린 꽃들, 글자를 알 수 없는 책들, 하늘을 날아다니는 아이들 그림, 땅 밑에서 처절하게 울부짖는 어른들 그림, 놀랍게도 거대한 물고기에게 잡아먹히는 사내 그림도 있었소. 그 사내의 얼굴이 나와 무척 닮아 보였소. 아니 바로 나였소.

갑자기 그림들이 벌떡 일어서더니 나를 에워쌌다오. 특히 대곤을 그린 그림이 두루마리처럼 내 몸을 둘둘 말더니 죄어 왔소. 그림에 내 손과 발과 가슴과 엉덩이에 등과 배가 딱 붙더니, 어느 순간 스며들기 시작했다오. 눈과 코와 입까지, 그림으로 쑥 들어가 버렸소. 그림 밖도 대곤의 배 속이고 그림 속도 대곤의 배 속이니 거기가 거기란 생각도 스치고 지나갔다오. 그곳에도 보석 상자가 있었소. 꼭 끌어안았소. 그렇게 억지로 그림 속 대곤의 배 속에 들어가자마자, 갑자기 하늘로 솟구치는 기분이 들었소. 대붕을 타고 북인제아에서 백아서아로 갈 때, 맞바람이 강하게 불면, 대붕이 휘익 날개를 저어 단숨에 만 길 하늘로 날아오르곤 했다오. 그땐 화살처럼 몸 전체가 하늘로 날아가 버리는 착각이 인다오.

갑자기 다시 낭떠러지로 떨어지는 듯 어지러웠소. 대곤의 배 속에 있던 온갖 물품이 휩쓸려 내려갔다오. 나 역시 그 틈에 끼어 뒹굴뒹굴 굴렀소. 눈을 떠 보니 바닷가였소. 내가 떠나 온 바닷가보다 열 배는 더 넓고 아득한 모래가 펼쳐진 바다. 나는 금 조각이 별처럼 박힌 보석 상자를 끌어안고 있었다오. 그곳은 막와이의 지배를 받지 않는 남인제아(南印第亞, 남인도)였소. 대곤이 백아서아의 남쪽 바다를 건너 남인제아에 나를 토해 놓고 간 게요.

나는 곧 병사들에게 포위되어 끌려갔소. 남인제아의 왕은 내가 지닌 상자에 담긴 금과 은을 비롯한 보석들이 어디서 나왔느냐고 추궁했다오. 당장이라도 터질 듯 부풀어 오른 배를 가진 사내였소.

의자에 앉았지만 살에 눌려 의자가 보이지 않았다오. 나와 대화를 나누기 위해 고개를 내밀려 해도 목이 살에 접혀 빠지지 않을 정도 였소. 가만히 앉아 있어도 거친 숨소리가 궁궐에 가득했다오. 놀라운 것은 왕의 두 눈이었소. 구슬처럼 크고 맑아서 내 맘이 다 비칠 것만 같았소.

나는 솔직하게 대곤의 배 속에서 본, 대곤의 배 속을 그린 그림 속에 들어가서 보석 상자를 끌어안았다가 가지고 나왔다고 답했소. 왕은 크게 웃은 뒤 나를 꾸짖었소. 대곤과 같은 물고기를 들은 적도 없고, 또 대곤의 배 속에서 나왔다고 해도 믿을까 말까인데, 그 배 속에서 발견한 그림 속 대곤의 배 속에서 보석 상자를 가지고 나오는 게 말이나 되느냐고. 너라면 믿겠느냐고.

나라도 믿기 힘든 이야기지만, 이건 내가 겪은 일이기 때문에 믿고, 아니 믿고의 문제가 아니었다오. 나는 열하를 떠난 후부터 서진하여 북인제아에 도착한 여정, 거기서 대붕을 타고 백아서아로 날아가서 잉화술을 익힌 이야기를 소상히 털어놓은 후, 대곤에 잡아먹혀 남인제아에 이르기까지의 일도 낱낱이 밝혔소. 그 사이 왕의 머리는 점점 더 뚱뚱한 몸속으로, 자라가 목을 감추듯 사라졌다오. 맑은 두 눈도 단 아래의 내겐 보이지 않을 정도였소. 불길했소.

아니나 다를까. 나를 이곳까지 끌고 온 병사들이 좌우로 늘어섰소. 그중 유난히 날카롭게 긴 장창을 든 병사가 있었소. 주위를 돌며 장창을 빙글빙글 돌려 대기 시작했소. 나는 깨달았소. 국경을 초월하여 세상 어디든 망나니는 있구나. 처형 전에 호쾌한 죽음의 춤을 추는구나. 나는 고개를 들어 옥좌 옆에 일렁이는 등잔불을 노렸소. 장창의 휘돌림에 맞춰 내 안에서 불꽃을 둥글게 말았다오. 백아서아에서보다 불꽃이 점점 더 커졌소. 뜨거운 기운은 있었지만 견디지 못할 정도는 아니었소. 이윽고 병사가 장창으로 내 목을 찌르려는 순간, 나는 그 장창을 향해 입술을 벌리고 불덩이를 내뿜었다오. 장창이 순식간에 불타 버리고 병사의 갑옷에도 불이 붙었소. 다른 병사들이 달려들어 겨우 불을 껐소. 왕의 맑은 두 눈이 다시 나타났소. 명령했소.

'대곤을 보러 가자!'

내가 발견된 바닷가로 갔다오.

그곳에 간다고 대곤이 나를 기다릴 까닭이 없소. 날은 어느새 밝아 구름 한 점 없이 화창하였다오. 나는 바다를 향해 섰고, 내 좌우로 병사들이 줄을 맞추듯 도열했소. 왕이 다시 명령했소.

'바다로 걸어 들어가거라. 대곤이 있다면 다시 나타나 너를 삼키겠지.'

그 명을 따를 수밖에 없었소. 모래로 덮인 바닷가를 천천히 걸었고, 이윽고 파도 찰랑이는 곳에 이르렀소. 장창들이 등 뒤에서 나를 향해 번뜩였소. 내가 돌아서기라도 하면 한꺼번에 내 몸을 찌를 태세였소. 나는 바다로 들어갔소. 한 걸음 한 걸음 내디딜 때마다 수심이 깊어졌다오. 다행인 것은 곧장 몸이 빠지지 않고 천천히 아주 조금씩 바닷물이 차올라 왔다는 게요. 나로선 빠져나갈 방법이 전혀 없었소.

그때 파도에 실려 무엇인가가 떠오는 것이 보였소. 천천히 옮기던 걸음 대신 급히 헤엄쳐 갔다오. 그것은 그림이었소. 대곤의 배 속에서 보았던, 천에 기름으로 그린 바로 그 대곤의 배 속 그림. 대곤이 토할 때 함께 밖으로 나와선 수면을 떠다니고 있었던 게요. 나는 그 그림을 잡기 위해 손을 뻗었소. 놀랍게도 그림에서 손 하나가 튀어나와 내 손을 잡는 게 아니겠소? 나는 팔에 힘을 실어 그 손을 당겼소. 피부가 눈처럼 흰 소년의 손이었소. 내가 당기니 쉽게 끌려 나온 게요. 그 소년의 다른 손 — 나를 잡은 오른손이 아니라 왼손 — 은 다른 무엇인가를 쥐고 있었소. 그것은 오른 눈은 푸르고 왼 눈은 붉은 고양이의 앞발이었소. 그 고양이가 그림에서 빠져나오는가 싶더니, 고양이의 꼬리에서 나비 하나가 날아올랐다오. 그 나비가 그림의 안과 밖, 수면의 위와 아래를 너울너울 날더니 돌아선 누군가의 오른쪽 어깨에 앉았소. 그 어깨가 그림 밖으로 먼저 나오고 나머지 왼쪽 어깨까지 나오니 긴 머리가 수면에 해초처럼 흔들렸소. 젊은 여인이었소. 조선을 떠날 때 겨우 열일곱 살이었던, 꽃다운 내 어머니."

**140**

이야기가 끝난 뒤, 청명은 흐느끼는 환희를 안아 줬다. 환희는 젖가슴에 얼굴을 묻고 잠들었다가 깨어난 후, 다시 청명의 몸속으로 들어갔다. 이 순간 청명은, 말더듬이 수다쟁이 마술사의 몸을, 애정 소설만큼 몰두하며 읽게 되리라 직감했다.

읽는다는 짓은 같았지만, 종이 위 글씨와 마술사의 몸은 무척 달랐다. 몸, 이렇게 한 단어로 부르기엔 환희의 몸이 너무 다채로웠다. 묶어 올린 뒤 두건을 두르고 푸른 갓을 쓰는 바람에 몰랐는데, 환희의 머리카락은 청명보다 길었다. 무릎까지 치렁치렁 흔들릴 정도였다. 게다가 사흘에 한 번은 정성을 다해 감아 온 덕분인지, 윤이 반지르르하고 부드러웠다. 짙은 눈썹의 부드러움도 좋았다. 코 밑과 턱은 반들반들했다. 수염을 기르는 것이 이 나라의 법도였지만, 환희는 입술 주위를 깨끗이 다듬어야 마술에 더 집중할 수 있다고 했다. 수염이 나지 않는 것이 아니라 아침마다 공들여 다듬는 것이다. 그 바람에 아랫입술 옆 작은 점이 도드라져 보였다. 옅은 수염으로도 덮일 만큼 조그만 점이었지만, 워낙 입술 주위가 깔끔하고 빛나는 바람에, 그 점이 더 크고 짙어 보였다.

큰 눈만큼이나 검은 눈동자도 동그랗고 컸다. 보통 사람이면 흰 동자가 검은 동자를 에워쌌을 테지만, 환희의 검은 눈동자는 당장이라도 쏟아질 듯 눈을 가득 채웠다. 청명이 반복하여 어루만지는 곳은 날렵한 턱이었다. 얼핏 보면 칼날처럼 날카로운데, 살짝 만지면 따듯하고 부드러웠다. 감촉이 너무 좋아 목덜미로 내려가지 않고, 턱에서 귀까지 어여쁜 선을 만지고 또 만졌다.

단단한 가슴도 청명이 즐겨 읽는 부위였다. 왼쪽 젖꼭지가 오른쪽 젖꼭지보다 조금 더 크고 붉었다. 오른쪽 젖꼭지에 머물며 왜 이건 더 자라지 못했을까, 왜 붉지 않을까 질문하면서 이야기를 만들기도 하고 지우기도 했다. 배꼽 옆에 난 화상 흉터는 살갗이 고동색을 띠어 눈살이 찌푸려졌다. 다섯 살 때 화로에 올려 둔 주전자가 넘어지며 다쳤다고 했다. 소년은 얼마나 오랫동안 울었을까. 옷을 갈아입을 때마다 이 흉터를 발견하곤 어떤 다짐을 했을까. 다시 아래로, 그 아래로 내려갔다. 친밀함과 격정을 선물한 마술이 머무는 곳까지.

하나하나 정성껏 만지고 나선, 이제 환희의 몸을 전부 읽었다고 여겨졌지만, 다음에 다시 만나면 지난밤 읽은 몸은 순식간에 사라지고 없었다. 따로 떼어 읽은 문장들이 한꺼번에 뒤엉켜 움직인다고나 할까. 예전에 묘사한 단어들과는 전혀 다른 몸이었다. 청명은 그것이 섭섭하면서도 기뻤다. 평생 읽어도 계속 읽을거리가 나오는 것이 환희란 남자의 몸이라면, 청명은 수만 권의 장서를 자랑하는 왕실 도서관 규장각과 함께 사는 셈이었다.


### 141


『환희비급』에 담긴 '변신술(變身術)' 항목의 그림을 글로 풀면 다음과 같다.

  달라짐.
  엇박자의 흐름을 탄다. 하나하나의 변신에선 놀라움을 주고, 마술이 끝난 뒤엔 그 모든 달라짐의 의미를 되새기게 만들어야 한다. 크고 작은 달라짐을 적절히 섞는다. 달라짐은 충격이자 즐거움이다.


### 142


  즐김의 아름다움이라고나 할까. 승부를 겨루는 자리일수록, 더더군다나 그 승부가 판 위에서 벌어진다면, 긴장하지 않고 즐기는 자세가 중요하다. 과거도 없고 미래도 없이 현재만 존재하는 시간들.

그 즐김의 미세한 떨림이 큰 차이를 만든다.


143


환희로부터 남인제아의 이야기를 듣고 다시 사랑을 나눈 후, 청명은 날이 밝으면 선보일 마술들을 점검하자고 했다. 좋은 생각이 떠오른 것이다.

"이야기가 더 있소. 남인제아를 떠나 도아격(度兒格, 오스만 튀르크)으로 갔는데……."

"도아격 이야긴 나중에! 지금은 마술 준비가 급해."

환희가 아쉬운 표정을 지었다. 청명이 재촉했다.

"변신술에서 선보일 것들이 뭐였지?"

환희가 그림 뭉치를 내밀었다. 청명은 그 종이를 한 장 한 장 유심히 살피며 넘겼다. 변신할 대상을 떠올리는 것이다. 끝까지 본 후 처음부터 다시 넘겼다. 또다시 처음부터 보려 하자, 환희가 답답한 듯 물었다.

"왜 그러오?"

"물론 탁월하겠지만, 너무 빡빡하고 무거워. 솜씨 자랑만 하는 것 같고. 갑작스럽게 변하여 관객을 놀라게 하는 것뿐만 아니라, 변신의 과정에 의미를 담을 순 없을까?"

"과정에 의미를 담는다고?"

"남인제아, 그 바닷가에서처럼 할 순 없을까?"

환희가 당장 붓을 들고 쉼 없이 그림을 그려 나가기 시작했다. 청

289

명은 곁에서 조용히 기다렸다. 순식간에 스무 장이 채워졌다. 환희가 참았던 숨을 내쉰 뒤 말했다.

"연꽃 낭자가 도와줄 게 있소."

"뭘 도와?"

"간단한 일이오. 그냥 서 있기만 하면 끝나는……."

"할게."

환희는 자신의 제안을 청명이 받아들인 것이 기뻤고, 또 마음도 급했다. 방금 새로 구상하여 그린 마술을 위해선 준비물이 적지 않았다. 일어서는 청명의 손목을 쥐며 다짐하듯 말했다.

"이건 여러 가지 기술을 매끄럽게 섞어 완성하는 마술이지만, 내가 남인제아 바닷가에서 겪은 일은 사실이오."

청명은 웃으며 환희의 손등을 가볍게 쓰다듬었다.

"거짓이라도 상관없어."

목소리가 무거워졌다.

"그런 말 마오."

"농담이야."

"농담이라도…… 난 아프오."

"겨우 이 정도 지적에 물랑루 으뜸 마술사 환희가 아프다고?"

청명을 잠시 쳐다본 후 답했다.

"마술사 환희라면 아프지 않소."

"……?"

"당신을 사랑하는 남자 환희라서 아픈 게요."

## 144

환희가 물었다.

"소설을 왜 좋아하오?"

"당신을 만나기 전까진 일상이 지리멸렬했어. 소설엔 지리멸렬함을 단번에 날려 버릴 보물이 숨어 있지."

"그게 뭐요?"

"마음."

"마음이라니요?"

"등장인물의 마음. 그 마음만이 시시하고 하찮은 하루하루를 뒤흔들어 부수지."

환희가 이야기할 때 청명은 강물처럼 따라 흘렀다. 믿기 힘든 이야기가 나와도 질문을 던지거나 고개 젓지 않았다. 환희의 목소리가 빨라지면 청명의 호흡도 바빠지고, 환희의 눈빛이 우울함으로 가득 차면 청명도 같이 한숨 쏟았다. 청명에게 이야기의 진위(眞僞)는 중요하지 않았다. 이 남자가 아플 때 함께 아프고 싶었고, 기쁠 때 함께 기쁘고 싶었으며, 질주할 때 함께 질주하고 싶었다. 그것만이 자신이 누리는 유일한 특권이라고 믿었다.

청명이 몸단장하는 사이 환희가 보이지 않았다. 마술 방 앞마당에서 환희를 찾았다. 구름이 잔뜩 끼어 어둑어둑했다. 까치와 까마귀들이 마당을 가득 채웠다.

"뭘 하고 있었어?"

"요 녀석들을 헤아리고 있소."

"새들을 왜 헤아려?"

"까치와 까마귀를 처음엔 각각 쉰 마리씩 키웠소. 그다음부턴 몇 달에 한 번씩 헤아려 본다오. 동수(同數)가 나온 적은 없고, 까치가 많든지 까마귀가 많든지 하더군. 까마귀가 많은 날엔 재수가 나빴소. 까치가 많은 날엔 복이 굴러들어왔고."

"다 헤아렸어?"

고개 끄덕였다.

"오늘은 까치가 많아, 까마귀가 많아?"

"두 마리 더 많소…… 까치가!"

환희를 따라 청명도 웃었다. 미신이라도 믿고 싶은 날.

## 147

청명에겐 검은 조수복을 입혀 놓고, 환희는 자신의 공연 의상을 마지막으로 고민했다. 물랑루에서 오랫동안 입었던 옷이 여러 벌 있긴 했다. 청명도 그중 한두 가지를 택하자는 의견이었다. 환희는 강조했다. 조수가 바뀌면 모든 것이 바뀐다고.

갓부터 버선까지, 환희가 검토한 옷과 노리개만도 200개가 넘었다. 청명은 난생처음 만져 보는 옷과 노리개 속에서 어지러웠다. 환희가 청명보다 옷과 노리개에 대한 조예가 훨씬 깊었다. 청명은 되새겨 보았다. 환희가 물량루로 청명을 초청했던 두 번의 밤, 환희의 손목을 감았던 팔찌는 모양과 색깔과 재질이 전부 달랐다. 청명은 팔찌 따윈 하지도 않았다. 이것이 판 위에서 빛나는 이와 판 아래에서 어두운 이의 차이였다.

148

환희와 청명이 무대의상을 고민할 때, 규장각 제학 송가제는 왕이 급히 찾는다는 전갈을 받고 규장각에서 한달음에 대전까지 갔다. 당직 승지는 물론이고 대전 내관과 상궁도 보이지 않았다. 아뢰지도 말고 곧바로 들어오란 명을 상기하며, 송가제는 조용히 문을 열었다. 어두웠다. 굵고 검은 발이 용상과 송가제 사이에 길게 드리운 탓이다. 칸막이와 맞먹을 정도였다.

"왔는가?"

"예. 전하!"

"가까이!"

송가제가 손을 모은 채 종종걸음으로 나아갔다. 발 앞에 엎드리려 하자, 왕의 명령이 다시 들렸다.

"더 가까이!"

발을 손으로 걷자 안은 또 놀랍도록 밝았다. 용상 주위로 큼지막한 등잔대가 여덟 개나 놓였고, 등잔이 모두 타오르는 중이었다. 밝은 대낮과는 어울리지 않는 풍광이었다. 송가제가 엎드려 기다렸다. 왕이 곧장 용건을 꺼냈다.

"이상하지?"

"이상하옵니다."

송가제답게 솔직했다.

"부탁이 있어서 불렀다."

"하명하시오소서."

"오늘 물랑루에서 벌어지는 마술 공연을 처음부터 끝까지 소상히 적어 두었다가 끝나자마자 과인에게 와서 읽어 줘."

"직접 행차하시는 것이 아니옵니까?"

홍 운검이 새벽까지 호위 계획을 짜고 잠깐 규장각 검서실에 들렀다가 다시 나간 것이다.

"과인은, 아프다."

"어의를……."

"송 제학!"

"예, 전하!"

"용상에서 송 제학이 있는 곳까진 길어야 다섯 걸음인데, 송 제학의 얼굴이 보이지 않는구나."

송가제가 놀라 용안을 우러렀다.

"눈뜬장님이 되었다 이 말이야. 오늘까진 눈이 버텨 줬으면 했는데, 아침에 일어나니 세상이 온통 어둠이군. 청명이 그리 좋아하는 어둠. 마술 대결이 끝날 때까진 비밀에 부치도록 해. 과인의 병명은,

그래, 복통 정도가 적당하겠어. 여기서 기다리고 있을 테니, 어서 가게. 영상에겐 과인 대신 팽 대인을 접대하라 일러 뒀어. 잊지 말게. 누가 이기든 빠짐없이 적어 와. 특히 청명이 판에서 어떤 역할을 했는지, 장님이 들어도 그 모습이 떠올라야 해. 알겠는가?"

149

아침부터 빗방울이 흩어지더니 해 질 무렵엔 제법 겨울비가 많이 내렸다. 『환단무예지』나 불로초, 또 청나라 태자의 후궁 간택 등 예민한 문제는 함구했지만, 청나라 으뜸 마술사 귀몰과 조선 으뜸 마술사 환희가 대결을 벌인다는 사실 자체만으로도 한양이 떠들썩했다. 물랑루가 문을 연 후 그렇게 긴 줄을 본 적이 없었다. 입장 가능한 관객이 1000명이기 때문에, 뒷줄에 선 백성들에겐 돌아가기를 권했지만, 물랑루 담벼락에 붙어 함성 소리라도 듣겠다며 버텼다. 팽 대인의 요청에 따라 한양에 거주하는 청나라인을 우선 입장시켰고, 심사를 맡을 일본인과 안남인도 미리 배려했다.

환희를 사모하는 여인들의 극성스러움은 대단했다. 마술 대결 소식이 알려진 어젯밤부터 비가 쏟아지는 오늘까지 하루를 꼬박 버텨 제일 먼저 입장한 것이다. 청명이 은미에게 귀띔하긴 했지만, 당상관의 딸들이 줄줄이 나타날 줄은 몰랐다.

술시(저녁 7시) 정각에 입장이 시작되었다. 홍동수가 좌포청과 의금부 관원들을 거느리고 여덟 개의 문을 지켰기 때문에, 별다른 사고는 없었다.

심사단은 객석 중앙에 자리를 잡았다. 그들 앞에는 푸른 공과 붉은 공이 놓여 있었다. 환희는 평소처럼 편한 분위기에서 물랑루 판에 서기를 원했고 귀몰도 동의했다. 담배 피우는 노인들, 음식을 꺼내 먹는 아낙들, 뛰어다니는 아이들, 물랑루 벽 곳곳에 응원 문장을 붙이는 여인네들까지, 물랑루에는 즐거움과 활력이 넘쳤다. 재개된 마술 공연의 첫 순서가 환희와 귀몰의 대결이란 점이 관객들을 한층 흥분시켰다.

남동방 부근만 유난히 조용했다. 오늘 처음 물랑루 구경을 온 조정 대신들이었다. 그들에게는 남녀노소 상하 귀천이 뒤섞인 이 자리가 불편했다. 좌의정 허직이 말했다.

"잡스러운 곳이라 참으로 예의가 없고 시끄럽습니다."

은미의 아버지인 영의정 조상갑이 맞장구를 쳤다.

"말세예요, 말세. 대청국 사신단을 상대로 이런 해괴한 작당을 벌이다니……. 후환이 두렵소이다."

"그러게나 말입니다. 더구나 전하께서 복통이 심해 불참하시겠다고 하니, 큰일입니다."

"우리라도 팽 대인이 마음 상하지 않게 잘 모셔야지요."

"그럽시다. 좌상."

그때 좌의정이 조은미를 발견했다.

"어? 저기 저 손나발로 환희를 연호하는 규수는 영상 대감의 외동따님 아니십니까?"

"그럴 리가요. 은미는 지금 집에서 『열녀전』 읽느라……. 아니, 저 애가……."

영의정이 은미를 부르려는 순간, 두둥! 물랑루 풍류단이 공연 시작을 알리는 북을 쳤다. 팽 대인이 가장 늦게 입장하여 영의정 옆 빈자리에 앉았다. 불만 가득한 표정으로 물었다.

"조선 왕은 죽을병이라도 걸렸는가? 오늘 공연을 마지막으로 귀 국길에 오를 예정인데, 불참이라니? 대청국 사신을 업신여기는 것 아닌가?"

영의정이 좋은 말로 답했다.

"오해 마십시오. 전하께서 오랫동안 복통을 앓아 오셨습니다. 그 렇지 않소, 송 제학?"

영의정이 뒷좌석에 앉은 송가제에게 동의를 구했다. 송가제가 말 했다.

"꼭 참석하겠다고 아침에도 하교하셨습니다만, 복통이 점점 심해 져서 앉아 있기도 불편할 지경에 이르고 말았습니다. 바다와 같은 마음으로 살펴 주십시오."

팽 대인이 말머리를 돌렸다.

"이상한 소문을 들었네만."

이번에는 좌의정이 받았다.

"소문이라뇨?"

"청명옹주가 조선 마술사 환희의 조수가 되었다더군. 사실인가? 동방예의지국이라면서 어찌 그런 말도 되지 않는……."

"사실입니다."

"사실이라고? 이유가 대체 무엇인가? 어찌 일국의 옹주가 한낱 광대인 마술사의 조수를 한단 말인가? 더군다나 곧 태자 저하의 후궁이 될 귀한 몸이야. 조수 역할을 당장 중지시키도록 하라."

영의정과 좌의정은 즉답을 못하고 쩔쩔맸다. 송가제가 오랜 역사를 훑으면서 진지하게 받아쳤다.

"마술사는 다른 광대와 다릅니다. 조선은 물론 중원의 옛 문헌에도 남아 있는 오래된 이야기 하나 해 드리겠습니다. 아주 먼 옛날, 나라가 처음 세워질 땐 변화무쌍한 세상의 흐름을 읽고 거기에 마술로 응대하는 이가 가장 높은 자리에서 존경을 받았습니다. 그 존경을 바탕으로 권력을 취한 이는 왕이 되었고, 그 존경을 멀리한 채 계속 마술의 즐거움에 빠져든 이는 마술사가 되었답니다. 오늘의 신분만 따진다면 옹주가 마술사의 조수인 것이 부끄러운 일이지만, 이런 오랜 흐름을 따른다면 옹주가 조수 노릇을 하는 것이 조금도 이상하지 않습니다. 또한 옹주마마가 태자 저하의 후궁으로 갈 것인가는 마술 대결의 결과에 따라 정해집니다. 그 전까진 옹주마마가 마술사 환희의 조수로 일한다 하여 문제 될 것이 없습니다."

명쾌했다.


150


사회를 맡은 기탁이 팔각 판의 중심에 나와 섰다. 낭랑한 목소리로 공연 시작을 알렸다.

"지금부터 조선 으뜸 마술사 환희와 청나라 으뜸 마술사 귀몰의 목숨을 건 마술 대결을 시작하겠습니다. 마술사 입장!"

두 마술사가 판으로 올라섰다. 환희는 푸른 바탕에 크고 작은 동그라미가 가득한 옷을 입었고, 귀몰은 붉은 바탕에 여의주를 문 황룡이 승천하는 옷을 입었다. 객석에서 박수가 쏟아졌다. 기탁의 진행이 계속되었다.

"감사합니다. 마술이 벌어지는 동안에는 정숙해 주시고요. 심사단은 두 마술사의 공연을 본 뒤 제가 심사 결과를 알려 달라 안내하면, 그때 마구마구 공을 던져 주세요. 물랑루 최신 집계 방식으로 바로바로 알려 드리겠습니다. 마술 순서는 추첨으로 정하였습니다. 첫 번째 마술은 변신술!"

'변신술'이라고 적힌 커다란 두루마리 족자가 천장에서 떨어져 펼쳐졌다.

"마술사는 귀몰!"

환희를 비추던 횃불이 꺼졌다. 환희는 희방으로 내려가 대기하는 대신, 장막 뒤에 서서 귀몰의 마술을 지켜보았다. 10년 전 열하에서 보다 솜씨가 얼마나 나아졌는지 알고 싶었던 것이다. 귀몰의 변신술이 시작되었다.

마술사는 판 중앙까지 걸어 나와 젓가락을 꺼내 들었다. 젓가락을 긴 소매로 감쌌다가 펴니 큰 칼로 바뀌었다. 그 칼을 들고 붕붕 날며 칼춤을 놀다가 허공으로 휙 던졌다. 큰 칼이 날아간 어둠에서 독수리 한 마리가 용맹하게 날아 판으로 내렸다. 마술사는 온데간데없었다. 독수리가 날개를 저으며 판의 횃불을 하나씩 꺼뜨렸다. 여덟 개의 횃불 중 두 개만 남았을 때 독수리가 다시 날아올랐다. 날개가 부러지거나 목이 비틀린 비둘기들이 판은 물론 객석으로도 떨어졌다. 여기저기서 비명이 터져 나왔다. 장대 하나가 판 중심에 꽂혔다. 그 장대 꼭대기에 물구나무를 선 이가 바로 마술사였다. 박수를 받으며 마술사가 장대를 거꾸로 타고 내려왔다. 속도가 점점 빨라졌다. 관객들은 마술사가 몸을 돌려 두 발부터 내릴 줄 알았으나, 머리부터 곧장 판에 부딪쳤다. 다시 비명이 터졌다. 저 정도 높이에서 저 정도 속도로 떨어졌으니, 목이 부러지거나 머리가 깨졌으리라. 바람이 일면서 횃불 하나가 더 꺼졌다. 어둑어둑한 판에서 마술사가 다시 사라졌다. 판을 뚫고 사라진 것인가. 그때 마술사가 마지막 횃불을 왼손에 들고 판으로 올라섰다. 오른팔을 높이 드니 큰 칼이 내려왔다. 마술사는 횃불을 판 가운데 세우고, 긴 소매로 큰 칼을 감쌌다가 풀어 보이니, 작은 칼이었다. 작은 칼을 관객을 향해 흔들다가 허공으로 휙 던졌다. 떡을 받아먹듯 고개를 젖히고 입을 쩍 벌린 채 떨어지는 칼을 삼켰다. 객석에서 비명이 터지는 것과 동시에 마술사도 쓰러졌다. 여자들은 눈을 가렸고 고개를 숙인 남자도 여럿이었다. 그때 마술사가 차가운 미소와 함께 일어섰다. 손을 입으로 집어넣은 뒤 휘휘 저어 무엇인가 찾는 시늉을 하더니 작은 칼을 천천히 빼냈다. 객석에서 안도의 한숨과 함께 박수가 터졌다. 마술사가 작은 칼을 다시 소매에 감쌌다가 보이니 처음에 들었던 젓가락이었다. 마술사는 그 젓가락을 장막 뒤에 서서 구경하던 환희에게 던졌다. 환희가 맨손으로 젓가락을 받아 쥐었다.


151


환희가 젓가락으로 제 어깨를 툭툭 치며, 곁에 선 청명에게 물었다.

"어떠하오?"

"무시무시하군. 단순하면서도 강하게 쭉 밀어붙이는 힘이 놀랍지만……."

"놀랍지만?"

"산만해."

"그렇소?"

"오늘 아침에도 설명했지? 사람들은 왜 이것이 저것으로, 이 마음이 저 마음으로 바뀌었는가를 알고 싶어 해."

"마음까지?"

"미워했는데 사랑하게 된다든가 사랑했는데 미워하는 소설이 얼마나 많은 줄 알아? 조선에도 있고 일본에도 있고 청나라나 안남에도 있어. 변심의 이유를 모르면 헤어져도 헤어진 게 아니지. 적어도 변신의 이유, 변심의 까닭은 설명해 줘야 해. 귀몰의 변신술은 변화의 이유를 추적하는 즐거움을 처음부터 배제했어. 깜짝 놀랄 재주지만, 단지 깜짝 놀라는 데서 그치지. 기대를 많이 했는데, 솔직히 실망스러워."

환희 역시 같은 생각이었다. 열하의 마술 판 아래, 어둠에서 상상할 땐 귀몰의 변신 마술이 참으로 놀라웠다. 그건 어디까지나 어둠 속 상상이었다. 현실의 귀몰은 자신의 변신에만 몰두할 뿐, 관객을 섬세하게 배려하지 않았다.


152


이제 환희 차례였다. 횃불을 다시 켜고 판을 정비하느라 잠시 휴식 시간을 가졌다. 청명은 미리 준비한 거울 열 개를 군졸들의 도움을 받아 환희를 중심에 두고 판 주위에 세웠다. 장막 뒤에 서서 환희를 노려보던 귀몰이 거울들을 보곤 고개를 갸웃거렸다. 변신술에서 거울은 금기 도구였다. 변신의 다양한 기술이 거울을 통해 드러날 위험이 큰 것이다. 변신에 어울리는 것은 어둠이었다. 귀몰도 여덟 개의 횃불 중 일곱 개나 꺼 버리지 않았던가. 거울이 있더라도 멀리 치워야 하는 상황에서, 환희는 오히려 거울 열 개를 판에 세웠다. 준비를 마친 청명이 환희와 눈을 맞췄다. 환희가 고개 돌려 기탁에게 고개를 끄덕였다.

기탁의 소개가 힘찼다.

"다음은 조선 마술사 환희의 무대입니다. 이곳 물랑루에서 장기 매진 공연을 이어 가고 있는 조선 으뜸 마술사! 나와 주세요, 환희!"

마술사가 판으로 걸어 나와 은빛 부채를 펴고 섰다. 두둥! 거문고 소리와 함께 빙글 제자리에서 한 바퀴 돌았다. 두두둥! 다시 소리가 울리자 이번엔 양팔을 번쩍 만세를 외치듯 들고 두 바퀴 연이어 돌았다. 그다음엔 거문고와 단소가 합주를 시작했다. 마술사는 손바닥이 천장으로 향하도록 팔을 벌린 채 쉼 없이 돌았다. 부채를 펴 위아래로 휘젓자, 관객들이 거기에 맞춰 손뼉을 쳤다. 물랑루 전체에 박수 소리가 가득 찼다. 거문고 장단이 휘모리로 빨라지자 박수 소리도 급해졌고 마술사의 제자리 돌기도 발이 보이지 않을 정도로 현란했다. 거문고와 단소가 동시에 멈췄고, 관객들의 박수도 멈췄고, 마술사의 춤도 멈췄다.

마술사가 거울을 향해 손을 뻗었고 거울 속에서 작은 손이 나와 그 손을 쥐었다. 마술사가 힘을 줘 손을 당기자 피부가 눈처럼 흰 아이가 딸려 나왔다. 마술사는 뒷걸음질 치다가 대형 거울 속으로 사라졌다. 다시 거문고와 단소가 흥겹게 울리면서 소년이 판을 구르기 시작했다. 앞구르기, 뒷구르기, 옆구르기를 하며 거울 주위를 돌아다녔다. 거울에 가끔 제 얼굴을 비추곤, 웃고 울고 찡그리고 화내고 위협하고 굴복하고 눈을 비비고 콧구멍을 파고 귓불을 당기고 길게 하품을 해 댔다. 제일 작은 거울 속으로 손을 쑥 내밀었다가 뺐다. 소년의 작은 손에 고양이의 앞발이 딸려 나왔다. 객석 제일 뒷자리에서 보더라도 그것은 분명 고양이의 검은 앞발이었다. 끌려 나오던 고양이가 휙 날아서 소년의 가슴을 할퀴는 바람에 소년은 엉덩방아를 찧더니 등 뒤 거울 속으로 사라졌다. 이제 판엔 검은 고양이만 남았다. 오른 눈은 푸르고 왼 눈은 붉은 고양이가 껑충껑충 뛰어올랐다. 음악이 다시 신나게 깔렸다. 그때마다 열 개의 거울 속에서 검은 고양이가 나타났다가 벗어나고, 또 나타났다가 벗어나기를 반복했다. 거울이 거울을 다시 비추니 고양이 한 마리가 열 마리, 스무 마리, 100마리, 200마리로 확 늘었다. 관객들은 앉은 위치에 따라 각자 다른 거울로 고양이의 움직임을 살폈다. 그들은 자기가 본 거울 앞 고양이가 처음으로 껑충 뛰었으며, 다른 거울 속 고양이는 그 거울의 반영이라고 여겼다. 거울 바깥의 검은 고양이를 쫓는 관객은 없었다. 이윽고 고양이가 거울로 들어가 버렸다. 거울엔 고양이의 뒷발과 살랑대는 꼬리만 보였다. 그 꼬리마저 어둠으로 사라질 즈음, 붉고 푸른 작은 빛 두 개가 반짝이는 듯하더니 둘이 넷이 되고 넷이 열여섯이 되고 열여섯이 100개가 되어 밤하늘의 별처럼 번쩍거렸다. 관객들은 저도 모르게 허리를 젖히며 탄성을 질렀다. 섬뜩하여 아름다웠다.

음악이 느려졌다. 고개를 돌린 고양이는 천천히, 거북이처럼 네발을 각각 놀려 거울 밖으로 나왔다. 뒷발이 완전히 빠진 다음에도,

꼬리가 나오기까지 열 번이나 숨을 몰아쉬었다. 꼬리가 겨우 빠져나오자마자 노란 나비 한 마리가 그 꼬리에 붙어 날아올랐다. 고양이는 나비를 붙잡으려고 껑충 뛰었고, 나비는 앞발이 닿는 지점보다 조금 위나 살짝 옆으로 피했다. 고양이를 약 올리는 듯했다. 고양이는 앞발이 땅에 닿자마자 다시 껑충, 또다시 껑충 차올라 기필코 나비를 잡으려 했다. 나비는 거울 안과 밖을 묘하게 오가며 고양이의 공격을 피했다. 나비가 쉽게 들어가는 거울을 고양이는 자꾸 귀를 부딪치고 코를 찧었다. 자신이 방금 전 들어가서 사라질 뻔했던 바로 그 거울이건만.

고양이가 거울로 사라진 나비를 향해 다시 달려들려는 순간, 거울에서 양손이 나와 고양이를 냉큼 들고 품에 안았다. 거울 밖으로 나온 왼 어깨에 노란 나비가 앉아 있었다. 오른쪽 어깨마저 거울 밖으로 나오자 거울들이 동시에 넘어졌다. 음악이 멈추었고, 쫘꽝! 소리가 귀를 시끄럽게 했다. 무대엔 고양이를 안고 고개를 숙인 사람만이 남았다. 그의 어깨에 머물던 나비가 어느새 오른 어깨로 옮겼다. 긴 머리를 앞으로 내려 얼굴을 가린 사람이 고양이부터 내려놨다. 오른손에 부채를 쥐었다가 활짝 펴곤 빙글 한 바퀴 돌았다. 다시 거문고와 단소가 흘러나왔다. 그 소리에 맞춰 빙글 빙빙글 빠르게 도니, 머리가 사방으로 퍼져 같이 돌았다. 나비는 어느새 사라지고 없었다. 뚝, 모든 소리와 움직임이 멈췄다. 적막 속에서 그 사람이 고개를 들었다. 청명이었다.

관객의 박수가 쏟아졌다. 청명은 다시 부채를 펴 얼굴을 가린 뒤 빙글빙글 돌기 시작했다. 쓰러졌던 거울들이 저절로 일어나서 병풍처럼 청명을 가렸다. 거울들마저 판 아래로 쓱쓱 빠져 사라졌다. 마

술 판 중앙에 선 사람은 어느새 청명이 아닌 환희로 바뀌었다. 허공
에서 나비 수백 마리가 날아 내렸다. 관객들은 저도 모르게 엉덩이
를 들썩이며 나비를 잡으려 손을 뻗었다. 문득 그런 생각이 들기까
지 했다. 인간이란 나비를 잡겠다고 손을 뻗는 어리석은 동물이다!
여기까지가 오늘 새벽 청명과 환희가 머리를 맞대고 새로 짠 변신
술이었다. 결과는 대성공.


153


훗날 청명은 환희에게 소년, 고양이, 나비, 여인이 이어서 나온 이
유를 물었다. 환희는 남인제아의 왕이 들려준 이야기라며, 줄줄이
나온 생물들이 환희의 전생일 것이라고 했다. 환희의 전생이 백인
소년이고, 그 전생이 고양이이며, 또 그보다 앞선 전생이 나비일 수
는 있지만, 그 나비의 전생이 환희의 어머니인 것은 이해할 수 없었
다. 환희는 자신도 그 대목이 걸려 남인제아의 왕에게 따져 물었다
고 한다. 남인제아의 왕은 고개를 갸웃거리다가 이렇게 적당히 얼버
무렸다.

"그럼 그 나비와 여인은 전생과 후생의 관계가 아니라 같은 생에
서 만났나 보구나. 너는 나비이고, 네 어미는 나비들이 날아드는 아
름다운 정원과 연못을 가진 부잣집 딸이었겠지."

환희는 남인제아의 왕처럼 그 정도로 적당히 얼버무리려 했지만,
청명은 질문을 멈추지 않았다.

"내가 환희, 당신 어머니를 닮았어?"

305

"응?"

"변신술을 쓸 때 내 얼굴엔 전혀 손을 대지 않았잖아? 그건 내가 당신 어머니와 비슷하단 뜻 아닌가? 내가 물랑루에 마술 구경을 처음 갔을 때, 제일 마지막 순서에서 판으로 올라오라고 나를 지목한 이유가 궁금해."

"그야 하얀 목덜미 때문이라고 답했을 텐데……."

"미치지 않고서야 어떤 마술사가 목덜미를 보고 마술을 도울 관객을 뽑아? 솔직해 봐. 나를 보자마자 당신 어머니가 떠올랐던 거 아냐?"

"아닌데……."

청명은 환희가 시시콜콜 설명하지 않고 말을 아끼는 것이 더 이상했다. 뛰어난 조수를 만난 덕분에 말문이 트였다고 하지 않았던가. 청명은 환희 앞에 종이와 붓을 내밀었다.

"그려 봐."

"뭘?"

"어머니 얼굴!"

"기억이 가물가물……."

"거짓말 마. 당신은 딴 건 다 잊어도 어머니 얼굴을 잊을 사람이 아냐. 말해 봐. 내가 어머닐 닮았어?"

"그렇게 원하니, 편한 대로……."

그 후로도 몇 번 졸랐지만, 환희는 어머니를 그리지 않았다. 오직 가슴에만 품겠다며!

## 154

청명은 미처 보지 못했지만, 그미가 고양이를 안고 거울에서 나왔을 때 객석에서 가장 먼저 일어선 사람은 영의정 조상갑이었다. 영의정은 청명에게서 죽은 조 소원의 얼굴을 발견한 것이다.

같은 얼굴을 보며 저마다 다른 사람을 발견할 때, 새로운 변신술이 시작된다. 대상의 형체가 바뀌지 않더라도 마음이 달라지면, 그 형체의 의미 있는 부분들도 얼마든지 다르게 파악되는 것이다. 청명의 얼굴에서 연상되는 이가 윤씨와 조 소원뿐이었을까. 물랑루에 모인 관객 대부분이 자기들 인생에서 잊지 못할 여인을 청명에게서 발견했다. 마술사의 재주가 아니라 관객의 마음에서부터 마술이 비롯된다는 주장이 힘을 얻는 좋은 예였다.

이제 승자를 가릴 시간이 왔다. 기탁은 심사단을 향해 외쳤다.

"자, 심사단 여러분! 마음의 결정을 하셨으면, 공을 던져 주세요!"

객석은 귀물과 환희를 연호하는 소리로 가득 찼다. 판으로 푸른 공과 붉은 공이 쏟아졌다. 그중 두 개가 기탁의 코와 턱에 명중하는 바람에 폭소가 터졌다. 단원들이 바삐 오가며, 푸른 공은 좌측 바구니에, 붉은 공은 우측 바구니에 나눠 담았다. 기탁의 장담대로 집계가 금방 끝났다.

"심사 결과를 말씀드리겠습니다. 붉은 공 43개, 푸른 공 57개! 환희 승!"


156


『환희비급』에 담긴 '탈출술(脫出術)' 항목의 그림을 글로 풀면 다음과 같다.


벗어남.

초조함을 버릴 것. 계획을 상세하게 세우더라도 그것만 고집해선 안 된다. 작은 차이를 심각하게 받아들이며 새롭게 상상해야 한다. 벗어날 길은 하나이기도 하고 전부이기도 하다.


157


마술은 위험하지 않다. 연습한 대로만 진행하면, 마술사는 불 속으로 뛰어들고 물 밑에서 허우적대도 안전하다. 돌발 상황은 아무리 하찮더라도 예측하고 방비해야 한다. 제한 시간을 두고 매우 귀한 담보를 거는 마술일수록 더더욱 그렇다.

## 158

기탁이 곧바로 다음 대결의 시작을 알렸다.

"자! 두 번째 마술은 두 마술사의 목숨을 건 탈출술!"

박수와 함께 '탈출술'이라고 적힌 두루마리 족자가 펴졌다. 기탁의 너스레가 힘을 더했다.

"심장이 약하신 분, 임산부나 노약자는 잠시 나가셔도 됩니다. 세계 최고의 탈출술을 보고픈 관객은 눈부터 좌우로 비비시고 눈알을 돌리시고 깜빡임을 줄이신 후 똑똑히 보시기 바랍니다. 환희와 귀몰, 준비해 주세요!"

천장에서 줄 두 개가 나란히 내려왔다. 그 줄 아래 웃옷을 모두 벗은 환희와 귀몰이 섰다. 군살 없이 날렵하고 단단한 몸이었다. 환희가 곁눈으로 귀몰의 왼 가슴에 난 시커먼 흉터를 살폈다. 10년 전 자신이 찌른 장검이 만든 상처였다. 어머니 윤씨의 복수이긴 했지만, 사람을 죽였다는 생각을 10년이나 품고 살아왔다. 열 살 소년이 스스로 살인을 정당화하기 위해선 많은 생각과 많은 감정을 지나쳐야 했다. 이렇게 귀몰이 살아 있을 줄 알았으면 하지 않아도 됐을 고민이었다.

판으로 올라온 홍동수와 만검에게 기탁이 줄을 각각 건넸다. 홍동수는 귀몰의 뒤, 만검은 환희의 뒤에 자리를 잡았다. 기탁이 신나게 외쳤다.

"자, 묶어 주세요!"

홍동수와 만검은 능숙한 손놀림으로 상대편 마술사를 묶기 시작했다. 기탁의 설명이 이어졌다.

"겨루는 방법은 간단합니다. 먼저, 보시는 것처럼 손과 발을 묶습니다."

할 일을 마친 홍동수와 만검이 동시에 물러섰다. 청명이 대형 모래시계를 품에 안고 두 마술사 사이 둥근 탁자에 올려놓았다. 단원들이 줄을 당기자, 환희와 귀몰이 허공으로 끌려 올라가기 시작했다. 홍동수와 만검은 장창을 들고 나와선 판에 고정하여 세웠다. 기탁의 설명이 이어졌다.

"자, 보셨다시피, 마술사를 줄에 매달아 올린 다음 그 아래에 이렇게 장창을 꽂아 둡니다. 줄이 끊어지고 마술사가 추락하면, 심장을 찔릴 바로 그 위치죠. 저기 모래시계 보이시죠? 조선에서 가장 큰 모래시곕니다. 뒷좌석 관객들도 보실 수 있도록 물랑루에서 특별히 자체 제작한 겁니다. 눈금이 100부터 줄어듭니다. 눈금이 0, 모래가 모두 빠져나갈 때까지 포승줄을 풀고 내려오지 못하면, 이 두 검객이 상대편 마술사가 매달린 줄을 끊습니다. 그럼 어떻게 될까요? 마술사는 떨어질 테고, 바로 이 장창에 심장을 푸욱! 그 뒤는 상상에 맡기겠습니다."

귀몰을 매단 줄 옆에 홍동수가 조선 검을 든 채 서고, 환희를 매단 줄 옆에 만검이 청국 검을 든 채 섰다.

"탈출술은 먼저 내려오는 마술사가 승리합니다. 심사단 여러분이 따로 공을 던질 필요가 없습니다. 자! 준비! 시작!"

청명이 모래시계를 뒤집었다. 환희와 귀몰은 몸을 흔들며 자신들을 옥죈 줄과 싸우기 시작했다. 팽 대인과 조정 대신들과 규수들과 심사단 모두 고개를 든 채 마술사들을 쳐다보았다.

환희는 1000개의 마술 중 탈출술에 특히 자신이 있었다. 열하에서 무려 5년 동안이나 판 아래 좁은 틈을 오가며 관절을 꺾고 근육을 돌리고 힘줄을 비틀었던 것이다. 줄이 아무리 몸을 죄어 와도, 바늘 하나 들어갈 틈만 있으면 탈출할 수 있었다. 지상보다 허공에 매달리는 것도, 관객에게는 위험천만하게 보이겠지만, 탈출하기 더 쉬웠다. 줄에 매달린 채 몇 번 몸을 뒤채기만 해도 크고 작은 틈들이 저절로 생겨났다. 귀몰도 열심히 몸을 놀리곤 있지만, 모래시계 눈금이 0을 가리키기 전에 탈출할 수는 있겠지만, 환희의 적수는 아니었다.

눈금이 70을 가리켰을 때 환희가 먼저 발목을 풀었다. 관객의 환호가 터져 나왔다. 환희는 모래시계 옆에 선 청명에게 눈웃음을 지어 보였다.

곧 끝나오. 자유 마술은 할 필요도 없겠소.

청명도 미소로 화답했다.

60에 이르는 순간 문제가 생겼다. 걸쇠가 손가락에 잡힌 것이다. 줄 외에는 어떤 도구도 마술사를 묶는 데 쓰지 않기로 했었다. 만검의 두 볼에 난 흉터가 떠올랐다. 매듭 전체를 꽉 쥔, 집게로 당겨 꺾어야 풀릴 만큼 단단한 걸쇠였다.

50까지 내려갔다. 환희의 얼굴에서 웃음기가 사라지자, 청명은 돌발 상황이 생겼음을 직감했다. 청국 검을 든 만검이 송곳니를 드러내며 기분 나쁘게 웃었다.

25에 이르렀을 때, 줄을 모두 푼 귀몰이 가볍게 장창 옆으로 뛰어내려 섰다. 홍동수는 조선 검을 거두고 물러섰다. 팽 대인이 자리에서 일어나 주먹을 불끈 쥐었다. 귀몰은 모래시계의 눈금을 확인한 뒤 고개를 들었다. 청명이 기탁에게 다가서선 낮고 빠르게 말했다.

"중지시켜. 승패가 이미 가려졌잖아?"

"불가하옵니다. 탈출술만은 승부가 나도 끝까지 가기로 마술사들끼리 합의를 봤사옵니다."

"환희가 위험해."

"미리 정한 규칙을 어기면 반칙패이옵니다. 여기서 우리가 환희를 도우면, 자유 마술 대결 없이 귀몰이 최종 승자가 되옵니다. 옹주마마는 청국으로 가셔야 하옵고, 환희는 마내자인 저를 때려죽이려 들 것이옵니다. 조선 마술사 환희가 자존심 하나로 여기까지 온 것, 마마도 아시지 않사옵니까. 불가하옵니다."

이제 눈금이 10이었다. 환희는 마지막 방법을 택했다. 중지가 손등에 닿을 만큼 왼 손목을 꺾은 것이다. 심각한 부상을 당하겠지만, 왼손보다 목숨을 구하는 것이 급했다.

5에 이르자 기탁이 소리쳤다.

"환희야! 이 자식아, 제발!"

다리가 풀려 비틀대던 청명이 모래시계를 잡고 겨우 버텼다. 그미의 손바닥 아래로 모래가 더욱 빠르게 줄어들었다.

3, 2, 1.

만검이 단칼에 줄을 잘랐고, 청명은 눈을 질끈 감았다. 그 순간 걸쇠를 떼어 낸 환희가 가까스로 몸을 돌려 장창을 피했다. 등부터 바닥에 부딪친 후 뒹굴며 얼굴과 어깨를 바닥에 갈았다. 숨이 턱 막혀 왔다. 귀몰과 홍동수와 기탁이 그를 에워쌌다. 청명이 네발로 기다시피 와선 다급하게 물었다.

"괜찮아?"

환희는 억지웃음을 지으며 눈을 떴다. 홍동수의 부축을 받으며 겨우 몸을 일으켰다. 꺾인 왼손을 오른 소매에 감췄다. 격려의 박수가 터져 나왔다. 청명이 다시 물었다.

"괜찮아?"

환희가 귀에 입을 가까이 대곤 더듬더듬 말했다.

"희방으로……!"


159


홍동수와 청명의 부축을 받으며, 환희가 급히 희방으로 갔다. 문을 닫고 나서야 꺾인 왼손을 내놓고 숨을 몰아쉬었다. 홍동수는 무릎을 꿇고 앉아서, 부어오르기 시작한 손목을 살폈다. 환희가 말했다.

"돌려서…… 맞춰 주십시오."

홍동수가 말했다.

"당장 의원에게 가서 보여야 돼, 대결은 중단하고."

환희가 도끼눈을 떴다.

"중단시키는 놈은 누구든 죽여 버리겠어!"

"……까무러칠 만큼, 아플 거야."

"어서 해요."

홍동수가 손목을 제 무릎에 올려놓았다. 청명이 따지고 들었다.

"지금 뭘 하려는 건가요?"

"마마! 잠시 자리를 피하시는 편이……."

"뭘 하려는 거냐니까?"

"지금 당장 손목을 맞추지 않으면 영원히 왼팔을 못 쓸 수도 있

313

사옵니다."

환희는 청명을 안심시키려는 듯 미간을 찡그린 채 억지웃음을 지어 보였다.

"별일 아니오……. 탈출술을 하다 보면, 가끔 관절에 탈이 나는 법이라오. 조수! 나를 대신해서…… 기탁에게 마술사 환희의 뜻을 전하시오. 자유 마술을 하겠으니 예정대로 진행하라고."

"싫어!"

고개 저으며 버텼다.

"명령이오. 어서 가오."

청명이 문 쪽으로 뒷걸음질 쳤다. 환희는 고통을 참으며, 청명이 문을 열고 나갈 때까지 오른 주먹을 쥔 채 버텼다. 문이 닫히자 허리를 비틀며 긴 숨을 몰아쉬었다.

"자, 우선 이것부터 물게."

홍동수가 품에서 사슴 가죽으로 만든 칼집을 꺼내 환희의 입으로 가져갔다. 환희가 외면한 채 농담처럼 말했다.

"마술사가 이딴 걸…… 물 순 없습니다."


160


청명은 마술 판까지, 어둡고 긴 지하 복도를 달렸다. 환희가 다쳤다. 얼굴과 목에 피멍이 들고, 손목이 엄청나게 부어올랐다. 몸과 마음을 최고로 끌어 올려도, 귀몰은 벅찬 상대였다. 자책이 밀려들었다. 괜히 자신 때문에 환희가 무리수를 둔 것이다. 순순히 청나라로 갔다면 환희가 다치는 일은 없었을 것이다. 혹시 저 왼팔을 영영 못 쓰게 되면 어떡해! 멈춰 섰다. 어지러웠다. 걱정이 한꺼번에 밀려들었다. 마술 대결이 중요한 게 아니었다. 환희 옆에 있어야 했다. 팔을 심하게 다쳤으니 승부는 이미 끝났다. 패배를 인정하지 않으려는 이 악착같음이 한심했다. 욕심을 버려! 팔을 다치면서까지 분투한 환희가 고마웠다. 이 정도로 충분해! 여기서 더 가면 치명적인 부상을 입을 수도 있었다. 다치고서도, 억지로 무엇인가를 하려는 환희의 몸과 마음을 다독여야 했다. 그것이 지금 청명에겐 가장 또 유일하게 중요했다. 돌아서서 희방으로 달렸다. 급히 문을 열었다.

161

홍동수가 고개만 돌려 청명을 봤다.

"마마!"

"그이는?"

홍동수의 시선이 왼쪽 병풍으로 향했다. 그곳으로 갔다. 환희가 정신을 잃고 누워 있었다. 왼팔을 살폈다. 나무판을 덧대곤 줄로 꽁꽁 묶었다.

"관절을 우선 제자리로 돌려놓았습니다만, 여기서 더 움직이면 아니 되옵니다. 의원에게 보이고 한 달은 푹 쉬어야 하옵니다."

"기절한 게요?"

"손은 괜찮은데 오히려 목이 문제였사옵니다. 탈출하며 등을 심하게 부딪쳤는데, 왼손에만 신경을 쓰느라 살피지 못한 것이옵니다.

315

머리부터 목과 척추를 두루 만지기 위해선 잠시 정신을 놓는 편이 낫사옵니다. 몇 군데 혈을 짚었고, 지금은 편히 잠들었사옵니다. 걱정 마시오소서. 막힌 혈을 뚫고 뼈들도 가지런히 하였으니, 이대로 회복되면 몸이 더 좋아질 것이옵니다. 물랑루에서 연일 마술 공연을 하며 당한 잔부상들이 쌓이기도 했나 보옵니다. 몸 여기저기가 엉망이옵니다."

그럴 것이다. 매일 밀려드는 관객을 위해 자잘한 통증은 참고 판으로 나섰을 테니까. 희방 문을 반쯤 열고 기탁이 고개만 들이밀었다.

"환희는?"

"급한 대로 손목 관절은 만졌네. 지금은 잠이 들었고."

기탁의 시선이 홍동수를 지나 청명에게 닿았다.

"청국 마술사 귀몰과 함께 왔사옵니다. 부상이 어느 정도인지 보고 싶다 하여……."

뜻밖의 방문이었다. 청명이 말했다.

"들어오라고 해."

귀몰이 기탁을 따라 희방으로 들어섰다. 환희가 누워 있는 병풍 뒤로 와선 머리맡에 앉았다. 부목을 댄 환희의 왼손과 뺨과 목에 난 피멍을 살폈다. 홍동수가 더듬더듬 청나라 말로 환희가 입은 부상을 설명했다. 귀몰은 무표정하게 듣다가 일어섰다. 청명이 귀몰을 쳐다보며 또박또박 홍동수에게 명했다.

"대결을 중단하자고 전하세요. 내가 청나라로 같이 가겠다고."

홍동수가 그 말을 옮기려는 순간, 귀몰이 먼저 짧게 이야기하곤 돌아서서 나가 버렸다. 홍동수가 조금 놀란 눈으로 귀몰의 말을 옮겼다.

"기다리겠다고……. 환희가 포기하지 않겠다면, 기다리겠다고 하옵니다."

162

깜빡 잠든 것일까. 청명은 머리가 불편하여 고개를 들었다. 환희가 오른손으로 청명의 뒤통수를 가만히 매만지고 있었다. 눈을 맞추며, 얼마나 어떻게 아픈지 물으려 했다. 그보다 먼저 환희가 그미의 뒷목을 당겼다. 청명은 부목을 댄 그의 왼손을 슬쩍 살핀 뒤 입맞춤을 받아들였다. 아픔을 다독일 수만 있다면, 밤을 새워 입을 맞춰도 좋았다.

입맞춤이 끝난 뒤 환희가 잠깐 미간을 찡그렸다. 청명은 환희가 이야기를 풀지 못할 때, 버드나무 두 그루가 서듯, 미간에 세로로 주름이 잡히는 것을 발견했다. 청명의 미간엔 그처럼 멋진 나무가 서지 않았다. 청명이 물었다.

"버드나무 두 그루네. 알고 있었어?"

환희가 선선히 답했다.

"내 안에 나무 하나쯤은 키우고 싶었소. 대나무인 줄 알았더니 버드나문가 보오."

## 163

환희가 버드나무를 세우듯 미간을 찡그리며 말했다.

"꿈을 꿨소. 당신과 입 맞추는 꿈. 믿진 않겠지만 오래 전부터, 내가 조선에 오기 전부터 계속 찾아든 꿈이라오. 그땐 내게 입을 맞추는 여인이 당신이란 걸 몰랐소. 조선 여인이란 건 알았지만."

"왼손은? 많이 아파?"

"꿈에서도, 방금처럼, 내게 조선말로 속삭여 줬다오. 흐릿했지만, 조선말이었소. 자초지종을 이야기하자면……."

"제발! 아픈 사람이 무슨 이야길 하겠다고 그래?"

환희의 오른손이 청명의 턱과 입술을 지나 볼에 닿았다.

"그 꿈 이야기를 하면…… 통증을 잊을 듯…… 싶소. 그, 그게……."

청명은 환희의 혀가 굳고 말을 더듬기 시작하면 이상한 기분에 사로잡혔다. 더운물과 찬물처럼, 비와 눈처럼, 걱정과 기대가 함께 청명의 온몸을 훑는 것이다. 이야기를 멈추고 침묵하는 것이, 길고 어려운 이야기를 하는 것보다, 이 남자에겐 훨씬 힘들었다. 지켜지지 않는 약속을 이번에도 조건처럼 내걸었다.

"알았어. 힘들면 멈추겠다고 약속해."

"그리하겠소……."

청명은 환희의 오른손을 양손으로 꼭 쥐었다. 환희는 다섯 손가락으로 청명의 두 손바닥에 무엇인가를 내내 끼적이듯 하며, 이야기를 시작했다.

"남인제아 바닷가에서 대곤과 재회하진 못하였으나 백인 소년,

고양이, 나비, 여인이 줄줄이 그림에서 나오는 것을 본 왕은 나를 죽이지 않고 궁궐로 다시 데려갔소. 그 밤에 나는 궁궐 감옥에 갇혔다오. 왕은 백인 소년, 고양이, 나비, 여인을 모두 자신의 침실로 데려갔소. 욕심이 과했던 것인지, 그들이 나왔던, 바다에 둥둥 떠다녔던 그림을 난로에 쬐어 말리려다가 불이 옮겨 붙었고, 그림이 몽땅 타 버리고 말았다오. 그림이 재로 변하자, 거기서 나온 백인 소년, 고양이, 나비, 여인도 곧 검은 연기로 사라졌소.

왕은 감옥에서 나를 끌어내어 똑같은 그림을 구해 오라 독촉했소. 나는 똑같은 그림을 구하긴 어렵고, 대신 대곤이 뛰노는 바다와 같은 장대한 이야기를 바위에 새기면, 이야기가 완성되는 날 수많은 사람과 짐승이 바위에서 튀어나올 것이라고 둘러댔다오. 시간을 벌기 위해서였소. 왕은 대곤이 뛰논 바다와 같은 장대한 이야기를 며칠이면 끝낼 수 있느냐 물었고, 나는 100일이면 넉넉하다 했다오. 1000일로 하지 않은 것을 두고두고 후회했지만, 그땐 100일도 무척 길다 여겼소. 왕은 곧 돌을 새기는 데 능한 석공 100명을 모았고, 그들이 새길 거대한 바위도 각각 100개 가져왔소. 100명이 하루에 바위 하나씩을 새겨, 100일 뒤 이야기로 가득 찬 바위 100개를 완성하겠단 것이오.

나는 이야기를 지어내야만 했소. 100명의 석공, 백아흔아홉 개의 눈동자가 매일 아침 내게 집중되었소. 석공의 우두머리 씽은 외눈박이였다오. 첫날 아침, 나는 어릴 적 어머니에게서 들은, 오누이가 해와 달로 바뀌는 이야기를 하다가 그만두었소. 깔끔하게 반나절 이야기론 나쁘지 않았으나 대곤이 뛰놀, 긴 이야기로는 부족했다오. 점심을 먹으며 생각을 고쳐먹었소. 내 머리로 이야기를 지어내어선

100일은커녕 열흘, 아니 하루도 채우기 힘드니, 내가 태어나서 여기까지 어떻게 와서 이렇게 이야기를 늘어놓게 되었는가를 이야기하자고. 어머니가 조선에서 청나라로 끌려온 대목부터, 당장 오후에 들려줬소.

청국 사신들은 조선에 올 때마다, 돈과 준마뿐만 아니라 조선 여인들을 적게는 100명, 많게는 1000명씩 내놓으라 요구했다오. 전쟁에서 대패한 조선 왕과 그 왕의 아들과 그 왕의 손자와 그 왕의 손자의 손자는 청나라의 요구를 들어줄 수밖에 없었소. 겨우 열대여섯 살밖에 안 된, 아직 남자에게 손목 한번 잡혀 보지 않은 소녀들이 줄줄이 끌려간 게요. 손에 손을 이어 묶고 한양에서 연경까지 걸어야만 했소.

놀라운 건 남인제아 석공들의 반응이었소. 굵은 눈물 뚝뚝 떨어뜨리더니, 제 손목이 아픈 듯 피가 비칠 정도로 팔을 긁어 댔다오. 밤을 꼬박 새워 내 어머니가 조선에서 연경으로 잡혀간 이야기를 돌에 새겼소. 특히 100명의 소녀가 의주에서 압록강을 건너는 장면이 백미였다오. 100명의 소녀를 모두 새겼을 뿐만 아니라 그미들 표정과 동작이 제각각 달랐소. 석공 중 우두머리인 씽이 내게 어머니를 찾아보라 하였다오. 나는 천천히 100명의 소녀를 손바닥으로 만진 뒤 이제 막 압록강을 건너 강가에 닿은 소녀를 짚었소. 씽이 오른 눈으로만 웃으며 고개를 끄덕였소. 그 소녀를 바로 씽이 새겼던 게요.

다음 날부터는 이야기가 술술 풀렸소. 지어낸 이야기가 아니고 내가 직접 듣고 보고 겪은 일이니 막힘이 없었소. 처음엔 하루에 바위 하나를 새기는 것이 가능할까 싶었소. 아무리 노련한 석공

100명이 함께 일한다 해도, 그 큰 바위에 내가 하루 종일 지껄인 이야기를 새기긴 어렵다 여겼소. 한 가지 내가 몰랐던 사실이 있었소. 남인제아의 바위는 조선의 바위와는 달리 물러 터진 게요. 망치나 끌로 슬쩍 건드리기만 해도 바위가 움푹움푹 파였소. 작업 속도가 내 예상보다 훨씬 빨랐던 이유요.

마술 판 밑 어둠에서 지낸 이야기, 청국 마술사 요물이 내 어머니 윤씨를 때려죽인 이야기, 내가 그 요물의 가슴에 장검을 꽂은 이야기, 북인제아까지 달아난 이야기, 거기서 대붕을 타고 백아서아로 넘어간 이야기, 잉화술을 배운 이야기, 대곤에게 먹혀 남인제아로 온 이야기를 중심으로, 사이사이 내가 겪은 모험담을 곁들였소. 놀랍게도 열흘이 훌쩍 지나고 50일이 금방 닿았으며 90일에 턱걸이를 하더니, 내일이면 100일이었소.

왕은 성대한 잔치를 준비했다오. 거대한 평원에 이야기를 새긴 바위들을 옮기도록 했소. 바위들을 둥글게 잇달아 세워 거대한 원을 만들었소. 마지막 바위는 이야기를 새기기도 전에 미리 평원에 옮겨 두었다오. 99일이 지난 밤, 왕이 직접 내게 찾아와서 기대에 찬 표정으로 말했소.

'이제 내일이면 100개의 바위에서 사람과 짐승이 쏟아져 나오겠구나. 나는 그들을 모두 내 궁궐에 두고, 대곤처럼 장대한 이야기를, 바위에 새긴 조각이 아니라 살아 숨 쉬는 현실로 즐기겠노라. 소원을 미리 고민해 두어라. 내일 바위에서 사람과 짐승이 쏟아지면, 네게 큰 상을 내리겠노라. 적어도 100가지 소원은 들어줄 테다. 나와 같은 즐거움을 맛본 왕은 일찍이 없었으니, 네 공이 무척 크구나.'

소원은 고사하고, 내일이면 목이 잘려 나갈 상상에 나는 잠을 이루지 못하였다오. 날이 밝은 후 석공들을 만나러 나갔소. 의자에 앉으니 그날따라 석공들의 눈동자 백아흔아홉 개가 더욱 빛나 보였소. 씽이 황금 잔을 내밀었다오. 무엇이냐 물었더니 답했소.

'이 세상에서 가장 흥미진진한 이야기를 하는 최고의 이야기꾼에게 바치는 샘물입니다. 이 물은 세상에서 가장 높은 산에서 처음 나와 1000년을 얼음으로 있다가 녹아 천 길 땅속으로 흘러와서 바로 저 100개의 바위가 놓인 평원의 가운데 샘으로 방금 올라왔습니다. 왕께 첫 잔을 바치려고 하였으나, 왕께선 이 세상 최고의 이야기꾼이 먼저 마시는 것이 옳다 하셨습니다. 이 샘물 들이키시고, 땅속 천 길보다 깊고, 천 년보다 오래되고, 그 얼음들 위에 우뚝 솟은 설산보다 높은 이야기의 마지막을 들려주십시오. 저희 석공들은 평생 돌에 무엇인가를 새겨 왔으나, 저희가 새긴 것들이 살아 움직이는 모습을 본 적이 없습니다. 저희에게도 오늘은 축복의 날입니다.'

나는 황금 잔에 든 샘물을 꿀꺽꿀꺽 들이켰소. 솔직히 그렇게 차갑지도 않았고, 특별한 기운을 느낄 수도 없었다오. 다만 이승에서 마시는 마지막 물이라고 생각하니 눈물이 한 방울 뚝 흘러내리긴 했소. 얼굴을 가릴 만큼 황금 잔이 크지 않았다면 내 슬픔을 석공들에게 들켰을 게요.

이야기를 시작했소. 첫날 해와 달이 된 오누이 이야기를 들려주다가 중단하고, 내가 겪은 모험들로 이야기를 다시 시작하는 대목이었소. 석공들의 표정은 한결 편안해 보였다오. 이 이야기는 자신들이 99일 동안 이미 들은 것이며, 또 그 속엔 이야기를 듣는 자신들도 포함되기 때문이오. 씽은 나를 향해 고개를 끄덕여 주기까지 했소. 내가 마지막 날 이 이야기를 꺼낸 것이, 바위에 석공 100명을 포함시키기 위한 배려임을 눈치챈 게요. 그들을 새긴 석공 100명과 그렇게 새겨진 석공 100명이 얼싸안고 만나 회포를 푼 뒤, 200명이 힘을 합쳐 거대한 바위에 이야기를 하나 더 새겼으면 신나겠단 상상을 했는지도 모르겠소.

내 이야기는 드디어 마지막 중에서도 마지막에 이르렀소. 100일째 이야기가 끝나고 석공들이 날랜 솜씨로 바위에 석공 100명과 또 이야기를 들려주는 나의 모습, 코끼리를 타고 궁궐을 잠시 떠나온 왕과 그 일행을 새겼다오. 밤이 깊었지만 아직 해가 뜨기 전이었소. 왕이 내게 물었소.

'수고하였다. 바위 속 인물과 짐승이 100개의 바위에서 동시에 튀어나오는가?'

내가 답했다오.

'그렇진 않습니다. 바위에 담긴 이야기의 무게에 따라 어떤 바위는 빨리 이야기를 뱉고 어떤 바위는 좀 더 오래 이야기를 품을 겁니다.'

'저 100개 중에선 어느 바위의 이야기가 가장 빨리 현실로 바뀌겠느냐? 앞장서거라.'

나는 천천히 첫 번째 바위 앞으로 갔소. 산책하듯 걷기 시작했다오. 왕은 코끼리를 탄 채 나를 따랐소. 두 번째, 세 번째, 네 번째…… 이렇게 걸어 마지막 100번째 바위에 닿곤 돌아섰소. 왕이 물었소.

'처음부터 첫 번째 바위에서 돌아섰다면 바로 100번째 바위로 왔을 게다. 나를 업신여기는 게냐?'

맞는 지적이었소. 이야기로 새겨진 거대한 바위들의 원이 완성되었으니, 첫 번째 이야기가 100번째 이야기와 맞닿은 게요. 나는 이제 내가 죽을 때가 되었다고 생각하였소. 죽기 전에 바위에 새긴 나의 삶을 눈으로 훑고 싶었던 게요. 지금까지 지구에서 태어나 살다가 죽은 사람 중에서, 100개의 바위에 자신의 삶을 100명의 석공을 동원하여 새긴 이가 있을까 생각해 보았소. 진리의 말씀을 전한 성현들도 이렇게까지 공들인 자신의 이야기를 가진 적이 없소. 더구나 나는 아직 죽지도 않았고, 또 성현은 더더욱 아니라오. 왕을 향해 큰 소리로 외쳤소.

'바위에서 사람과 짐승이 나온단 이야기는…….'

갑자기 땅이 뒤흔들렸소. 100개의 바위가 동시에 흔들릴 정도였다오. 왕을 태운 코끼리가 쓰러졌고, 나뒹군 왕은 100번째 바위에 머리를 찧었소. 이마에서 피가 흘렀지만, 왕은 고통스러워하는 대신 양팔을 벌린 채 고함을 질러 댔다오.

'진짜였어! 바위에서 이제 곧 사람이 나온다. 짐승이 나온다. 다 내 것이다. 다 내 것이야!'

그 흔들림을, 바위에서 사람과 동물이 나오는 조짐으로 받아들였던 게요. 나 역시 엉덩방아를 찧고 쓰러졌다가 겨우 다시 일어났소. 피 흘리는 왕을 봤다오. 왕도 나를 보고 손을 흔들었소. 바로 그 순간 놀라운 일이 벌어졌소. 왕이 머리를 부딪친 100번째 바위가 갑자기 푹 하고 꺼지더니 땅속으로 사라졌소. 왕도 곧 거대한 구멍에 빠져 없어졌소. 구멍은 점점 커지면서 내게로 곧장 돌격장처럼 다가왔다오. 나는 달아나고 싶었으나 구멍이 커지는 속도를 따라잡을 수 없었소. 저 거대한 구멍에 빠져 죽는구나 싶었소. 그때 갑자기 구멍에서 어마어마한 짐승이 튀어나왔소. 쿵쿵 땅이 울리도록 달리며 내 위를 지나쳤소. 나는 급히 놈의 배에 달라붙었소.

그 짐승은 대언서(大鼴鼠)로 불리는 거대한 두더지였소. 땅을 울린 것도, 구멍을 판 것도 바로 그놈이었소. 놈은 1000년 동안 평원 아래에 굴을 파고 편히 지냈는데, 왕의 명령에 따라 100개의 바위를 평원으로 옮기는 바람에 굴 여기저기가 무너졌던 게요. 화가 난 대언서가 땅을 파고 올라오며 구멍을 뚫었고, 그곳으로 100번째 바위와 왕이 빠져버린 것이오. 대언서는 분을 참지 못한 듯 바위를 향해 돌진하며 다시 땅속으로 굴을 파 들어갔소. 깜깜한 어둠이었다오. 고요한 어둠이 아니라 마구 움직이며 흔들리는 어둠. 대언서는 둥글게 원을 파 들어가면서 바위들을 모두 땅 밑으로 끌어 내렸소. 100개의 바위를 지하로 내리고, 지상을 다시 바위 하나 없는 평원으로 만든 후에야, 더 깊은 땅속으로 들어갔소. 대언서는 평원의 가운데로 갔고 흐르는 물줄기에 몸을 맡겼다오. 지하로 통하는 거대한 물줄기를 따라 대언서는 흘러 내려갔소. 대언서의 배에 붙은 나역시 지하 수로를 따라 남인제아를 떠났던 게요. 이게 남인제아에서 내가 겪은 일이오."

"끝이야?"

"아니오. 아직 당신이 내 꿈에 나온 이야긴 시작도 하지 않았소. 그 이야기가 무엇이냐 하면……."

문이 조금 열렸고 기탁이 고개만 들이밀었다. 환희는 이야기를 멈췄다. 기탁이 들어와선 왼손을 살피며 걱정스럽게 물었다.

"왜 또 왔어?"

"그만둬야지? 아무리 생각해도 이건 아냐."

"안 돼."

기탁이 청명의 눈치를 보며 말했다.

"마술사와 마내자가 나랏일에 끼어든 것부터가 무리였어. 우린 물랑루에서 공연이나 하며 하루하루를 보내는 게 제격이지."

청명을 향해 충고하듯 말을 보냈다.

"마마! 환희, 이 녀석 이야긴 믿지 마시옵소서. 특히 조선에 오기 전에 세상을 떠돌았네 어쨌네 하는 얘긴 다 헛소리이옵니다."

"형!"

기탁이 정색을 하고 환희에게 말했다.

"쓸데없는 이야기도 그만하고 마술 대결도 그만하자. 이러다간 정말 크게 다쳐 영영 마술을 못할지도 몰라. 마술사 그만둘래? 마술 공연 하지 않고 살 수 있어?"

"나가! 어쨌든 이 대결을 중단시키면 나 형 얼굴 안 봐."

"고집불통! 명심해. 이런다고 이 나라에서 네게 상을 내릴 줄 알아? 고마워할 줄 알아? 어림도 없지. 너나 나나 우린 천것이야. 이 나란 왕의 나라고 양반들의 나라라고. 우리가 낄 자린 전혀 없어."

기탁이 나간 후 어색한 침묵이 감돌았다.

"미안하오."

"나도 이쯤에서 이 대결 그만뒀으면 해."

"아니 되오."

"널 아껴. 아껴야 해."

환희가 청명의 눈을 들여다보았다.

"지금까지 내겐…… 마술이 목숨보다 중하였소. 지금은 당신이 마술보다 중하오."

## 164

환희의 이야기가 이어졌다.

"남인제아에서 100개의 바위를 지하에 묻은 대언서는 그 길로 깊이 땅을 팠다오. 나도 물론 대언서의 배에 붙어 함께 더 깊은 어둠으로 내려갔소. 아래로 아래로만 파 들어가서 이러다간 지구의 중심에 닿지나 않을까 걱정이 될 정도였다오. 열하의 마술 판 밑 어둠에서 몇 년을 지냈기에 망정이지, 처음 지하 세계를 경험했다면 지레 겁을 먹고 떨어져 나가거나 미쳐 버렸을 게요.

그렇게 얼마나 땅 밑을 헤매고 다녔을까. 대언서가 방향을 틀어 위로 올라가기 시작했다오. 흙들이 잘게 부서지면서 등을 때리며 흘러내렸소. 이윽고 굵직굵직한 나무뿌리들이 그 흙에 섞였고 곧 빛이 내리쬐었소. 지상으로 올라온 게요. 도아격이란 나라였다오. 나는 급히 두 손을 놓고 대언서의 배에서 벗어났소. 대언서는 뒷발로 내가 붙었던 자리를 슬슬 긁은 뒤 다시 땅속으로 파고들었다오. 햇빛이 끔찍하게 싫었던 게요. 내가 그대로 붙어 있었더라면 다시 대언서와 함께 지하를 하염없이 돌아다녔을 것이오.

사과 열매가 보였소. 겨우 기어, 그 나무 아래로 갔소. 너무 지쳐 오를 힘이 없었소. 다행히 나무에 기댄 장대를 이용하여 사과를 두 개 땄소. 정신없이 먹어 치웠다오. 곧 먹은 것을 죄다 토했소. 오랫동안 곡기를 끊었다가 갑자기 제대로 씹지도 않고 사과를 넘기는 바람에 속이 놀랐던 게요.

정신없이 토하는데 갑옷과 투구를 쓴 병사들이 와서 나를 붙잡았소. 그들은 나를 이사탄포이(伊斯坦布尔, 이스탄불)라는 거대한 마으로 데려가 지붕이 둥근 사원의 서쪽 탑에 가뒀소. 그 탑엔 나보다 먼저 온 사람이 있었소. 흰 수염이 배꼽까지 흘러내린 하얀 피부의 늙은이였소. 그는 두 다리와 두 팔이 모두 없었소. 몸뚱이뿐이었단 게요. 그는 나를 보고도 눈을 감고 잠든 것처럼 고요했소.

다음 날, 지야라는 이름의 제국 통역관이 찾아왔소. 지야는 나를 따로 탑 꼭대기 방으로 끌어낸 뒤 마주 앉았다오. 그는 청나라 말은 물론이고 50개 나라 말을 두루 할 줄 안다고, 청나라 말로 자신을 소개했소. 이미 나에 대한 조사를 마쳤다는 분위기를 풍기며, 마흐무드 2세의 사과나무 농장에 함부로 들어가서 사과를 훔친 경위를 소상히 털어놓으라고 요구하였다오. 나는 답했소.

'배가 너무 고팠습니다. 황제의 농장인지 몰랐습니다.'

'거짓말! 제국의 백성이라면 그곳이 황제의 농장이란 걸 모를 리 없다. 너는 누구냐?'

'환희라고 합니다.'

'어디서 왔느냐?'

'청국 열하라는 곳에서 왔습니다.'

'거짓말! 황색 살갗의 인간들이 이곳까지 오는 경우가 종종 있긴 하나, 그들은 청나라 황제의 통행증을 갖고 관문을 하나하나 통과한다. 최근 한 달 동안엔 너처럼 생긴 노란 거지가 관문을 통과한 적이 없어. 너는 누구냐? 어떻게 여기까지 온 게야?'

나는 숨을 크게 들이마셨다가 내쉰 후 되물었소.

'이야기가 좀 깁니다. 끝까지 다 들으셔야 제가 왜 지금 여기 앉아 있는지 아실 겁니다. 들으시겠습니까?'

지야가 양손을 맞잡고 비비며 웃어 보였소.

'얼마든지! 듣기 전에 하나만 짚어 주지. 이야기가 길어질수록 약점도 느는 법이야.'

'약점이라뇨?'

'난 지극히 상식적인 입장에 서 있어. 무슨 소리냐 하면, 네가 첩자라고 생각한다는 거지.'

'첩자라고요? 왜죠?'

'첩자들은 신분을 속이고 은밀히 다니지. 관문이 아닌 다른 길로 제국의 수도까지 들어올 이유와 능력을 가진 이가 첩자 외에 누구겠어?'

'저는 첩자가 아닙니다.'

지야가 깍지를 끼곤 받아쳤다오.

'첩자가 처음부터 스스로 첩자임을 자백하는 경우 없어. 제임스, 그 늙은이와는 인사를 나눴나?'

'……'

눈만 끔벅이자 지야가 이야기를 이었소.

'팔다리 다 잘린 영국 첩자! 제임스는 지금까지도 자신은 첩자가 아니라고 부인하고 있어. 이제 자를 건 목밖에 남지 않았는데.'

조심스럽게 물었소.

'팔과 다리는 왜 잘린 겁니까? 전투라도 벌인 겁니까?'

'겁도 없이 탑에서 탈출하려다가 그리된 게지. 우린 첩자라고 자백하지 않는 자는 절대로 죽이지 않아. 탈출한 죗값은 물어야 하니, 한 번에 하나씩만 자른다네. 탈출하고 싶으면 해 봐. 대신 제임스에게서 미래의 네 모습을 발견해야겠지. 그럼 내일 아침부터 네 이야길 듣겠어. 내일부턴 통역관 두 명이 더 따라 들어올 거야. 네가 하

는 말을 모조리 적을 거니까.'

다시 옥으로 돌아갔소. 제임스는 여전히 누워 있었다오. 하루에한 번, 쇠로 만든 쟁반에 돌처럼 딱딱한 빵이 얹혀 던져졌소. 나는허겁지겁 먹기 바빴는데 제임스는 미동도 없었소. 신기한 사실은,내가 잠시 졸거나 딴 짓을 하다가 보면 쟁반에 놓인 빵이 사라지고없는 게요. 제임스는 여전히 손바닥만 한 창이 있는 벽 쪽에 누워꼼짝도 하지 않는데 말이오. 기어서 쟁반까지 갔다면 틀림없이 낑낑대는 소리가 들렸을 게요. 나는 어떤 소리도 듣질 못했다오.

다음 날부터 도아격의 통역관 세 사람에게 내 삶을 털어놓기 시작했소. 남인제아 석공들에게 100일 동안 들려줬던 바로 그 이야기였다오. 한 번 들려준 이야기니 쉽게 반복하리란 생각은 큰 오산이었소. 남인제아 때보다 이야기를 이어 가기가 더 힘들었다오. 지야가 사사건건 끼어든 탓이오. 가령 요물이 열하 거리에서 마술 판을벌였다고 하면, 지야는 열하 지도를 꺼내 놓고 따졌소.

'자, 여기가 열하의 시장이다. 네가 마술 판을 벌인 곳이 어디냐?짚어 봐.'

엉겁결에 한군데를 짚고 지나가면, 이야기를 듣다가 지야가 다시지도를 펼친 뒤 따졌소.

'거기다가 판을 벌이면 기껏해야 100명 남짓 모일 자리밖에 없어.200명이나 마술 구경 값을 냈다고? 어디야? 대체 어디서 마술을한 거야? 마술을 했다는 것 자체가 거짓말 아냐?'

나는 악착같이 기억을 되살려야 했소. 그곳에 산 나보다 그곳에 가보지도 않은 지야의 설명이 정확할 때가 많았다오. 요물의 가슴을 찌른 장검 길이와 손잡이 문양에선 말문이 막혀 하루 종일 머리를 쥐어뜯어야 했다오. 그때마다 지야는 가벼운 웃음으로 묻곤 했소.

'첩자란 걸 그만 인정하는 게 어때?'

청나라에서 보낸 날들을 이야기할 땐 견딜 만했소. 북인제아와 백아서아와 남인제아의 나날은 내게도 낯선 곳이기에, 구체적인 설명을 하기엔 한계가 있었다오. 놀라운 건 지야가 북인제아와 남인제아와 백아서아에 대해서도 청나라만큼이나 많은 지도와 서적을 두루 섭렵했단 사실이오. 그곳의 도시와 제도와 풍습을 척척 외우며 몰아세울 땐, 정말 내가 거짓말을 지어내고 있는 게 아닐까 하는 착각이 들 정도였소.

대붕과 대곤과 대언서를 설명하는 대목에선, 지야가 책상을 치며 화를 냈다오. 대붕의 날개가 얼마나 길며, 대곤의 아가미가 얼마나 크며, 대언서의 흙 파는 솜씨가 얼마나 날렵한지, 거듭 설명했지만 지야는 믿지 않았소. 세상에 존재하지 않는 괴물을 이용하여 이야기의 약점을 채워 나가려는 수작으로 여긴 것이오. 지야가 몰아세웠소.

'자, 내가 가진 어떤 책에도 대붕과 같은 새, 대곤과 같은 물고기, 대언서와 같은 두더지를 보았다는 기록은 없어. 그건 다 상상하길 즐기는 노란 인간들이 꾸며 만든 허상에 불과해. 네가 그런 상상 속의 괴물을 하나도 아니고 셋 씩이나 차례차례 만나 국경을 넘었다고? 그건 관문을 통과하지 않고 여러 나라를 오간 것을 감추려는 변명에 불과해. 그게 아니라면 자, 다시 설명해 봐. 대붕의 알은 얼마나 크지?'

'알을 본 적은 없습니다.'

'대곤의 꼬리지느러미 넓이는?'

'미처 꼬리지느러미까진 살필 겨를이 없었습니다.'

'대언서의 눈은 얼마나 작아?'

'그것도……'

'내일 다시 시작하지. 세 괴물을 명쾌하게 설명하지 않으면, 이야기는 더 못 나가.'

통역관들에게 시달려 옥으로 돌아오면, 이야기를 하다가 혀가 굳어 버리는 악몽을 꾸었소. 눈을 번쩍 뜨고 일어나 앉았다가 한숨을 내쉬곤 다시 누우려는데 기분이 이상했다오. 조그마한 창을 통해 달빛이 옥을 비췄는데, 허공에 무엇인가가 두둥실 떠올라 있었던 게요. 너무 놀라 엎드렸소. 천천히 고개를 들고 자세히 보니, 제임스였다오. 팔과 다리가 없는 제임스의 몸이 바닥에서 세 뼘은 넘게 떠올랐소. 달빛을 가린 그의 등이 단단하고 넓었다오.

'아!'

내 신음 소릴 듣고 제임스가 고개를 돌렸다오. 긴 수염이 이마에 닿았소. 손짓 발짓 해 가며 제임스에게 물었소.

어떻게 허공에 떠오를 수 있습니까?

제임스는 나를 가운데 두고 원을 그리며 천천히 돌았다오. 꿈이 아니었소.

다음 날부터 할 일이 하나 더 늘었소. 낮에는 통역관들에게 대붕과 대곤과 대언서를 설명하느라 바빴고, 밤엔 제임스에게 공중으로 떠오르는 법을 배웠다오. 회회의 으뜸 마술사 유다가 이 마술을 즐겨 선보였다고 하오. 자세히 설명하긴 어렵지만, 간단히 말하자면 바깥 공기를 최대한 몸속에 담는 게요. 다음으로 그 공기가 빠져나가지 않도록 몸의 구멍이란 구멍을 동시에 틀어막아야 하오. 숨도 쉬면 아니 되오. 코로 공기가 빠지면 곧바로 땅에 떨어진다오. 얼마나 공중에 오래 떠 있을 수 있느냐 하는 건 얼마나 숨을 참느냐에 달렸소. 마음속으로 100까지 세는 정도? 대부분은 그마저도 못할 게요.

손짓 발짓으로 묻고 몸짓 눈짓으로 답하며, 나는 제임스가 왜 이 공중 부양술을 익혔는지 알게 되었소. 탈출하고 싶던 게요.

제임스는 첩자가 아니라 그저 떠돌이 가수였다고 하오. 유럽을 돌아다니며 노래를 배우고 부르다가 도아격에 이르렀다는 게요. 도아격에서도 한동안은 거리에서 다양한 노래를 부르며 밥벌이를 했소. 돌림병이 돌던 여름 갑자기 붙잡혔는데, 그가 부른 노래 중 몇 곡이 위대한 알라를 화나게 만들었다는 지적과 함께 영국이 보낸 간첩으로 몰렸다는 것이오. 제임스는 고향인 스코틀랜드 인버네스의 모래밭 넓은 네스 강 나루터로 돌아가려고, 네 차례나 탈출을 감행하였다고 하오.

나는 어떻게 공중 부양술을 익혔는지 물었소. 그는 유럽을 떠돌며 배운 노랫말에 비법이 고스란히 담겨 있었다고 했소. 사람들은 그 노래를 부르기만 했을 뿐 노랫말을 따라 하진 않는데, 제임스는 옥에 갇힌 뒤 노랫말을 음미하며 반복해서 연습한 끝에 특별한 능력을 지니게 되었다고 했소. 그가 터득한 능력은 공중 부양술만이 아니었소. 열 걸음을 한 걸음으로 당겨 걷는 능력, 손바닥 힘으로 문을 부수는 능력, 외발로 성벽을 오르내리는 능력, 손바닥으로 벽이나 문을 쳐 상대의 고막을 찢는 능력 등을 자유자재로 썼다고 자랑했소. 이 능력을 하나씩 살려 탈출을 감행했지만 번번이 붙잡혔고, 그 능력을 다시는 쓸 수 없도록 팔과 다리를 잘린 게요.

제임스가 마지막으로 익힌 기술이 바로 공중 부양술이었다오. 북쪽 끝 얼음 바다에서 물고기를 잡아먹으며 사는 이들에게 배운 노래를 따라 한 게요.

시간을 얼릴 물에 빠졌어도 당황하지 마.
공기로 몸을 채우고, 구멍을 모두 막은 뒤
떠오르는 상상. 하늘까지 닿을 거야.

매일 밤 제임스를 따라 이 노랫말을 믿고 따라 했다오. 처음 열흘은 전혀 움직임이 없었소. 내 안을 공기로 가득 채우는 상상을 했지만 새끼손톱만큼도 떠오르지 않았소. 내가 손짓 발짓으로 어려움을 토로하자 제임스는 몸짓 눈짓으로 답했소. 첩자로 몰려 여기서 죽으면 가장 안타까워할 사람을 떠올려 보라고. 제임스에겐 고향에 두고 온 딸 앤이 있었소. 떠나올 땐 아기였지만 그사이 세월이 30년이나 흘렀으니 어쩌면 시집도 가고 자식도 낳지 않았을까 짐작했소. 내겐…… 안타까워할 이가 안타깝게도 없었소. 어머니마저 돌아가셨으니 나는 고아였고, 그사이 정을 붙인 이도 없었다오.

그때부터인가 보오, 밤마다 당신이 나타났던 게. 꿈에 아름다운 여인이 등장하여 내게 입을 맞췄소. 나는 늘 병든 사람처럼 누워 있었다오. 달빛을 등진 채 입을 맞췄기에, 난 그미의 얼굴을 자세히 보진 못했소. 오늘 희방에서 연꽃 낭자 당신과 입을 맞추고 나니, 내 꿈속 여인이 바로 당신이란 확신이 드오. 바로 이 입술, 이 앞니, 이 혀였소. 꿈속에서 오랫동안 만났기에, 당신이 물랑루에 온 첫날 내가 당신을 판으로 올리고 싶었던 게요. 그땐 단지 당신이 내 마술에 집중하지 않고 자꾸 천장을 올려다보기에, 하얀 목덜미 때문이겠거니 여겼는데, 아니었던 게요. 당신은 이사탄포이 서쪽 탑에 갇힌 내 꿈속 여인이었소. 나를 허공으로 날아오르게 만든.

그렇소. 꿈속에서 나와 입을 맞추는 당신을 그리며, 내 목에 공기를 불어넣고 모았다오. 그 입술의 감촉을 떠올리며 집중, 또 집중하던 어느 날, 드디어 내 몸이 떠올랐소. 물론 곧 숨을 내쉬는 바람에 돌로 된 바닥에 떨어졌지만, 엉덩이를 부딪쳐 많이 아팠지만, 기뻤다오. 인간은 노력하면 공중으로도 떠오르는 동물이었던 게요. 신화나 전설에 등장하는, 하늘을 날아다닌 사람들에 대한 이야기는 사실이었소.

제임스가 부탁했소. 스코틀랜드 인버네스로 가서 딸 앤을 만나달라고. 자신이 만든 이 노랠 들려주라고. 그때까지만 해도 나는 영어를 전혀 못했다오. 노랫말이 무슨 뜻인지도 모른 채 제임스가 부르는 대로 노래를 익히고 노랫말을 외웠소.

> 멀어질수록 더 깊이 그리운 사람
> 심장을 나눠 준, 눈물과 웃음의 근원
> 나는 매일 돌아가는 발걸음
> 나는 매일 새로운 포옹

지야에게 물었소.
'폭풍우 치는 계절이 가까웠습니까?'
'그건 왜?'
'대붕이 크게 날갯짓을 하면 비가 오고 바람이 몰아치거든요. 폭풍우가 시작되었다는 건 대붕이 가까이 왔다는 뜻입니다. 제가 아무리 설명을 해도 믿질 않으시니 대붕을 직접 보여 드리겠습니다.'

지야가 500년 동안 매일 날씨를 기록한 책을 검토하곤 돌아와서 답했소.

'닷새 뒤부터 폭풍우가 시작될 거야. 적어도 열흘은 햇빛을 쬐기 힘들겠어. 그날 네놈의 거짓말이 드러나겠군.'

'조건이 하나 있습니다.'

'조건? 조건 달 형편이 아닐 텐데?'

'간청으로 바꾸겠습니다.'

'들어나 보지. 뭔가, 그 간청이?'

'제임스에게도 대붕을 보여 주고 싶습니다. 사지가 잘린 채 옥에 갇혀 죽을 날만 기다리는 가여운 사람입니다.'

'같은 감방에서 뒹구니 정이라도 쌓인 모양이지? 좋아. 네놈 헛소리가 증명되는 날 증인 한 명을 더 세워도 좋겠지. 사지는 없지만 그래도 제임스 그 늙은이 두 눈은 멀쩡하니까.'

닷새가 지나갔소. 새벽부터 불어오는 바람이 심상치 않았다오. 나는 제임스를 업고 탑으로 올라갔소. 뾰족한 쇠창이 빼곡하게 두 길이나 솟아 있었다오. 위가 뚫린 감옥과 다를 바 없었소. 지야가 통역관 둘, 병사 열 명을 데리고 제임스와 나를 에워싼 후 경고했다오.

'변명 늘어놓을 생각일랑 말거라. 곧 세찬 바람과 함께 비가 쏟아질 게다. 그때 네가 침이 마르도록 자랑한 대붕이 꼭 와야 해. 나타나지 않는다면, 너는 거짓말을 일삼은 죄를 인정해야 하며, 청나라 첩자임을 또한 받아들여야 해. 알겠지?'

제임스와 눈을 맞춘 후 답했소.

"그러겠습니다. 정말 대붕이 오면, 그땐 저를 이 탑에서 나가게 해주겠다고 약조하시겠습니까?'

'나가다뿐이겠느냐. 황제 폐하를 직접 뵐 영광을 누릴 것이다. 이 세상 최고의 선물을 받을 게야.'

탑에선 나가지만 제국을 벗어나진 못하는 것이오. 제국의 궁궐에 갇혀, 마흐무드 2세에게 세 괴물 이야기를 하면서 늙어 가는 암담한 미래가 그려졌소.

지야의 예측대로 바람이 점점 거세지더니 빗방울이 떨어지기 시작했다오. 바람이 부는 쪽으론 눈을 뜨기도 힘들 만큼 바람살이 날카롭고 빨랐소. 지야가 창살을 잡곤 명령했소.

'대붕을 불러오너라. 어디 있느냐?'

'올 겁니다, 꼭!'

내 등에 업힌 제임스의 엉덩이를 가볍게 밀었다오. 이제 시작하잔 신호였소. 나는 손을 들어 먹구름 내려앉은 동쪽 하늘을 가리키며 외쳤소.

'저기다! 저기 대붕이 온다!'

지야와 역관들과 병사들이 동쪽을 향해 섰소. 그 순간 제임스가 먼저 허공으로 떠올랐고 나도 뒤따랐다오. 우린 두둥실 떠올라 두 길 창살을 넘어 탑 밖으로 나갔소. 그때까지도 동쪽 하늘만 쳐다보던 지야가 고개 돌려 나를 찾았소. 나와 제임스는 이미 탑 밖으로 두둥실 떠가는 중이었소.

'돌아와!'

뒤늦게 우릴 발견한 지야가 외쳤소. 곧 비바람에 묻혀 잘 들리지도 않았소. 나는 옆에서 나란히 떠가는 제임스의 얼굴을 보았다오.

통쾌함으로 가득 찬 그 얼굴엔 웃음이 가득했소. 구멍을 막지 않아도 되었다면, 입을 한껏 벌리고 이사탄포이의 잠든 백성을 모두 깨울 정도로 크게 웃었을 게요. 아, 그 웃음이 너무 섣불렀을까. 갑자기 제임스의 얼굴이 흙빛으로 일그러졌소. 입술을 열고 신음을 뱉고 말았소.

'으윽!'

땅으로 추락했다오. 병사가 날린 화살이 세찬 바람을 가르며 제임스의 등에 박힌 게요. 제임스를 구하러 내려갈 수 없었소. 오히려 이 거센 바람을 타고 더 높이 날아올랐다오. 우리에겐 바람이 필요했소. 몸을 두둥실 띄워 올릴 수는 있지만, 바람이 없다면 탑 근처에서 붙들릴 수밖에 없소. 거센 바람을 만나야 더 높이, 더 멀리 날아갈 수 있는 게요. 폭풍우에 탈출을 감행하잔 제의는 제임스가 했소. 굴종을 모르는 사내였소. 고향을 그리워하는 사내였소. 벗어날 궁리로 온 밤을 꼬박 새우는 사내였소.

서쪽으로 한참을 날아갔다오. 나는 더 이상 숨을 참지 못할 지경에 이르렀소. 안전하게 착륙할 지점을 찾느라 고개를 숙였다오. 완만한 언덕을 골랐소. 제국에서 더 서쪽으로 왔으니, 청국에선 더욱더 멀어진 셈이오. 어차피 떠돌이 인생이 아니겠소. 감옥에 갇혀 첩자란 누명을 쓰지만 않는다면 어디라도 좋았소.

숨을 내쉰 뒤 내려가려는 찰나, 바람이 갑자기 방향을 바꿨소. 회오리에 말리며 몸이 부웅 떠올랐다오. 엉겁결에 숨을 쉬었는데도 떨어지기는커녕 오히려 치솟았소. 나는 다시 동쪽으로 날아가고 있었소. 그렇게 한참을 가다 보니 내가 갇혔던 탑 근처에 이르렀다오. 제임스가 떨어졌으리라 짐작되는 곳엔 병사 10여 명이 모여 지키고 있었소. 나는 허공에서 눈으로만 제임스에게 작별 인사를 건넸소.

고맙습니다! 앤은 제가 꼭 만나러 갈게요. 앤을 그리워하며 지은 노래도 불러 주고요. 편히 잠드세요.

나는 손을 뻗어 바람의 방향을 계속 확인했다오. 어머니가 태어난, 꿈에서 내게 입을 맞춰 준 여인이 있는 동쪽 나라로 가고 싶었던 게요. 그렇게 열흘 낮과 밤을 날아서 도착한 곳이 회회(回回)의 오아시스였다오. 잠깐 졸지만 않았다면 더 멀리, 최소한 사막은 건너갔을 텐데, 작열하는 태양 탓인지 몰아친 졸음을 이기지 못하고 사막의 모래에 처박힌 게요. 모래였으니 다행이지, 바위나 맨땅이었다면 내 몸의 뼈들이 남아나지 못했을 것이오."

긴 이야기를 마쳤다. 청명이 조심스럽게 물었다.

"시작은 늘 더듬대며 힘겨워하면서, 어떻게 매번 다른 모험을 쉼없이 이야기해?"

"연꽃 낭자 때문이오."

"나 때문이라고? 당신이 들려주는 이야기에 난 등장하지도 않아. 모두 처음 듣는 이야기들이라고."

"당신이 듣고 있잖소. 내 이야기를 듣는 당신을 보노라면, 도저히 이야기를 멈출 수 없소. 당신이 손가락을 움직이거나 고개를 끄덕이거나 눈웃음을 지을 때, 더 많은 이야기들이 몰려온다오. 나를 수다쟁이로 만드는 사람은 바로 청명 당신이오."

문을 두드리는 소리가 바빴다. 은미였다.

"마내자가 환희 님이 어떠하신지 알아 오라고 저를 보냈어요. 괜찮으세요?"

환희가 부목을 댄 왼손을 들다가 멈칫했다. 통증을 참으며 일부

339

러 밝게 답했다.

"괜찮소. 자유 마술은 귀몰부터니까, 시작하라 전해 주오. 준비해서 나가겠소."

"정말 괜찮으세요?"

환희가 아랫입술을 깨물었다. 통증이 점점 더 심해지는 것이다. 청명이 문을 반쯤 열고 은미에게 말했다.

"어서 가. 네가 좋아하는 환희 님, 공연 준비하시려면 엄청 바쁘시니까."

은미가 희방을 기웃거렸지만, 청명의 검은 조수복에 가려 보이지 않았다.

"알겠사옵니다. 환희 님 잘 부탁드리옵니다. 마마!"

은미를 보낸 뒤, 청명은 문을 닫고 돌아서서 걱정스럽게 물었다.

"관두자. 이 몸으론 무리야. 치료가 급해."

환희가 명령조로 받았다.

"조수! 판으로 가서 귀몰의 자유 마술을 보고 오시오. 어떤 마술인지 파악을 해야, 우리도 그보다 나은 마술을 구사하지 않겠소? 다녀오오, 어서."

"당신은?"

"……나는 조금만 더 쉬어야겠소, 아주 조금만."

## 165

기탁이 판으로 올라서자, 관객들의 박수가 쏟아졌다.

환희의 부상을 치료하기 위해 대결을 잠시 중단한다는 소식을 전한 뒤, 퇴장을 원하는 관객에겐 전액 환불을 해 드리겠다고 안내했다. 환불하여 돌아간 관객은 한 사람도 없었다. 팽 대인이 화를 내며 자리를 박차고 나갔지만, 오래지 않아 귀몰과 함께 돌아왔다. 기탁이 마술 대결의 재개를 알렸다.

"오래 기다리셨습니다. 단 한 분도 자리를 뜨지 않으시다니, 참으로 놀랍고 감동스럽습니다. 변신술은 환희, 탈출술은 귀몰이 승리하여 현재 일대일입니다. 이제 마지막 대결 종목은 자유 마술입니다. 두 마술사가 어떤 제한도 없이 마음껏 자신의 재주를 선보이면 되겠습니다. 대결 전 추첨에 따라 자유 마술을 먼저 선보일 마술사는, 귀몰!"

귀몰이 앞장을 서고, 만검이 자신보다 큰, 바퀴 달린 상자를 밀며 입장했다. 이 자유 마술에선 검술에 능한 만검이 귀몰의 조수였다.

마술사가 상자를 열고 들어간 뒤, 조수가 상자를 삼등분하여 예리한 철판을 끼웠다. 가운데 상자를 밀어 마술사의 몸을 셋으로 분리시켰다. 박수가 나왔지만 열렬하진 않았다. 여기까진 마술 공연에서 흔히 보는 신체 절단술이었다. 조수가 분리된 상자 셋에 장검을 찔러 넣기 시작했다. 고슴도치처럼 모두 마흔 개의 장검이 촘촘히 박혔다. 상자들에서 피가 뚝뚝 판으로 떨어졌다. 객석 여기저기서 비명이 터졌다. 조수가 붉은 천을 펴 상자를 덮어씌웠다. 빙글빙글 돌며 칼춤을 놀았다. 청나라 피리 소리가 물랑루에 가득했다. 춤을 마친 조수가 붉은 천을 확 열어젖혔다. 환희가 금원에서 석탑을 없앤 것처럼, 상자 셋이 통째로 사라지고 없었다. 무영술을 쓴 것이다. 관객들이 웅성거리며 판 여기저기를 살폈다. 그때 물랑루 객석 제일 뒤에서 호탕한 웃음소리가 들려왔다. 관객들이 뒤돌아보았다. 거기 청나라 으뜸 마술사 귀몰이 양팔을 활짝 벌린 채 서 있었다. 이동술(移動術)이었다. 물랑루에서 귀몰이 펼친 마술 공연 중 가장 큰 박수가 가장 오래 이어졌다.


## 166


멈추면 끝이다. 여기서 막히면 저기로, 저기가 막히면 거기로, 거기까지 막히면 위로, 위가 막히면 아래로, 아래까지 막히면 부딪혀 부수고서라도 나아가야 하는 것이 예술이고 인생이다.


## 167


청명은 바삐 희방으로 돌아왔다. 홍동수가 먼저 와 있었다. 이미 공연복으로 갈아입은 환희가 눈으로 물었다.

어땠소?

핵심을 짚었다.

"큰일이야. 우리가 준비한 신체 절단술과 무영술과 이동술까지 다 해 버렸어."

홍동수가 이어 말했다.

"간자가 남 내관만이 아니었군."

환희가 받았다.

"벽에도 눈과 귀가 있는 곳이 궁궐이라면서요? 청나라에 간과 쓸 개를 바치려는 신하들로 가득한 곳이 또한 조정이라 들었습니다. 간 자들이 늘 돌아다닌다고 생각해야겠지요."

"기어이 그걸 쓰겠다고?"

청명이 끼어들었다.

"기어이 그거라니? 뭐야? 내게 의논 안 했잖아?"

환희는 홍동수와 눈을 맞춘 뒤 청명에게 통보했다.

"옹주마마! 이 순간부터 마마는 이 몹쓸 광대의 조수가 아니옵 니다."

"무슨 소리야? 내가 마술사가 될 때까지 두고두고 가르치겠다고 했잖아?"

"조수 수칙을 잊으셨사옵니까? 조수를 그만두게 할 권한은 마술 사인 제게 있사옵니다."

"그걸 지금 말이라고 해?"

환희가 대답 없이 희방을 나서자마자, 홍동수가 청명의 앞을 막 았다.

"비키시오. 마술사 환희 곁엔 조수인 내가 있어야 합니다. 내가 있어야 한다고요."

"이제 마마는 조수가 아니옵니다."

"비켜! 비키라고."

청명이 고함을 지르며 몸부림을 치고 주먹을 휘둘러도, 홍동수는 꿈쩍하지 않았다. 청명이 주저앉아 울음을 터뜨렸다.

"울지 마시옵소서. 마마!"

울고 울고 또 울었다. 마술 공연 시작을 알리는 징 소리가 울리는 순간, 청명은 울음을 뚝 그치고 홍동수에게 따졌다.

"저 사람, 목숨이 위태로운 마술을 하려는 거죠?"

"모, 모르옵니다."

"저 사람 죽으면 나도 따라 죽을 겁니다."

"마마! 어이 그런 말씀을……."

"정말 죽어 버릴 거라고."

청명이 품에서 은장도를 꺼냈다. 홍동수가 재빨리 손목을 쥐곤 은장도를 빼앗았다.

"고정하시오소서."

청명이 다시 소매에서 은장도를 뽑아 들곤 제 가슴을 찌르려 했다. 홍동수가 팔을 뻗어 막았다. 칼날이 그의 팔뚝을 그었다. 피가 흘렀다. 청명은 피 묻은 은장도를 던져 버리고, 다시 허리춤에서 은장도를 뽑았다.

"아!"

홍동수는 깨달았다. 청명은 지금 마술을 하는 것이다.

"빼앗아 봐요. 은장도는 얼마든지 있어요. 열 개, 백 개, 천 개. 홍 운검이 내 곁을 지켜도, 난 죽어 버릴 수 있어요. 저 사람 죽으면, 죽어 버릴 수 있다고요. 나, 말리지 마요. 지금 저 사람한테 필요한 건 나예요. 이건 마술 대결이잖아요? 조선 마술사 환희의 마술을 알고 도울 수 있는 사람이 누가 있어요? 형편없는 솜씨지만, 나는 이렇게 마술을 해요. 홍 운검은 마술을 할 줄 아나요? 제발!"

"마마!"

별운검 홍동수의 눈빛이 흔들렸다. 처음 있는 일이었다.


168


환희가 택한 비장의 자유 마술은 집환술(執丸術)이었다. 청명은 집환술에 관한 이야기를 마술 대결이 끝난 뒤에야 들었다. 듣고도 믿기 힘든 이야기였다. 환희가 말했다.

"회회 오아시스의 샘물은 정말 달콤하고 시원했다오. 정신없이 물을 마시다가 곁을 보니, 낙타들이 우르르 몰려와 물을 마시느라 바빴소. 사막을 오가며 장사를 하는 대상(隊商)이 도착한 게요. 서에서 동으로, 도아격에서 청나라까지 가는 대상이었소. 마침 짐꾼이 부족하다기에 그 속에 끼었소.

사막의 밤을 아시오? 별들이 얼마나 많은지, 그 많은 별들이 얼마나 가까운지. 귀를 기울이면 별들의 숨소리까지 들릴 지경이라오. 그 별들 아래에서 곤한 잠을 이어 갔소. 아쉬운 게 하나 있다면, 도아격 감옥을 벗어난 후론 꿈을 꾸지 않았단 게요. 당신과 입 맞추는 꿈 역시!

꿈 없는 잠에서 깨어나 또 사막을 걸어갈 준비를 할 때면, 조선으로 가야겠단 생각이 더 강하게 들었소. 어머니의 나라이자 꿈에서 입 맞춘 여인의 나라, 조선! 어머니를 버린 나라였기에 돌아보기도 싫었는데, 이젠 그리움이 내 가슴에 점점 차올랐다오. 내겐 조선으로 가지 않을 자유도 있었고 조선으로 갈 자유도 있었소.

346

오아시스에 머물고 떠날 때마다 대상의 크기는 늘거나 줄었소. 내가 속한 대상은 스무 명 남짓이었지만, 목적지가 같은 장사꾼들은 함께 뭉쳐 사막을 건너려 했소. 100명을 훌쩍 넘어 200명에 가까울 때도 있었다오. 사막은 대상들에게 두려움의 공간이었소. 길을 잘못 들어 갈증과 허기 속에 목숨을 잃는 것이야 감내할 두려움이지만, 대상들만 노리는 도적 떼는 아무리 조심해도 피하기 힘든 불운과 같았소. 조금이라도 위험을 줄여 보고자 장사꾼 숫자를 최대한 늘리는 게요. 칼이나 활을 지녔을 뿐만 아니라, 비싼 값을 치르고 총을 구입한 장사꾼도 적지 않았소. 나 같은 짐꾼에게까지 무기가 주어지진 않았지만, 새벽마다 대상들은 모래 바람을 등지고 자신들의 무기를 점검했소.

낙타를 타고 가는 대상들은 대부분 백인이었고, 짐꾼들은 황인이나 흑인이 섞였다오. 짐꾼에 대한 대우는 낙타보다 못했소. 오아시스에 도착했을 때도 낙타가 목을 적신 후에야 짐꾼들은 물을 마실 수 있었다오. 사막에서 짐꾼이 다치거나 지쳐 쓰러지면, 장사꾼은 짐꾼을 치료하거나 다음 오아시스로 데려갈 의무가 없었소. 대부분은 그냥 버려둔 채 떠난다는 뜻이오. 짐꾼들은 말을 아꼈소. 지껄일 힘이 남았다면 열 걸음, 아니 백 걸음은 더 갈 수 있으니까.

잔지란 흑인 짐꾼이 눈에 띈 것은 이 때문이었소. 건장한 체구의 잔지는 사막을 걷는 내내 소풍 나온 아이처럼 콧노래를 흥얼거렸소. 나란히 발맞춰 걷기라도 하면 나를 향해 하얀 이를 드러내곤 웃어 주었소. 사막은 누구에게나 고된 곳이오. 특히 사막은 짐꾼에게 짜증과 피곤과 갈증과 배고픔을 선물하오. 신기하게도 잔지는 늘 웃는 얼굴이었소.

마지막 오아시스에 닿았소. 여기서 닷새만 더 동쪽으로 가면 사막 대신 초원이 펼쳐진다고 했소. 그 초원을 또 한 달 걸으면 청나라의 큰 마을에 도착한다고 경험 많은 장사꾼이 설명해 줬다오. 청나라가 가까워서인지 오아시스엔 청국 말을 하는 황인들이 절반 이상이었소. 그들 대부분은 장사꾼들로 사막을 건너 계속 서진하려 했소. 도아격까지 가려는 이도 있었다오. 도아격에만 이르면 금은 보화를 싸게 사들일 수 있다고 떠들어 대었다오. 나는 별다른 말을 섞지 않았소. 내가 도아격 사원의 탑에 갇혔고, 거기서 공중 부양술을 익혔고, 대풍을 타고 회회의 사막으로 날아왔다고 털어놓으면, 다들 나를 미친놈 취급할 게요. 사막에는 정말 미친 자들이 많았소. 하루 종일 웃는 이도 있었고 우는 이도 있었고 발가벗은 채 사막을 뛰어다니는 이도 있었고 욕하는 이도 있었고 모래를 먹어 대는 이도 있었소. 미쳐 날뛰다가 죽은 시신이 사막 곳곳에 버려져 있었지만, 누구도 그들을 수습하여 묻어 주지 않았소. 악귀가 씌웠다며 손을 대는 것조차 두려워했다오. 매일 죽어 나가도 미친 자들은 줄어들지 않았다오. 나는 그 속에 끼고 싶지 않았소. 꼭 살아서 이 사막을 벗어나고, 또 청나라를 거쳐 조선으로 가고 싶었소.

다음 날, 오아시스를 떠난 대상은 300명이 넘었소. 내가 짐꾼이 된 후 가장 긴 줄이 사막에 늘어선 게요. 닷새 후면 사막을 벗어난다는 기대 때문인지, 낙타에 오른 장사꾼들은 아침부터 술에 취했소. 여기서부턴 낙타들에게 길을 맡겨도 그만이었으니까. 짐꾼들의 발걸음도 한결 가벼웠다오. 사막을 지나오는 내내 먹고 마실 음식들을 지고 왔는데, 그 무게가 대폭 줄어든 게요. 낙타를 탄 장사꾼들처럼 취할 순 없지만, 닷새 후엔 말술을 마셔 보리라 기대를 품기도 했다오.

도적 떼가 습격한 것은 나흘이 평온하게 지난 새벽이었소. 초원까진 바삐 가면 반나절이면 닿을 거리였소. 모래의 양도 많이 줄고 군데군데 잔풀이 꽤 돋아 있었소. 키가 작고 마르긴 했지만 나무들도 듬성듬성 보였다오. 모래바람을 피해 낙타의 옆구리에 들러붙어 잠을 청했다오. 낯선 울음에 잠을 깼소. 멀리서 달려오는 짐승은 낙타가 아니라 말이었소. 잔지가 콧노래 대신 고함을 내질렀다오. 잠든 낙타들이 일제히 몸을 일으켰고, 덩달아 300명이 넘는 사내들도 불길한 눈길로 북쪽을 바라보았소. 도적 떼는 어림잡아 쉰 명 남짓이었다오. 모두 황인이었소. 50 대 300! 숫자 싸움이라면 여섯 배나 많은 대상의 승리였지만, 도적 떼는 살육에 익숙한 전문가였고 대상들은 물건을 사고파는 일 외엔 서투르기 그지없었소.

총을 몇 방 쏘긴 했소. 달리는 말 위에서 조준 사격을 하는 도적 떼의 상대가 되긴 어려웠다오. 그들이 부리는 말은 주렁주렁 짐을 실은 낙타보다 열 배는 더 날렵했소. 장총을 든 장사꾼 셋이 가슴에 총을 맞고 즉사하자, 나머지 장사꾼들은 무릎을 꿇고 목숨을 구걸하는 쪽을 택했소.

오히려 도적 떼와 맞선 이는 짐꾼들이었소. 잔지는 지팡이 하나만 들고 낙타 뒤에 잔뜩 웅크렸다가 뛰어나가선, 도적들이 탄 말의 앞다리만을 후려쳤소. 급습을 당한 말들이 균형을 잃고 쓰러지면, 나머지 짐꾼들이 달려들어 도적을 짓밟는 식이었소. 나는 낙타 뒤에 숨어 구경만 했소. 장사꾼들에게 품삯을 받고 사막을 건너긴 했지만 도적 떼와 싸울 마음은 없었다오.

갑자기 내 앞에 섰던 낙타가 슬금슬금 걸음을 뗐소. 그 바람에 바짝 엎드린 내 모습이 달려오는 도적 떼에게 노출되고 말았소. 말발굽으로 밟아 댈 생각이었는지 그들은 속도를 늦추지 않았다오. 일어서려 했지만 이미 늦었소. 겨우 허리를 펴고 앉으니, 말의 머리가 20보 앞이었다오. 그때 잔지가 고함을 지르며 지팡이를 빙빙 돌려 던졌소. 곧장 날아간 지팡이가 말의 왼 눈을 푹 찔렀소. 말은 고개를 휘저으며 쓰러져 나뒹굴었소. 잔지가 달려와선 내 어깨를 손으로 짚었소. 나는 겨우 부축을 받고 일어섰소. 부끄럽지만 사타구니가 축축했다오. 죽는구나 싶어 오줌을 싼 게요.

그렇게 말 다섯 필이 쓰러졌고 다신 일어나지 못했다오. 도적 떼는 무조건 달려드는 짓을 멈추고 둥글게 포위하는 쪽을 택했소. 사람을 보내 항복을 강요했다오. 잔지는 여전히 지팡이를 든 채 싸우고 싶어 했지만, 장사꾼들은 목숨 값을 흥정한 후 항복했소. 낙타와 물품을 모두 넘기고 빈털터리로 오아시스를 향해 걸어간다는 조건이었소.

도적 떼는 장사꾼들을 보내는 대신, 끝까지 저항한 짐꾼들을 산 채로 붙들어 뒀소. 서른 명의 짐꾼이 끌려 나왔다오. 나도 그 속에 포함되었소. 잔지가 지팡이를 던져 나를 구하는 멋진 장면을 도적 떼도 봤기 때문이오.

도적 떼는 짐꾼들의 두 손을 묶은 줄을 말과 이었소. 말이 달리자 우리는 질질 끌려갈 수밖에 없었다오. 사지는 물론 등과 배, 얼굴과 목의 살갗이 모두 벗겨졌소. 고함을 질러 대자 도적떼는 더욱 속도를 높였소. 밤이 가까울 때까지 짐꾼들은 사막 여기저기로 끌려다녔소.

해 질 무렵 그들은 우리를 모래언덕으로 데리고 올라갔소. 나무

기둥들이 일정한 간격으로 박혀 있었소. 우리를 그 기둥에 하나씩 세웠소. 척 봐도 사형 집행장이란 걸 알았소. 잔지가 손짓 발짓 해 가며 소리를 질러 댔소. 도적 떼는 잔지를 두들겨 팬 뒤 기둥에 묶으려 했소. 내가 청국 말로 끼어들었소.

'집환술을 쓰겠답니다.'

일제히 나를 쏘아봤소. 그들 중 하나가 물었소.

'집환술? 그게 뭔데?'

'잡을 집, 탄환 환, 기술 술. 총알을 맨손으로 잡는 기술입죠.'

도적 떼가 서로 보며 낄낄거렸소.

'저 검둥이가 마술사라도 되냐? 마술사라도 그렇지. 집환술, 그따위 마술은 들어 본 적 없어.'

'짐꾼 잔지의 아비 유다는 회회 최고의 마술사로 이름이 높았습니다.'

그들 중 하나가 아는 체를 했소.

'유다라고 했느냐? 들어 본 적이 있다. 회회는 물론 널리 막와이와 도아격까지 명성이 자자하지 않느냐?'

'그렇습니다.'

나는 유다라는 이름을 제임스에게 들었소. 제임스가 공중 부양술을 할 때, 이 기술을 즐겨 선보인 이가 회회의 으뜸 마술사 유다라고 했다오.

'저 검둥이의 아비가 유다란 걸 어떻게 증명해?'

'유다가 애급(埃及, 이집트)으로 마술 공연을 갔을 때, 거기서 흑인 계집종 하나를 선물받은 적이 있습니다. 그 사이에서 난 아들이 바로 저 잔지이지요. 유다는 끝까지 잔지를 아들로 인정하지 않았지

만, 잔지에겐 엄연히 마술사의 피가 흐르고 있습니다.'

'헛소리 마라. 사람이 어떻게 맨손으로 총알을 잡아?'

'쏴 보십시오.'

도적 떼의 우두머리가 장총을 어깨에 걸친 채 나섰소. 나는 황급히 할 말을 보탰다오.

'진기한 마술을 공짜로 보여 드릴 순 없습니다. 값을 치르지 않으면, 대대손손 재수가 없지요. 사막에서 비명횡사할 수도 있습니다.'

도적 떼의 표정이 험악해졌소. 우두머리가 물었다오.

'얼만데?'

'돈은 필요 없습니다. 대신 집환술에 성공하면 우릴 모두 풀어 주십시오. 사실 우린 장사꾼들과 약조한 대로 한 죄밖에 없습니다. 짐꾼은 도적 떼와 싸워야 합니다. 도망치거나 숨으면 품삯이 없거든요.'

우두머리가 잔지를 노려본 후 답했소.

'좋다. 성공하면 살려 주지.'

잔지를 나무 기둥 앞에 세운 채 짐꾼들과 도적 떼 모두 좌우로 빠졌소. 우두머리는 정확히 30보를 걸어 나가 총을 겨눴다오. 잔지는 천천히 나와 눈을 맞췄소. 그 순간 나는 스스로에게 물었소. 잔지가 고함과 함께 보인 손짓 발짓이 총알을 맨손으로 잡겠다는 뜻이 맞을까? 나는 분명 그렇게 받아들였는데, 혹시 아니라면?

우두머리가 장총을 겨눴고 잔지는 내게 미소를 보낸 뒤 양손을 내밀며 자세를 취했소. 우두머리는 정확하게 잔지의 심장을 조준했소. 집환술! 그런 마술은 일찍이 없었소. 방금 도적 떼에게 설명하기 위해 내가 급조한 이름이기 때문이오. 또한 잔지가 회회의 으뜸 마술사 유다의 아들일 리도 없소. 거짓말이 거짓말을 낳아 눈덩이처럼 불어난 꼴이라오. 이유야 어쨌든 나는 잔지가 살아나기만을 바랐소. 이왕이면 맨손으로 총알을 잡는 기적과 함께. 그 외에 내가 이 사막에서 살아 나가 청국과 조선에 갈 방법은 없었소. 이윽고 우두머리가 방아쇠에 검지를 끼웠소. 숨을 죽인 채 천천히 당겼소.

탕!"

169

『환희비급』에 담긴 '집환술' 항목의 그림을 글로 풀면 다음과 같다.

붙잡음.
큰 위험 큰 기회. 피하지 말고 맞서야 한다. 보고 움직이면 늦다.
자신을 믿고 미리 자세를 취한다.

170

환희가 앞장을 서고 양이식(洋夷式) 권총을 든 기탁이 뒤이어 올라섰다. 마술사가 등장할 때면 들려오던 박수 소리도 그 순간엔 멎고 아득한 정적이 흘렀다. 특히 기탁의 손에 들린 총 때문에 만검과 청나라 검객들은 바삐 판 주위를 둘러쌌다. 당장이라도 기탁을 때려눕히고 포박할 기세였다. 환희가 서둘러 설명했다.

"자유 마술을 위한 도구입니다."

영의정이 팽 대인과 귓속말을 주고받은 뒤 질문했다.

"총을 쏠 것이냐?"

"그렇습니다."

"몇 발이냐?"

"한 발이면 충분합니다."

"표적이 어디냐?"

환희는 자신의 심장을 부채로 가리키며 답했다.

"바로 접니다. 여길 향해 쏠 겁니다."

영의정은 팽 대인과 다시 의논한 후 말했다.

"허락하겠다. 단 한 발이다."

"감사합니다."

기탁이 큰 소리로 또박또박 말했다.

"지금부터 보여 드릴 마술은 순식간에 확확 지나가 버리기 때문에 약간의 사전 설명이 필요하겠습니다. 보이십니까? 이것이 바로 양이들의 총입니다."

기탁은 판 위에 놓인 호박을 조준한 뒤 쐈다. 탕 소리와 함께 호박이 산산조각 났다. 관객들이 모두 놀라 움찔 몸을 떨었다.

"지금부터 조선 마술사 환희가 선보일 마술은 맨몸으로 '날아오는 총알 잡기'입니다. 집환술이라고도 하지요. 마술사 환희는 웃옷을 완전히 벗겠습니다. 20보 거리를 두고, 마술사 환희가 부채 하나만 들고 표적판에 붙어 섭니다. 제가 환희를 향해 이 총을 쏘겠습니다."

환희가 천천히 웃옷을 벗었다. 넓은 어깨와 두터운 가슴과 군살 없는 허리가 드러났다. 왼손에 댔던 부목도 뗐다. 은미를 비롯한 규수들이 마른침을 꼴깍 삼켰다. 북과 징과 꽹과리와 장구가 한데 섞여 빨라지기 시작했다. 바지만 입은 환희가 표적 판까지 한 걸음 한 걸음 절도 있게 움직였다. 표적 판을 등지고 돌아섰다. 기탁은 정조준으로 환희의 가슴을 겨눴다. 타악기들이 내는 소리가 폭발할 듯 뭉쳐 울렸다. 바로 그때 청명이 판으로 뛰어 올라왔다.

"잠깐!"

발사를 막은 것은 뜻밖에도 귀몰이었다.

"무슨 일이오?"

기탁이 방아쇠에 검지를 건 채 따져 물었다. 통역과 함께 판으로 올라온 귀몰이 관객을 향해 외쳤다.

"집환술이 인정받으려면 두 가지 조건을 충족해야 하오."

환희가 말했다.

"말해 보오, 조건들을!"

"첫째! 총알을 미리 입속에 숨길 수도 있으니 마술사의 입을 봉하시오."

"좋소. 입을 봉하겠소."

"둘째! 내가 쏘겠소. 총알도 내가 직접 다시 넣고."

기탁이 양손을 휘저으며 귀몰에게 따졌다.

"그게 무슨 말도 안 되는 소리야? 지금 자유 마술을 선보일 마술사는 엄연히 환희라고. 왜 남의 마술에 끼어들어 이래라저래라야?"

귀몰이 오히려 담담하게 물었다.

"지금 당신들이 사기꾼이라는 사실을 인정하는 것인가?"

"뭐라고? 사기꾼?"

기탁이 멱살잡이를 하려는 순간 환희가 앞질러 답했다.

"좋소! 그리합시다."

기탁이 고개를 돌려 환희를 보며 울상을 지었다.

"환희야……."

"괜찮아. 형!"

환희는 턱짓으로 총을 넘기라고 했다. 기탁이 귀몰에게 총을 주었다. 만검이 판으로 올라와서 귀몰에게 새로운 총알을 내밀었다. 귀몰이 능숙하게 장전을 마쳤다. 준비가 끝나자 귀몰과 만검이 팽대인을 향해 읍을 했다. 팽 대인이 웃었다.

"안 돼!"

이 목소리의 주인은 청명이었다. 환희는 청명을 희방에 붙잡아 두지 않은 홍동수를 먼저 쳐다보았다. 홍동수는 굳은 얼굴로 묵묵히 서 있었다. 환희가 청명에게 명령조로 말했다.

"내려가시오."

청명이 고개 저었다. 만검이 다가와서 청명을 끌어 내리려 했다. 청명이 갑자기 만검의 팔뚝을 물어뜯었다. 만검이 장검을 뽑자 홍동수도 급히 나아와서 청명을 등 뒤로 숨기며 장검을 들었다. 당장이라도 칼싸움이 벌어질 기세였다. 그 순간 팽 대인이 오른손을 치켜들며 외쳤다.

"가만! 총 쏘는 이를 바꾸겠다."

물랑루에 모인 사람들 시선이 팽 대인의 오른손에 집중되었다. 그 손은 귀몰과 만검과 홍동수를 지나더니 검은 조수복을 입은 청명을 가리켰다. 송가제가 놀란 청명의 얼굴을 쳐다보며 반대했다.

"아니 될 일이오이다. 옹주마마에게 저 무시무시한 총이 가당키나 한 물건입니까?"

팽 대인이 되물었다.

"청명옹주가 조선 마술사 환희의 조수 아니었나? 마술사와 조수는 한 몸처럼 움직이니, 어찌 이런 중차대한 마술에서 빠진단 말인가?"

"옹주마마는 아직 한 번도 총을 쏴 본 적이 없습니다."

"오늘 쏘면 되겠군. 내 요구를 받아들이지 않는다면, 마지막 대결을 포기하는 것으로 간주하겠다."

"억집니다. 애초에 없던 조건을 내걸고……"

팽 대인이 말허리를 잘랐다.

"조건이야 바뀌는 법! 조선 마술사가 다쳤다 하여 기다려 준 것도 바뀐 조건 중 하나지. 뭣들 하는 게냐? 어서 총을 청명옹주에게 넘겨라. 마술사와 조수가 힘을 합쳐 공연에 몰두하는 아름다운 광경을 보고 싶군. 영상의 생각은 어떠한가?"

영의정이 좌의정과 시선을 교환한 후 답했다.

"대국의 아량에 감사드립니다. 대인이 원하시는 대로 하겠습니다."

"잘들 들었겠지? 지체하지 말고 환희는 자유 마술을 선보이도록 하라."

귀몰이 청명에게 총을 내밀었다. 청명은 받지 않고 뒷걸음질 쳤다. 환희가 대신 그 총을 받아 청명에게 다가왔다. 청명은 눈을 맞추려고도 하지 않았다. 환희는 미소를 지어보이며 총구를 제 가슴에 댔다.

"여길 향해 방아쇠를 당겨야 하오."

청명은 무너지기 시작한 성벽과 같았다.

"못해."

환희는 강제로 총을 쥐어 주며 말투를 바꿨다.

"내 말 잘 들어! 당신은 청나라에 가서 살 수 있을지 모르지만,

난 당신과 헤어지자마자 죽을 거야. 당신과 헤어지느니, 여기서 끝장을 내는 편이 낫다고!"

"못해……. 정말!"

"고개 들어. 날 봐."

청명의 턱과 볼, 눈두덩까지 떨렸다.

"날 믿고 쏴. 내가 누구야?"

청명이 겨우 답했다.

"조선 으뜸 마술사! ……이건 마술이 아니잖아? 이건 진짜라고."

"내 마술도 진짜야. 권력보다 힘이 센 것이 마술이고, 마술보다 힘이 센 것이 너를 아끼는 내 진심이야. 걱정 마. 날 믿고 쏴. 정확하게 여기 이 심장을 향해 쏴야 해. 할 수 있지?"

청명은 다짐을 받듯 되물었다.

"정말, 안 죽는 거지? 안 다치는 거고?"

환희가 고개를 끄덕이자 청명도 따라 고개를 끄덕였다. 환희는 귀몰에게 시선을 옮겼다. .

"시작하오."

귀몰이 고개를 끄덕였다. 귀몰의 눈짓을 받은 만검이 환희의 입에 천을 대고 줄로 돌려 묶었다. 그사이 귀몰이 청명에게 다가와선 장전된 총알을 확인한 다음 물러섰다. 팔각 판에는 청명과 환희만이 남았다.

청명이 천천히 총을 들어 올려 환희의 벌거벗은 왼 가슴을 조준했고, 환희는 은빛 부채를 접어 옹주를 가리켰다. 총구와 부채의 높이가 일치하도록 맞췄다. 총이 자꾸 위아래로 흔들려 수평을 무너뜨렸다. 팽 대인이 혀를 차 댔다.

"어디 저래서 표적을 향해 총이라도 제대로 쏠까?"

청명의 총이 좌우로까지 떨렸다. 오발 사고가 날 지경이었다. 홍동수가 급히 다가갔다.

"마마! 저를 따라 하시옵소서."

홍동수가 조선 검을 뽑아 양손으로 쥐었다. 검이 흔들렸다. 홍동수가 숨을 깊이 들이마셨다가 내쉬기를 반복하자 흔들림이 줄어들다가 마침내 멈췄다. 청명도 홍동수를 따라 호흡을 골랐다. 날숨을 들숨의 두 배, 세 배, 네 배로 늘려 나갔다. 어깨도 한층 부드러워지고 총의 흔들림도 눈에 띄게 줄었다.

"됐사옵니다. 이제 표적 판을 향해 방아쇠를 당기기만 하시면 되옵니다."

청명이 눈을 들었다. 표적 판 앞에 선 환희를 향해 총구를 올려 가슴을 겨눴다. 환희가 눈으로 말했다.

침착하게! 날 믿고 쏴.

청명은 눈을 감고 턱을 치켜들었다. 눈물이 볼을 타고 흘러내렸다. 손등으로 눈물을 훔친 뒤 다시 표적 판을 노렸다. 물랑루 전체가 침묵에 휩싸였다. 청명은 이번에도 방아쇠를 당기지 못하고 고개를 세차게 저으며 애원했다.

"난 살인자가 되고 말 거야. 당신을 총으로 쏴 죽일 순 없어. 제발! 여기서 끝내."

총을 쥔 청명의 팔이 스르르 내려갔다. 환희가 급히 부채를 펴 흔들었다. 줄무늬 비둘기 얼룩이가 허공에서 날아와 청명의 팔뚝을 움켜쥐더니 날개를 파닥이며 끌어 올렸다. 청명의 시선이 다시 표적 판을 향했다. 환희가 고개를 끄덕였다.

곧 끝나. 방아쇠를 당겨야, 우린 같이 내일을 맞이할 수 있어.

환희가 부채를 접고 자세를 잡자, 얼룩이는 허공으로 돌아갔다. 환희의 왼쪽 가슴을 겨눈 총이 가늘게 흔들렸다. 방아쇠에 건 청명의 손가락 역시 따라 떨렸다. 청명이 방아쇠에서 검지를 또 뺐다. 객석에서도 얕은 한숨이 흘러나왔다. 손과 얼굴의 땀을 수건으로 훔친 뒤, 청명이 다시 방아쇠에 검지를 걸었다. 홍동수가 가르쳐 준 대로 숨을 깊게 들이마셨다가 멈췄다. 그 순간 총구의 흔들림도 멎었다. 청명이 서서히 방아쇠를 당겼다. 정적을 깨고 총성이 울렸다.

탕!

## 171

지워 버리고 싶지만 평생을 흉터처럼 따라다니는 나날이 있다. 그 시간 그 장소로 내몬 조건들까지 미워진다. 연상되는 단어를 떠올리는 것만으로도 얼굴이 화끈거리고 손이 떨리고 속이 불편하다. 당연한 일이겠지만, 그 나날이 오롯이 전부 기억나진 않는다. 몇 시간, 몇 분 혹은 몇 초에 불과하더라도 지워진 세부 사항이 있다. 그때 지닌 물건의 질감과 양감, 빛깔과 냄새가 떠오르지 않는다. 흐릿하지만 완전히 사라지진 않는 그 무엇.

탕!

총알이 청명의 심장을 뚫고 지나가는 듯했다. 청명은 몸을 가누지 못한 채 엉덩방아를 찧었다. 무릎을 꿇으며 고꾸라진 환희는 미동도 하지 않았다. 고통이 청명에게 밀려들었다. 그 총에 환희가 맞았다면, 나보다 더 불행한 인간이 세상에 있을까.

물랑루엔 정적만이 맴돌았다. 최악의 상황을 머릿속에 그리면서도 한 줄기 기적을 바라는 눈망울들이 환희를 바라보았다. 환희가 움직이기만을 기다렸다.

"아, 환희……!"

다가갈 힘이 없었다. 청명의 발은 무겁고 무릎은 펴지지 않았다.

죽었나……? 아……?

절망의 눈물이 흘러넘쳤다. 청명이 울면서 엉금엉금 기어 환희에게 갔다. 눈물방울이 바닥을 적셨다. 그 눈물이 환희의 입술에 떨어지는 순간, 그의 오른팔이 서서히 탑처럼 솟아올랐다. 엄지와 검지 사이에서 반짝이는 물건은 총알이 분명했다. 객석에선 기립 박수가 터져 나왔다. 귀몰은 털썩 무릎을 꿇었고, 만검은 달려 나와 청명에게서 총을 빼앗아 살폈고, 기탁은 울먹거렸고, 팽 대인은 실망감을 감추지 못한 듯 머리를 감싸 쥐었고, 은미는 눈물을 쏟았다. 심사단이 던진 공은 모두 푸른색이었다. 청명이 환희의 머리를 품에 안았다.

"괜찮아? 정말 괜찮은 거야?"

환희의 왼 가슴과 오른손을 만진 뒤 왼손을 만지려고 했다. 청명이 시선을 내렸다. 왼손을 찾기 어려웠던 것이다. 그 손은 환희의 오른쪽 겨드랑이에 좀도둑처럼 숨어 있었다. 불길한 느낌이 찾아들었다.

"뭐야?"

환희가 웃음을 잃지 않고 동문서답을 했다.

"……이제, 청나라에…… 가지 않아도 되니까. 정말…… 다행."


173


사랑의 깊이는 단둘만 아는 비밀의 양에 비례한다.

환희의 눈에는 총을 쥔 청명의 희고 고운 손만 보였다. 방아쇠를 당기는 검지. 총성과 함께 왼팔에 극심한 통증이 밀려들었다. 왼팔을 들려고 힘을 주었지만, 들리지 않았다. 고개를 돌려 왼팔을 찾았다. 팔 대신 날개가, 그것도 털이 모두 뽑히고 뼈가 부러진 비둘기 날개가 너덜거렸다.

## 175

환희는 악몽에서 깼다. 왼팔을 조심조심 쳐다보았다. 부목을 댄 채 묶인 왼팔은 비둘기 날개가 아니라 사람의 팔이었다.

"깼어요? 나 누군지 알아보겠어요?"

뿌옇다가 점점 또렷해지는 얼굴, 청명이었다. 환희는 고개를 끄덕였다. 청명은 살짝 눈을 흘기며 젖은 목소리로 원망했다.

"마술사면 마술을 해야지요. 맨손으로 총알을 잡겠다고 덤비면 어떡해요?"

그 순간부터 청명은 평생 높임말을 썼고, 다시는 옹주라는 신분을 내세워 하대하지 않았다.

청명이 방아쇠를 당기자마자, 환희의 심장을 향해 총알이 날아들었다. 환희는 몸을 비틀며 부채를 곧게 세웠다. 총알이 쇠로 만든 부챗살을 부수며 날아들었다. 왼손바닥을 부채에 댄 후 뚫고 나온 총알을 움켜쥐었다. 부채를 떨어뜨리며 왼손에서 오른손으로 총알을 옮겼다. 지혈을 위해 왼손을 무릎 뒤에 밀착시켜 끼웠다. 피가 비쳤지만, 관객들은 치켜든 오른손의 총알에만 열광했다.

"당신이 겨누는 총구 앞에 섰을 때, 나는 마술사가 아니었소."

"그럼?"

"심장에 총알이 박히는 것보다 이별을 더 싫어하는 남자."

정말 그랬다. 환희가 목숨을 걸고서라도 총알을 맨손으로 잡겠다고 덤빈 것은 청명과의 이별이 싫었던 탓이다.

"다신 나한테 그런 짓 시키지 마요."

"어허, 조수 수칙 셋!"

"'조수는 마술사가 마술 판에서 시키는 일을 무조건 한다.' 미워!"

청명이 환희의 왼 어깨에 머리를 기댔다. 환희는 과장스럽게 몸을 뒤틀며 신음 소리를 냈다.

"미, 미안해요. 많이 아파요?"

오른손으로 청명을 끌어당겼다.

"당신을 구하는 일이라면 손이 몽땅 잘려 나가도 상관없소."

입맞춤, 깊고 진한.


176


인생은 모두 죽음으로 끝나지만 이야기는 마지막이 갈린다. 행복하게 또는 불행하게! 마지막을 정하는 것은 이야기꾼의 몫이다. 잊지 말아야 할 사실은 이야기가 끝나도 삶은 지속된다는 것이다. 남자와 여자의 입맞춤은 행복한 결말을 알리는 대표적인 풍광이다.

입맞춤 후의 사건들을, 혹자는 알고 싶어 하고 혹자는 모른 채 상상에 맡기려 한다. 듣는 이들은 결말 이후를 몰라도 되지만, 이야기꾼은 남자와 여자의 후일담까지 소상히 알 필요가 있다. 그것까지 이야기할 것인가, 숨길 것인가는 이야기꾼 마음이겠지만.


### 177


오작술을 마치고 나오다가 괴한들의 습격을 받던 밤, 환희가 청명에게 이렇게 물은 적이 있다.

"당신은 누구십니까?"

집환술이 끝난 뒤, 청명이 환희에게 물었다.

"당신은 누군가요? 어떻게 목숨을 그딴 식으로 던질 수 있죠?"

"던진 게 아니오. 당신을 위해 집중했을 뿐!"

"나를 위해 총알을 맨손으로 잡았다고요? 난 당신을 많이 안다고 생각했어요. 정말 당신이 낯설어요. 당신은 누구죠?"

"당신은 나를 아오. 이 세상에 당신보다 나를 아는 이는 없소. 나는 당신을 사랑하는 남자요. 당신과 헤어지지 않으려고 몸부림치는 남자."


### 178


청명과 환희가 깊고 진한 입맞춤을 나눌 때, 송가제는 대전에서 왕과 독대했다. 송가제는 물랑루에서 환희와 귀몰이 벌인 마술 대결을 꼬박 반나절이나 아뢰었다. 밖을 보기 위해서가 아니라 초점 없는 자신의 눈동자를 들키기 싫어서 검은 안경을 쓴 왕은, 단 한마디 질문도 없이, 처음부터 끝까지 듣기만 했다. 환희의 집환술로 승부가 갈린 뒤 송가제가 건의했다.

"청나라 마술사 귀몰을 이긴 환희에게 큰 상을 내리시옵소서. 『환단무예지』도 팽 대인에게서 돌려받았고, 청명 옹주마마의 청국행도 없던 일이 되었나이다."

왕이 물었다.

"잡술을 일삼는 광대가 너무 오래 궁궐에 머문 것 같지 않은가? 규장각은 더더욱 어울리지 않아. 송 제학 생각은 어떠한가?"

송가제는 뜻밖의 물음에 즉답을 못했다. 어색한 침묵이 흘렀다. 송가제는 몰랐다, 왕도 청명과 헤어지지 않으려고 몸부림치는 남자임을.

왕이 명했다.

"환희를 데려오너라. 청명이 몰라야 할 것이야."


179


청명이 옷을 갈아입으러 별당으로 간 사이, 송가제는 환희를 데리고 대전에 닿았다. 환희가 문을 열고 들어서자, 왕이 명했다.

"가까이!"

환희가 발을 걷고 여덟 개의 등잔불이 타오르는 용상 가까이 옆

드렸다. 왕이 물었다.

"청명을 잘 아는가?"

"잘 아옵니다."

"얼마나 아느냐?"

환희가 지지 않으려 했다.

"전하보다 잘 아옵니다."

"건방진 놈! 네가 아는 것이 무엇이더냐?"

"전부 말씀 올려야 하옵니까?"

"두 번의 독대에서 나눈 이야기 때문에 벌 받은 적이 있더냐? 그때와 같다. 말하여 보거라."

"왼발이 오른발보다 새끼손가락 끝마디만큼 짧다는 것을 아옵니다. 웃을 땐 오른쪽 보조개가 왼쪽 보조개보다 반 박자 빨리 들어간다는 것을 아옵니다. 간지럼을 잘 타서 손목이나 손등을 살짝 스치기만 해도 까르르 웃는다는 것을 아옵니다. 눈짓을 할 때 오른쪽을 왼쪽보다 두 배 자주 깜빡이는 것을 아옵니다. 손톱을 자주 손질하고 물들이기를 즐기는 것을 아옵니다. 어둠 속에 오래 머무는 데 익숙하다는 것을 아옵니다. 아랫입술보다 윗입술이 예민하다는 것을 아옵니다. 전하께선 무엇을 아시옵니까?"

"……계속하거라."

"나란히 걸을 때 발을 맞추려고 애쓰는 것을 아옵니다. 움직일 때보다 멈추었을 때 더 많이 생각한다는 것을 아옵니다. 딱딱한 예법서들보다는 이야기가 가득 담긴 소설을 좋아한다는 것을 아옵니다. 허황한 이야기를 믿지 않고 현실을 냉정하게 살핀다는 것도 아옵니다. 전하께선 무엇을 아시옵니까?"

왕이 이윽고 답하였다.

"네가 지금까지 말한 청명옹주를 과인이 깊이 아낀다는 것을 아느니라. 원하는 것을 말해 보거라."

"없사옵니다."

"없다?"

"없사옵니다."

왕이 검은 안경을 고쳐 쓴 후 물었다.

"청명을 원하지 않느냐?"

"원하지 않사옵니다."

"이유가 무엇이냐?"

"이미 그 마음을 얻었기 때문이옵니다."

"젊은 날의 미풍일 뿐이니라."

"미풍인지 아닌지는 옹주마마께서 가장 잘 아실 것이옵니다."


180


청국 사신단이 떠난 뒤 귀몰은 하루 더 모화관에 머물렀다. 홀로 남은 그 밤, 귀몰은 환희에게 만나고 싶단 뜻을 전했다.

"가지 마세요. 함정일 거예요."

환희가 부목을 댄 왼팔을 내려다보며 답했다.

"확인할 게 남았소."

"악연은 피하는 게 나아요."

청명은 환희가 어렸을 때 열하에서 겪은 끔찍한 불행을 상기시켰다. 환희의 어머니 윤씨를 죽이고, 환희를 5년 동안 괴롭힌 요물이 바로 귀몰이란 사실도 들었다.

"피하고 싶지 않은걸."

"복수를 완성이라도 하고 싶은 거예요? 열하에선 마술 판 밑을 오가는 소년에 불과했지만, 지금은 조선 으뜸 마술사가 되어 귀몰 당신을 이겼노라 확인시키고 싶어요?"

환희가 조용히 답했다.

"귀몰이 알든 모르든 상관없어. 복수는 내 마음에서 분노가 사라져야 끝나는 거니까."

"분노가 사라졌나요?"

"그걸 확인하려는 거야."

청명이 환희를 따라 마술 방을 나서려고 했다. 환희가 권했다.

"나 혼자 가리다. 대전에 가 보도록 하오. 전하께서 복통이 심하여 물랑루로 오시지도 못하셨잖소?"

"내일 갈게요. 팔도 성치 않은데 어딜 혼자 간다고 그래요?"

"귀몰과 단둘이 할 얘기가 남았소."

청명이 다짐을 받았다.

"약속해요. 귀몰에게 오늘 밤 복수하지 않겠다고."

"약속하리다. 나도 부탁이 둘 있소."

"뭔가요?"

"전하의 하교를 끝까지 잘 들어 주었으면 하오."

"또요?"

"당장 대전에서 결정을 내리지 말고 내일 아침까진 고민을 하시오. 분명한 사실은 당신이 어떤 결정을 내리더라도, 당신은 내 사람이고 나는 당신 사람이란 거요. 새벽에 얼룩이를 보내리다."

청명이 환희를 빤히 쳐다보았다.

"너무 심각한데…… 이상해요 정말! 무슨 결정을 내리고 무슨 고민을 하라는 건가요?"

"가 보면 아오. 그럼 오늘은 여기서 헤어집시다."


### 181


환희는 물랑루 희방에서 귀몰과 만났다. 귀몰은 거북 등 무늬가 인상적인 상자부터 내밀었다. 환희가 오른손으로 상자를 열다가 멈 칫 놀랐다. 산산조각 난 부채가 들어 있었다.

"당신이 어떻게 이걸……?"

관객들이 환희가 들어 올린 총알에만 집중할 때, 귀몰은 바닥에 부서진 은빛 부채를 챙기고, 총알을 쥔 과정을 눈치채고서도 항의 하지 않은 것이다.

"언제 알았소?"

"처음엔 몰라봤지. 낯이 익었지만, 조선 으뜸 마술사 환희가 열하 거리에서 내가 부렸던 꼬마일 줄이야. 탈출술에서 네가 팔을 비틀 고 관절을 꺾을 때 알겠더라. 열하의 여름 더위, 그 흙먼지 속에서 흘러내리던 땀 냄새가 훅 났으니까. 손목을 그런 식으로 꺾도록 가 르친 사람이 바로 나니까. 희방으로 가서 다친 네 얼굴을 찬찬히 뜯 어보니, 꼬마 때 모습이 비로소 올라오더라고."

환희가 따져 물었다.

"내가 그 꼬마인 줄 알았다면, 왜……?"

"자유 마술 전에 치료할 시간을 허락했냐고? 너니까 더더욱 허락해야지. 입장을 바꿔 놓고 생각해 볼까. 네가 아니라 내가 다쳤다면, 넌 어찌했을까? 손쉬운 승리를 챙겼을까? 아닐 거야."

"물론 나라도 기다렸을 거요. 집환술은 그것과는 다르오. 맨손으로 총알을 잡겠다고 했으나 부채를 이용했으니, 속임수였소."

"맨손으로 총알을 쥐는 사람이 어디 있겠어? 마찬가지로 몸을 세 등분으로 가르고, 또 판 위에서 순식간에 객석 뒤로 이동하는 것 역시 불가능해. 물랑루가 폐쇄되었을 때, 팽 대인의 도움으로 물랑루를 둘러보지 않았다면, 내가 자유 마술로 무영술과 이동술을 구사하긴 어려웠을 거야. 속임수를 알아차리는가 모르는가의 차이일 뿐, 나도 너처럼 불가능을 가능으로 바꾸기 위해 도구들을 썼어. 그중에선 네가 이미 만들어 놓은 것들을 활용했고. 문제는 도구를 썼느냐 아니냐가 아닌 게야. 마술사가 얼마나 절실하게 무엇인가를 원하는가가 훨씬 중요해. 너는 목숨을 걸고 청명옹주를 지키려 했어. 나는 청국에서 으뜸 마술사란 자존심을 걸고 조선 마술사를 이기고 싶은 욕심뿐이었지. 자유 마술을 위해 공을 들이긴 했지만, 너처럼 목숨을 걸고 덤비진 않았단 게야. 네가 이겼어. 나한테 이긴 게 아니라, 죽음에 대한 두려움과 싸워 이겼지."

"아직도 아이를 판 아래로 쑤셔 넣소?"

"네가 마지막이야. 그 밤, 내가 다치고 네가 달아난 그 밤에 모든 게 달라졌지. 중상을 당해 누워 있는 동안, 내 마술을 궁금하게 여긴 자들이 판을 뜯어 봤어. 마술의 비밀을 죄다 알아 버렸지. 너만 열하를 떠났던 게 아냐. 나 역시 그곳을 떠나 변방으로만 떠돌았지.

마술을 하나하나 처음부터 다시 만들어야 했어. 판 아래에 아이를 집어넣는 일 따윈 하지도 않았고 할 수도 없었지."

"그랬군요……."

환희가 말을 아꼈다. 침묵이 어색한지 귀몰이 물었다.

"네 어미…… 내가 죽인 윤씨 이야긴 왜 하지 않는 거지? 제일 먼저 그것부터 따질 거라 예상했는데……."

환희가 부서진 부채를 내려다보며 답했다.

"어머니가 살아 계셨다면 내가 당신을 이긴 걸 무척 자랑스러워 하셨을 거요. 당신이 어떤 변명을 지껄이더라도, 당신의 죄는 사라지지 않소. 당신은 내 어머니를 죽였고, 또 당신의 마술을 위해 아이들을 굶겨 죽이고 때려죽였소. 당신은 벌을 받아야 하오. 부끄러워해야 하오. 사람 목숨보다 귀한 마술은 없으니까. 다행인지 불행인지, 나는 열하에서 당신을 찌른 뒤 복수가 끝났다고 여기며 지냈소. 어머니의 원수를 갚은 것이지만, 사람을 죽이는 것이 몹시 힘들고 아픈 일임을, 당신을 찌르고 서쪽의 여러 나라를 방랑하며 깨달았다오. 다시는 그 고통을 느끼고 싶지 않소. 나는 당신을 용서하는 것이 아니오. 당신의 죄를 나만이 응징해야 한다는 생각을 버렸을 뿐! 두 번 다신 당신 같은 요물을 만나고 싶지 않소."


182


환희가 귀몰과 만나는 동안, 청명은 내내 울었다.

발을 걷고 들어서는 순간, 왕이 시력을 잃었다는 사실을 말하기 전부터, 굵은 눈물이 흘러내렸다. 『심청전』의 여백에 청명이 간간이 적어 나가는 이야기의 주인공, 울보 왕이 머무는 법당이 곧 이 대전과 똑같은 분위기였던 것이다. 울고 울고 또 운 왕의 눈은 어찌 되었을까 스스로에게 물은 적도 있었다. 왕이 청명의 손을 쥐곤 답을 말했다.

"눈물이 눈을 멀게 할 줄 알았다면, 결코 그리 오래 울지 않았을 것이다."

"아바마마!"

"이 지독한 어둠에서 과인은 걸음마를 시작한 아기와 같구나. 어둠과 응달과 그림자의 세계에선 청명 네가 여왕이 아니더냐. 누가 이 까마득한 두려움을 알까. 누가 이 깜깜한 울분을 느낄까. 오래오래 과인 곁에 머물며 이 어둠을 가르쳐 다오."


183


악역을 맡은 이는 홍동수였다. 어스름 새벽 서소문 밖으로 기탁과 환희를 내쳤다. 환희는 왼손에 부목을 댔다. 청명과 작별 인사도 못한 채 갑자기 도성 밖으로 추방된 것이다. 환희는 자꾸 고개 돌려 하늘을 올려다보았다. 뭉게구름이 북한산을 넘어왔다. 홍동수가 명령했다.

"약조대로 너희를 무죄방면 하겠다. 두 번 다시 한양 출입을 해서는 아니 될 것이야."

기탁이 억울한 표정을 지으며 따졌다.

374

"그래도 『환단무예지』를 돌려받고 옹주마마까지 구했는데, 이렇게 무일푼으로 내쫓는 건 너무하지 않습니까? 마내자인 저와 우선 의논을 하셨어야……."

홍동수가 장검을 뽑아 들었고, 기탁은 황급히 네댓 걸음 물러섰다.

"도성 근처는 얼씬도 말거라. 다시 만나면 이 검이 용서하지 않을 것이다. 상처 덧나지 않게 치료 잘 하고."

환희가 단정하게 허리 숙여 작별 인사를 했다.

"그동안 감사했습니다. 홍 운검 어른!"

돌아서서 걸었다. 기탁도 꾸벅 절한 뒤 급히 환희를 따라와선 나란히 발걸음을 맞췄다. 초조한 빛을 살짝 내비쳤다. 환희가 다시 하늘을 우러렀다. 기탁은 아직 분이 풀리지 않은 듯 물었다.

"넌 억울하지도 않아? 우리가 얼마나 고생했는데……. 야! 넌 왜 아까부터 자꾸 하늘만 쳐다보는 거야? 금은보화를 품은 선녀가 하늘에서 내려오기라도 한대?"

그 순간 비둘기 한 마리가 날아와서 환희의 어깨에 앉았다. 얼룩이였다. 기탁이 괜히 얼룩이에게 분풀이를 했다.

"선녀 대신 비둘기로세. 얼룩이 넌 또 어디 숨었다가 이제 오는 게야? 정분이라도 나서 후원에 남았나 했다."

환희가 긴장된 얼굴로 비둘기 다리에 매달린 쪽지를 풀었다. 청명이 처음 띄운 그림 서찰이었다.

## 184

『심청전』의 여백도 이제 한 장밖에 남지 않았다. 청명은 환희에게 그림 서찰을 띄우기 전, 밤을 꼬박 새워 마지막 장을 채웠다.

화설(話說) 우리가 아직 가보지 않았으나 1년 내내 눈이 내리는 지방부터 1년 내내 태양만 내리쬐는 지방까지 다스리는 울보 왕은 너무 많이 우는 바람에 눈이 멀었다. 500년 동안 서쪽 나라로 끌려갔다가 그곳에서 죽은 3만 명의 여인들을 위해, 울어야 할 때 울지 않아서 눈물이 고여 눈이 썩었다는 소문도 있었지만, 왕은 인정하지 않았다. 눈이 먼 후 왕은 산 사람을 단 한 명도 볼 수 없었지만, 원혼들은 더 또렷이 보게 됐다. 법당에선 눈을 잃기 전과 마찬가지였기에, 그곳에서 홀로 지내는 시간이 많아졌다.

법당에 새벽이 왔다. 왕은 차가운 기운이 콧속으로 스미는 것을 느끼곤 깜짝 놀라 고개를 돌렸다. 조 소원이었다. 왕은 반가움보다 걱정이 앞섰다.

"어인 일로……? 다시는 오지 않겠다고 하지 않았소?"

"그럴 마음이었사옵니다. 때론 바뀌는 것이 또한 마음이기도 하옵니다."

오지 않겠다는 약속을 정한 것도 조 소원이었고 어긴 것도 조 소원이었다. 왕은 조 소원의 손을 잡으려 했지만, 조 소원이 등 뒤로 손을 감춘 채 말했다.

"아직도 신첩의 손을 아끼시옵니까?"

"모두 바뀌더라도 때론 바뀌지 않는 것도 있소."

"집착을 버리라 말씀드렸사옵니다. 이제 그 아이, 청명을 보내 주셨으면 하옵니다."

"어둠에 두고 그림자처럼 보살피라고 한 사람이 누구였더라?"

"하늘이 내린 인연이 찾아오기 전 이야기이옵니다."

"조금만 더 궁궐에 두었다가 좋은 배필을 정해……"

"집착하지 마시오소서. 전하께선 신첩의 손에 집착하듯 지금 청명에게 집착하는 것이옵니다. 좋은 배필이 무엇이옵니까? 청명을 아끼고 귀히 여기는 사람보다 더 좋은 배필이 따로 있사옵니까?"

"미천한 마술사요. 그런 자와 혼인하면 이 나라에서 살 곳이……"

"꼭 동쪽 나라에 살아야 하는 건 아니지요. 마술사를 천것이라 놀리며 함부로 대하지 않는 나라에 가서 살면 그만이옵니다. 그런 나라가 없다면 영원히 떠돌아도 상관없사옵니다."

"그 말은 영영 과인을 떠난다는 뜻이오? 보내 주라?"

"영원한 이별은 없사옵니다. 죽은 신첩이 이렇듯 법당으로 와 전하를 뵙고 있지 않사옵니까?"

"싫소."

"막으면 불행해지옵니다. 청명은 마술사와 함께 살지 못하니 불행하고, 전하는 불행한 청명의 울음을 들어야 하니 불행하옵니다."

"싫소. 궁궐에 두고 그동안 못한 아비 노릇을 하겠소."

"눈먼 봉사가 시력을 찾겠다고 공양미 300석에 딸을 팔아먹은 이야기를 아시옵니까? 지금 청명을 붙잡는 것은 그 아이를 전하의 눈으로 삼아 곁에 두는 것과 다르지 않사옵니다. 둘 다 아비 노릇이 아니옵니다. 아비의 욕심을 채우기 위해 딸의 장래를 망치는 일이옵니다. 집착을 버리시옵소서."

377

"싫소."

## 185


얼룩이를 통해 약조한 어둑새벽, 환희는 기탁과 함께 궁궐 후원으로 몰래 들어갔다. 기다리던 청명이 발소리를 죽이며 다가왔다. 청명과 환희가 반갑게 손을 맞잡았다. 기탁이 끼어들었다.

"자자, 재회의 기쁨은 나중에 나누기로 하고, 어서 나갑시다."

청명이 앞장서고 두 사람이 뒤따랐다. 후원에서 가장 낮은 담벼락이 보일 즈음, 검은 그림자가 세 사람을 막아섰다. 홍동수였다.

"다시 만나면 용서치 않겠다고 하였거늘! 지키기는 하되 꿈꾸지는 말라는 어명을 정녕 어길 셈이냐?"

기탁은 이번에도 비굴하게 굴었다.

"마내자는 꿈 같은 거 안 꿉니다. 말리고 말리고 말렸는데요. 환희가 자꾸 가자고 해서…… 옹주마마를 모셔 와야 한다고……."

환희가 청했다.

"보내 주십시오. 홍 운검 어른만 눈감아 주시면 됩니다."

"천것이 어찌 옹주마마를 마음에 품을 수 있느냐? 그것만으로도 목이 달아날 중죄니라. 지금이라도 뒤돌아 나간다면 못 본 것으로 해 두겠다. 마지막 기회이니라."

청명이 홍동수에게 따지듯 물었다.

"조선 마술사를 베기라도 하겠단 건가요?"

"어명을 받들 뿐이옵니다. 마마를 데려가려는 자가 있다면 누구든 베라는 명을 받았사옵니다."

"그럼 나부터 베세요."

"네?"

청명이 목을 길게 뽑고 한 걸음 다가섰다.

"내 목부터 베라고요."

"마마!"

홍동수는 반걸음 물러서며 청명의 양손을 살폈다. 은장도라도 또 꺼내 들까 걱정한 것이다. 청명이 간명하게 상황을 정리했다.

"마술사가 나를 데려가는 게 아니라, 내가 마술사에게 같이 떠나자고 제안한 겁니다."

홍동수가 설득했다.

"못 가시옵니다. 갑자기 두 눈을 잃은 전하를 생각하시옵소서. 마마께서 이러시면 아니 되옵니다. 효(孝)의 본보기가 되시옵소서. 마마!"

홍동수가 다가서자, 청명이 어느새 낡은 부채를 쥐곤 그를 가리켰다.

"멈춰요!"

홍동수가 멈칫 섰다. 은장도는 아니었지만, 부채를 뽑아 드는 것을 이번에도 놓친 것이다. 저 부채가 어떤 조화를 부릴지 모를 일이었다. 청명의 목소리가 젖어 들었다.

"평생 숨어서 저를 지켜 주신 고마운 분이니, 왜 제가 가야만 하는지 말씀드릴게요."

환희와 기탁의 시선도 청명에게 향했다. 눈먼 왕을 두고 환희와 함께 떠나기로 결심한 까닭을 아직 직접 듣진 못한 것이다. 청명이 밤을 새워 얻은 결론을 들려줬다.

"쉽진 않았어요. 지금까지 줄곧 궁궐에서만 지냈으니까요. 궁궐은 곧 아바마마가 계신 곳이고요. 17년 동안 아바마마를 뵌 적이 거의 없지만, 궁궐에 함께 머무른단 사실만으로도 든든했답니다. 앞을 보지 못하고 어찌 살아가실까, 지금 이 순간에도 무척 걱정이 됩니다. 곁에 머물러 달란 말씀을 직접 제게 하시기도 했어요. 제가 떠나려는 이유는 두 가지예요. 첫째, 어둠과 응달과 그림자의 세계에서 살아남기 위해선 혼자 지내야만 해요. 제가 17년을 궁궐에서 버틴 것도 혼자 어둠과 뒹굴었기 때문이랍니다. 제가 아바마마 곁에 머물면, 손발이야 조금 편하겠지만, 아바마마는 저 어둠의 진짜 즐거움과 괴로움을 맛보시지 못할 거예요. 둘째, 저는 이제 어둠과 응달과 그림자의 세계에서 살지 않으려 합니다. 아바마마 곁에 머물면 제 삶은 전혀 바뀌지 않아요. 제 모습을 밝은 양달에서 낱낱이 드러낸 채 살아 보고 싶어요. 아바마마에겐 저 말고도 많은 자식들이 있지만, 조선 마술사에겐 저밖에 없답니다."

"마마!"

"아바마마를 잘 보필해 주세요. 홍 운검과 송 제학, 두 분이 아바마마 곁에 계시니, 제가 안심하고 떠나는 거랍니다. 이제 길을 내어 주세요."

청명과 홍동수의 시선이 마주쳤다. 청명이 궁궐에서 어찌 지냈는가를 누구보다도 잘 아는 그였다. 남의 눈에 띄지 않고 궁궐의 밤을 떠돌 때, 청명의 어둠보다 더 어둔 곳에 홍동수가 있었다.

"못 가십니다."

홍동수는 생각을 바꾸지 않았다. 어둠에 머무는 청명을 지켜보

란 것도 어명이었고, 궁궐에서 달아나지 않도록 하라는 것도 어명
이었다. 홍동수는 언제나 목숨을 걸고 어명을 지키는 장수였다. 환
희가 나섰다.

"비키시오. 우린 꼭 가야겠소."

홍동수가 명령을 내렸다.

"쳐라!"

숲에 매복하던 내관들이 장검과 장창을 휘두르며 일제히 달려들
었다. 환희가 높고 길게 휘파람을 불었다. 수백 마리의 흰 비둘기가
하늘에서 날아내려 홍동수와 무사들을 덮쳤다. 하늘이 보이지 않
을 지경이었다. 하얗게 변종한 집비둘기 즉 발합(鵓鴿)을 이용한 마
술이었다. 환희는 오작(烏鵲), 즉 까마귀, 까치와 함께 비둘기를 잘
부렸다.

"이쪽으로!"

비둘기와 무사들이 뒤엉켜 싸우는 동안, 환희는 청명을 앞세우고
달아났다. 따라오던 기탁이 홍동수의 돌려차기에 옆구리를 맞고 쓰
러졌다. 환희가 돌아봤다.

"형!"

기탁이 신음을 뱉으며 손을 휘휘 저었다.

"……어여 가, 어여!"

내관들이 앞을 가로막았다. 환희가 소매에서 연막환을 꺼내 던졌
다. 펑펑 소리와 함께 자욱한 연기가 피어올랐다. 내관들이 기침을
쏟으며 쓰러졌다. 두 사람은 어느새 담벼락에 닿았다. 환희가 급히
허리를 숙였다.

"딛고 넘어가시오."

"같이 가요."

"빨리!"

청명이 환희의 등을 딛고 오르는 순간, 홍동수가 장검을 휘두르며 달려들었다. 환희는 담을 등진 채 홍동수를 향해 연막환을 뿌렸다. 홍동수는 걸음을 멈추는 대신 장검을 휘두르며 환약을 좌우로 흩었다. 환희도 피하지 않고 곧장 나아왔다. 홍동수의 장검이 환희의 목을 노렸다. 그 순간 얼룩이가 홍동수의 두 눈을 노리며 달려들었다. 홍동수가 고개를 숙이며 발톱을 피하는 사이, 환희가 가슴을 이마로 들이받았다. 둘은 함께 뒹굴었다.

재빨리 일어선 홍동수가 얼룩이와 비둘기 세 마리의 목을 단칼에 베었다. 장검을 양손으로 쥐고, 쓰러진 환희를 향해 내리찍었다. 환희가 급히 몸을 돌려 피했지만, 장검이 부목을 가르며 왼 팔꿈치에 깊숙하게 박혔다.

"아아악!"

환희가 비명을 지르며 몸을 흔들어 댔다. 홍동수가 장검을 빼려 하자, 환희가 오른손으로 장검을 꽉 쥐고 버텼다. 손바닥에서 피가 줄줄 흘렀다.

"놔. 당장 놓지 못해."

홍동수가 가슴과 배를 걷어찼다. 환희는 얻어맞으면서도 버텼다.

퍽.

그 순간 몽둥이가 홍동수의 뒤통수를 갈겼다. 청명이 휘두른 몽둥이였다. 담을 먼저 넘었던 청명이 환희를 구하기 위해 다시 궁궐로 돌아온 것이다. 홍동수가 기절한 것을 확인한 뒤, 청명은 환희에게 급히 갔다. 장검이 여전히 팔꿈치에 꽂혀 있었다. 청명은 옷을 찢어 왼 어깨를 꽉 묶으며 물었다.

"뽑아야 해요. 참을 수 있겠어요?"

환희가 겨우 고개를 끄덕였다. 청명은 일어나서 장검을 양손으로 쥔 뒤 힘껏 당겨 올렸다. 장검이 쑥 뽑히자마자 피가 줄줄 흐르기 시작했다. 청명은 상처 부위를 남은 옷으로 감싼 뒤 묶었다.

"가요."

뒤돌아섰지만 따라오는 발걸음 소리가 들리지 않았다. 돌아보니 환희가 무릎을 꿇은 채 흐느끼고 있었다. 그의 오른손에는 얼룩이의 잘린 목과 몸통이 들려 있었다.

"미안하다. 나 때문에……."

"서둘러요. 어서."

내관들이 쫓아왔지만 비둘기들이 계속 시끄럽게 울며 막아섰다. 그 틈에 환희와 청명은 궁궐 담을 무사히 넘었다.

186

『환희비급』에 담긴 '발합술(鵓鴿術)' 항목의 그림을 글로 풀면 다음과 같다.

어지럽힘.

주목을 끌기 위함이 아니라 오히려 집중력을 흐트러뜨리기 위한 작은 소란이다. 휘파람으로 비둘기를 모으고 흩어지게 만든다. 그 날갯짓을 이용하여 마술사는 관객을 어지럽히고 세상을 어지럽힌다.

## 187

환희는 어머니 윤씨의 고향 황해도 해주에서 왼팔을 잘랐다. 탈출술에서 관절이 꺾였고, 집환술에서 총알을 맞았으며, 발합술의 와중에 장검이 팔꿈치에 박히는 바람에 상처가 깊어진 것이다. 홍동수의 추격을 피해 한양에서 해주까지 오는 동안, 상처가 곪아 피고름이 흘렀다. 돈도 없고 사람들의 눈도 두려웠기 때문에, 백정 마을로 들어가서 소 잡는 칼에 의지하여 왼팔을 떼어 냈다.

인적 드문 해주 바닷가에서 보름을 쉬었다. 보름 동안 환희는 바다를 보며 울고 바다를 보며 신음하고 바다를 보며 자고 바다를 보며 깨어났다. 잘린 팔의 통증도 심했지만 어머니 윤씨를 향한 그리움이 감당하기 힘들 만큼 컸다. 청명은 조용히 곁을 지켰다. 환희에게는 고민할 시간이 필요했다. 팔 하나가 사라진 것은 마술사에게 세상의 절반이 잘려 나간 것과 같았다. 환희는 고민해야 했고 청명은 믿고 기다려야 했다.

환희는 해풍이 거센 바닷가에서 오른팔 하나만으로 마술을 시작했다. 청명도 따라오지 못하게 막고, 아침부터 해가 질 때까지 수십 가지 마술을 선보였다. 박수도 환호도 없었다. 파도 소리만 무심하게 철썩처얼썩 해변을 때리고 또 때렸다. 한 손이라 불편했지만, 환희는 더 잘, 더욱더 잘 하려고 땀을 뻘뻘 흘리며 온몸을 날렵하게 놀렸다. 해 질 무렵, 붉게 물든 바다를 향해 환희가 처음으로 외쳤다.

"어머니! 해주 바닷가에서 마술을 보여 달라 하셨죠? 조선에 오자마자 곧장 여기부터 왔어야 했는데, 죄송해요. 떠나기 전에 와서 다행입니다. 어머니를 위해 열심히 하긴 했는데, 마음에 드셨는지 모르겠습니다. 어머니! 이곳에서 마술을 보여 달라 해 주셔서 고맙습니다. 그 말씀 한마디 부여잡고 여기까지 왔습니다. 그 말씀이 저를 마술사로 만든 겁니다. 잊지 않겠습니다."


## 188


청명과 환희는 조선을 떠났다. 남을 이유는 없었고 떠날 이유는 100가지가 넘었다. 함께 죽든가 함께 산다면, 함께 머물거나 함께 떠난다면, 어느 쪽이든 상관없었다. 함께하지 못한다면 어떤 것도 견디기 어려웠다.


## 189


조선을 떠날 때까지도 청명은 환희가 세상을 두루 돌며 겪은 모험담을 사실로 받아들이지 않았다. 환희는 청명과 함께 이야기에 등장했던 나라를 하나하나 찾아갔다. 소설에나 나올 법한 흰소리로 간주했던 환희의 이야기는 놀랍게도 모두 사실이었다.

남인제아에서 청명은 사람과 짐승을 새긴 거대한 바위를 구경했다. 그 바위엔 마술 판 아래에서 바삐 돌아다니는 소년이 새겨져 있었다. 열하 거리에서 환희가 귀몰의 조수 노릇을 할 때 겪은 일들을 담은 조각이었다. 남인제아 석공들은 지하에 이런 이야기 바위가 아흔아홉 개나 더 있으며, 이 바위는 3년 전에 돌아온 대언서가 머리로 툭 쳐올리는 바람에 지상에 모습을 드러낸 것이라고 증언했다.

백아서아에서 청명은 환희와 함께 배화교 축제에 참석했다. 팔순의 노선사 라훌이 던진 불공을 환희가 받았다. 불공은 순식간에 자라나 거대한 불새가 되었다. 환희가 타고 왔던 위대한 새 대붕이었다. 환희가 양팔을 벌리자 불새의 형상은 거대한 공으로 바뀌어 환희의 품으로 돌아왔다. 환희는 그 불공을 수백 개의 작은 공으로 나눠 축제에 참석한 신도들의 입에 넣어 줬다. 신도들은 맛있게 불공을 삼키곤 정성껏 준비한 음식을 승려들의 발아래 두고 돌아갔다.

회회에 닿긴 전, 사막으로 들어가는 입구에 자리 잡은 마을에서 청명과 환희는 외팔이 흑인 낙타몰이꾼의 환대를 받았다. 잔지였다. 환희와 잔지는 총알을 맨손으로 잡겠다고 나섰고, 왼팔을 자르는 것으로 만용의 값을 치렀다. 환희가 은괴 한 상자를 내밀었지만 잔지는 새끼 낙타들을 키우며 살아갈 만큼의 돈은 넉넉하다며 거절했다.

도아격의 수도 이사탄포이의 탑 아래에서 청명은 끔찍한 구경을 했다. 두더지 가면을 쓴 죄수들이 날개를 등에 붙인 채 탑에서 뛰어내렸던 것이다. 사형선고를 받은 죄수는 목이 잘리든가 탑에서 뛰어내리든가 택일할 수 있었다. 사형수들 사이에 떠도는 소문에 의하면 탑에 갇힌 첩자 두 사람이 꼭대기에서 뛰어내려 유유히 사라졌다고 한다. 그중 한 사람은 거대한 두더지가 뚫은 땅굴을 통해 이사탄포이까지 몰래 침입했다는 것이다. 사형수들은 저마다 날기 위해 다양한 방법을 썼지만, 열이면 열, 탑에서 두 발을 떼자마자 추락하여 즉사했다.

도아격의 탑 아래에서 청명이 사과했다.

"미안해요. 난 당신이 전부 지어낸 이야기인 줄 알았답니다."

"오히려 고맙소. 내 모험담을 끝까지 들어 준 이는 당신뿐이오."

"믿기 힘든 이야기였어요."

"직접 겪지 않았다면 나도 안 믿었을 게요. 사람과 사람의 사귐도 마찬가지 아니겠소? 함께 겪고 나니, 나는 당신을 믿는 것이고 당신도 또 나를 믿는 게요. 겪지 않으면 사람이든 사건이든 전부 거짓부렁에 마술로만 보인다오."

"도아격의 수도 이사탄포이, 여기가 동과 서를 가르는 또 하나의 기준이라 들었어요. 우린 어디로 갈 건가요?"

"지금까지 몰랐던 세계를 탐색하고 싶소만……."

"좋아요. 끝까지 함께 떠돌아요."


190


자, 이제 무엇이 남았을까.

100년 인생을 한 줄로 요약할 수도 있고, 한 걸음의 특별함을 동짓달 기나긴 밤 끝나지 않는 이야기로 바꿀 수도 있다. 도아격 이사탄포이를 지난 후부터 청명의 하루는 바빠졌다. 눈을 뜨면 마술을 준비했고 낯선 도시의 모퉁이에서 거리 공연을 펼쳤으며 공연이 끝난 뒤엔 다른 도시를 향해 떠났다. 덜컹거리는 짐마차에서 피곤한 잠을 청한 적도 많았다. 청명은 불평 한마디 없었다. 청명이 마술을 펼칠 때는 검은 조수복을 입은 환희가 곁을 지켰다. 공연을 마치고 나면 청명도 환희도 땀으로 흠뻑 젖었다. 격렬한 사랑을 나눈 후처럼 더운 숨을 서로에게 토하며 웃었다.

베니스로 들어가기 전날 밤, 모처럼 둘은 여객선 선실에서 긴 낮잠과 함께 사랑을 나눴다. 갑판으로 나오니 보름달이 곱고 은은했다. 청명은 환희의 허리를 양팔로 둘러 안은 채 어둠에 잠긴 해안가 언덕을 처다보았다. 달뜬 분위기 속에서 환희가 문득 물었다.

"아쉬운 건 혹시 없소?"

"……없어요."

청명이 잠깐, 검은 눈동자를 한 번 돌릴 만큼 주저하다가 답했다. 그 짧은 여백을 환희는 놓치지 않았다. 하나뿐인 팔로 청명의 긴 머리카락을 귓바퀴 뒤로 넘겼다.

"무엇이오?"

환희와 눈을 맞춘 채 답했다.

"자주는 아닌데, 가끔 소설을 읽고 싶어요."

조선을 떠나던 날, 청명은 『심청전』을 비롯한 소설들을 모두 별당에 두고 왔다. 한 편 한 편 손수 필사한 소설들이었다. 울보 왕을 위한 작별 선물이었지만, 한두 권은 가져올걸 하는 아쉬움이 남았다. 평생 밤마다 하던 일을 멈춘 허전함은 쉽게 사라지지 않았다.

"내게 말이오……."

환희가 말끝을 흐렸다. 청명이 눈을 더욱 크게 떴다. 검은 눈동자에 보름달이 담겼다.

"……이야기꾼 소질이 있소?"

"그럼요. 들려준 이야기만 글로 옮겨도 열 권은 넘겠네요. 이야기꾼은 당연한 것이고, 글만 익히면 소설가가 될 수도 있어요."

"그 이야긴 모두 내가 직접 겪은 것들이니…… 지어낸 건 없다오."

"이렇게 답할게요. 제가 마술사가 될 소질보다 당신이 이야기꾼이 될 소질이 열 배는 차고 넘친답니다."

환희가 조금 더 용기를 냈다.

"내가 종종 이야길 해 주리다. 아직 들려주지 않은 이야기가 많소. 그럼 아쉬움이 많이 사라질까?"

청명이 환희의 약간 마른 입술에 제 더운 입술을 맞췄다.

"고마워요……"

처음만큼은 아니지만 여백이 또 살짝 스쳤다. 청명이 먼저 그 침묵을 지우려 들었다.

"많이 사라질 거예요. 정말 많이."

'많이'를 두 번 반복한다는 것은 많이 사라져도 남는 아쉬움이 있단 뜻이다. 이번에는 환희가 미간의 주름을 버드나무 세우듯 찡그리며 눈으로 물었다.

다 말해 주오.

"듣는 것도 좋지만, 듣고 나중에 옮겨 적어 두기도 하지만, 읽는 것과는 달라요. 듣는 건 뭐랄까, 지금처럼 함께 배를 타고 가거나 마차를 타고 달리는 것 같답니다. 멋진 장면이 나와도 멈춰 만지거나 다시 보거나 다르게 생각할 겨를이 없죠. 읽는 건 홀로 목적지 없는 산책을 나선 느낌이랄까, 처음부터 읽어 나갈 필요도 없고, 읽다가 맘에 드는 단어나 문장을 만나면 그냥 거기서 읽기를 끝내도 되죠. 한 문장으로 하룻밤을 행복하게, 때론 슬프게, 때론 고통스럽게 보낸 적도 있답니다."

"하나만 묻겠소. 그게 대체 뭔데, 나더러 소설가가 되라는 게요?"

청명이 생글생글 답했다.

"심장을 문장으로 바꾸는 사람!"

"심장을 문장으로?"

고개를 끄덕였다.

"내게 글을 가르쳐 주오."

청명이 답했다.

"낯선 세상으로 왔으니 함께 이 나라들의 글을 배워요. 둘이서 함께 익히면 금방 늘 거예요. 소설을 쓰도록 하세요. 영어든 불어든. 이 세상 어딜 가도 이야길 싫어하는 사람은 없으니, 당신 소설을 저들도 좋아할 거예요."

환희가 고개 저었다.

"나는 오직 청명 당신만을 위한 소설을 쓰고 싶소. 당신만이 읽고 좋아하고 또 가끔 베껴 보기도 하는……. 내게 한글을 가르쳐 주오. 유럽이란 이 거대한 땅덩어리에서 우리 둘만 아는 글자를 갖고 싶소. 그 글로 나는 소설을 써 보리다. 소질이 있단 당신 말을 굳게 믿으며!"

청명의 두 눈에 눈물이 그렁그렁 고였다. 보름달의 윤곽이 흐려졌다.

"아쉬움이 남소?"

"아뇨. 전혀 남지 않아요. 완벽해요!"

환희가 손을 내밀며 물었다.

"부채를 지니고 있소?"

"물론이에요."

청명이 환희가 선물했던 낡은 부채를 꺼내 그의 손에 얹었다. 환희가 부채를 폈다. 푸른 학이 바다 위를 날았다. 환희가 갑자기 부채를 접어 밤바다로 던졌다. 청명이 깜짝 놀라며 바다를 살폈다. 부채는 어둠에 잠겨 사라지고 없었다. 환희에게 따졌다.

"왜, 왜 그래요?"

환희가 웃으며 오른손을 들었다. 그 손에 들린 은빛 부채가 달빛에 비쳐 은은했다. 청명이 부채를 넘겨받아 폈다. 춤추는 봉황이 아름다웠다.

"푸른 학은 바다로 돌려보내는 것이 옳소. 오늘부턴 이 부채를 쓰도록 하오. 나의 마술사."

"아, 내 사랑!"

청명은 환희의 손을 이끌어 바삐 선실로 내려갔다. 둘은 새벽이 올 때까지 몸과 마음으로 서로를 주고받았다. 잠시 쉴 때마다 청명은 백지에 한글 자음과 모음을 하나씩 쓰곤 소리 내어 읽었다. 환희는 청명의 벗은 등에 그 자음과 모음을 손가락으로 옮겨 쓰곤 입을 맞췄다. 마술사 환희와 관객 청명에서 시작하여, 마술사 환희와 조수 청명으로 옮겨 갔다가, 이야기꾼 환희와 청자(聽者) 청명을 병행하고, 마술사 청명과 조수 환희로 탈바꿈한 뒤, 소설가 환희와 환희의 유일한 독자 청명으로 거듭나는 인생에 어찌 아쉬움이 남겠는가. 환희와 청명은 서로를 향해 무서우리만큼 돌진했고, 서로의 구석구석을 탐했고, 거기에 자신을 맞추기 위해 도약과 변신을 서슴지 않았다. 상대를 빛나게 하기 위해 기꺼이 어둠을 자처했고, 어둠에 잠긴 상대를 끌어내기 위해 스스로 자신의 빛을 끄기도 했다. 그들은 서로에게 빛이자 또한 어둠이었다. 그들은 언제나 마지막처럼 시작했다. 과정은 다르지만, 같은 자세로, 함께!

## 191

나, 대영제국 여왕 빅토리아는 60년이 넘는 재위 기간 동안 숱한 이야기를 들어 왔으되, 카타리나 파인이 들려준 조선 마술사 환희에 관한 이야기를 으뜸으로 놓는 데 주저하지 않으리라.

판을 벌이기 전엔 평하기 어려운 것이 바로 이야기다. 합이 딱 들어맞을 것 같은 이들이 모였는데도 빨리 판을 파하는 경우도 있고, 전혀 어울리지 않는 이들이 분명한데도 밤을 새운 뒤 아쉬움의 탄식을 쏟기도 한다.

나는 마술사야말로 탁월한 이야기꾼이라 확신하며, 대관식으로 향하는 마지막 어둠을 보냈다. 마술사란 언제나 변화를 추구하며, 공연을 원하는 곳이라면 어디든 가는 길 위의 인생이지 않은가. 이야기를 듣는 내내 머릿속을 떠나지 않던 물음을 마지막으로 혀끝에 올렸다. 이야기판을 널리 돌아다닌 이라면 알리라. 시시덕거리며 허물없이 간이나 쓸개까지 빼 줄 표정으로 이야기를 주고받다가, 마지막 몇 마디에 판 자체가 없느니만 못한 상황으로 돌변하는 것을. 이런 파격과 반전 또한 이야기 판과 마술 판의 공통점이기도 하다. 이야기도 마술도 땅을 다지고 쌓아 올린 탑이 아니라 허공에 떠도는 신기루와 같으니까. 나는 카타리나의 어깨를 감싸 도는 크고 작은 원들을 보며 물었다.

"언제부터 마술사가 될 결심을 한 게냐?"

"압록강을 건너 조선을 떠난 후엔 마술 따윈 할 생각이 없었어요. 기탁이 잡히는 바람에 그동안 벌어 뒀던 돈을 챙기지 못했지만, 산 입에 거미줄이야 치겠어요? 다행히 제가 가져온 귀한 보석과 노리개들이 있어서 그걸 팔아도 그럭저럭 살림 밑천을 삼을 만했답니다. 우선은 보석 판 돈을 써 가며 서쪽으로 서쪽으로 갔지요. 혹시 조선에서 홍동수가 우릴 잡으러 올까 봐 무작정 조선에서 먼 쪽으로만 걸었답니다. 열하에 도착했지요. 환희, 그러니까 이븐 폴로가 저를 시장으로 데려갔어요. 귀몰이 판을 벌였던, 환희가 판 아래 틈으로 숨어들었던 바로 그곳에 도착했지요. 거기서였어요. 환희가 청동 상자를 열고 제게 두툼한 그림책 하나를 내밀더군요."

"그림책?"

"『환희비급』이었어요. 환희의 마술이 모두 담긴 비법서였죠. 제게 부탁했답니다. 마술사가 되어 달라고. 자신의 마술이 사라지지 않게 도와달라고. 저는 응낙할 수밖에 없었습니다. 그날부터 『환희비급』을 밤낮없이 봤습니다. 환희가 꼼꼼하게 그려 놓긴 했지만, 이해가 되지 않는 부분이 적지 않았어요. 동작들을 하나하나 확인하며 묻고 또 거기에 제 느낌을 보태 빈 여백에 몇 문장씩 지금도 채워 넣고 있답니다."

"지금까지 이야기에 등장한 마술이 모두 『환희비급』에 담겨 있나?"

"대부분 담겼는데 딱 하나 공중 부양술은 없더군요."

"없는 이유는?"

"저도 궁금해서 물었더니, 그건 아직 마술이 아니라고 하더라고요."

"마술이 아니다?"

"누구나 그 방법과 순서를 따라 하면 성공해야 하는 것이 마술이라고 환희는 믿는답니다. 공중 부양술만은 될 때도 있고 안 될 때도 있다고 해요. 성공과 실패의 조건을 환희도 아직 모릅니다. 그 원리를 완전히 알면 그땐 『환희비급』에 넣겠죠."

"마술은 기술인가?"

"흔히 마술사가 선보이는 마술은 기술이지만, 사랑은 진짜 마술이라고 환희가 강조했답니다. 열하에서 도아격의 수도 이사탄포이에 이르는 길은 실패의 연속이었지요. 책에 나온 대로 마술을 해봤지만 번번이 실패했답니다. 환희가 여러 가지 조언을 하지 않았다면, 일찌감치 포기했을 거예요. 그러다가 베니스 산마르코 광장에서 비로소 첫 마술을 성공했지요."

"마녀로 몰려 죽을 뻔하지 않았더냐?"

"맞아요. 시작은 근사했습니다. 물의 도시란 별칭답게 크고 작은 배들이 도시의 구석구석을 다녔어요. 환희가 미리 그 뱃사공들에게 작은 성의를 보이며, 동양 최고의 여마술사가 베니스에 방금 도착했다는 소문을 퍼뜨려 달라고 했지요. 발 없는 배의 위력은 정말 대단하더군요. 뱃사공들에게 부탁한지 반나절도 지나지 않아, 동양에서 온 여마술사에 대한 관심으로 베니스 전체가 달아올랐으니까요.

제가 마술을 시작했던 그 저녁엔 뱃사공들마저 마술 공연이 열린 광장으로 모이는 바람에, 도시가 생긴 후 배가 가장 적게 움직였다고 하더라고요. 어둑어둑한 하늘에 불꽃을 뿌리는 것으로부터 마술을 시작했지요. 불공을 손바닥 위에 올려놓았다가 부채로 휙 부쳐 허공에 띄우자마자 화려한 불꽃들이 별똥별처럼 떨어졌답니다. 다음으론 지팡이를 입으로 불어 긴 장대로 만들고, 그 장대의 끝을 송곳으로 뚫자마자 물이 콸콸 쏟아지는 마술을 선보였지요. 무늬가 전혀 없고 배가 불룩한 항아리를 장대 아래에 놓고 물을 받는 마술로 이어졌습니다. 장대를 휘젓고 빙빙 돌려도 물은 어김없이 항아리로만 떨어졌지요. 엄청나게 많은 물이 흘러내려도 항아리는 넘치지 않았답니다. 송곳을 끼워 장대를 다시 막은 뒤 항아리를 머리 위로 높이 들었죠. 단숨에 뒤집는 순간, 여기저기서 비명이 터져 나왔습니다. 물벼락을 맞은 생쥐를 상상했겠지만, 물은 단 한 방울도 떨어지지 않았지요.

박수가 쏟아졌답니다. 여기까진 대성공이었죠. 나는 장대를 다시 지팡이로 만들어 환희에게 건네며 눈웃음을 주고받았답니다. 오늘을 위해 그 많은 도시를 지나 서쪽으로 서쪽으로 나아왔단 생각이 들더군요. 마지막으로 오작술을 하기 위해 양팔을 높이 치켜들었습니다. 긴 소매에서 윙윙 소리가 날 정도로 크고 빠르게, 깃발을 젓듯이 양팔을 번갈아 돌렸지요. 까마귀와 까치들이 시끄러운 울음과 함께 몰려들기 시작했답니다. 마술 공연이 벌어지는 광장의 하늘을 가득 메우고도 남을 정도였죠. 갑자기 한 사내가 외쳤습니다.

'달이 사라진다!'

처음엔 까마귀와 까치가 밤하늘을 가리는 바람에 달까지 보이지 않는 것이겠거니 여겼습니다. 그게 아니었어요. 월식이 시작된 겁니다. 하늘뿐만 아니라 땅과 건물들까지 점점 어두워졌어요. 마침내 광장 전체가 어둠에 잠겼습니다. 그때까지도 까치와 까마귀는 하늘에서 시끄럽게 울어 댔고요. 어둠이 짙어질수록 그 소리도 더욱 크게 들렸습니다. 바로 그때였습니다. 그들이 저를 마녀라고 처음으로 부르더군요.

'마녀다! 빛을 삼키는 마법을 쓴 거야.'

'마녀가 분명해. 검은 새들을 마음대로 부리잖아?'

'도시를 휘감고 있는 물에 독을 탔을지도 몰라. 물 한 방울 흘리

지 않는 거 봤지?'

신나게 마술을 구경하던 바로 그 사람들에게 저는 곧 붙들렸지요. 옥에 갇히고 말았답니다. 환희의 생사는 몰랐지요. 두 번 재판이 열리긴 했어요. 그때까지만 해도 제가 유럽 문물은 물론이고 언어에 서툴렀기 때문에 그들의 추궁을 반박하긴 어려웠답니다. 제가 그 밤에 선보인 마술들이, 마녀가 부린 마법의 증거로 채택되었어요. 증인은 1000명이 넘었지요. 마녀라는 선고가 내려지고 한 달 뒤 정오를 알리는 종소리와 함께 화형식이 거행되었어요."

"불붙은 장작더미에서 살아나왔단 소문은 이 책에서도 읽었고 소문으로도 들었어. 마녀가 아니라면 어찌 10미터가 넘는 불기둥 속에서 살아 나올 수 있지? 게다가 네가 불기둥 밖으로 나오는 걸 본 사람도 없어. 화형식이 거행된 광장엔 구경꾼들로 가득 차 있었는데도 말이야."

"제가 마술을 선보였던 바로 그 산마르코 광장에서 화형식이 거행되었답니다. 제 마술을 보겠다고 몰려들었던 바로 그 사람들이 이번엔 제가 불에 타 죽는 걸 구경하겠다며 모였지요. 두 팔이 묶인 저는 주위를 두리번거렸답니다. 제 조수인 환희를 찾고 있었던 게지요. 산처럼 쌓아 올린 장작더미의 꼭대기에 나무 기둥이 우뚝 높았습니다. 병사들은 기둥에 저를 세우고 두 발과 두 다리를 기둥에 꽁꽁 묶었답니다. 보자기로 머리를 씌우려고 하더군요. 저는 고개를 저었습니다. 병사들이 장작더미를 내려가자마자, 다른 병사들이 기다렸다는 듯이 횃불을 던졌습니다. 장작 밑에 깔아 뒀던 기름에 불이 붙는 순간 불길이 치솟았지요. 그 순간 저는 시선을 올려 광장의 구경꾼들이 아니라 건물의 옥상을 봤습니다. 거기, 환희가 있었습니다. 정확히 말하자면 옥상이 아니라 옥상에서 한 길 정도 떠오른 허공에서 환희가 하나뿐인 오른팔을 흔들더군요."

"어떻게 불기둥에서 살아 나왔느냐는 질문엔 아직 답하지 않았어."

"이제 답을 드리려고 합니다. 마술을 처음 선뵐 때는 낙분술이면 낙분술, 잉화술이면 잉화술 하나만 집중해서 하지요. 그땐 상황이 상황인지라 어려운 마술 몇 가지를 섞었습니다. 조선에서의 일들을 설명드릴 때 소개한 마술들만으로도 타오르는 장작불에서 빠져나올 수 있지요. 어디 한번 맞춰 보십시오."

화살이 갑자기 내게 날아왔다. 나는 잠시 눈을 감고 카타리나가 들려준 긴 이야기들을 더듬었다.

"먼저 탈출술을 써서 손과 발을 묶은 끈을 풀었겠지."

"맞습니다."

"그다음엔 공중 부양술을 써서 몸을 띄워 올렸고?"

"바람이 마침 거세게 불긴 했지요. 공중 부양술을 쓰기 전에 연막환을 몇 개 타오르는 장작 속에 던져 두긴 했답니다. 가로세로 100미터는 넘는 공간이 연기로 자욱하게 덮일 정도였죠. 광장의 구경꾼들은 장작불이 바람에 날려 생긴 연기로만 여겼어요."

"몸이 충분히 떠오른 뒤엔 바람을 타고 광장을 벗어났겠군. 연기가 자욱하긴 해도 혹시 사람들의 눈에 띌 것을 염려하여, 변신술을 썼겠지? 갈매기인가?"

"솔개입니다. 폐하!"

"솔개라! 그렇게 빠져나왔으니 시신을 찾지 못한 게 당연하지."

"알고 나면 간단한 기술일 따름입니다. 모르시는 편이 더 나으셨다는 생각이 들기도 합니다만······."

"아니야. 몇 년을 끙끙 앓던 수수께끼를 푼 기분이 들어. 시원해. 네가 그토록 아끼는 환희는 왜 런던으로 함께 오지 않은 것이냐?"

카타리나가 답했다.

"함께 왔습니다."

나는 놀라며 짧게 확인하듯 물었다.

"뭐, 같이 왔어? 어디 있느냐?"

그 순간 공원에서 몇 발의 총성이 울렸다. 고함과 박수가 이어졌다. 카타리나의 이야기를 듣느라 내가 밤을 지새우듯, 공원엔 대관식을 맞이하기 위해 무작정 모여든 군중이 해가 뜨기만을 기다렸다. 딱딱하고 찬 땅바닥에서 노숙하는 이들을 생각하면, 대관식이 추운 겨울이 아니라 6월에 열리는 것이 그나마 다행이었다. 시계를 확인하니 새벽 4시였다. 네 시간을 꼬박 카타리나의 이야기를 들은 것이다.

"조수 역할에 충실하고자 입궁하지 않았습니다."

"조수 역할?"

"마술을 벌일 공연장을 미리 둘러보는 것은 조수의 가장 중요한 임무 중 하나입니다."

나는 내일 식후 마술 공연을 벌일, 궁 옆 공원에 마련된 공연장으로 시종을 보냈다. 방금 총성이 들려온 방향이기도 했다. 30분도 지나지 않아, 시종 둘을 따라서 사내 하나가 여왕의 서재로 들어섰다. 여마술사의 옷이 눈에 띄게 화려한 데 반하여, 오른손에 지팡이를 든 조수는 검은 바지에 검은 셔츠 차림이었다. 얼굴까지 햇볕에 그을렸는지 검은 빛이 누런 기운을 덮어서 응달에 서면 사람이 있는지조차 모를 듯했다. 검은 눈동자를 둘러싼 하얀 눈자위만이 또

렷했다. 카타리나가 소개했다.

"제 조수 환희입니다. 유럽에선 이븐 폴로라고 불립니다."

무표정한 사내의 나이를 추측하기 어려웠다. 이마에 깊게 팬 주름으로 볼 때 마술사보다는 나이가 많아 보였지만, 두꺼운 가슴과 넓은 어깨는 청년의 것이었다. 걸을 때마다 지나칠 만큼 가볍게 흔들리는 왼 소매가 자꾸 눈에 들어왔다. 그에게 물었다.

"공연장은 어떠하더냐?"

사내의 시선이 카타리나에게 향했다. 마술사가 대신 답했다.

"런던은 마술사라면 누구나 와서 꼭 한 번 공연하고 싶은 도시입니다."

"왜 카타리나 그대가 답을 하는가? 이븐 폴로는 벙어리인가? 혀나 목이라도 다쳤어?"

"아닙니다. 마술사와 조수가 함께 같은 어떤 자리에 참석할 때는 마술사만 말을 하는 것이 『환희비급』에 적힌 기본 예의입니다. 검은 옷을 입은 조수는 있어도 없는 존재니까요. 이 사람은 그 예의를 지킨 것이고요."

"그런 예의도 있느냐? 좋다. 그럼 지금부터는 카타리나 파인의 조수 이븐 폴로에게 던지는 질문이 아니라, 조선 마술사 환희에게 묻고 싶구나. 답하겠는가?"

나와 멜버른 경과 카타리나의 시선까지 이븐의 굳게 닫힌 입술로 향했다. 그 입술이 천천히 열리더니, 심장을 긁는 낮은 음성이 서재의 공기를 흔들었다.

"그러겠습니다. 폐하!"

"왼팔을 잃었다곤 하나 오른팔은 멀쩡하지 않느냐? 외팔로는 마술을 할 수 없는가?"

이븐이 즉답을 않고 고개를 돌려 카타리나와 눈을 맞췄다. 카타리나가 내게 말했다.

"저도 열하에서 그걸 제일 처음에 물었어요."

이븐이 이어 답했다.

"대부분은 할 수 있습니다. 두 손이 꼭 필요한 마술이 스물네 가지이고, 한 손으론 아무래도 부족함이 드러나는 마술이 또 열일곱 가지입니다."

"합쳐서 마흔한 가지 마술에선 어려움을 겪는다? 환희가 물랑루에서 선보인 마술이 1000가지가 넘는다고 하지 않았느냐? 1000가지 중에서 마흔한 가지는 지극히 적다. 그렇지 않은가?"

카타리나가 끼어들었다.

"우리가 베니스에 도착하여 마술 공연을 시작한지 10년째입니다만, 아직 제가 구사할 수 있는 마술은 800가지 정도입니다."

내가 정리했다.

"이븐이 계속 마술사를 했더라도, 아직 카타리나보다는 더 많은 마술을 선보였을 거란 얘기로구나."

이븐이 받았다.

"10년만 더 연마하면, 카타리나도 1000가지 마술을 구사하는 마술사가 됩니다."

내가 더 깊이 파고들었다.

"그건 10년이 지난 후 확인할 부분이겠고. 다시 이렇게 고쳐 묻겠다. 카타리나를 마술사로 세워야만 하는 이유라도 있었느냐?"

이븐의 눈두덩이 살짝 떨렸다. 그는 멜버른 경과 나를 거쳐 카타리나와 눈을 맞춘 뒤 다시 내게 시선을 고정했다.

"조선 마술사 환희의 그림자로 청명을 두고 싶지 않았습니다."

잠시 침묵이 흘렀다. 그는 사랑하는 여인을 밝음으로, 양달로, 그 자체로 빛나는 존재로 만들고 싶었던 것이다.

"마술사 카타리나 파인의 그림자 이븐 폴로로 평생 늙어 가더라도?"

"저는 이미 충분히 영광을 누렸습니다."

"물랑루가 제아무리 거대하다고 해도, 지금 카타리나 파인이 유럽에서 누리는 인기에 비하겠느냐? 후회한 적은 없고? 다시 마술사로 복귀할 수도 있지 않느냐?"

이븐이 짧게 답했다.

"카타리나 파인의 조수로 행복합니다."

"카타리나! 당신도 이븐 폴로를 조수로 둔 것이 행복한가?"

카타리나가 잠시 이븐과 눈을 맞춘 후 답했다.

"청나라나 조선에 널리 유행한 글 중 '술이부작(述而不作)'이란 게 있습니다. 저술은 하되 창작은 하지 않는다는 뜻이지요. 저는 『환희비급』에 담긴 1000가지 마술을 모두 해 보는 것이 목표입니다. 그건 이미 환희가 조선에서 성공한 마술이지요. 그때까지 저는 '술이부작'인 겁니다. 제가 유럽을 두루 다니며 마술을 해도, 그것을 만든 이는 카타리나 파인이 아니라 환희입니다. 저는 더할 나위 없이 행복하지요. 마술을 통해 조선 마술사 환희의 전부를 느끼니까요."

이븐이 미소와 함께 고개 저었다.

"저는 그저 마술의 이름과 그걸 구사하는 방법을 만들었을 뿐입니다. 하나하나 신기하고 놀랍긴 해도, 그뿐이죠. 마술을 통해 인생을 보여 주자는 건 전적으로 카타리나의 생각입니다. 관객에게 감동을 선사하기 위해, 마술들을 배치하여 엮고 이야기를 만든 이도 카타리나이고요. 유럽에서 인기를 모으고 있는 마술 공연은 전적으로 카타리나 파인의 작품입니다."

이 두 사람, 카타리나와 이븐, 이븐과 카타리나를 잇는 인연의 끈은 그들이 구사하는 그 어떤 마술보다 거대하고 아름다웠다. 열아홉 소녀였던 나는 그들이 부러웠다. 내 눈 앞에 놓인 대영제국의 운명과도 바꿀 만큼 매혹적이었다.

"마지막으로 하나만 더 묻겠다. 이븐, 1000개가 넘는 그대의 마술 가운데 최고는 무엇인가?"

이븐은 잠시의 망설임도 없이 대답했다.

"사랑입니다."

"사랑?"

"마술은 사람을 속이는 일이 아니라 사람의 마음을 얻는 일이옵니다. 사람이 사람의 마음을 얻는 일 가운데 최고는 단연코 사랑입니다. 사랑에 빠지면 사랑하는 두 사람이 변하고 세상이 변하고 우주가 변하지요. 저는 사랑을 믿습니다. 제게 그 사랑의 가치를 가르쳐 준 이는 바로……."

이븐이 그윽한 눈으로 여마술사를 쳐다보았다.

"카타리나입니다."


1838년 6월 28일 목요일, 웨스트민스터 사원에서 거행된 대관식은 성대했다. 아침 6시에 침대에 누웠다가 한 시간 만에 깼지만, 전혀 피곤하지 않았다. 궁을 포위하다시피 몰려든 사람들의 환호와 박수 소리에 더 이상 잠을 잘 수도 없었다.

　나는 지금도 가끔 그림으로나마 그날의 장쾌함을 추억한다. 참석자가 차고 넘쳤기에 그림에는 담기지 않았으나, 카타리나도 대관식의 처음부터 끝까지를 함께했다.

　지금 고백하건대, 그날 행사의 백미는 대관식이 아니었다. 식후 행사로 궁 옆 공원에 마련된 임시 공연장에서 저녁 6시 15분부터 열린 '카타리나 파인의 마술 공연'은 두고두고 사람들 입에 오르내렸다.

　평생 간직해 온 비밀 하나를 털어놓으려 한다. 세월이 60년도 넘게 흘렀고, 카타리나의 공연 소식도 30년 전에 끊겼으며, 그날 공연을 구경한 이들도 대부분 세상을 떠났으니, 내가 이 비밀을 깬다 해도 세상에 누가 될 것 같지는 않다.

　오후 4시 30분, 나는 왕관을 쓴 채 궁으로 돌아가는 마차에 올랐다. 옷을 갈아입고 관계자들을 격려하고 나니 어느새 6시가 가까웠다. 나는 충직한 시종을 불렀다. 잠시 침실에서 쉬었다가 8시에 열세 명의 고마운 이들과 함께 저녁을 먹을 테니 준비를 철저히 하라 명한 다음, 곧장 옷을 갈아입고 궁을 빠져나가 공원을 가로질러 공연장으로 갔다. 공연장에 들어갈 때나 객석 제일 앞자리에 앉아 마술을 지켜보는 동안, 여왕인 나를 알아본 관객은 없었다. 카타리나가 변신술에서 종종 사용한다는 크림을 눈두덩과 뺨에 살짝 바른 탓이다. 궁을 나서기 전 크림을 바르고 거울을 보았을 때, 나는 내 눈을 의심했다. 눈과 뺨에 주름이 자글자글 잡혀, 적어도 마흔 살은 훌쩍 넘긴 얼굴이었던 것이다. 거기에 카타리나가 아침 6시에 건넨 허름한 드레스와 낡은 모자를 쓰자, 나는 여왕의 대관식을 보기 위해 처음 런던에 올라온 촌티 나는 아낙네였다. 공연을 꼭 보고 싶다는 나를 위해, 자신의 마술 기법까지 알려 준 카타리나에게 다시 한 번 고마움을 느낀다.

공연에서 카타리나는 모두 열두 가지 마술을 선보였다. 조선 마술사 환희와 청명옹주의 사랑을 술회하며 언급한 바로 그 마술이었다. 카타리나는 지난밤 내가 뽑은 순서대로 마술을 펼쳐 보였다. 마술이 하나씩 끝날 때마다 박수가 쏟아졌다. 카타리나는 다음 마술로 넘어가기 전 나를 바라보며 눈으로 물었다.

이번 마술은 마음에 드셨나요? 다음 마술은 무엇인지 기억하시지요?

소리 내어 답하진 않았으나, 나는 카타리나가 선보일 다음 마술을 먼저 아는 유일한 사람이었다.

60년 넘게 왕위를 지키는 동안, 내가 취한 결정들이 너무 급격하단 비판을 듣곤 했다. 수상들에게 위임하는 업무가 늘수록 왕실 내부에서도 지나치단 소리가 흘러나왔다. 나도 인간이기에 가끔은 흔들렸지만 원칙을 지켰다. 카타리나와 이븐을 떠올리기도 했다. 두 사람이 겪으며 택한 변화에 비하면 내가 바꾼 것들은 과한 편이 아니다.


6월 29일 금요일, 10시 반에 눈을 뜨자마자 침대를 박차고 나왔다. 늦잠을 잔 것이다. 적어도 7시엔 일어나려 했는데, 대관식을 치르느라 긴장했던 모양이다. 훗날 멜버른 경은 29일만큼은 내가 정오를 넘겨도 깨우지 않을 작정이었다고 했다.

재빨리 옷을 갖춰 입고 카타리나 파인과 그 조수이자 남편인 이븐 폴로가 머문 침실로 향했다. 유럽 으뜸, 아니 세계 으뜸 마술사를 붙들기 위해서였다. 물랑루가 얼마나 거대한 건물인지는 모르겠으나, 그보다 열 배는 크고 웅장한 극장을 카타리나 파인을 위해 지어 줄 작정이었다. 전속 출연료 역시 부르는 대로 지급하리라. 카타리나 파인을 영원히 곁에 둘 수만 있다면, 대영제국의 식민지 하나를 떼어 준다 해도 아깝지 않을 것 같았다. 멜버른 경이 복도에서 있다가 나를 보고 예의를 갖춰 인사했다.

"벌써 일어나셨습니까?"

멜버른 경의 어깨 너머로 마술사가 지난밤 머문 침소를 살폈다.

"경이야말로 왜 여기 이러고 있는 게요? 위통은 좀 어떠하오?"

눈치 빠른 멜버른 경이 내 마음을 읽었다.

"대관식을 무사히 치르고 나니 말끔하게 나았습니다. 카타리나 파인을 만나러 오셨습니까?"

"작별 인사는 해야겠기에……."

"저도 그 때문에 왔습니다. 어제 공연에 최선을 다해 준 것도 치하하고, 따로 선물도 하고자……. 그런데 한 발 늦었습니다."

"늦다니?"

나는 멜버른 경을 지나쳐서 마술사의 침실을 열었다. 이불이 고이 덮인 채로 잠든 흔적도 없는 침대가 덩그러니 놓여 있었다. 곁에 두겠다는 욕심을 눈치채기라도 한 것일까. 벌써 떠나 버린 것이다. 멜버른 경이 등 뒤로 와서 섰다.

"조용히 떠나고 싶었나 봅니다. 그냥 가긴 아쉬웠는지, 폐하께 쪽지를 남겼습니다."

나는 얼른 멜버른 경이 건넨 쪽지를 받아서 폈다. 영어로 단 한 문장이 적혀 있었다.

제목과 첫 문장은 저희가 채웠으니 나머진 폐하께 부탁드립니다.

"아!"

어지러워 잠시 벽에 기댔다. 카타리나 파인과 이븐 폴로가 폭우를 뚫고 해협을 건너온 이유를 뒤늦게 깨달은 것이다.

"꼭 작별 인사를 하시겠다면, 추격병을 보내겠습니다. 아직 멀리 가진 않았을 겁니다."

"아니, 아니오! 그냥 두오."

"그래도……."

"신출귀몰한 마술사임을 잊었소? 여왕의 군대가 모두 쫓아도 카타리나와 이븐을 붙잡긴 어려울 게요. 괜히 소란 피우지 마오."

"알겠습니다."

멜버른 경이 나간 뒤 여왕의 서재로 향했다. 지금쯤 두 사람은 스코틀랜드 인버네스로 향하고 있으리라. 제임스와의 아름다운 우정을 완성하러 가는 길을 막고 싶지 않았다.

훗날 남편 앨버트 공과 여름을 보내기 위해 스코틀랜드 발모랄 성을 찾곤 했다. 인버네스 성까지 가서 제임스의 딸 앤을 만났을 때, 증손자까지 둔 앤은 카타리나 파인과 이븐 폴로의 방문을 반갑게 회상했다. 두 사람 덕분에, 사지가 잘려 나가면서도 딸을 만나기 위해 공중 부양술을 익혀 탈출을 감행한 아버지 제임스의 절절한 사랑과 안타까운 최후를 알았다는 것이다. 마술만 마술이 아니고 이야기도 마술이 될 수 있다는 카타리나의 주장이 새삼 가슴에 와

닿아, 나도 앤의 쭈글쭈글한 손을 잡고 잠시 눈물을 훔쳤다. 앤은 카타리나와 이븐에게 배웠다며, '멀어질수록 더 깊이 그리운 사람'으로 시작하는, 제임스가 만든 노래까지 나를 위해 불러 주었다. 애절한 가사에 구슬픈 곡조였지만, 모처럼 위스키를 한 잔 곁들인 탓인지, 앤도 나도 마주 보며 웃었던 기억이 또렷하다. 어쨌든 이 따듯한 만남은 카타리나가 떠나고 10년도 더 흐른 뒤의 일화다.

다시 1838년, 내 나이 열아홉 살, 6월 29일 금요일 아침으로 돌아가 긴 이야기를 마무리 짓도록 하겠다. 나는 멜버른 경이 만들어 바쳤던, 카타리나 파인이 본문을 모두 마술로 지워 버린, 겉표지가 푸른 책을 집어 들었다. 첫 장을 펴자, 열두 개의 마술 이름이 사라진 자리에 제목이 선명했다.

"조선 마술사."

다시 한 장을 넘기자, 내가 지금부터 써야 하는 카타리나 파인과 이븐 폴로에 관한 길고도 놀라운 이야기의 첫 문장이 마중을 나왔다.

삶은 마술이 아니지만 마술은 삶의 일부다.

사랑을 썼다. 남들은 마술로 의심하고 나는 운명이라 믿는 이야기. 쓰면서, 기억과 감각과 생각이 달라져 자꾸 고쳤다. 삶을 바꿀 순 없으니 문장이 대신 사라지거나 나타났다. 감정이 버거운 날엔 지칠 때까지 걸었다. 천 걸음 만 걸음에 밀어(密語) 하나라도 건지기를 바라면서. 허탕 친 날엔 노래를 부르거나 춤을 추거나 술을 마셨다. 지독한 순간들만 소설의 육체가 되었다.

연인들이 읽어도 좋겠지만, 사랑을 잃은 이들과 사랑을 잊은 이들이 음미했으면 싶다. 사랑 없이 살겠다는 안타까운 결심을 굳히기 전에, 등대 불빛처럼 어서 가 닿기를!

2015년 11월

김탁환

조선의 마술사를 상상하기 시작한 때로부터 5년의 시간이 흘렀다. 그 사이에 나는, 당연하게도 다섯 살 만큼 늙었고, 5년 전 여름 처음 으로 이 이야기를 듣고 신기해하던 나의 꼬마 아이는 같은 시간 동 안 경이로울 정도로 자랐다. 그리고 이제 상상 속의 그 '조선마술사' 는 (당시엔 상상조차 하지 못했던) '모바일 소설'이 되어 이미 7만 명의 독자들을 만났고, 이렇게 책이 되었으며, 한 달 뒤 영화가 되어 또 다른 무대에 서게 됐다. 어린아이를 자라게 만든 5년의 시간은 조선 마술사도 그렇게 키워 냈다.

박지원의 『열하일기』 안에서 그 시대에도 마술사가 있었다는 작 은 기록을 발견한 나와 김탁환 작가는 누가 먼저랄 것도 없이 환호 성을 질렀다. 이건 대단한 이야기가 될 거다, 책을 넘어 영화가 되 고 드라마가 되고 뮤지컬이 될 재목이며, 국경과 시간을 넘어 모두 를 웃기고 울리고 손에 땀을 쥐게 만들 스토리가 될 것이라 기대했 다. 어른을 위한 동화, 진실 같은 거짓 혹은 거짓 같은 진실이 될 것 이라 여겼다. '조선 마술사'라는 제목을 정하자 몇 가지 이미지들이 머릿속에서 춤을 췄다. 많은 관객들 앞에서 오케스트라를 지휘하 는 연미복의 젊은 남자가 떠올랐고, 만리장성을 통과한 세기의 마 술사 데이비드 카퍼필드가 눈앞에 어른거렸다. 영화 「로마의 휴일」 의 말괄량이 앤 공주와 그녀를 마음으로 감싸 안아 주던 상남자 조 브래들리가 생각났다. 오드리 햅번과 그레고리 펙의 만남도 결국은 누군가의 상상에서 시작된 것이 아니던가. 또한 우리는 낭만과 욕망, 자유와 사랑이 용광로처럼 끓어 넘치던 1899년 파리의 물랑루즈를 떠올렸다. 화려한 물랑루즈의 무대에 선 고혹적인 무희들과 샤틴과 크리스티앙의 운명적 만남을 꿈꾸었다. 조선이라는 시대적 공간적 배경 안에서 동서고금을 종횡으로 가로지르는 이야기들이 흩어졌다 뭉쳤다. 조선 마술사는 그렇게 태어났다.

조선이라는 과거의 공간에 마술이라는 판타지를 집어넣고 나니 더 이상 거칠 것이 없어졌다. 그래서 우리는 우리의 주인공 환희와 청명 앞에 영국의 빅토리아 여왕을 소환했다. 페르시아와 무굴을 넘어 유럽 각국을 순회 공연하던 세기의 마술사 커플 환희와 청명이 대관식을 앞둔 열아홉 살 빅토리아 여왕과 만나자 이야기는 세상 밖으로 질주했다. 조선의 공주 청명은 카타리나 파인이 되었고 그녀의 무대는 한양의 도성을 넘어 런던의 웨스트민스터 사원으로 옮겨졌다. 상상 속에선 못 할 이야기, 못 그릴 그림, 못 부를 노래가 없는 것이다. 이렇게 『열하일기』「환희기」에서 시작된 우리의 상상은 산을 넘고 바다를 건너 세계로 나아갔다.

무릇 모든 이야기는 하나의 상상에서 시작된다. 상상이 현실이 되는 과정, 그 과정이 또한 하나의 이야기다. 이제 세상으로 나온 조선 마술사는 여러분의 것이다. 우리의 주인공 환희 청명과 함께 목숨을 건 운명적 사랑을 꿈꾸고, 그들이 나아갔던 넓은 세상을 꿈꾸고, 더 위험하고 짜릿한 모험을 꿈꾸시길. 삶은 마술이 아니지만 마술은 삶의 일부다. 그러니 여러분도 마술 같은 꿈을, 마음껏 꾸시라!

원탁의 첫 번째 무블『조선 누아르, 범죄의 기원』이 세상에 나온 지 1년이 되어 간다. 이제 원탁의 두 번째 무블『조선 마술사』가 세상에 나왔다. 이제 다시 시작이다. 영화 같은 소설, 소설 같은 영화, 나아가 세상의 모든 매혹을 아우르는 이야기로 원탁도 멈추지 않고 꿈꾸리라!

2015년 11월
이원태

감사의 글

소설을 구상하고 퇴고하는 5년 동안 김혈조 교수님이 번역한 『열하일기』를 계속 읽었습니다. 감사드립니다. 감병석 프로듀서와 런던대학교 Charlotte Horlyck 교수님이 빅토리아 여왕 관련 문서들을 보내 주셨습니다. 감사드립니다. 성실하게 자료를 읽고 의견을 준 조은미, 초고를 검토한 이경아, 이선아, 최예선, 류진아, 오기쁨, 양소영, 이강후, 매혹적인 삽화를 그려 준 집시 님께 감사드립니다. 민음사 한국문학팀 김소연, 서효인 님도 귀한 의견 주셨습니다. 소설 조선 마술사를 영화 조선 마술사로 만드느라 오랫동안 정성을 쏟은 김대승 감독님과 위더스필름 최정호, 최재원 대표님께도 감사드립니다. 환희와 청명의 사랑 이야기를 다양하게 세상에 내어놓고자 애쓴 담당 편집자 박혜진 님 덕분에 이야기판이 훨씬 풍성해졌습니다. 감사드립니다.

no    02
mo vel 무블
vie

# 조선 마술사

1판 1쇄 펴냄  2015년 11월 9일
1판 3쇄 펴냄  2017년 9월 28일

지은이    이원태·김탁환
발행인    박근섭·박상준
펴낸곳    (주)민음사

출판등록  1966. 5. 19. 제16-490호
주소      (우편번호 06027) 서울시 강남구 도산대로 1길 62(신사동)
          강남출판문화센터 5층
대표전화  515-2000 | 팩시밀리  515-2007
홈페이지  www.minumsa.com

© 이원태, 김탁환, 2015. Printed in Seoul, Korea

ISBN     978-89-374-4162-2
         978-89-374-4160-8 (세트)